主编　凌翔

当代著名作家精品 / 长篇小说卷

瓦厂地

廖天锡　著

文化发展出版社
Cultural Development Press

图书在版编目（CIP）数据

瓦厂地 / 廖天锡著．— 北京：文化发展出版社，2021.12

ISBN 978-7-5142-3609-5

Ⅰ．①瓦… Ⅱ．①廖… Ⅲ．①长篇小说－中国－当代
Ⅳ．①I247.5

中国版本图书馆 CIP 数据核字（2021）第 241514 号

瓦厂地

廖天锡 著

责任编辑：岳智勇

出版发行：文化发展出版社（北京市翠微路 2 号 邮编：100036）

网　　址：www.wenhuafazhan.com

经　　销：各地新华书店

印　　刷：三河市金元印装有限公司

开　　本：710mm × 1000mm　1/16

字　　数：361 千字

印　　张：24.5

版　　次：2021 年 12 月第 1 版

印　　次：2021 年 12 月第 1 次印刷

定　　价：59.80 元

I S B N：978-7-5142-3609-5

序：纯正乡土味

梁瑞郴

《瓦厂地》是廖天锡的第一个长篇。

我与天锡是同乡，认识很晚。他的中短篇小说集《双胞胎弟弟》出版后赠我一册。读后给我留下了很深的印象。这种很深的印象根源于我们同为一块故土滋养。他的小说语言的那种亲和力，对于我，自然有很强烈的共鸣。

天锡年长于我，一生未踏出故土一步。在近20年民办教师生涯中，还干过很多其他营生，多为生计所迫。他身处困境，却拼命自学且钟情文学，为此常遭非议。好在天锡生性乐观豁达，不为人言左右，虽做着教师的工作，却始终不脱农夫的气质，拿粉笔、扛锄头、做手艺，样样在行。几十年混迹于乡野农夫之间，自然对乡村十分了解，尤其是故乡永兴的风土人情、俚语俗谚，更是烂熟于心。我以为《双胞胎弟弟》和《瓦厂地》当是厚积薄发之作。

最近几年，我故乡的父母官对文学人才有难得的重视，天锡竟然从教师的岗位抽出来，被安排在县文联专门创作，令我惊喜且感动。一个偏远的县份，能有一位专事创作的“专业作家”，在全国也为数不多。这福音对我来说，有如听得天籁之音一般。天锡终于有充足的时间投入创作。

《瓦厂地》就是在政府的关怀下催生出来的。

这个长篇是植根于生活所结出的果实。故事所发生的葫芦湾，大抵就是天锡曾经生活过多年的山村。围绕着瓦厂地的争夺，几个家庭，数十个人物栩栩如生地凸显在我们眼前；他们的一言一行，一举手，一投足，活脱脱就是泥土中走出来的人物。作品并非大冲突、大矛盾、大转折、大起伏，但杯水风波中折射出社会世相，俗务琐事中窥视出人情世故；尤其是传统礼教对这个山村的束缚，时代给这个山村的开化，以及间或的觉醒和愚昧的生活方式等等，演绎出一个又一个生动有趣、啼笑皆非的故事，构成一幅20世纪80年代南方闭塞山村的真实图画。

语言即风格。天锡的这个长篇，对语言有自己的追求。当然，这种追求不是刻意的，而是长年积累和思考的挥洒；他在方言的运用上注意略加修饰而不失原貌，因此，书中人物的语言，便确确实实是湘南山村农民的语言；而不同状态的语言特点，又十分鲜明地展现出不同人物的个性。什么人说什么话，看似容易做到的事，但真正运用起来，却是十分的不易。天锡不愧为乡土语言耕作的“老把式”，他的小说语言看似平常，实则清新老到。我相信能够读到这本书的读者，不难感受到这一点。

天锡第一次写长篇，就有如此起点，自然不易。说实话，我喜欢他的语言，但对他的作品的结构有些腹诽，总觉得他的长篇在展现主线的过程中横生枝蔓过多，因此给人留下生活积累富足，但对生活的艺术提炼略显不足的感觉。眼下，写乡土的作家不多；倒不是大家不愿写，而是坐在城里的高楼大院，如何能写出乡间的生活？天锡不以“土得掉渣”自惭，而是自信自恃，这是十分值得称道的。

至于作品，最好的裁判是读者。我过于喋喋不休，有搅乱读者诸君视线之嫌，故就此立马收笔。

如果以上算序，就权当是为我的乡谊吆喝几声。

2002年仲春于长沙

作者系毛泽东文学院管理处原处长

目录

引 子

葫芦湾是湘南山区的一个小山村，村前有条江叫葫芦江，村后那座山叫葫芦山。小江弯弯曲曲，藏鱼藏虾藏螃蟹；山分南坡北坡，有松有樟有茶树。北坡平缓，一条公路沿山边通过往东延伸到葫芦嘴林区腹地，往西折北拐入县道；南坡较陡，唯平的地方是老旧但尚未破败的瓦厂。过了瓦厂五十米的样子才是葫芦湾肖氏家族聚居的老屋场。

老屋场坐北朝南，是肖氏先祖清朝末年所建。整栋房子四围全是青砖，东西到顶，南北封檐，除此之外八路青砖以上砌土坯，俗称“金包银”。南面那高高耸立的马头墙屋垛甚为壮观，显示肖氏先祖曾经的辉煌与气派。

老屋场前后两栋，有五进厅屋。最中间的那进称正厅屋，正厅屋左右各有两进厅屋叫横厅屋；正厅屋的大门既高又大，横厅屋的大门相比正厅屋的大门既矮且窄；正厅屋分上厅屋和下厅屋，上厅屋比下厅屋高出一步，祖神堂设在上厅屋里。肖姓子孙迎婚送嫁等重大庆典在此敬奉列祖列宗，谁家的老父老母升天，人生旅途的最后一程也在此停靠。横厅屋虽然也分上厅屋和下厅屋，但不设神堂。五进厅屋之间巷道相连，村里人串门晴不晒头雨不湿脚，摆五六十桌酒席足不出户。

老屋场东首有栋独立的四垛三间土坯房是刘厚友的，紧挨刘厚友的土坯房是队上的碾米机房。西首有栋独立的四垛三间青砖瓦房，原是恶霸地主肖俊龙的。土改时，肖俊龙被政府镇压吃了枪子，房子被没收充公，现在是队上的仓库。

我们的故事就是从田地承包到户集体散伙、队里的三大件——瓦厂、机房和仓库开标讲起。

第一章

一、谋划开标

在葫芦塘公社范围内问胡冬姣是谁会有人不清楚，但一提“盖半省”都知道是葫芦湾大队支书肖忠茂的老婆。

胡冬姣仗着男人是大队支书，一路养出大林、二林、三林、四林、五林和满林六个崽，自以为了不得，平时与人谈天或吵架，开口闭口“我冬姣不算一等算二等，不盖湖南盖半省”。久而久之，“盖半省”这个绰号传得葫芦塘几乎尽人皆知，蹲点干部还把它带到县城。其实，冬姣只读过小学三年级，最远的地方只到过公社所在地葫芦塘墟场。她只知湖南省比葫芦湾大，到底大多少根本不清楚。因此，她认为大队支书加上六个崽的势力可以罩住半个省。

“盖半省”一家住在正厅屋大门口两侧的两个大通间和与东面大通间一墙之隔的南厢房里，宽敞明亮，通风透气，都是村里最好的房子。大林、二林、三林住东大间；四林、五林、满林住西大间；忠茂和冬姣两口子住在与三林他们一墙之隔的南厢房里。

目下，正厅屋和东横厅屋大门口以及忠茂三间住房的门口都贴着大红对联。其中正厅屋的大门联是：

五十年大业已成过去
六兄弟从头再创辉煌

应该说，三副对联除字数相等，对仗并不工整，比如“五十年”对“六兄弟”，“大业”对“从头”就不伦不类，平仄就更别说了。但忠茂不管这些，只表示他年过五旬又一直当支书就是大业，六个崽要继续当葫芦湾的龙头老大即为辉煌。

办过酒席的第三天，忠茂召集全家在三林他们的大通间里开会，除满林还没来，大林坐在门槛上外，其余六人围桌而坐。

忠茂看了看矮矮墩墩，头发齐眉，脑门长一肉包的大林，指使他去对门喊满林过来开会，说今天要商议大事。

大林缓缓站起没马上走，却偏着头眯缝着眼来回看两边门口的对联，还用手摸了摸，然后跨进门来，结结巴巴地说："爸，人——人家门口一块碑都没贴，我们家怎么贴了四——四块碑。"

冬姣觉得这个头胎儿可能是忠茂强迫播种结出的一个傻瓜，时不时讲出令人啼笑皆非的丧气话。有一次，他捡到一支花铅笔，格外兴奋地交给冬姣说他捡了个"五雷"。在葫芦塘，"五雷"是"灾星"的别名，别人唯恐避之不及，他却以为是"宝贝"。现在，不知他怎么把贴在门上的对联和死人坟前的石碑混为一谈。

兄弟四个和忠茂同时惊讶地眼盯大林，冬姣起身冲过去掌了大林一个嘴巴："臭蠢子，放狗屁。"冬姣本想骂他"死蠢子"，但丈夫前天才做了生日酒，忌讳"死"字。

忠茂本很迷信，但他可怜大林在家里没地位也就原谅了他的不聪明，还亲昵地喊了声"蠢子崽"纠正道："这是对联，是爸过了五十岁。知道吗？去，叫满老弟过来。"大林这才摸摸被打痛的嘴抹着泪走了。大林嘴上没说心里不服，他放牛时在坟窝里看到那些竖着的石板都是两边空白中间一行大字，怎么站在坟前叫碑，贴到门口就叫对联呢？谁料大林无意中所言四块碑竟是谶语，此后短短数年忠茂家有四人相继丧生，其中两人属意外死亡。

大林走后，忠茂责怪冬姣不该打他，说大林可怜，他自己也觉得在家里没地位。冬姣余怒未消反驳，好生生，谁叫他讲不吉利的话！三林和二林说别这么迷信。四林、五林好丑不搭（方言：横竖不理），一副与世无争的忠厚相。

大林一走，忠茂把话题引向对联。他说："我过五十岁的五副对联数大门联做得好，有气魄，包括了多种意思。上联就不说了，重点在下联，你们六兄弟要继续当葫芦湾的龙头老大……”忠茂有这个信心，口气向来很粗。

未等忠茂说完，三林打岔说：“气魄是气魄，口气大了点，什么大业？不就是当了二十多年大队支书；创什么辉煌？二林读书当官、我当兵提干的计划都落空了，还辉什么煌？”

肖忠茂不满地看了三林一眼，说：“你读书太少领会不透，二林懂。”二林接过话头说：“我们爸的确不错，能连续当二十多年大队支书又有六个儿子，全葫芦塘公社没听说第二个。还有，‘文化大革命’时全国都乱了，但葫芦湾没谁敢造反。”

冬姣也附和说：“你爸真是不算一等算二等，不盖湖南盖半省，修葫芦湾水库时，他代替公社康书记指挥两千多人做事。”

忠茂得意地哼了一声。二林和冬姣说的正是他最辉煌的人生。

1964 年至 1966 年，葫芦塘公社连续三年大旱。葫芦江沿岸一万多亩稻田有一半颗粒无收。1966 年冬，公社作出“修建葫芦湾水库，确保葫芦塘水稻年年丰收”的决议。公社康书记担任水库工程总指挥，指挥部设在葫芦湾。可工程刚上马，“文化大革命”越闹越凶，全国到处乱哄哄。葫芦塘公社已有好几个造反派组织扬言要揪斗康书记。肖忠茂先是把康书记带到葫芦嘴的一个岩洞里躲起来，陪他在洞里住了一晚，商量来商量去觉得躲不是回事，这样搞工程要下马。于是，肖忠茂自立山头当起了“东方红”造反兵团司令，率先夺取公社康书记的水库工程总指挥权，扬言监督他在水库工地劳动改造，实际是把康书记放在葫芦湾保护起来。于是，康书记在幕后策划，肖忠茂在前台指挥。有人想来葫芦湾抓人，但这里是肖忠茂的大本营，他有绝对权威。他还把武打师父肖泽武抬出来仗威，说来吧！葫芦湾的人谁都练过几手，泽武一个人就能开销你们。肖泽武是地主，造反派攻击肖忠茂阶级路线不清。肖忠茂说出身不由己，道路可选择，肖泽武要为保卫毛主席的革命路线立新功，我们表示欢迎。葫芦湾的人抱团，打架向来拼命全公社有名，果然，没谁敢来葫芦湾抓康书记。水库工地两千多民工在忠茂指挥下各就各位。开始，有人不服，肖忠茂指使手下该斗就斗，该批就批，没一人敢偷奸耍滑。他确实有这种魄力和杀气。

可三林把脸扭向门外咕哝道："盖半村的感觉我都没有，还盖半省！"

忠茂正要批评三林，对门屋里传来"啪！"一记巴掌声，他叫五林过去看看是怎么回事。

满林长得比二林、四林、五林都高大，如今又是这个家庭唯一的读书人。因此，忠茂对他寄予莫大希望，安排忠厚老实勤快的四林、五林陪他住一屋。让满林的床和书桌单独摆在光线充足、空气新鲜的南窗下，四林、五林两张床则缩在阴暗的两个北角里，还特地吩咐四林、五林每天打扫卫生，意在为他营造良好的学习环境。但满林对父亲的良苦用心缺乏体会，对学习环境根本不珍惜，书桌上看不到一个字，历届的教科书全部是新的。上午十点，太阳晒屁股了，他睁着两眼还没起床。对门屋里的巴掌声、说话声，满林听得清清楚楚，但他一点也不感兴趣。他脑壳里在想冬旺的妹妹俊秀：俊秀他妈的太漂亮了，自已摸也摸了，抱也抱了，昨天，在后山茶林里，已把她按倒在地，趁我脱裤时，突然起身跑了。你他妈的跑得好，下次绝不放过！

这时，正好大林推门进来，满林扯着被子蒙住头装着熟睡的样子打呼噜。大林过去推了推满林，轻声而又亲切地喊："满——满老弟，爸——"没等大林喊完，满林掀开被子毫不客气地打了大林一个耳光，骂道："蠢子、结巴！吵死！"边骂边扯被子又蒙头蒙脑罩住。"蠢子"和"结巴"是大林的两个代号，村里人一般不叫他蠢子，只开玩笑时叫他结巴，把蠢子、结巴连在一起侮辱的只有满林。五林过来时，看见大林伸了伸手还要推，或许怕挨打，手僵在空中，呆呆站着，样子十分可怜。五林拖着哥蹒跚着走过来，大林讨好地告诉忠茂说："爸，满——满老弟埋——埋都埋了。"

忠茂倏地站起，骂道："你真是放狗屁，我也要打你，讲清楚点？"大林两手护住脑袋嘟哝说："他真的埋到被窝中间去了。"忠茂收回高扬的手说："睡到被窝中间都不晓得说，蠢子把戏。"

这次却是冬姣替大林打掩护责怪忠茂："晓得他蠢，谁要你喊他去叫。"

忠茂吁了口气，强装笑容说："算了，满林读书累了，让他多睡会儿。五兄弟在这里，大林二十八岁，满林初中毕业了，你们都已长大成人。1958

年我从部队转业回家当了两年民兵营长后一直当支书，统治葫芦湾一带二十三年。现在，田土到户集体散伙，我的年纪也大了，会渐渐往边上站了。我希望葫芦湾的权力不要落到别人手里。”

听到这里，冬姣骤然抖擞精神，她眯眯眼，歪歪头，手舞足蹈又弹唱“讲又讲权、讲又讲人，哪个能和我们比，不算一等算二等，不盖湖南盖半省”的肖氏圣经。

又是三林忍不住站起，沉着脸说：“妈，我最听不得你这句话。我们这个样子能盖半省？爸当支书，如今讲话还没有厚友姑父灵；二林当个小队会计，建斌喊一声，脚肚子发颤；我、四林、五林都是半文盲；满林名义在读书，天天打架，逗女同学；大哥更不用说。古话说，养崽不要多，一个抵十个。”

忠茂不满地瞥了三林一眼，大声宣布：“开会！老二，传达我的精神。”他当了二十三年支书，“统治”“传达”这些带主裁含义的词汇随口而出，已成习惯。

二林没急于传达，而是先劝导三林：“妈的话有点过头，但兄弟多终归是好事。爸原计划让你当兵提干，你不愿去，这没办法；但爸正准备把我往大队会计的位置上摆，当官的计划并没落空；满林在读书，也有一线希望。只要六兄弟抱团，葫芦湾的事还不是我们说方就方说圆就圆。”不容三林开口，忠茂抢先表扬二林的分析周到预见准确。二林与忠茂的刻意唱和让三林感到孤掌难鸣只好作罢，而且继续听他俩唱和同声。

忠茂说：“明晚仓库、机房、瓦厂三大件开标，我们要凭掌管大队、生产队两级权力把仓库和瓦厂搞到手，尤其是瓦厂。”

二林说：“爸的意思凡是我们想要的，标底定低，不要的定高。”三林耐不住问：“我们想什么就能得到什么？”二林没正面回答三林带挑衅性的提问，而是按自己的思路分析情况：“仓库是四垛三间青砖到栋，头楼二楼榨了（葫芦塘方言：将木板合缝，上好竹梢平铺在楼枕上用铁钉固定），楼上楼下粉了（葫芦塘方言：粉刷墙面），打了水泥地板，还榨了两个谷仓，至少值一万块；机房呢，我算了一下，整个机械设备买进的价是二千一百六十元，建机房大约八百元，买下来马上可以挣钱；瓦厂的用途更大，暂时不说。”

冬姣要求全部买下；二林说那样不好，胃口再大也不能全吞，但仓库和瓦厂必须搞到手。

二林话音未落，大林突然站起嚷："我、我、我不要仓库，里、里面有鬼。"冬姣又吹："你们兄弟多、阳气足，鬼见了你们都会往外滚。"忠茂却一本正经表扬大林："这句话提醒得好，我正要利用这点，只定一千八百元的标底，估计没人敢要，然后我们买下，到时转手卖给牛崽，赚个千把块不成问题。"

开一天集体工只有八分钱，葫芦湾小队几十户中能拿出一百元现金的家庭数来数去不超过十户。忠茂开口就赚个千把块，这么大一笔钱，把全家人都吓住了。好一阵，三林才打破沉默问："万一牛崽投标呢？"二林说："牛崽不敢，怕说他反攻倒算；再说他已买了队里的拖拉机，一时没这么多钱。"三林说："牛崽爸的地主帽子都摘了，他怕什么？还有机房、瓦厂，你敢保证没人争？"

二林仍没正面回答三林，继续分析说："我估计全队有竞标能力的只有我们、厚友和牛崽三家。机房在厚友家门口，又一直是他家侍弄，村里也没谁和他家争，我们把价定到二千八百八十八元；瓦厂一般没人肯买，暂不定标，到时我们随便出点钱买下就是。"

三林偏又打岔说机房定高了，应该折旧。二林说不在门前不是宝，还定高点，厚友也会要。冬姣说："干脆机房也定低点，我们都买下来，葫芦湾谁敢和我们争？讲钱、讲势、讲权。"三林泼冷水说："妈，你又来了，爸一个大队支书，又不是国家主席，要能一手遮天，还开什么标？写在我们名下还不好？大林、三林拿仓库；二林、四林拿机房；瓦厂给五林和满林。"忠茂极为不满地瞪着三林说："你阴不阴，阳不阳，什么意思？"而且不给三林回话的机会，直接吩咐二林写张告示贴在正厅屋大门页上。

三林不再作声。忠茂站起又补了一句，今天写好，明天才贴。然后宣布散会。

二、建斌和巧英

瓦厂和机房是葫芦湾队的两棵摇钱树。

葫芦湾大队下辖葫芦江北面的葫芦湾、老湾、新湾、中湾和江南面的葫芦坝上湾、葫芦坝下湾、葫芦背、葫芦坪八个生产队。忠茂住在葫芦湾生产队，其他七个队的好处能捞一些，但不多。而瓦厂和机房这两棵摇钱树摇下的钱却在忠茂的掌控之中。

瓦厂是个需要很多劳力的地方，尤其是装窑的时候，全队男劳女劳都得上。田地到户瓦厂倒闭摇不下钱了，但机房的门还得开着，因为全大队几百伙烟灶天天有人碾米。机房一直是刘厚友的儿子国林以承包的形式管理——生产队百事不管，每月净进两百块。因此，在未开标之前机房仍在天天摇钱。

葫芦湾位处全大队的中心，与其他各队相距都不到两里，八个生产队只这一台碾米机。国林要随父亲打制家具，便把碾米定在早、中、晚三个时段。现在听说机房要开标，大家担心没人投标，队里拆机房、卖机器，因此，这几天每天都是天刚蒙蒙亮就开碾，碾到半夜还不收场，很多人家都碾好多担。厚友接了宇红煤矿定做的结婚家具，要按时交货，只好把来这里走亲戚的外甥女巧英一留再留，要她与未过门的媳妇秋兰一起碾米，腾出国林打制家具。

巧英愿一留再留主要是为了多看看肖建斌。

机房外面排着长长的碾米队伍。

这天是星期六，肖建斌早早地来帮忙了。巧英知道，建斌帮忙也是因她而来。

建斌和巧英成了机房里的两大亮点——男人们喜欢巧英健康漂亮，女人们欣赏建斌英俊结实。巧英鹅蛋形的脸庞白里透红；眉毛下一对双眼皮大眼睛；高鼻梁下两片薄嘴唇，一说话，脸上、眼睛、鼻子全在笑，无论从哪个角度看都很迷人。有人打听这妹子是谁？哪里的？泽文告诉他们说是厚友的外甥女，葫芦嘴的，还说，看你们哪个能摘下这个月亮。

“啧啧，比秋兰还漂亮，谁娶上她，每天吃二两米就有了。”会计二林率先发言。

“要不我当媒人说给你，整天趴在她身上，恐怕每餐吃一斤米都嫌少！”出纳蔡诗汉讨好二林。

周围的人借机取笑二林到底是每天吃二两还是每餐吃一斤，笑得二林一脸绯红。

建斌的任务是专门往机斗里添谷。别人添谷是用铁勺一勺一勺往机斗里舀，他是两手捧着一箩谷往机斗里控。姑娘、媳妇们都看傻了眼。

“啧啧，哪这么大的力气，一箩谷在他手里空篮筐样。”葫芦坪的姑娘罗兰钗还发评论。

“你说呢，一百五十斤的石擂他能举二十多下。”泽文介绍。

“女人都喜欢力大的男人，你们哪个看上了建斌，不好开口，偷偷告诉我，我来当媒人。建斌，你得谢我。”诗汉看着建斌把自己的谷控进机斗，也讨好。

巧英不满地看了诗汉一眼。这时，碾米机发出一阵“咔嚓咔嚓”的怪叫，随之“嗡”的一声停了。秋兰赶紧扳掉开关；巧英从米箩里摸出一颗大铁钉，责怪诗汉：“你家的铁都放在这里来碾。我得谢你！”接着站在门口喊：“舅舅，国林哥，停机了。”

二林又说：“啧啧，说话像唱歌一样！”

泽文笑二林别想癫了脑壳。

二林从十七岁起，一有升学、考干、参军、外调的机会，忠茂就一次又一次往外推，但他又矮又瘦，外号“麻秆”，衣服穿在身上就像挂在棍子上，每次推荐都是体检不过关。国家粮没吃成倒坏了讨老婆的名声。谈一个，不肯；又谈一个，也不肯。如今二十六岁了，想老婆想得甚紧了。

厚友和国林来了，一帮青皮后生争先恐后学巧英叫舅舅喊国林哥。厚友依次给大家递纸烟。后生们接了烟又喊舅舅。厚友知道他们想占巧英的便宜，装着没听见。他知道，若搭了这些青皮后生，更不得清场。

那些姑娘媳妇也争着向厚友讨烟，厚友笑着说："女的抽烟流氓样，不给，你们吃糖还差不多。"

罗兰钗向检查闸刀开关的国林寻开心，嚷道："国林、秋兰听见了吗？你爸叫你俩发喜糖。"国林把拆下的闸刀开关盖和螺丝放在秋兰手中，发现是烧了保险，三下两下就弄好了。却故意说："坏了，今天修不好，你们把谷挑回去。"姑娘、媳妇们慌了，缠着国林要他快修，却趁机往建斌身边挤。巧英看着心里好笑。说话间，建斌只几把拖转皮带，国林搭上开关，机器便又轰鸣起来。众人如释重负，纷纷赞叹国林技术高明建斌力大，又劝厚友买下机房，他们表示都不和厚友争。厚友说真这样，我请大家喝酒。

诗汉却泼冷水说厚友不一定买得到，忠茂和牛崽可能会争。厚友说争也没关系，中了标请大家喝酒，没中标喝杯酒也没关系。

"请我们喝结婚酒！"几个女的又嚷起来，"说真的，你该给国林和秋兰办了，不然养个崽打伞闹笑话。"

厚友笑眯眯地扫视她们说："你几个碾完了米别走，我叫秋兰和国林陪你们喝酒，我做事去了，没空陪你们跑嘴。"媳妇们放肆大喊大叫："厚友扒灰佬，我们偏偏要你陪。"碾米机房里充满轻松快活而又略带粗野的气氛。这气氛让厚友得意，他心里盘算：国林和秋兰都二十二岁了，今冬或明春是该把喜事办了。

轮到二林碾米了，他还在呆呆地看巧英。巧英把铁勺藏在一边，向建斌递了个眼神。建斌会意站在一边。

巧英喊："肖会计，碾你的了。"

二林慌忙应道："铁勺呢？铁勺呢？"巧英要他端起谷箩往里控。二林端不起却自夸："我的手是拿笔杆打算盘的，端得起也不端。"

罗兰钗拍着二林干瘦的肩膀笑道："麻秆，一箩谷都端不起还想摘月亮！"

巧英向建斌递了个眼神。建斌过来轻轻端起二林一箩谷往机斗里控。二林一脸尴尬地笑着。

巧英两次向建斌递眼神被罗兰钗看出蹊跷。

巧英和建斌从高小到初中毕业是同班同学。后来建斌升了高中，没考上高中的巧英每逢寒暑假就来舅舅家做客，目的就是想多看建斌几眼。这些，建斌心里明镜似的。但那时巧英担心建斌考上大学，不敢向他传递爱的信息，生怕恋爱不成传出笑话。当建斌高中毕业回家考上民办教师后，巧英往葫芦湾跑得更勤了，两人由眉目传情发展到鸿雁传书。

巧英观察到建斌每天早晨七点左右在泉塘撒鱼草，她便选这个时候来泉塘洗衣服。

葫芦湾西边有个大约两亩水面的泉塘，泉塘里到处是泉眼，水桶般大、提桶般大、碗口杯口大不等。充沛的地下水长年四季从泉眼里喷涌而出，纵使天下大旱，周围乡村饮水枯竭，但葫芦湾泉塘的水仍然齐及青石板砌面的塘沿，仍然有一股很大的水哗哗哗泻入泉塘下面的水圳再汇进滔滔西去的葫芦江。泉塘里的水冬暖夏凉，清澈透亮，水中游鱼的鳞片都看得清清楚楚。

每天晚饭前后，泉塘的堤坝上蹲满了女人，她们洗衣、洗菜、谈天说地，和在泉塘里洗澡的男人开粗俗的玩笑。以往，巧英也是晚饭后来这洗衣。因为建斌早晨在泉塘撒鱼草，她才改成早晨来。堤坝上有人在洗菜，两人不便说话，建斌撒建斌的鱼草，巧英洗巧英的衣服，但双方的眼神各自都能读懂。

去年 9 月 10 日，是建斌和巧英铭记在心的日子。

这天早晨，建斌脱下外衣长裤放在堤坝上，穿着短裤背心下塘撒鱼草。这时，巧英刚好来洗衣服，她在建斌的外衣长裤旁边蹲下。建斌的外衣有草屑和泥星而且汗透了，她顺手抓过来慢慢搓洗。建斌也慢慢地撒鱼草，等洗菜的人走光了才上岸套好长裤，拿起洗得干干净净的衣服，没说话，只向巧英意味深长地笑了笑。巧英对建斌那意味深长的笑心领神会特别享受，趁周围没人，右手在衣服上擦了两把，从口袋里捏出一张纸条，慌慌张张地递给建斌，然后，提着衣服低头走了。巧英走了一段路回头时，建斌正好看完纸条，两人的目光相碰都笑了，意思尽在不言之中。

巧英的纸条是这样写的：

建斌哥：我想向你借本小说看，《林海雪原》《青春之歌》都行。不知你有不有？也不知你肯不肯？

巧英

1983 年 9 月 6 日

纸条是四天前写的，今天才递出，煞费苦心地等了四天才逮着机会。当天下午放学后，建斌回家给巧英递了个眼神，巧英随建斌来到瓦厂，他把《林海雪原》和《青春之歌》两本书递给巧英。

两个相互爱慕已久的人就这样进入热恋。不过，是地下的，极其秘密，秘密得几乎只有他俩知道。

三、情系瓦厂

一轮红日刚从东边骑天岭顶冉冉升起，大林已把队里的牛赶到后山茶林里。牛崽开着手扶拖拉机从瓦厂旁过时，看见建斌在泉塘下面的田野里撒鱼草，他猛然想起一件事，遂将拖拉机停在瓦厂边喊建斌过来。

瓦厂南边的瓦窑下面的泉塘水面上飘逸着轻纱般的水雾，煞是好看。泉塘三方是田，唯北面靠山。山边有一棵古樟，古樟的树干要三个大人手拉手才能合抱；树冠像一把撑开的伞，水中一半、岸上一半罩着；浓荫蔽日的叶丛里不时传出各种鸟叫声。村里人对别的鸟叫不叫无所谓，唯独怕很少叫的猫头鹰发出哀鸣。湾里祖祖辈辈测出，古樟上的猫头鹰要么不叫，一叫，不死人也会出其他祸事。

牛崽绕过瓦厂旁边的干柴堆来到古樟下，建斌听见牛崽喊他便来了。那时，全葫芦湾只有建斌不把牛崽当地主子女看，他和牛崽上山砍柴，两人经常一起闹江（湘南方言：把捣碎煮熟的茶枯撒在江里，鱼便会乱窜、浮头、致死）关系非同一般。

牛崽直截了当地告诉建斌他想标仓库。他说仓库是他爷爷建的，被政府没收了；爷爷是恶霸地主，土改时被政府镇压了。他参加开标政策是否允许？建斌说早在 1979 年地富反坏右头上的帽子都摘了，你爸都有权竞标，何况你？但牛崽仍心有余悸地问，不会说我反攻倒算吧？建斌严肃认真地说这挨不上边。

牛崽一听，立即掉转车头往回开到村前晒坪上，停车熄火，仔细研读由二林用毛笔写的贴在正厅屋大门页上的开标公告。

开标公告

经生产队队委会研究并请示大队支部同意，今晚 8 点在正厅屋里举行开标大会。

一、参会人员：全队社员

二、开标物件及标底价格：

仓库：1800 元

机房：2888 元

瓦厂：待议。

三、方式：一律暗标，当场兑现，欲竞标者请带足现金，当场不能兑现者，中标无效，以下一标为准。

葫芦湾大队葫芦湾生产队

1984 年 3 月 28 日

三大件开标的事早几天就传出了，公告一贴出就围满了人，建斌的父亲德仁也在里面。德仁想标瓦厂但瓦厂没定价，不过，即便定价也没钱，他心神不定地离开大门口径直来到瓦厂。

瓦厂在葫芦湾后山南坡下的土坪里。宽大的瓦厂立木为柱，杉皮盖顶，四向皆空；内有四个制瓦台，三个制砖台；还有一墙一墙已经风干的瓦坯和砖坯。

砖瓦窑依坡而筑，高出泉塘水面一丈左右，整座砖瓦窑像个很大的蒙古包：窑门是用红砖拱的，里面的窑壁窑顶都是德仁亲手用红砖拱的。身胚高大腰板硬朗的肖德仁想起自己一手建造的瓦窑瓦厂将被人买下，心里很不是滋味。他弯腰走进空窑立马又从窑里出来，背着手站在窑门口毫无目的地东张西望了一阵，然后踩着散乱的碎瓦片爬上漫漫土坡。他先是走进瓦厂逐一摸了摸五墙瓦坯和四墙砖坯，神情像一个慈爱的父亲抚摸自己的孩子。摸够后蹲在被泥弓截成方桌样但已完全干透的瓦坯泥墩上，眼神在砖坯台、瓦坯墙、砖坯墙和厂门口的一大堆干松毛柴上瞄来扫去。他的眼神有些空茫，有些颓丧，但更多的是依依不舍。他与这块坪地，与这瓦厂打交道的时间太长太长，他流在这上面的汗水太多太多。

德仁十岁没了父亲，十四岁跟师父学砌砖。1958 年，二十一岁的德仁已是葫芦湾一带有名的泥水匠了。那时建房砌土砖，人家是一线一层地砌，而他拦一线砌三层。因了这手功夫，这瓦厂地上曾有过的四个炼铁高炉就是在他的指挥下砌上去的；高炉砌好炼铁时，第一箩木炭是他倒进去的，第一炉火是他点的。但后来要他把一张新耙投进炼铁炉时，他拒绝了。于是被民兵营长忠茂组织斗争后，派往葫芦嘴烧木炭，差点搭上一条命。

大跃进后，高炉废弃。几年下来，砌高炉的火砖被葫芦湾人拆去建了猪圈。坪里碎砖烂瓦狼藉不堪废弃多年。

德仁记得是 1973 年 4 月，他在这片碎砖烂瓦中拾掇生烟土时，一个自称姓周的祁东人路过这里递给他一支烟。周师傅抓起一把黄土说这是极好的瓦泥，便在此留下来撺掇忠茂办了这个瓦厂，点名要德仁跟他学制瓦烧瓦。1976 年，周师傅杀死另一祁东陈师傅被抓后，制瓦烧瓦便是德仁掌门。一直办到去年年底，集体散伙瓦厂倒闭。

德仁对瓦厂有感情，他舍不得瓦厂落在别人手里。他也知道标瓦厂要现钱，但他偏偏没钱。他从瓦坯泥墩上溜下来，走出瓦厂，在松柴旁站住，随手折断一股枝丫，清脆地响了声“啪”——焦干了。他想，烧窑的柴是现成的，只要买回三吨煤，把现成的瓦坯、砖坯烧出不就是钱吗？但标厂的钱在哪里？买煤的钱在哪呢？自己既当爹又当妈把秋兰和建斌拉扯大，一直过欠债的日子。瓦厂是队里的一棵摇钱树，自己是厂长又是师傅，卖瓦由他点数，冬姣收钱，稍微做点手脚何愁捞钱不到，但自己过于板正，以至于后来要砖瓦的人只要德仁在厂里就不买，偏偏瞅准德仁不在时才找冬姣点数付款。现在想起来多少有些后悔，自己不贪，冬姣忠茂可不客气——摇钱树摇下的钱有相当一部分被支书家捡进了腰包。

德仁空茫的眼神越过瓦窑投向泉塘，看见同根、冬旺、雄健三人在帮建斌撒鱼草，心才稍微安定。

建斌今年二十岁，高中毕业后当了两年民办教师。他长得粗壮结实，臂肌、胸肌、腿肌一股一股的；村里那对一百五十斤重的石擂他一气能举二十多下；他能写、能算、能说，村里的后生都围着他团团转。秋兰呢？不仅健康，而且俊美。德仁从建斌和秋兰身上看到了自己家庭的希望。俗话说，强不过三代，弱不过三代，自己一辈子忠厚无用，空有一身高大的骨架，到了建斌手上该会有所改变吧？想到这里，他把标瓦厂的希望寄托在建斌身上，不由得跑过去告诉他今晚队上的仓库、机房、瓦厂开标，撒完鱼草马上回家。

建斌洗了手脚爬上岸，问开标有些什么规定。德仁回说告示贴在正厅屋大门口，你去看看。德仁说完，不声不响走了。他知道建斌每个月才二十九元的民办工资，也没钱，不好过于为难儿子。

建斌欲跟爸走，却被雄健三人缠住。他们早几天学的猴拳又不晓得弄了，便把建斌邀到瓦厂里，摆弄着说，打到进三猴手，退两猴手就不知道了。

建斌的猴拳是牛崽教的，牛崽是家传的。牛崽的曾祖父肖高庆舞单狮走过两湖两广，遍访名师武友。爷爷肖俊龙为保家产越是刻苦深造，武功声名显赫，但他终究是土财主，一心习武忘了从文，疏忽了道德家声，仗势横行乡里，未及将自己的毕生武功传给儿子泽武就被共产党镇压了。泽武地主传给儿子牛崽更是小心翼翼，偷偷教偷偷学偷偷练。牛崽是怀着强烈的自我保护意识刻苦习武。父亲所传的一路猴拳一路僧棍和一套板凳拳都练得纯熟。据说，俊龙还传给泽武一个溜马，一溜马能溜一丈多远，但从没见他显露过。牛崽的武功也从不显露，因与建斌极其要好，就偷偷教给了建斌。建斌怕殃及牛崽也不露手。地富反坏右摘帽后，政策渐渐宽松了，建斌被雄健几个纠缠不过，征得牛崽同意后才教他们打猴拳。但雄健和同根急于求成，不愿练基本功，悟性也不高，出拳出腿没劲，拳势与腿法配合不到位。冬旺的悟性好些，也肯下功夫，但他是半边驼，做起动作像鸡啄米，那架势很好笑。建斌给他们纠正了一阵，一招一式地边演示边讲解：两退猴手之后是垫步挤脚上去，连续“猴子捞月”“猴子洗脸”“猴子扳陶”“猴子掏裆”四招。

建斌因要看开标告示，草草收场，带他们一起走了。

四、各退一步

正厅屋大门口已挤满了人。牛崽独自坐在拖拉机上抽烟，微眯两眼听议论。

“仓库价定低了！”“机房价定高了！”社员们纷纷嚷着。

“瓦厂怎么不定标呢？”德仁关心的是瓦厂，他也嚷了句。

忠茂正在和二林商量买下仓库和瓦厂后具体怎么安排，听见有人在嚷，叫二林一起出来压压风头。

忠茂和二林一出现在大门口，都不作声了。忠茂个子不高煞气很大。他扫视众人一眼：“嚷什么？你们说仓库值八千块，我说一万块都起不上去，但里面闹鬼，研究的时候我叫诗汉买下，他连摇脑壳不要，他还说，有鬼的房子谁也不敢要。你们问诗汉，是不是真的？”

蔡诗汉嘿嘿笑道：“是，是，我说的。”诗汉四方大脸五官端正穿着讲究，本是女人喜欢的那种男人。但他一身肥肉嘴无胡须，别人说风就是风说雨就是雨，没主心骨，而且好巴结，队长泽文经常骂他是块“假光洋”。“假光洋”端着一个茶杯，连声附和忠茂。其实他根本没参加研究，只是贴告示的时候，忠茂有意诈他买下仓库，他顺便说了声不要。

泽文是队长都没参加研究，他不相信蔡诗汉能参加研究。他扫了诗汉一眼问：“我都没参加会要你参加？”诗汉看看忠茂又看看泽文，结结巴巴说参加了。泽文盯着诗汉的脸不说话，盯得他不知所措一脸惊慌。

蔡诗汉本是邻县八里垌蔡家人，来葫芦湾顶他外公的绝户头。他外表标致却缺钢骨，为了在葫芦湾能活出个人模狗样，竟把自己老婆主动送给忠茂。在忠茂眼里他是只随意使唤的狗，在葫芦湾人眼中他是堆臭狗屎，说不上话。

肖泽文恰好与蔡诗汉相反，自己不好吹拍，也看不惯别人巴结。泽文有文化，会讲《三国》《水浒》《隋唐演义》；还会看面相、手相、痣相；村里迎婚送嫁、起屋上梁、老父老母登山，所有红白喜事，从择日选时到酒席结束洗厨都由他主持。葫芦湾人既尊他敬他也畏他，加上国家恢复高考后泽文的大儿子雄辉考上了省财政学院，女儿艳秋考上了省师范学院，威望陡升，在葫芦湾只有他敢与忠茂叫板。他对队里“三大件”开标忠茂不通知他参加研究很恼火，但他不直接向忠茂发火，而是借指责诗汉敲打忠茂，按葫芦塘的说法是“打屋柱震栋梁”。他盯了诗汉一阵，不屑地说：“假光洋，我一看你的脸相就知道你撒了谎。”可诗汉还是说这回真没撒谎。

厚友把铜烟斗往大门石墩上磕了磕，笑着告诫诗汉：“泽文是什么角色你还不清楚，蚊子飞过这里他能分清公母，你骗得过他的眼睛。”诗汉依然撒谎说接到通知先是来了，见泽文不在又走了。泽文就势向忠茂发难：“你这样做我有意见。你不通知队长参加为何通知出纳参加？”

谎言被揭穿了，忠茂向泽文道歉，说：“你有意见现在提也行。但话说回来，你是生产队长，我是大队支书，我可以一元化领导。”泽文横起来：“你一元化领导我也有意见，仓库标底定低了。”

忠茂解释说仓库定得低有定得低的原因，很多人都清楚。诗汉又蹿出来补充仓库定得低是因为里面闹鬼。泽文问诗汉，你看见了，有毛没毛，有爪没爪？诗汉却说是真的，牛崽爷爷阴魂不散变鬼掀工作队的蚊帐。泽文讥讽诗汉真会搞宣传。

忠茂出面圆场说开标不封顶，定高定低没关系。泽文却不依不饶：“怎没关系？竞标的多关系不大，没人竞标，买主就占了大便宜。”泽文是人精，他把忠茂的心事看得通明透亮。

忠茂说定低点才有人竞标嘛，你的意见保留，暂时这么定，你是队长要支持工作。

泽文的儿女先后跳出葫芦湾既让忠茂妒忌也心存畏惧，对泽文的据理力争他让了三分。泽文见忠茂口气软了也适可而止不再往下拗。

这时，德仁又嚷：“瓦厂怎么不定标底呢？”

忠茂走到德仁身边，不屑地看了他一眼说：“瓦厂是个要资金要劳力的地方，以往装窑全队的劳力都要上，到了私人手上，难呢！”德仁一向畏惧忠茂，但今天他太想瓦厂了，麻起胆子回了句：“再难也得定标嘛。”

在忠茂眼中，德仁远没泽文有分量，他瞪了德仁一眼说：“这瓦厂还不知道有没有人标呢？听你嚷得最响，你拿三百块出来，给你。我讲话准数！”

忠茂比德仁矮一截，小一圈，剥开德仁的皮完全可以把忠茂连衣服裹起来，但德仁偏偏怕忠茂——他恨忠茂却一直怕忠茂。

“支书知道我没钱，穷！”德仁回话的声音已经稀软。

“没钱你别多嘴，瓦厂标不出要你负责。”忠茂咄咄逼人。

德仁一脸没趣袖手站在一边失神傻笑。

忠茂用两种截然不同的态度对泽文和德仁令建斌不满。他从一边横插过来，两眼逼视忠茂：“支书，你是量就我拿不出三百块？”

忠茂凶德仁的时候没注意建斌在场，建斌的突然出现使他想起半个月前的一件事。

那天早晨，忠茂带着大林、二林、三林准备把窗台下的一块青石板抬去放在灶门口火塘边上。青石板怕有两百多斤重，平躺在窗台下年深日久，淤积了近半寸厚的浮土。忠茂父子四人先后试过皆未能掀动石板，连能挑两百多斤的三林也奈不何。这时建斌上厕所从忠茂家门前过。三林叫建斌试试。建斌便急，没试。建斌解手回来他们仍未掀动，三林他们立即让开要建斌掀。

开始，建斌也没掀动。他不服，把皮带勒紧一节，蹲身运气，两手扣住石板一头，“嗨”一声发力，将石板掀竖起来。忠茂两眼放亮，口上连说不错不错，心里却在嘀咕：自己六个崽，除三林和满林，其他任何一个建斌都能用一只手举起来。如今他又当着民办教师，说不定哪天就出息了。文武双全的人不多，但建斌算一个。

忠茂本性霸道，但他霸道是看对象几斤几两、有刺没刺而定。泽文的儿女考出了出息，考出了社会地位，在忠茂眼中有了斤两有了分量。而建斌呢，也不敢小看，在农村，有把子力气拳头硬还练过武是最镇人的资本。他那明显带对抗的语气，让忠茂后悔自己对德仁说话太冲。于是改口说：“我的意思是你在教书，不是盘泥巴的人，标什么瓦厂呢？”建斌见他往开避，也就算了，人家毕竟是支书，好多事都捏在他手上。

不知轻重的诗汉在另一边劝牛崽出钱买下仓库。忠茂立即迁怒到他头上：“有本事自己买，别娼妇嘴巴样，劝这个劝那个，真是块假光洋。”蔡诗汉口翕开看看牛崽又看看忠茂，无趣地“嘿嘿”笑着。牛崽则表示“三大件”一件都不要，然后发车走了。

五、牛崽的怪招

德仁家只有一间厢房，而且是前栋的后厢房。厢房阴暗，时值正午，太阳光透过窗棂在地上投下斑驳的光影。德仁在屋中央的光影里呆立着，无神地看着屋内的灶台、黑角里的床铺，最后，眼神落在建斌身上，说："我想标瓦厂，可忠茂没定标，不知葫芦里卖什么药？"建斌说："管他卖什么药，他这样看贱人，我去借钱，专标瓦厂。"德仁要建斌向牛崽借，牛崽有钱而且说了不投标。建斌知道牛崽要标仓库只嘴上应承父亲。

此时，牛崽的拖拉机正停在村道与县道的岔路口。诗汉撺掇他标仓库的时候，他嘴上说什么都不要，但他内心那股收回祖业的欲望特别强烈。这是一个极好的机会，错过了也许不会再有。他听父亲说，爷爷被政府枪毙后，奶奶带着父亲从现在队上作仓库的房子里被扫地出门，栖身在村后的牛栏里。1956年，自己在牛栏里出生，故取名牛崽。1963年，政策有所好转，父亲把牛栏拆掉，建了栋"田"字结构的土坯屋。建屋的三千多块砖坯全是父亲用脚踩出的，贫下中农的砖坯泥可以用牛踩，但泽武是地主，忠茂不允许。新土坯屋住了不到一年，"四清"运动来了，阶级斗争的弦绷得紧，调子唱得高，忠茂以"地主建新房，向贫下中农示威"为由将土坯屋没收。奶奶就是这年去世的。父母带着自己和妹妹借住在村西孤寡老头肖德彪的两间屋里。父亲每次教自己练拳练棍前后都要提醒："你爷爷练武是为了霸道，你练武是为了防身，千万不能逞强；你爷爷霸田霸产霸人家的女人该毙，我们千万不能恨共产党，也不能恨肖支书，那是政策。这三点做不到，我们的性命难保。"牛崽遵循父亲的训导只一味地练拳练棍练力，从不与人争执才战战兢兢走到"改革开放"的好日子。因此，葫芦湾一带的人叫泽武精怪

（葫芦塘方言：精明得像妖怪）。

牛崽能开队里的拖拉机是基于一次偶然并带戏剧性的机会。

1982 年初冬的一天，葫芦坪生产队的一部手拖翻倒在两米多深的干渠道里。司机翻成重伤住院。拖拉机六轮朝天仰躺在渠道底。车厢是大卸八块弄上来的，车头拆不开搞不上来。那时，全葫芦塘有手拖的生产队不多，一是穷，买不起，二是没人会开会修。牛崽却以教拳棍为交换条件，向葫芦坪这个手拖司机学会了开车和修车。葫芦坪十几个人往上搞拖拉机头时牛崽一直在场，搞了三天没搞上来，他半开玩笑半认真地说："你们信不信，我和我爸两个人可以搞上来。"葫芦坪的队长本来憋着一肚子气，他瞪了牛崽一眼，吼道："听你牛皮哄哄我就卵扯！（湘南方言：恼火的意思）"牛崽说："不是吹牛皮，可以打赌。"葫芦坪的队长两眼鼓起："搞上来了，拖拉机给你；没搞上来，怎么办？"牛崽毫不犹豫地说："没搞上来，给你队上白开一年拖拉机。"

打赌时，忠茂也在场，葫芦湾队正想有部拖拉机，他常去公社开会，这样接送方便。以往是葫芦坪队的司机接送，但葫芦坪离葫芦湾两里，不方便。于是，他站出来做证，来了个折中：牛崽父子搞上来了，拖拉机作价四百元卖给葫芦湾队，由牛崽开；没搞上来，牛崽给葫芦嘴义务开车半年。这时，中国的政治渐趋清明，像牛崽这些地主的儿子已不再受歧视。牛崽、忠茂才敢开这种玩笑打这种赌。

队长伸出右掌："支书说话准数！牛崽，你有胆量就击个掌！""击掌"是湘南民间打赌的最高形式，双方的巴掌一旦击响，前面是火坑也得跳。如果反悔，永远被人骂作"阳痿"。牛崽伸出右掌"啪"的一声拍响了队长的右掌。

牛崽父子从渠道底往丈来高的岸上搞车头这天，渠道两岸站满了看热闹的男女老少。泽武精怪这个受管制的五类分子一直是谜一样的人物，建房的三千块土坯用脚踩出来这事不算，大家印象最深的是他砍守山树那次。

葫芦湾水库修了两年。这两年，除了农忙，全公社十个大队分十个食堂分别在葫芦湾、葫芦背、葫芦坝、葫芦坪统一食宿。所有的食堂都不烧煤，全部砍伐葫芦背后山的树当燃料。葫芦背后山全是古松、古樟、古枫。起先，葫芦背的人不肯，他们说葫芦湾后山也有古树，为什么非得砍葫芦背的？肖忠茂反问你们指挥我还是我指挥你们？一句话唬住了葫芦背的人。两年下来把葫芦背后山的古树砍得只剩一棵最大的古松了。古松在山的正中央，枝繁叶茂，像一把凉伞撑开；树干需两个大人手拉手才能合抱，按迷信的说法这叫守山树。守山树归山神土地管，不能砍，谁砍了山神土地会索取砍树者的性命。于是，原来砍树的人都不肯砍了。没柴食堂不能开火，不开火就没饭吃，不吃饭当然不能上工。树，必须砍。都不肯砍派谁去砍呢？万一出了事，家属闹上门来，那可不是好玩的。忠茂想到了五类分子。五类分子中又想到了肖泽武这个最大的五类分子。因为所有五类分子中只有他的父亲被枪毙了，而且他的体力好。忠茂亲自找到泽武颂奖他习过武体力好要他把古松砍倒。

泽武知道，忠茂表面是颂奖，其实是命令，他不敢违抗。若是耽误了食堂做饭，这笔账就算不清了。自己是忠茂棋盘上的一枚棋子，他可以拿在手中任意把玩。泽武不想死，自己才三十多岁，儿女还没成人，怎么舍得死呢！于是偷偷向厚友请教了砍伐方法和趋吉避凶之道。砍树这天，葫芦背后山远远地站满了人，只见泽武地主倒披蓑衣，手提一把磨得白亮的大板斧；脸上用锅灰擦得墨黑墨黑；蓑衣尾巴的棕丝和头发搭在一起，简直是个妖怪。他来到守山树下，没急于砍，坐在树下抽烟。泽武抽自己种的旱烟，他有一杆红藤烟斗。别人的烟杆用竹管做，他的烟杆是用红藤做的。实心的红藤比大拇指粗点，被他用烧红的八号铁丝从中钻空了；烟斗是铜的，烟嘴也是铜的；烟斗有小酒杯大，装一锅烟要抽很久。红藤烟管既坚挺也柔韧，展开是笔直的一根，手拈中间抖抖，烟斗和烟嘴弹上弹下。但泽武经常把红藤绕成一圈像一支军号，他抽烟时头稍微向上仰，深吸长吐，像吹军号。这天，泽武把红藤烟杆解开，慢慢地抽，像平时样深吸长吐；一连抽了三锅烟，才磕掉烟灰，把烟斗放在一边；然后双掌合在一起恭恭敬敬向古松躬身作揖，口中念道：山神菩萨、土地公公在上，我冒犯你们是不得已，你们实在要怪罪就找长倒毛的人。声音不大，但所有人都听得见。

念完，卟——卟！往两手掌心吐口唾沫，操起大斧就砍。要说有力，泽武地主那是真正有力。只见细碎的木渣飞溅，瓜瓢大一块的木渣在古松下叠成一大堆，不到三个钟头就把古松砍削成一巨大的木尖。他按厚友的吩咐，树冠枝丫多的那边口子砍低砍多，枝丫少的这边口子留高少砍，砍成纱帽型。说来也怪，树干砍得只剩下一根筋了，可就是不倒。观看的人群慌了，开始议论纷纷，说是山神土地怪罪下来了，砍树的人往哪边走树就往哪边倒，泽武地主死定了。这时，泽武地主放下斧头，三五两下解下倒披的蓑衣，顺手将蓑衣往枝丫多的那边一甩；再从地上抓起红藤烟杆，将铜烟斗往树身使劲一砸，古松斧口根部“咔”地响了一声，而后随着一阵“咔喳喳”的声音，树干缓缓向蓑衣那边倾斜。泽武地主拿着烟斗头也不回朝相反的方向飞跑。

轰然倒下的古松把整个葫芦背后山颠簸得晃了几晃，巨大的树干将蓑衣死死压在地上。观看的人群松了一口气的同时也惊叹泽武把蓑衣当替身的机变和法术高强。及至后来传说土地公公变成白胡子老头在葫芦湾一带到处查找那个长倒毛的人。但泽武地主一直健康地活着，感冒都很少有过。“泽武精怪”的外号就是这件事后喊出来的，甚至传说他会耍法。从此，葫芦湾一带的人对泽武和他那杆红藤烟管有种莫名的敬畏，连忠茂也再没批斗他。泽武精怪很乖巧，但凡是忠茂家有脏活累活他主动揽到怀里做。忠茂呢，大队经常给其他四类分子派义务工，但泽武不派。

现在听说摘帽地主泽武父子要把拖拉机车头从渠道底搞上来，以为他又会耍什么法术，围观的人简直多得不得了。

四十三岁的泽武一直未停练功，壮实而又老练。在高压政策下生活了二十余年的父子二人空有一身功夫，从未向人显示过，想借这个机会吐吐气。方案是父子俩早就定好了的，他们看准了翻车的地方有一道三十来度的斜坡，从渠道底通到渠道上，设想由一人在岸上拉，一人在下面推，凭两人的气力完全可以把车头搞上来。但斜坡只尺把宽，载不住两个轮子，也不敢挖渠道把斜坡拓宽。牛崽便从家里扛来一根粗大结实的杉筒横架在渠道两岸，用两根杉条架在横杉筒上，再在杉条上钉上板子与斜坡相拼，路便出来了；接着父子俩把车头扶在坡下，泽武把找来的粗大结实的吊谷索一头套住车头的拉环。接着又在渠道上挖了两个蹬足防滑的坑，斜坡上也挖了一路蹬足防滑的坑。板子上钉了一路马钉，也是防滑蹬足。

就这样，牛崽在下面推，泽武在上面拉，父子俩憋足气把拖拉机车头搞上了岸。哪是耍法哟！全是方法。泽武父子俩一家伙出了名，都说精怪爹养出个精怪崽。

既然击了掌，又有支书压阵，打赌的队长接过忠茂递给的四百块钱哭笑不得走了。牛崽也因此以承包的形式开上了拖拉机。集体散伙时，拖拉机作价四百块拍卖，自然没谁与牛崽争。两年下来，牛崽不仅有了一部拖拉机，还有了可观的积蓄。刚才看了开标告示，他不要机房，不要瓦厂是真的；见仓库只有一千八百元的标底，暗暗高兴；说什么都不要是虚晃一枪。现在他把车停在岔道口，向开拖拉机的伙计借钱，他要准备足够的钱，写一个旁人意想不到的标。

六、水火不容

建斌刚走，秋兰来家里挑谷，顺便告诉爸说巧英妈来了，好像是为建斌和巧英的事来，凤花姑姑叫你过去。

凤花是厚友的老婆，秋兰未来的婆婆。德仁听说是儿子的好事，微眯两眼从肚里往外笑，全忘了忠茂凶自己的烦恼。

厚友家桌上摆好了菜，在等德仁和秋兰。巧英娘一个劲赞扬国林有福气，秋兰人也俊，体度也好，勤快而且嘴巴不多，现在很多姑娘事就懒做，嘴巴却镰刀裁烂的样——多不过。凤花则问："巧英放了没有？"巧英娘说："提亲的天星样，可巧英不肯。"厚友说巧英有主见，可能是自己看中了人。巧英娘压低声音说："那天我问她这里不肯，那里不肯是不是看中了谁。她说是建斌。我说他家房子都没得，你看中他哪点？她说除了房子，点点都看中了。难怪她总是说建斌读书强，打架强，打球强，那时在学校，有人欺负她，只要一提建斌，那些人就不敢了。"凤花说："建斌人长得威武，又诚实，只是屋窄了点。"巧英娘问："有地吧？只要有地，起屋！好办。"厚友听出"好办"的含义是他家分到一大片杉树林，起屋的木材那是一句话。厚友见巧英娘也看中了建斌，说："只要标中了瓦厂有的是地，我正为这事叫德仁来。"

巧英娘喜形于色道："建斌这后生没得说，但总得他家托人提亲才对。"凤花却说："现在的后生，要什么媒人，自己同意就行了。"

说话间，秋兰过来说她爸要吃了中饭才来。厚友他们也就没再等。可他们才吃饭，德仁就到了。厚友边给他筛酒边说："今晚开标，你得把瓦厂弄到手。那里一则是块好屋场地，二则好赚钱，拆去东头起栋'田'字屋，西头仍可做瓦。”德仁说：“想是这样想，建斌借钱去了。”厚友说：“我盯紧机房，你盯紧瓦厂，过了这村没那个店。忠茂矮瓜做好了圈想叫我们钻，偏不让他得逞。”

厚友和忠茂是水火不容的死对头。厚友每当想起忠茂当年强奸自己的老婆凤花一事，内心就火煎火燎地痛；但想起那晚对忠茂的惩处，也非常解气。

1963 年农历十月初三，这是厚友刻骨铭心的日子。那天晚上，他在葫芦嘴做完了一家工夫，收拾好木匠行头要摸夜路回家。主家留他在那睡，他说葫芦背黑皮家选定初四是黄道吉日要起手做嫁妆。

厚友到家还只晚上九点的样子。

厚友家的四垛三间土坯瓦房与葫芦湾老屋场隔着一丘田。他的四垛三间土坯瓦房是湘南农村常见的那种结构，东西两边各有两间厢房，中间是厅屋；楼上楼下结构一样。葫芦湾人多屋少，住在老屋场里的一般是前栋两小间或后栋两小间为一户。算来算去，新中国成立前后，住得这么宽敞的全葫芦湾只有肖俊龙、刘厚友和肖忠茂三家。肖俊龙的四垛三间青砖瓦房，土改时被没收充公，现在成了队里的仓库；如今只剩厚友和忠茂家了。肖俊龙的青砖瓦房砖砖瓦瓦渗透了霸道的成分；忠茂家的房子也有非议；唯刘厚友的土坯瓦房是岳父肖贵才靠木匠手艺挣来的钱砌上去的。在葫芦湾人的眼中，一家五口有这么宽敞、通风向阳而且来路正当的房子简直就是天堂。

那晚，厚友见自己的天堂里一片漆黑，而别人家的窗口还透着灯光。按惯例，凤花这时应该在剁猪草。他很奇怪。先是在大门口喊凤花开门，没人应；当绕向后檐走过屋角时，突然发现一条黑影从后窗口沿一根竹篙往下溜。他一惊，冲上去扭个正着。抓住黑影的头发翻起一看，是支书忠茂！厚友倒抽了一口冷气——一个惹不起的人。

忠茂竟不以为然地说：“你要怎样？我是看得起才来。”

这话激起厚友的无名之火，你他妈的也太狂了！今天，你就是颗炸弹也让你炸一下。他一把挟住他的脖子，忠茂的身子立即软了，喉咙里发出“咕噜咕噜”的声音。这时，五岁的国秀点上灯已打开大门。厚友高大，握斧头的右手格外有力，怕挟死忠茂出人命，把挟脖子改为挟腰胯，像挟小孩样挟进来丢在地上。厚友见凤花被撕破的衣衫，口里还塞块毛巾，什么都明白了。

忠茂半天才回阳，自己爬起坐在地上，仍然无所谓。厚友怒火中烧，从木匠工具箱里拿出一把磨得雪白锋利的三分扁凿，试了试凿锋说："你活到今天打止了！"语气低沉，充满杀气。说着，挟住忠茂的脖子往外拖。忠茂两手死死抓住床架不肯走。厚友稍一用力，忠茂立即鼓眼暴睛，口吐白沫，喉咙里的咕噜声渐渐微弱。

"走，别弄脏了我的屋，到你家门口才动手，杀了你，然后我去吃炮子。就这样！"

杀父之仇，夺妻之恨，一怒之下厚友什么事都敢干。忠茂慌了，哭着哀求："只要不杀我，什么条件都答应。"

厚友也知道，杀人是要偿命的，真去吃炮子也害怕。忠茂的哀求让厚友顿时清醒，他把门一关，拿出纸笔，拍在忠茂面前，低吼道："写，有半句假话，捅死你。"

忠茂自知理亏，害怕厚友力大。刚才要是再用点力，根本不用凿，自己就上了西天。因此，他一五一十写道：

> 今早，我见贵才哥嫂去了走青气，起了坏心，先是以吹副业款为名，来这里喝了茶还喝了杯酒，调戏凤花，凤花没理我，走开了，我就成协凤花说，不准你搞副业了，傍晚，我来喊门，没开，才从后窗爬进来，凤花死也不肯，我把她打昏了，捆住双手才下手，还成协国秀不准喊，就这些，我错了。

忠茂没读多少书，标点符号一逗到底，句号结束，而且错别字连篇，比如"亲戚"写成"青气"，"催"写成"吹"，"威胁"写成"成协"。厚友也不识多少字，但看出这是"强奸"就够了。厚友叫忠茂写上名字和日期，又令他脱下长衣长裤，只准穿一条短裤遮羞。忠茂不肯脱，厚友说："随你，证据在我手上，把你两粒眼珠子雕出来，大不了坐几年牢，而你，一辈子示众。"忠茂害怕雕眼珠子，乖乖地脱得只剩一条短裤。厚友把他的交代和衣裤包在一起，又说：“滚吧！明天法庭见。”

忠茂像只没毛老鼠样溜出门外。厚友不解恨，追上去，一脚把他踢进门口的污水坑里。

直到现在，厚友仍没解恨，他看穿了忠茂不给瓦厂定标的用意，怎能让他得逞！

七、牛崽再出怪招

开标会在葫芦湾的正厅屋里举行。全村三十六户一百六十八口人，除摘帽地主泽武没来，不管准备竞标的还是不准备竞标的，全到了。村里有竞标能力的只有忠茂、厚友和牛崽三家。但不竞标的人有钱进，标的价高价低与自己的利益直接相关，大家都相互撺掇，鼓动别人投标，投标的人多，价才能抬上去。

一张大方桌摆在神台下，大队支书忠茂坐在正中间主持会议，会计二林坐在他左边做记录，出纳蔡诗汉坐右边准备收款，队长泽文坐在忠茂对面当公证人。忠茂的另几个儿子除满林外都坐在前面，抢占了有利地形。十六岁的满林对标三大件中的任何一件都不感兴趣，他感兴趣的是冬旺的妹妹也就是蔡诗汉的女儿俊秀。他俩在公社中学读初三，同班。俊秀比满林大一岁，十七岁了，发育得早，胸部的两坨鼓胀得很高了。母亲早已不在人世，父亲身为生产队出纳却仰人鼻息看人眼色过日子；半边驼哥哥冬旺整天东游西荡。她知道自己得不到任何人的呵护也就不抱任何希望。她早已习惯自己管理自己的日常生活，自己做饭，自己洗衣，自己缝补，把自己料理得清清爽爽。但她是一朵有如在朝露中悄然绽放的小花蕾，脸蛋长得像她的名字一样既俊且秀，鲜嫩水灵，是学校师生注目频率最高的女生。其中最放肆的是满林，他不但放肆看，而且动手动脚。俊秀畏惧他家的势力，不敢得罪。因此，在背人耳目的地方，满林想摸她一把就让他摸一把；想抱就让他抱抱；想讲几句痞话就让他讲几句，不敢给他脸色，但前天满林把她拖进后山的林子里，提出要和她那个时却死都不肯，趁满林的裤脱到一半时起身跑了。现在，满林一挨她坐下，手便在俊秀大腿上摸，俊秀也没事一样坐着，既不迎合也没拒绝。

忠茂见人到得差不多了，开始讲话。他说：“别的队去年散了伙，我把大家捆在一起多干了一年，大家有意见；好！就分吧！耕牛、农具、化肥、农药都分给了大家，今晚把仓库、机房、瓦厂标出去，分钱到人，集体就算彻底散伙了。散伙就散伙吧，但未必是好事。以前，有人抱怨我们队人均口粮才三百多斤，散了伙，有的人恐怕三百斤都吃不上。说不定哪天中央发现搞错了又统起来。”

忠茂的话没讲完，下面便嚷开了：“去年散伙的那些队，户户增了产，未必我们就这么背时！”“要统那天再说吧，天要倒，芒扎的扫帚撑不住。”“这回中央不会错。还统，太阳从西边出吧！”

要是以往，忠茂早发火了，但他今天的态度格外好：“大家别嚷，我受党的教育培养多年，政府的事比你们看得准。这点，公社、县里的领导都得承认。远的不说，就说责任田到户的事，这几年从中央到地方的斗争就反反复复。我可以一条一条地摆到桌面上讲，大家回忆回忆。

“1979 年春，公社李书记要我带头试行三家五户自由组合包产到组的管理方式，我表态坚决不搞，免得抓我的反面典型。后来由中心大队试行，这年，中心大队粮食确实增了产。秋后，全公社又有几个大队推行包产到组。但过了年，公社开会学习 1980 年第 2 期的《农村工作通讯》上面一篇叫《分田单干必须纠正》的文章和一个叫张浩的干部写给《人民日报》的信。那信刊登在《人民日报》头版显要位置。信上说，‘三级所有，队为基础搞了二十几年，群众已经习惯。现在搞的包产到组包产到户，是倒退，是脱离群众不得人心，会搞乱干部群众的思想，给生产造成危害。’《人民日报》加的编者按要大家认真读一读张浩的信，不能从队为基础退回去，已经出现包产到组和分田到组的地方，必须坚决纠正！因此，李书记责令全公社试行包产到组的地方又解散归队。还表扬我不跟风，走社会主义道路立场坚定。

“1982 年年初，中央又发了个什么文件，鼓励推进包产到户，但全国各地阻力很大。1982 年春，葫芦塘公社已有一半的生产队包产到户。但我们大队没动，是我把大家捆在一起又干了一年，拖到现在才包产到户。你们别以为形势的发展打了我忠茂的耳光，斗争还在继续，反复依然存在。”

忠茂的记忆力惊人，政策发布的时间、内容记得十分清楚；口才也相当好，开半天会没一句重复的话，连公社书记都敬他三分。另外，忠茂讲话向来武断专横，但今天用的是劝导解说的语气。下面的人发现了这个变化，觉得忠茂已经底气不足，因此不耐烦地纷纷嚷叫："管他去吧，田都分了，公告贴了，人也到齐了，谈开标的事吧。"

忠茂也觉察出村里人不听自己的话了，他感到自己脚下的地板已无以前那么踏实甚至开始沉陷。停了好一会儿，才又接着说："好，好！告示大家都看了，一件一件来，先标机房，机房是棵摇钱树，按七折打的价，标底二千八百八十八元，要的写标。"

泽文率先发言撺掇厚友买下，说不是门前不是宝，你家也弄熟了。社员们都附和着，没一个争的。

在葫芦湾，只有刘厚友和蔡诗汉两个外姓户主，厚友为人厚道大方，村里人做张小凳、刨个锄把打个扎、修块锅盖整个撮箕一类的事，他从来不收钱，而且不打吞吐（湘南方言：意思是满口答应）。因此，人缘极好。蔡诗汉却差死了火（方言：为人很差），臭！

忠茂希望牛崽竞标，却不好公开鼓励，只用眼神向他暗示。牛崽会意，摇头笑了笑，扭头叫国林买下。国林说有要的我参加竞标；没谁要，我按标底买下，请各家各户吃顿便饭表示感谢。众人齐声喊要酒喝表示同意。

忠茂见人心所向，也做顺水人情叫二林落笔，诗汉收款。二林写下后向大家念了一遍："机房由刘国林以二千八百八十八元买定。"

国林当即向诗汉交了款，落实了一件。

忠茂又站起宣布："第二项标仓库，标底一千八百块，定低了，有人说值八千，我说一万都不止。但有个原因，就是里面闹鬼，有人说牛崽的爷爷经常现身。我是党员，是干部，本不应宣扬迷信，但话说在前头，我忠茂做事向来明见明开，田卖给大家，漏眼也告诉你们，免得标到手上后悔。标底多少不在乎，上不封顶嘛，竞标的人越多越好，标得越高越好。"

这回是诗汉放开头炮，说闹鬼的房子他不要，却喊这个标喊那个标。泽文骂蔡诗汉："女人来月经还有个大概；你那嘴巴还不如女人下面那个东西，见风喊雨，没得个准；我是有屋不需要，如果要，我不怕鬼。"

很多人想要但没钱要不起，偏偏说是里面闹鬼，不想要，给自己遮面子。只有德仁实话实说想要，可惜没钱。

忠茂漫不经心地说："都不要，那就把标底还往下压压，看有不有要的。"

牛崽冷不丁站起，"都不要，我买，1800 就 1800。"

忠茂万万没想到牛崽会要，他睁大两眼问："你不是说不要吗？"

牛崽说："大家都不要，我要。"

"你爸没说要，你要？"

"我要！我爸也说了要！"

"你爸要，怎不来开会？"

"爸没来，我代表！"

"你买不合适！"

"你认为我在反攻倒算是吗？"

"明白就好！你爸不来是对的！"

泽武精怪地主帽子戴了近三十年，五类分子会开多了，社员会、群众会没他的份；现在摘了帽，有权参会了，反觉得不自然，从不到会，今晚也不参会。但他告诉牛崽要买下仓库，哪怕多花点钱。

忠茂想起那次泽武父子俩搞车头的事。事情成功了，大家才明白道理，车头有两个轮子，上面拉，下面推，换作别人兴许也能滚上来，但那么多人怎么谁都没想出这个办法呢？他妈的，泽武精怪的脑壳硬比别人聪明，这次，他俩又搞什么名堂！

忠茂说牛崽竞标不合适！建斌说右派平了反，地富摘了帽，牛崽有权竞标。泽文看出诡计多端的忠茂想占便宜买仓库，难不得有人站出来和他竞标，于是立即支持："建斌是懂政策的，牛崽爸的帽子都摘了，当然有权竞标。"有了建斌和泽文领头，大家都喊按政策办！

牛崽决心已定，钱在身上胆也壮，但他表面低声下气："支书，你让我标一下，标不中，算了；真标中了，上面说我反攻倒算，把钱退给我就是。"忠茂冷笑道："反攻倒算，还想退钱！丑话说在前头，有胆你就投标。"建斌目视牛崽。牛崽会意。但他还是畏畏缩缩似的拿出一个已经折叠好的白纸标说："我标都写好了，还是投吧。"

建明、同根、雄健齐声鼓动："投！"

牛崽把写好的白纸标放在桌子中间。忠茂、二林、诗汉、泽文四人同时盯住那个白纸标。标是用圆珠笔写的，虽折叠起来了，但纸太薄，四个人都看到上面是 2788 元。刚放上去牛崽慌慌张张又收了回来，说："有争的，我以这个标为准，没竞标的，我也和厚友姑父一样按标底交钱。"样子极其温驯老实甚至有点可怜。

忠茂还想把牛崽劝下去："牛崽，你爷是被镇压的。公社县里都有底有案，我是好心好意，这么多钱，不是好玩的！"

牛崽彻底看出忠茂想要仓库，他装着骑虎难下的样子说："话都讲出了，不往回收了。"忠茂说："既这样，口说无凭，你立个字据，二林，把记录本给他。"边说却边向二林使眼色。二林把笔记本攥在手里，又劝牛崽："牛崽，别怄气，现在收脚还来得及，字据一立就迟了。"

牛崽却从二林手里拿过记录本边写边念：

若上级追究我反攻倒算，中标款同意没收。口说无凭，立字为据。

肖牛崽

1984 年 3 月 28 日

牛崽软硬不吃。忠茂乱了阵脚。

会场上闹哄哄的，忠茂却沉默不语。沉默一阵后，他重整旗鼓，故意大声问："大林、二林、三林、四林、五林、满林，你们六兄弟要不要？"语气明显在张扬势力。满林还陶醉在抚摸俊秀的兴趣中，其他五个被忠茂的张扬鼓舞了士气，齐声大喊："要！"冬姣又念起了"盖半省"的口头禅。忠茂说："既然要，几兄弟出来商量个价格。"

牛崽却一副无所谓的样子："你们商量，我反正是这张标，中就中，不中算了。"说着丢在桌子上，用碗扣住。

三林随忠茂几个往大门口走时，发现坐在暗影里的满林正把手往俊秀衣内伸，俊秀扭扭捏捏半推半就。三林走过去，重重地拍了一下满林的背脊。满林翕开口"嘿嘿"笑着，起身跟在三林身后。

忠茂先是安排三林盯住牛崽看他换不换标，然后与二林确认牛崽的标是

2788元。但忠茂心有余悸地说："该不是8812吧？"二林斩钉截铁说："绝对没错，'2'上面是弯的，还有一个'7'字，变不脱。"忠茂又怀疑牛崽那阴死鸟的样子并不想要，可能是故意捣乱抬价。几兄弟和冬姣齐声附和忠茂的分析。于是，忠茂作出了决定：加一百，写2888元，大吉大利数。

二林写好标后，一家八口浩浩荡荡、趾高气扬重返会场，完全是一副稳操胜券的态势。冬姣更是神采飞扬、兴奋不已。

二林揭开碗把标扣住。忠茂大声喊："有投标的赶快？没投的，马上开了。"又问牛崽和二林写了名字没。两人都说写了。忠茂郑重其事地又把德仁叫上来，要他和泽文两人公证。

整个会场立即静了下来，静得连喘息声都相互听得见，大家的眼睛紧紧盯住方桌上那只倒扣的碗。

忠茂屏住呼吸，举起右手，发出短促的一声"开"。德仁、泽文互相推让了一番，最后由德仁把碗揭开摸出一张，交给泽文。泽文小心翼翼地展开，念道："二林，2888元。"

整个会场惊呼起来："这么多，加了一千多块钱。二林中了！肯定二林中了！"

忠茂几个崽更是大喊大叫，冬姣还手舞足蹈说："我讲了，钱有钱，势有势，哼！"

泽文感到十分失望，他也看见牛崽的标是2788元，百元之差错失良机；觉得牛崽事先亮标泄露机密是大大的傻瓜。但见牛崽不动声色地坐在那里没走，就怀疑里面有名堂。喊道："注意了，开牛崽的了。"

德仁又一次揭开碗，诗汉充裆（方言：不是自己的事却冲在前面）摸出白纸标，也不交给泽文，自己展开，一看，惊住了！抖着手递给忠茂："念不念？"忠茂一看，脸色煞白，但还是说："念吧！"诗汉念道："3788元，肖牛崽。"

整个会场沸腾起来："啊呀！加了两千！""啧啧，还是牛崽狠！"

二林头上汗都出来了，但这是千真万确的事。他接过白纸标重又原样折叠起来，从反面看，是2788元。二林很快醒悟过来，牛崽在写标和折标时做了手脚，他先把2788元写得一拉平，然后在"2"的下面加一笔改成

“3”，折的时候把加上的那笔藏起来了，任你怎么看都是2788元。妈的，让你骗了。二林脸色极为难看，但又不能声张，奸笑道：“牛崽，你要小聪明。”

冬姣气冲冲跳出来，像以往开批判会时一样喊口号：“不准地主阶级反攻倒算！”但会场上没谁呼应，反而引发一阵嘲笑。

这时的牛崽一改投标前绵羊般的胆小温驯，显出平时开车时的果断与敏捷，他看都不看冬姣，把一包票子放在诗汉眼前：“数钱！”

蔡诗汉不知所措地请示忠茂：“支书，收不收？”忠茂良久不语，却拿过牛崽的字据看了一遍，说：“牛崽，如果后悔还给你一个机会，钱一交就好比驼子跌进石舂里，爬不起了。”牛崽硬邦邦四个字：“决不后悔！”建斌和泽文接过话头说：“既然这样，吃亏是他自己的事，收！”他俩的话，听起来吓唬牛崽，实际上是给牛崽撑腰。

冬姣还横过来把钱拨开说：“不准收。”社员们顿时“哄”了起来：“既然这样，开什么标？你家崽多势大，搬进去就是了。”

忠茂当了二十三年支书，在葫芦湾说话办事，还没谁顶过嘴，哪怕是明显无理的事。今天是怎么啦！集体刚散伙，自己的权力真的散架了。不，不能这样倒下去。他挺挺胸脯，略为提高了嗓音：“干什么？家有主，国有王，妇人讲话不代表我嘛！我还没下台，你们就耐不住了！我下不了台，忠茂在公社在县里都有点名气，葫芦湾水库没忠茂修得好吗？进葫芦嘴的公路没忠茂修得通吗？没有葫芦湾水库全公社有一半田失收，没这条公路公社的水泥厂石灰厂都办不成。共产党功劳簿上给忠茂一条一条记好了。”忠茂说话的声音不高，但极具威胁力。社员们一个个缩头缩脑，都不吭声了。他们都得承认，忠茂办事确实有魄力。

会场沉默得有点可怕。

忠茂见自己威风尚在，轻咳了一声重又发言：“诗汉，数钱。二林，把字据收好。过了三个重阳才算只猫。”

“过了三个重阳才算只猫”，意思是谁输谁赢还没见分晓。但是，谁都没管猫不猫，诗汉在得意地点钱；二林无奈地对着笔记本说：“仓库由肖牛崽以三千七百八十八元买下。”其他的人则和牛崽开玩笑，说：“牛崽，你这个新精怪比泽武老精怪还精怪。”

八、破厂天价

蔡诗汉把钱装进口袋的同时已算出搭帮牛崽竞标自己家可多分35块钱。他自己都说不清是真正高兴还是幸灾乐祸地劝忠茂："支书，你别和他计较，现在只剩瓦厂了，你定个价。"

忠茂积在心中的气往诗汉身上撒："你定，我不管了。"诗汉脸皮厚，迎着支书的骂声笑道："支书，别发气嘛！你不是说仓库里闹鬼吗？"

开标会已进入高潮，忠茂不给瓦厂定价，社员们却七嘴八舌地开始估价。他们认为"三大件"中最好定价的是瓦厂。德仁报一样，大家议一样：瓦厂顶棚总共有八十一根杉树，每根按两块算，一百六十二块；一万块瓦坯算一百块；三千砖坯作一百二十元；六十担干松枝柴算一百元。提到瓦窑时，诗汉打横说现在一家一户作田都不得空，哪有劳力烧瓦，不烧瓦，瓦窑有屁用？泽文也说瓦窑不估价就没算了。总价定为四百八十元。但都喊定高了；而且都表示不要，也就没人投标。

会场再次静默。这让忠茂和二林暗暗高兴，同时暗暗高兴的还有厚友。大家七嘴八舌计价时忽略了最重要的一项——瓦厂这块地。

忠茂在桌下用膝盖顶了二林一下，二林会意，说既然都不要，我买下算了。说着准备落笔。

这时，厚友在德仁腿上拧了一把，低声说："加一百！"

德仁年纪虽大，但没经什么世面，沉不住气，站起来直接喊："我要，加一百，五百八十！"因为他想起厚友嘱咐过"今晚开标，你得把瓦厂弄到手。那里一则是块好屋场地，二则好赚钱，拆去东头起栋'田'字屋，西头仍可做瓦"。生怕被人抢走似的，掏出一坨票子放在诗汉面前："数！"

吃了败仗的忠茂刚看到希望，见德仁又冷不丁杀出，十分恼火，凶道："谁叫你喊明标！"并不屑地看着德仁："不懂规矩，无效！"忠茂也考虑了建斌的存在，但他对建斌今天的表现相当恼火，他决计要杀杀建斌的锐气，还得了，敢公然和我斗！就等你跳出来。

建斌却没跳出来，爸喊明标没依规矩，支书这么说是对的。

诗汉推开德仁的钱，说支书已经宣布无效！

冬姣却把德仁的钱又拨回来，自己把一大沓钱拍在桌上："既然喊明标，我出六百八十块。你还加不加？你加，我也加。加到你不敢加为止。"末了，还补上一句："你光卵一条，崽只一个也敢和我争，老娘家卵子可以架桥，一人撒泡尿就要浸死你。"

德仁向来怕吵架，尤其怕和女人吵架，更怕和冬姣这样的女人吵架。再说，他只有六百块钱，底气不足，不但不敢加，他的腿肚开始发抖，直往建斌身后躲。冬姣见他躲了，更是得寸进尺，脱下一只鞋要打德仁，幸被厚友拦住。二林软中带硬，火上浇油说："德仁伯你也是这样，喊了半天，你不吭声；我喊要，你又争。这不明明欺负我们六兄弟没用吗？"

满林经不得撩拨，愤然站起，喊："二哥，写上，瓦厂是我们的，你不敢写，我写。"说着，离开俊秀上来提笔边写边念："瓦厂由肖忠茂以六百八十元买下。"然后把笔一扳，说："我看哪个敢争，谁争，不客气！"

大林、四林、五林虽然忠厚，也被这种气氛感染，与满林、冬姣合在一起将德仁团团围住喊打。德仁用双手护住脑袋身子弯成虾公背，作投降的样子，连说，我不要了，我不要了。

冬姣却不依不饶："不要了也不行，葫芦湾还轮不到你神气，别以为你家建斌有几斤力气。"

建斌没想到冬姣一家如此放肆，他上去要求忠茂出面制止，但忠茂在若无其事地抽烟，没搭理。建斌左脚踩在木板凳上，手指冬姣一家警告："你们听着，谁敢动我爸一个指头，别怪我翻脸。"

忠茂原是想把建斌引出来然后让几个儿子教训他一顿，好手不当两双，不信六个儿子对付不了你建斌一人！不料引出的是脚下有条板凳的建斌。板凳是坐人的，但对习武的建斌来说是进可攻退可守的武器。忠茂慌了，后退着，后退着，把一直没喊打的三林推到最前面。三林对建斌说，我没喊打吧？建斌没回答，倒是雄建、同根站起指责：“你没喊，但你几兄弟围住一个老人喊打，太不像话！”

建斌手指满林：“你不是说谁敢争对谁不客气吗？现在我专和你争。你写的无效，自己划掉。”二林自知失理，想缓和气氛，提出由他替满林划掉。建斌不肯，他先指责满林扳笔向全村人示威，继而对冬姣说：“按辈分我该喊你婶母，但你不会做大，葫芦湾轮不上我家神气，也不一定总是你家神气。”

满林和冬姣均被击中要害。满林畏畏缩缩地退到桌边，把自己刚才写的划掉了；冬姣也不敢作声，她知道一旦动武，几个儿子根本不是建斌的对手。忠茂两眼瞄着建斌：妈的，这家伙太厉害了，表面态度温和，一旦动怒却有如虎豹般威猛；手中有武器你却抓不着把柄；说话有理有利有节而且会拉势力。满林明明是对德仁发气，他偏说是向全村人示威。自己家神气的日子恐怕真的快结束了。他赶紧过来圆场，叫建斌有话好说，并宣布继续开标，要标瓦厂的先报名。

等了好久，也就忠茂家和建斌竞标。毫无心计的德仁说他只有六百块钱，透露了退出阵地的意思。建斌虽下定决心要瓦厂，但自己没借到太多的钱，与自己打交道的都是老师。公派老师少，民办老师多；公派老师工资不高，民办老师的工资更低。好在建斌是全学区的骨干教师，全国恢复高考后，学校大抓教学质量。每期期末都是由县里命题统考，他所教的语文在全学区同年级中总是名列前三名。学校校长和学区主任都很器重他。建斌急于用钱，也只能向学校和学区借——学区主任和学校校长各批了两百元，连同自家积蓄总共六百块钱。原以为有了六百块钱完全可以买下瓦厂，没想到忠茂失算后闹成这个局面。他后悔借少了，但学校和学区能借四百块钱给自己已经顶天了，因为自己一年的工资还不到四百块钱。除此之外，再难借到钱。现在没钱也就硬不起来，开始坐立不安。老道的忠茂看出建斌心虚，笑着与建斌商量：“要瓦厂的只我们两家，喊明标也好，投暗标也行，你拿个主意。”说着撕开一盒五岭烟，自己抽出一支咬上，点燃。剩下的丢在桌上说要抽的自己拿。一副满不在乎的气概。

忠茂的做派惹恼了厚友，他瞪了他一眼。忠茂避开厚友锋利的目光，微眯两眼低头抽烟。厚友假装劝建斌坐下，顺势将一坨票子压在他手上。建斌有了这坨票子撑腰，胆子立即壮起来，回忠茂的话："支书，明标，暗标，你开口。"

忠茂分明看见厚友给了建斌一坨票子，但装作没看见。想起当年那个晚上的狼狈，他恨厚友，但更多的是心虚。当年，为逃起诉，忠茂唆使冬姣主动给厚友用过好多年，想扯平，但厚友一直不肯扯平。这是忠茂在别人面前作威作福，唯独在厚友面前乖孙崽样的根本原因。他不声不响把二林拖到一边要他写 888 块。与此同时，厚友在暗影里张开右手的拇指和食指向建斌连晃三下。建斌懂得是示意他写 888 块，但他毫不犹豫写了 1088 块。

两人的标一公开，会场再次轰动。冬姣又跳出来叫诗汉莫接建斌的钱，要喊明标，老娘和你打票子仗。

建斌一脸严肃地把钱放在诗汉面前："这是一千，这是九十，补我两块，开好收据。"

冬姣也把一千二百块钱拍在诗汉手上："我要，谁的钱多归谁。"

建斌没理睬冬姣，叫诗汉开收据。雄健、同根附和着建斌起哄，也催诗汉开收据。

这一起哄，忠茂迁怒到雄建、同根身上："你们想搞小集团是吗？想在我头上拉屎拉尿是吗？告诉你们，还嫩了点。"他的话吓得诗汉把钱又推给建斌。厚友来到桌前，用烟斗把钱拨在诗汉眼前，却不作声。诗汉的眼神在厚友和忠茂身上睃来睃去，无所适从。二林劝厚友说："厚友姑父，这事与你无关，最好别搭。"厚友用烟斗指着二林："你说，瓦厂开标准不准数？"二林知道厚友与父母之间的微妙关系，见父亲不声不响离开"主席台"溜进自己屋里，他只好提笔写上瓦厂归属。

冬姣为厚友"作过奉献"，但厚友与忠茂过不去，她也无可奈何，抓着自己的钱，走了。

回到屋里，忠茂还没坐稳，冬姣照准忠茂的脸就是一耳光："造孽的，示众的，胆虚吧！别人面前老虎样，见了他像老鼠见了猫。"

第二章

一、设计与问计

开标的第二天晚上，建斌去了学校，秋兰在楼上收拾。德仁坐在床沿边抠脚丫边想心事：瓦厂标是标下了，但觉得上了大当。一栋四垛三间的青砖楼房标底才定一千八百元，一个破瓦厂却标出了一千零八十八块的天价。标瓦厂的钱全部是借的；把砖瓦烧出来还要几百块，这些钱，到哪去借呢？还有，建斌在学校，谁来为自己做瓦坯、脱砖坯呢？装窑去哪请工呢？没办过大事的德仁手抠脚丫，心里乱成一团麻。

这时，与忠茂家相通的板门发出“笃笃笃”的叩击声。开始，德仁没在意，响了好一阵后，那边又传来忠茂的叫声：“德仁老大，你过来一下，我打开门。”

德仁与忠茂同岁，德仁比忠茂只大两个月，几十年来，忠茂从未叫过德仁老大，现在突然称老大听起来很别扭。德仁谎说睡了，其实是怕与忠茂打交道。

二林和冬姣便打手势叫忠茂过去。于是忠茂又喊：“老大，你拨开闩，我过来。”说着，“啪”一声开了这边的锁。开锁声虽然只是轻轻的“啪”了一下，但德仁整个身心为之一震。

忠茂住的这间厢房本是德仁的。

1964 年，德仁任生产队出纳，年底结算时短了伍拾元款。忠茂说他是贪污，罚伍拾元，变成一百元。德仁答应想办法赔款。忠茂不肯，说贪污犯法，不坐牢就算帮了你的大忙，逼德仁用这间屋抵在队上，然后，忠茂以伍拾元买下。从那时起，忠茂这边锁着，德仁那边闩上，这门没开过。为这事，结在德仁胸口上的疙瘩一直解不开。他恨忠茂，防忠茂，更怕忠茂，不由自主下床趿着鞋拨开门闩让忠茂进屋。

忠茂给德仁递过一支五岭烟，德仁右手在抠脚丫，左手接住；忠茂按亮打火机要给他点；德仁说刚抽过，把纸烟夹在耳上。做瓦时，凡来买瓦的人递给他的“火炬”烟或“丰收”烟，手上有泥，都叫对方夹在耳上。

忠茂又喊了声“老大”，而且省去名字，显得很亲热。德仁听起来很刺耳，很虚假，他胆怯地问有什么事。忠茂说：“老大，等下你要睡觉了，我就长话短说。你知道，二林六兄弟都是圆巴掌，都不会手艺，田也只那么多，我想让他们盘瓦厂这坨泥巴。现在你中了标，我加你两百块中标费，转给我，怎么样？”

德仁边抠脚丫边看墙壁说：“噫呀，脚丫痒！”德仁的脚丫总是烂兮兮的，葫芦湾人称为“沙虫”，医学上叫“脚气”。忠茂知他是故意把话岔开，但还是说：“老大，你才一个崽，又在教民办，以后转公办，秋兰嫁给国林，玩什么泥啊！”

“这双鬼脚丫，好痒！”德仁没话找话。

忠茂像下了大决心，说：“要不我加三百，还请你当师傅，工资与砖木二匠一样高，每天发一包五岭烟；你知道，那时，诗汉、泽文好几个跟我提出要跟祁东周师傅学烧瓦制瓦，我没答应，只让你学；再说，建斌教民办也是我荐举上去的；如果你同意，钱我都带来了。”

德仁的头扭动了几下，说颈箍也疼。德仁生怕说错话，就让忠茂一个人说，自己横竖不答，只偶尔“嗯、嗯”搪塞。楼上秋兰一直在听忠茂说话，她怕爸轻易许口惹火烧身，脸朝下对着楼梯口告诉爸这事得建斌做主，是他出钱标的。德仁这才找到支走忠茂的理由。忠茂也知道只能说到这里，就坡下驴说：“等你的信，有什么要求，还可以提。”

忠茂一走，秋兰立即下楼掩上门插上闩说：“爸，别听他的，要人时求人，不要人时芒棰打人。我们的屋都让他霸占了。”德仁说：“记在心上，我去和你厚友姑父打个商量。”

二林听说要建斌做主就知道靠不住了，他劝父亲另想办法。二林打开门要回自己房里去，正好看见德仁出了大门往东走，退回来对忠茂说：“爸，德仁又找军师问计去了。这事坏就坏在厚友身上，不是他出主意出钱，瓦厂我们稳拿。”

提起厚友，忠茂浑身透凉气，深感自己失算。他叹了口气说：“人算不如天算，原想花两千多块钱把仓库和瓦厂全弄到手，谁知一样都没弄到。”二林也很后悔，说：“葫芦湾的人一个个鬼灵精怪，牛崽这地主狗崽子骗术那么高明；建斌下手这么狠，一个破厂出这么高的价。”忠茂则咬牙切齿大骂：“党中央搞改革开放，把牛鬼蛇神都放出来捣乱；不搞阶级斗争还像个国家吗？以后，看你们怎样收拾？如今还叫喊公社改乡，大队改为村；辛辛苦苦几十年，一夜回到解放前。毛主席才走几年？资本主义全面复辟了！”骂着骂着又把话题收回到眼前，他说花三千多块钱标仓库还舍不得，最心疼的是瓦厂让建斌夺走了。二林又怪厚友老东西做鬼。忠茂反而解释说：“他两家几十年的交情了，很快又是儿女亲家，碰上这种事，还不是有钱出钱，有力出力！我最恼火的是雄健、同根无亲无故也帮腔。”二林说：“难怪你不晓得，雄健和同根还有冬旺在拜建斌为师学武。”

一提这，忠茂两眼陡然放亮：“妈的，他们怕真的在搞小集团，葫芦湾怕也真会出‘四人帮’，你们搞吧，要是让我抓住把柄，到时候判你们个三年五年，才知自己几斤几两。”二林却认为就学武不是什么把柄，现在的电视里都在放《霍元甲》，提倡弘扬中华武术，很多地方都开了武馆。忠茂坚持自己的看法，说：“电视里也好，别的地方也好，和葫芦湾不同。他们学武是有目的的，以为分田到户了，可以无法无天了。你去，躲在厚友门口听听他们谈些什么，兴许对我们有用。”

老屋场与厚友家中间隔的那丘田叫圆盘丘。圆盘丘是很规整的长方形，长三十余米、宽二十来米的样子。二林本可从田塍过去直接到厚友家门前禾场上，但这样过去恰好碰上厚友和德仁他们；这个时刻往那跑，人家肯定会怀疑。一怀疑就偷听不成了。于是二林先去村后瓦厂，再拐向通往厚友家的小公路。刚踏上小公路，建斌和国林、雄健、同根四人拖着两部钢丝胶轮车过来了。二林赶紧缩在路边上的茅草丛里。钢丝胶轮车“吱吱呀呀”地滚过去，二林就着星光看见一部车上拖着两个大衣柜，另一部车上拖着一个五屉柜和两张写字台；还听见他们在谈大衣柜每台是九十元，五屉柜是七十元一个，写字台是四十元一张，都是订货，送到那里就拿钱。二林粗略算了一下今晚可以卖三百六十元，除去成本纯利至少是二百二十元，这几样东西父子俩一般有半个月就够了。每人每月收入是三百元，人家拿工资才三十四元伍角一个月。你俩每月收入五六百，难怪财大气粗，为人待客大方得很哪！难怪雄健、同根一帮后生都跟在屁股后转呀！

等谈话声和钢丝胶轮车的吱呀声远去，二林才溜回路上，溜到厚友家厅屋的后窗下。

厚友父子的木工房在厅屋里。建斌他们走后，德仁和厚友就坐在厅屋里谈天、抽烟。德仁把刚才和忠茂的对话全告诉了厚友。厚友叫他别松手，加一千，加再多也别答应。德仁说了心中的忧虑。厚友提出再借三百给德仁烧出现有的砖瓦可以赚五百；以后做瓦装窑请人，给工资，这与我请建斌他们送货是一样的。德仁还是没主张，问，我怎样回忠茂的话。厚友叫德仁别理忠茂。他家要瓦厂不是烧瓦，是在上面建屋，这是块好屋场地，风水宝地。

二林彻底绝望了，他父子俩的心思让厚友看了个清清楚楚、明明白白。他立即返回对忠茂说："现在厚友有钱，村里的人都从他，还很成了一派势力。"冬姣则撺掇忠茂又抓个反革命集团出来。但忠茂说现在不提反革命了。他要二林回去，躺在床上多想想办法，这事不能灰心。

二林一走，冬姣重提二十多年前的龌龊事："你造孽，我也受罪，打一世冤家。晓得这样，我早用剪刀剪掉你那根骚筋。"

那天晚上，忠茂光着上身，只穿一条短裤，满身污水溜进屋里，冬姣拿过一把剪刀扬言要剪掉他的命根子。结果冬姣审一句，忠茂说一句，全招了。最后，哭着说："剪也别剪了，我要坐牢了。"

对于忠茂公狗样在外到处惹事的德行冬姣是深恶痛绝的。难不得有人脱他的衣服裤子打断他的手脚。但现在冬姣一听忠茂写了供词，衣裤都在厚友手中，心里又慌了：强奸妇女是要判刑劳改的。忠茂一劳改，支书没了那就什么都完了。自己是带着大林二林改嫁还是守寡等忠茂出来？她感到自己一失足掉进了葫芦江，已身不由己，扑在床上呜呜哭起来。隔了会儿，忠茂劝冬姣别哭，说现在只有你能救我。冬姣顿感诧异，觉得掉进葫芦江的自己抓住了一根木头，她止住哭，问怎么救？忠茂吞吞吐吐只说了半掩，意思是叫冬姣去陪厚友几次把事扯平。冬姣听了，一脸通红地看着忠茂，好久好久才说："你还是个男人吗？"忠茂厚颜无耻地说："这么丢脸的事我也是不得已了。"

冬姣果然依计主动把身子给了厚友。厚友告是没告了，但成了葫芦湾大队尽人皆知了结强奸案的一桩趣闻。

二十多年来，两人一有口角，冬姣便提这事，忠茂就感到挖心挖肺地疼。那年月，自己睡的女人还少吗？没一个敢吭声的，没想到栽倒在招郎宝厚友的手上；还不得不送上自己的女人想扯平却没法扯平，打一世冤家。证据在他手里，文对武打又不是对手，吃了二十多年哑巴亏。尤其令自己心悸的是，从那以后，冬姣不仅和自己谈厚友如何如何，而且向人炫耀与厚友如何如何。这就是忠茂恨厚友恨得要死，怕厚友怕得要命却又奈何不了厚友结下的心病。

冬姣重提这事，正好捅着忠茂的痛处。

二、盘点瓦厂

有厚友指点撑腰，开标的第二天，德仁带着建斌和秋兰来清理瓦窑，准备装窑。

建斌开标，一是看准了瓦厂的价值，二是被忠茂的轻视逼到了心尖上，我没钱是没钱，但不能让你忠茂轻视我没钱。当时，只要有人借钱给他，喊明标也会和忠茂拼到底；他不在乎瓦厂值多少钱，也不在乎自己吃多大的亏，在乎的是要争这口气。现在瓦厂已经到了手，是该盘点盘点了。他叫父亲点柴数，姐姐点砖坯，自己点瓦坯，然后列成算式一一作价归钱。

干柴每担 2 元 ×60 = 120 元

砖坯 6 分 ×2040 = 122 元

瓦坯 3 分 ×12600 = 378 元

杉条 2 元 ×81 = 162 元

共计：782 元

还有瓦窑，一千块钱都筑不起，还有这地呢？无价之宝。现在，建斌想起来有些庆幸也有点好笑，会场上估价时，这些在温饱线上挣扎度日的农民穷得叮当响，压根儿没想建房的事，因此只计算瓦厂里的干柴、砖坯、瓦坯和杉条，却忽略瓦厂地的价值。建斌暗自感到好笑，这块瓦厂地落到自己手上具有很多戏剧性的情节。不是吗？厚友和忠茂应该老早就盯上了瓦厂地，而自己是这两天受厚友的点醒才发现瓦厂地的价值。厚友是木匠师傅，懂风水，但他本分，自己是入赘葫芦湾的外姓人，而且有了一幢四垛三间，可能没有占领这块地的想法。而忠茂就不一样了，他有六个儿子需要建房，一定早就瞄准了这块地，奇怪的是他为什么早不下手呢？要是他早下手先围起来，甚至瓦厂都办不成；即便办了瓦厂，他也可以随便找个借口废弃或搬迁，然后把地占为己有，哪里还有自己竞标的机会。再说，自己没钱，原先根本没打算参与竞标，因为受了忠茂蔑视和刺激，加上厚友点醒自己才出去借钱。然而与忠茂竞标瓦厂地时，发现冬姣财大气粗，而自己这点点钱太少了。正要放弃时，关键时刻厚友塞给自己一把钱，腰杆突然硬了。当然，更重要的不是厚友专与忠茂作对，不一定会点醒他，更不会塞给自己一把钱。当时，三方都不说话，只在纸标的数字上暗暗使劲。自己写标书时并没什么思想准备，甚至是懵懵懂懂一时冲动写了个大标。结果自己中了标。一盘点，标对了，标强了。

建斌陡然高兴起来："爸，值得！要是当时我再想细点，会写两千块；忠茂便宜贪惯了，把旁人当蠢子看。趁春工夫还不紧，明天，我去拖三吨煤来，请人装窑，把砖、瓦烧出，净赚四百没问题。春插上岸请人做瓦脱坯，'双抢'上岸装窑，秋后还烧一窑；明年拆下东头起屋，西头不拆，照样做瓦。"儿子的算盘打得头头是道，条条有理，令德仁神采飞扬，说："做梦也想不到，这瓦厂会归我们！"一抹夕阳照在德仁多皱的脸上，像上了彩的演员，秋兰觉得爸年轻了许多。

德仁笑眯眯地问："建斌，你还记得那时我带你守夜递窑火吗？"建斌说："怎不记得！每次守夜递窑火了，姐跟凤花姑姑睡，我陪你打帮手；半夜后，你回家拿红薯来煨，我一个人守窑。"德仁说："对！对！我还问你怕不怕？你说不怕，倒是在村里还怕。其实，你厚友姑父早对我说过，这地坐北朝南，前有水照，后有山靠，是块好屋场地。"

建斌很是兴奋，说这块地终于到了我们手上。完了又问，爹，这里真炼过钢铁？

德仁回说："炼过。那是1958年大跃进，你们还没出世。这坪里砌了四个高炉，是我指挥砌成的；桥板从坳上搭到高炉上，一担一担木炭往里倒；上好的犁耙，崭新的铁锅丢进去就熔成了铁水，说是放卫星；唉，搞乱的，搞乱的。"

建斌说："老师和我们讲过，那时放卫星，实际是吹牛皮——水稻亩产一万斤，架楼梯摘辣椒。”

德仁说：“我们这里放了亩产八十万斤的红薯高产卫星。忠茂做的绝事，要社员把其他土里的红薯集中到一个事先挖好的大坑里，盖上浮土，配上薯藤，检查团的人来了，拨开浮土，尽是红薯。同根的爷爷说他做假事，被忠茂剥光衣服跪在雪地里斗，回家就病了，再没起来。唉，老事了！老事了！”秋兰却说这些老事听起来很有味，但是很心酸。

三、火烧瓦厂

德仁家盘点瓦厂的第二天夜里，瓦厂前有两个黑影在走来走去。这是忠茂和二林用皮尺丈量瓦厂南边那块空地。

昨天，二林一直盯着德仁家清理瓦窑。盯着盯着，他陡然想起可以在瓦厂南面那块土坪上打主意。照说，这块坪是随瓦厂走的，但二林想，你建斌标的是瓦厂，而这坪是公家的，我可以围起来。他把自己的发现和想法告诉了忠茂。忠茂眼睛一亮竖起拇指说："好主意！"于是，两人趁黑夜带了把皮尺来量地。

看起来不大，量起来有数，长四丈，宽一丈五尺。二林决定次日清早就动手围园，挖土种菜，然后慢慢和建斌谈条件。肯便好，不肯的话，自己抢先在这上面建屋，屋一建，他这地就起不得屋了，这瓦厂地迟早要换给自己。

忠茂听了二林的分析和计划，又一次竖起大拇指，很赏识地看着他说："这办法绝妙！二林，你比我强！真的比我强。来！到窑顶来，我对你说件事。"语气恭谦到尊敬的地步。

二林知道父亲将有很秘密很重要的事对自己说，他递给父亲一支五岭烟，又揿亮打火机替父亲点燃。忠茂深吸一口，满怀深情地对二林说："现在，五林、满林还没成年；三林、四林读书太少；大林不聪明，你读过高中又当着干部，这事暂时只让你知道。"二林顿时受宠若惊，催父亲快讲。

忠茂讲的是鲜为人知的事。

葫芦湾土地珍贵，为六兄弟起屋的事，忠茂一直挂在心上。满林六岁那年，他偷偷请人看过葫芦湾的风水，而且先后请了三个，都说葫芦湾以正厅屋为界，东头当旺，西头主败；西头的空坪不少，但那里当煞风，不宜建房。那时，西头正当红。时过十年，他们的话应了。正厅屋以西十六户出了四个绝户。德彪早就绝了还不算。德乐、德才、德外原先都有崽女，现在都没了。肖青黄，无儿无女，接蔡诗汉做崽顶户头，养出冬旺弓背驼腰，女儿俊秀却水灵聪秀，这叫作“弯竹长在神堂内，直竹长在神堂背”。正因这样，蔡诗汉不住西头了，借村东泽高的屋住。另外几户虽有儿有女，但样子都不中看。东头就不一样了，那时东头只有十四户，现在发展到十八户，建斌、雄健、同根、国林都高高大大，直直挺挺；而且发文风，恢复高考才六年，考出四个，泽文一家就考出两个。忠茂说：“更少见的是我们家，你有六兄弟。你们兄弟建屋，千万不要建在村西空坪上。”

二林却有点扫忠茂的兴，说风水先生的话也是信一半不信一半，牛崽不也是住在西头？他一连养出两个崽，都健康标致。忠茂说牛崽两个崽还小，长大才算崽。二林见爸说得毛骨悚然，也不再争。

忠茂说：“货有几种价，人有上中下，风水先生也分三六九等！真正厉害的风水先生可以叫你兴，也可叫你败，我们葫芦湾的故事你不是不知道！”

二林认为那是传说，不可太信，什么葫芦神、狮子神，丝线吊葫芦的水能治双目失明，太玄了。忠茂说不玄的故事能传到如今？

葫芦湾的传说确实有点玄。

父子俩坐在窑顶一边抽烟一边重温葫芦湾尽人皆知的民间传说。

相传葫芦湾一带原叫狗婆垄。不知何朝何代哪年哪月，有一风水先生师徒俩总是在狗婆垄一带游走。一天，师父突患重症，卧床不起，水米不进。狗婆垄肖员外心善，请郎中替他治好病后还调养了好一段时间，临别时又赠以盘缠送至狗婆垄口。风水先生备受感动，突然站住不动，委婉透露出他看中了这垄顶有块好坟地，谁家老人仙逝安葬在那，不但后代繁昌，而且文武齐全，能封侯拜相。员外听了，“扑通”一声跪倒在地请求指点。风水先生显得有些为难，说真的葬正了位置，那是泄露天机；下葬完毕当即狂风暴雨，他将双目失明。肖员外见风水先生说得这么玄盛情挽留待以贵宾。

一天，风水先生带着员外在骑天岭半山腰站定，指指点点说：“这条垄行是天生的葫芦地形。我们脚下是葫芦嘴，在高处；从东往西、越往下越大，依次是葫芦腰、葫芦肚、葫芦塘；过了葫芦塘出了山，进入一片开阔的天地。主宰这一带命运的是葫芦神，旺脉源于葫芦嘴……”员外听了，越看越像越想越像。他信誓旦旦说：“果真如大师所言，我承诺对你生养死葬，一日讲话千年相同，如不兑现天诛地灭。”风水先生隐约应允。

肖员外谋地心切，病中的父亲原本呕吐不止，他却唆使郎中暗下泻药，其父不日去世。棺材落坑，掩土刚毕，果然狂风狂雨，山洪暴发，从葫芦嘴向葫芦塘倾泻翻滚、奔腾咆哮。风水先生顿觉头晕目眩，两眼发胀。他暗暗嘱咐徒弟：“肖员外不要天理，更不会讲良心，我泄露天机已在劫难逃，你趁暴风雨从山顶逃命，十一年后再来找我。”

风水先生大病一场，双目失明。肖员外把狗婆垄改称为葫芦山，依次叫葫芦嘴、葫芦湾、葫芦塘。

次年，员外两个儿子同时考中文武状元，成了朝廷命官；员外却没有兑现对风水先生生养死葬的承诺，反让双目失明的风水先生住猪圈，吃猪食，备受折磨。

这十年里，员外一家红得发紫，从京城到地方，层层有官。十一年后，徒弟也依师父之嘱在员外的猪圈里找到瞎子师父。师父指点徒弟带一把剪刀去葫芦嘴员外父亲的墓地连夜守候。天蒙蒙亮前，果有一个绣球吊着一个葫芦向墓地缓缓飘来，一对刚刚睡醒的小狮子蹦着跳着，张开嘴巴正等候喂奶。徒弟抢先一步上去，抓住葫芦，剪掉系葫芦的丝线，提着葫芦头也不回地往葫芦湾跑，将葫芦里的乳汁滴进师父双眼，风水先生得以复明，师徒俩连夜逃出葫芦湾。

一对小神狮因无乳汁喂养死去，发达了十年的员外家从此败落。

二林认为这传说神话色彩太浓缺乏科学依据；肖员外谋地心切不要天理听起来有些残忍，他败家属于报应。忠茂批评二林太幼稚：“成就大事的人心计都很独到，不然怎会有‘量小非君子，无毒不丈夫’一说。败家是因为员外没兑现承诺，惹怒了风水先生，他不知道风水先生留了一手，剪断了丝线吊葫芦。因此，我说厉害的风水先生可以叫你兴，也可叫你败。”

二林终究没驳过忠茂，也只好承认风水多少有点科学道理。他终究也想找块风水宝地作为自己的宅基地，也想自己的子孙飞黄腾达。他问，风水先生说哪里适合建屋？忠茂毫不犹豫地说：“瓦厂地。他们指给我看，说这里坐北朝南，‘前照水亮堂，后靠山稳当’；日头从东边骑天岭的回龙峰刚一冒头，第一束阳光就照射在这瓦厂地上；右手边的古樟像石坝拦住河水，锁住地气，确实是块好屋场地。”

二林埋怨父亲为何早不下手，那时一把火烧掉瓦厂，然后把地围起来先种菜后起屋，多好；你看现在，几多麻烦。忠茂说原考虑瓦厂是自己的摇钱树，贪那个便宜去了，这次没料到建斌这么狠。这叫人算不如天算。二林想，事到如今也只好走一步，看一步了。

他们又把瓦厂地量了量。长七丈，宽三丈，恰好摆栋六垛五间，厂南土坪做晒场，简直再好不过。两人又后悔了一阵，忠茂说：“事已至此，只有照你的计划干，大不了两家抵死，我们得不到，他家得到也没用。”

二林把烟头狠狠一甩说：“明天清早我就动手围园。”忠茂要他叫兄弟几个都来帮忙。二林说不必惊动他们。忠茂皱皱眉头，不说话。黑暗中，二林和忠茂两人都在各想各的心事。二林想这样的好事谁不顾自己呢？成家前是兄弟，成家后还不各顾各！忠茂则觉得二林过于自私，其他五人都不是他的对手，搞到了瓦厂地也没几个兄弟的份，但不管怎样，计是二林想出的，只要搞到手就是好事。这时，二林突然发现自己的烟头正好甩在松毛柴堆里，被风一吹，松毛柴堆里现出一团口杯大的火球。他惊讶道：“哎呀！火！”忠茂同时也看到了那口杯大一团火球，但没作声。二林紧走几步过去，撩开裤子准备往上面撒泡尿，却被忠茂拉了一下，射出的尿柱撒往一边。二林会意，撒完尿把鸡巴重又塞进裤裆。两人静静地站着，看着火球被风越吹越大，越吹越大。二林分明听见忠茂轻轻地如获至宝地笑了一声：“这是天意，怪不得我们。”他走过去用棍子拨拉了一下，那火“噗”的一声，迅猛地燃烧起来。

栖息在古樟上的猫头鹰突然发出一阵凄婉的哀鸣，忠茂和二林做贼心虚，感到一股寒气从脚底直蹿脑顶，发现远处近处的山峰像一个个怪物扑向自己。父子俩趁黑逃似的往村里跑，刚到门口，三林养的黑母狗突然“汪——”吼了一声，把忠茂和二林吓了一跳。顿时，全村的大狗小狗朝瓦厂吠成一团。六十担一百二十捆干透了的松毛柴堆在瓦厂南边，像山包一样。燃烧得既快又猛，等村里人被狗吠吵醒，熊熊烈火已冲上半天云霄；全村人惊呼着，挑桶提盆叫喊着赶来，杉皮盖顶的瓦厂已全面着火，纵然有人有水也不起丝毫作用。古樟上的群鸟受不住热浪的夹裹，纷纷惊恐地飞离而去，发出一阵又一阵“扑噜噜”“扑噜噜”的振翅声和怪叫。火星蹿上去又飘下来沾得人们头上、身上到处都是，眼睁睁地看着瓦厂烧了个干干净净。

忠茂、二林是和蔡诗汉一道来的。忠茂一来便嚷：“怎么搞的？怎么搞的？诗汉不去叫，我还不知道。”德仁气得要往火里扑，忠茂和二林赶紧拉住；秋兰伤心至极，抽泣不止；建斌睁大眼睛看着火势渐渐消退下去，没流泪，没作声，只把两个拳头捏出了汗。

忠茂极为愤慨地对在场的人说：“谁家的孩子这么晚了还在外面玩火，各家各户回去要问一问，查一查。生产队干部们马上到我家集合开个紧急会议，这件事一定要追查到底。”

德仁听忠茂这样一说，反而气得昏了过去；秋兰则呵天呵地（湘南方言：大声地、伤心至极地）哭了起来。

四、二林惊心

次早，德仁从迷糊中醒过来，感觉脑袋已不是自己的了，嘴里近乎呆滞地念叨：“太毒了，太毒了；我不肯让，他就下毒手。”

建斌知道父亲的话所指与自己认定一致，忠茂过于拙劣的表演把自己出卖了。但建斌只能强压怒火劝父亲别乱说，没得证据，说也没用，甚至会烧倒火。瓦厂烧了，地还是我们的。又叫秋兰煮饭！气归气，饭要吃，各人的事还得照样做。建斌的沉稳显示出一个男子汉的非凡忍耐力。

东边骑天岭回龙峰顶刚出现第一抹朝霞的时候，二林已用锄头把瓦厂地南边的荒坪刨了一圈。然后坐在锄把上自鸣得意地抽烟，他想，这一刨，地便是自己的了。抽了两口，陡然愣住，立即把烟掐灭，冲上窑顶，把地上的几颗五岭牌烟蒂捡起来揣进口袋，长舒了一口气，然后下来。他庆幸自己刚才的警醒，要不坏了大事。全村抽纸烟的人不多，能抽五岭烟的只他父子两人，连牛崽也只抽比五岭低一个档次的火炬烟，其他的则抽丰收烟或卷喇叭筒。这烟蒂让人捡到就是追查纵火的线索。真是天助啊！今天不起这个绝早，麻烦就大了！这时，恰好德仁踉踉跄跄地走来，不过他已懵懵懂懂，并没发现二林在瓦厂南的土坪刨了一圈，更没看出二林的惊慌神色。

回龙峰上射过来的第一束阳光果然投在瓦厂地正中央，圆镜般，有脚盆大。呀！真的是风水宝地。二林惊讶地盯着这奇迹般的景象，陶醉在神话般的传说里，以致德仁站在自己身后仍不知晓。放早牛的大林喊了声“二林”，问他今天咋这么早，以往都要睡到日头红。二林指着那将要隐去的奇景叫大林看，大林却毫无兴趣，说他经常看到，这有什么怪！

德仁同时看到了这一奇景，但他表情悲哀而又麻木地往回走。远天远地传来沉闷的雷声，麻木中的德仁以为听错了，仰望天空，见乌云在剧烈运动方知暴雨将至。他手足无措地叫喊："我的瓦坯、我的砖坯，怎么办啊？"

沉醉在奇景里的二林被吓了一跳，摸着胸口半天才醒过神来。

在泉塘里撒鱼草的建斌也听到了雷声，也看出了天色，还听到了爸的叫喊，他立即过来劝："爸，烧无法烧，盖无法盖，由它去吧！"德仁猛然双膝跪地，仰首对天悲愤地号叫起来："天——理，显圣啊！惩办恶人！天——理，显圣啊！惩办毒人！"

二林惊悸地看了德仁一眼，扛着锄头走了。

建斌扶德仁站起："爸，你是怎么啦！这么难看，走！回家去，下大雨了。"刚走到村口，瓢泼大雨便扯天盖地哗哗哗倾盆而下。

瓢泼似的暴雨很快冲刷掉浮盖在瓦坯、砖坯上的灰烬，一墙墙整整齐齐的瓦坯、砖坯露出来了，渐渐地分崩离析——被大火烧烤过的瓦坯、砖坯沾水即散，一塌糊涂。

下大雨这阵，忠茂、冬姣正在二林他们房里。大林水浸鬼样站在门口。冬姣问大林，牛呢？大林手指外面。三林叫大林进来换衣服。大林看了看冬姣，转身把系在大门口屋柱上的水牛牵着往村西牛栏走。三林叫他别去，大林说："万、万一牛把屋、屋柱拽倒了怎么办？"忠茂、冬姣、二林、三林为大林这奇怪的举动哭笑不得。

忠茂问二林的地圈得怎样？二林说只画了个样，见德仁跪在地上喊天喊地就回来了。三林不知就里，问二林画了个什么样。二林说他准备把瓦厂南边那块空坪围起来。三林说按理这地属瓦厂管。二林说瓦厂就是管瓦厂，这地是国家的，先下手为强。三林指责二林下手也不该这时候，德仁伯一家正伤心，你天不亮地不亮就去圈地，村里人会怎么想？二林对三林的口气很不满，说圈地的事我先告诉了爸，爸同意就行，别人怎么看我不管，你说你怎么想？三林看不惯二林的诡计多端，毫不迟疑地说，我会怀疑是你放的火。二林一惊，脸色煞白，裤裆的鸡巴突然缩进胯间，整个人有被掏空的感觉。

忠茂也被吓得脸色煞白，他骂三林糊涂透顶，这话能随便讲吗？三林也感到这话严重性，略带检讨的语气解释又不是在外面讲。但他仍有所感悟地问二林昨晚到哪？这么晚才来睡。二林支吾着说在和爸谈天。

忠茂紧盯着三林的面孔，回说是在谈天。他由三林的面孔想到厚友和国林的面孔，这是三张一模一样的面孔。这是村里人议论他想扯平强奸案的有力证据；也是他与三林或三林与他格格不入的根本原因。三林是怎么了？早几天，为开标的事与自己顶嘴，今天突然捅出一句这样的话，村里人是不是与三林的想法一样呢？忠茂脸上的肌肉颤了几颤，觉得三林抢先提出也是好事，可以提高警惕设防化解。他缓了口气，反过来颂奖三林这话说得好！还说："我们与德仁争过瓦厂，现在瓦厂被烧，村里人说不定会怀疑我们放的火，但怀疑没用，得有证据，我们问心无愧。明天，国林的碾米厂重新开张，要请全村的男妇大小吃饭，我有事，没空去，你们还是要去。村里人凑钱买了个大镜框，我们呢，多少还得封个红包；席上，你们要多听人家的议论，该解释的得解释，该压的要压，不能让人家信口雌黄。"

第三章

一、吃出火药味

村里人是抬着大镜框去向厚友贺喜的。厚友和国林站在大门口给前来贺喜的人一一递烟。三林也夹在贺喜的人群中，厚友给三林递了支烟，三林随即把手中的红包递给厚友，说是他们家的一点意思。厚友不肯接，吃顿便饭还封红包！但扛不住三林盛情只好拿着。接着问二林他们怎还没来。三林说县里来了工作干部，要迟点才来。三林知道厚友与爸与妈与自己之间的微妙关系，因此他递红包时不提“我爸我妈”而说“我们家”。厚友回答也只说“二林他们”而不提“你爸妈他们”。三林是厚友和冬姣的私生子，这是全村甚至更宽地域内尽人皆知的事。虽说是忠茂的狡猾、无赖或说“聪明”之处，但厚友也明白，自己对忠茂的满腔怒火确实是冬姣扑灭的。

那天清早起床，厚友拿出忠茂的书面交代看过几遍后，把忠茂的衣裤和凤花被忠茂撕破的衣裤包在一起准备去公社告法庭，却发现凤花脸上露出绝望的神色。凤花求他带好国秀，自己已无脸见人。一时间，厚友失去方寸，僵立屋中。这时恰好黑皮敲门，来接他去做嫁妆。厚友怕黑皮看出破绽，赶紧把那个包藏在被窝中，而后叫黑皮挑着木匠家什先走一步。他把那个包锁进钱柜才去葫芦背，但嘱咐自己，决不放过！

厚友从现在的瓦厂地过时，冬姣突然从残存的高炉后闪出，拦住厚友，妩媚地向他飞眼：“我问你句话。”厚友知她是来为忠茂求情，理都没理，匆匆走了。谁料傍晚一出葫芦背村口，冬姣从暗处闪出说她等好一会儿了。厚友怕遭暗算，没理她，匆匆走。冬姣在后面使劲追。厚友人高腿长，跨一步冬姣要走两步，更兼身强体壮，脚底生风，冬姣边跑边娇声娇气喊：“等我！等我！”厚友两腿渐渐慢了些。从葫芦背到葫芦湾有两里山路。到了偏僻处，冬姣猛跑一阵追上来，张手抱住厚友的腰。厚友掰开冬姣两只手，冷冷地问："你要干什么？"冬姣松开手绕过来从正面抱紧厚友说："忠茂卖给别人，我买你的。"

冬姣的意思明白得有如葫芦湾泉塘里的水清澈明亮，忠茂搞别的女人，她要与他办事。但厚友仍然怀疑这是忠茂布设的圈套，警惕地前后左右观看，却没发现什么异样。厚友的两只手由原想使劲掰开渐渐变为抓紧。冬姣敏感地觉得对方接了信号，迫不及待地用两手面对面紧搂住厚友的脖子，两条腿紧紧夹住厚友的腰胯，嘴凑在厚友耳边，娇声娇气轻唤："抱紧！再抱紧点。"厚友也莫名其妙，真的紧紧抱住冬姣，但还是心存防范，又松开了。

冬姣下来，用手去握厚友的重要机关，提出要看厚友这杆铳。厚友依然防备冬姣使坏没让她握，但那杆铳已陡地翘起，妈的，不干白不干，扯平再说。他还没考虑好在哪办事，早有准备的冬姣牵着厚友拐进了茶山。

到了茶山深处，厚友站住，问："你要干什么？""我要给你，想你想过好久了！"冬姣说着，把厚友扳倒在自己身上，以下一切便如歌如水了。身强力壮身高体大的厚友带着扯平的心理在冬姣身上尽力宣泄；冬姣饱含思念日久的欲望和对忠茂拈花惹草的报复发出欢悦无比的呻吟。冬姣说："你妈的人大手大脚大这杆铳也大，握斧头的手劲大、这杆铳的劲也大。"厚友不作声，激情却被冬姣调度得一波刚平一波又起。

忠茂强要了凤花一次，而冬姣却主动给了厚友好多年，还结了果。一有机会，冬姣就会对厚友说"放一铳！"厚友得到暗示，自然配合放冬姣一铳。冬姣沾沾自喜；凤花也觉得理所当然；忠茂装作不知；可是厚友还是觉得没扯平，每次放完铳仍恨恨连声："我真想放忠茂他妈的一铳。"直到国秀、国林懂事、三林越长越像国林了，那次，厚友从冬姣身上爬起，说："这是最后一铳！以后，不来了。"

他说不来就真的不来了，冬姣多次要他放铳都没放，关系终止了。

这种子真是太怪了！厚友常常这样想：三林和那五兄弟都是冬姣养的，但三林的样子像自己不说，连为人处世、性格也像自己；受忠茂二十年影响，偏偏与他们都不同。这是厚友对忠茂一家甚至包括冬姣在内没好感而唯独对三林亲切的原因。他把其他客人交给国林安排却把三林带进厨房要他和建斌、秋兰、国秀他们一起做事，这等于说："你是我的儿子呢！"

那边，凤花把冬姣带到后厢房里，与巧英娘俩坐在便席上。凤花也明知厚友和冬姣起于哪天止于何时，还有"标本"三林做证，但她一点也不记恨冬姣，更不说厚友半句；相反，他感激厚友没告上法庭，没离开自己，也感激冬姣从中帮了自己的忙。别的女人怎么想她不知道，但自己认为这种事不公开比公开好。

巧英给冬姣筛酒的时候，冬姣的眼神在巧英身上睃上睃下："哎呀，巧英越长越漂亮了呀，找对象了吗？"巧英娘说："没呢，山窝里的姑娘嫁不出！"冬姣亲切地喊了声"姐"，说："真的是只凤凰，巧英给我做媳妇怎样？除满林还小以外，五兄弟由她挑，凤花妹你做媒。"

巧英娘一时没话，倒是巧英马上回道："冬姣舅妈，你家的公子我不敢挑。二林读了书要当官；三林准备参军提干；满林以后要接替他爸当支书，没有一等二等的姑娘，能进'盖半省'的家。"

冬姣却把巧英的讽刺当作恭维，说："你看巧英几会说话，二林还是个小队会计，不过也快了，听说要提拔当大队会计，一千四百多口人由他在算盘上拨来拨去？三林呢，长得魁梧，看相的说他会当军官，去年招兵时，忠茂要把他送到部队去，都说好了，他不去。今年吧！今年说什么也要他去。唉，巧英，你是害羞呢，还是不肯，还是相中了人？"泽文老婆附在冬姣耳朵上咬了一阵，冬姣夸张地"噢——"了一声："巧英，舅妈可要提醒你擦亮眼睛，葫芦湾比他背时的还没有，房只半间，一个月才二十九块钱……"

巧英娘不愿别人看不起自己闺女相中的对象。但自己是做客，不好发气，便绵里藏针，故意奉承："舅妈到底是支书夫人，讲话水平高，就是不该葫芦里卖药，我人蠢，听不懂。"冬姣自大惯了，没分清奉承还是讽刺，自以为是继续开导："婚姻大事乱来不得，头一要选家，地位要高、兄弟要多、势力要大。"巧英娘接上说："那是的，像你家样，不算一等算二等，不盖湖南盖半省。"冬姣终于听出讥讽味，立即翻了脸："你个广佬古（葫芦湾人对山里人的戏称），见识浅，屎臭麻香都分不清。"

巧英娘见冬姣看不起自己是山里人来了气，说："你见识深要选家；我见识浅偏要选娃；家是死的，娃是活的；屋是人起的，东西是人制的。古话说，猪婆也有三年糠运走，背时不会背到底，富贵哪里会栽根！"

冬姣被巧英娘伶牙俐齿地一顿抢白，才发现自己根本不是对手，一脸无趣。幸亏凤花赶来，用汤勺给冬姣和巧英娘舀汤，拉着两人的手一边一句亲切地谈着。

巧英娘还不解气，偏偏提起了一直梗在心里的事，问冬姣："舅妈，听说德仁的瓦厂是有人放火烧掉的，有没有线索呢？"凤花接过话头说："不是放火，是小孩失火。"巧英说："半夜三更谁家孩子还玩火，听说那晚狗叫得厉害，狗肯定看到了放火的人，只可惜狗说不出话。"冬姣却不以为然，说："要想人不知，除非己莫为，我家也难不得查出根底查个明白，免得人家怀疑是我家没中标下毒手，我也恨死了放火的人，挑拨我们两家的关系。"巧英娘颂奖冬姣道："哎呀，舅妈到底是舅妈，支书夫人硬是见识深，讲得好；要想人不知，除非己莫为。人不看见天看见；小眼看不见，大眼睛看得清；恶有恶报，自作自受呢！像你们这样的家庭，怎会做这种绝代事呢？"

这哪是颂奖啊，明明是咬牙切齿恨恨连声呢！席上的人都听出了火药味。凤花怕越闹越僵，赶紧打岔，说今天是她家的好日子，莫谈这些烦心事。

知根知底的冬姣心虚，不敢惹火烧身，也把话转到国林和秋兰的婚事上，要厚友选个好日子办了。凤花说快了，年底不办过了年就办。但她心里却道，巧英娘俩真是两颗五爪辣，还没过门就这么护着建斌，骂人挖皮挖骨，嫁过来了怕葫芦湾没谁是她的对手。

二、第一个猎物

厅屋里摆了六桌，全是男人。上第四道菜的时候，二林带进来一个红光满面的男人。正给大家敬酒的国林迎上来说，这里正好还有两个位置。二林拱手向厚友和国林贺喜："姑父，表弟，今天红日高照，恭喜开张宏发，财源滚滚。"厚友和国林想回答几句却想不出词，只讷讷地称赞说得好说得好。掌管喜事的泽文讥笑二林不愧是上下几村有名的画眉嘴，水能点灯，死人说活，狐狸嘴里的肉也留下。二林说泽文叔你取笑我。泽文说我哪敢取笑会计，你真的有这个本事。厚友这才拱手补充说："共同富裕，共同富裕，搭帮政策好。"厚友虽与忠茂水火不容，但对二林他们以礼相待，何况人家是来贺喜的。

二林指着同来的人向大家介绍："这是县里来的工作干部黄队长。"黄队长点点头说："我叫黄洪武，是县里派来推行完善生产责任制顺带搞体制改革试点。"生产责任制大家懂，却弄不清什么叫体制改革。黄洪武解释说："就是公社将改称乡或镇，大队改为村，生产队改叫村民小组。"泽文说："又回到大跃进前的称呼了，公社大队叫惯了这一改还不顺口。"厚友说喊爹喊爸还不一个意思。二林则认为改得太快，有点复旧的味道！但他马上转换话题，说他考虑了很久，安排黄队长住厚友家，说："你家宽敞，好客，吃也精致。我先说了，免得喝醉酒忘了正事。"其实二林滴酒不沾。

国林连说"欢迎欢迎"，还伸手与黄队长握了握。黄队长握住国林的手感到很有力度，又看了看国林壮实的身胚，眼神特别地亮，亮得有如猎人发现了猎物那样精神抖擞。而国林根本未料到厄运正在等待自己。更没料到因黄洪武的到来会让自己与秋兰、建斌与巧英的婚姻阴差阳错，痛苦莫名。

半月之后，一片狼藉的瓦厂地围成了一个大菜园。其实，建斌和秋兰只是在二林的园围好之后，紧挨二林的墙头往东往西各加了丈把长的土墙，以示与二林的园分开，也是防止二林扩张。本来，建斌也想到二林围瓦厂南的土坪是欺负人，也想和他论个高低，但瓦厂都变成了园，还争什么呢？一坛子油都倒了，鸡肠上这点膏还有什么刮的？也就不争了。

二林园里挖了两块不景气的菜土，建斌围的园也只挖了两块菜土，但整理得很有模样，其他地方则任其荒芜。旁人都看得出，两家的园主人都是借围园占地——即使刚到这里才半个月的黄洪武也不例外。

黄洪武红光满面，精神饱满，见人就笑，不到半个月和村里的后生都混熟了。他到过各家各户，都喝过开水，在不少人家还喝过酒，吃过饭。他的记忆力特好，去过之后再见面时就能喊出名字，说出对方住在哪里哪里。他说他经常搞点，“学大寨”“割资本主义尾巴”“反击右倾翻案风”的点都搞过，那时，老百姓有抵触情趣，不大好搞；现在这个点好搞，根本不用操心，责任到户到人，公社改乡大队改村，人心所向，是好事。

厚友安排黄洪武住在楼上南边的西厢房。国林住楼上南边的东厢房，两房之间隔着厅屋楼。黄洪武闲来没事，要国林找些后生来玩扑克。他还连续买过几次瓜子、花生、糖粒子给玩扑克的后生们吃。常来的有同根、雄健、冬旺三个。冬旺与国林关系一般，同根、雄健与国林相当要好，有时迟了，四人就挤在一张大床上睡。

黄洪武和他们玩扑克，先几天是正正规规地打四十分下台；之后玩戴草帽、喝冷水的惩罚。

那天晚上，等其他后生都走了，只有国林他们四个时，黄洪武就讲有些地方借打扑克为名男女乱搞的故事。国林、雄健、同根、冬旺都是二十岁左右的后生，一提这事，很来神，尤其是冬旺，穷问不舍。黄洪武深得说书艺人真传，讲到关键处就故意卖关子打住。黄洪武越是不说，冬旺就越不放。等胃口吊足了，黄洪武才说：“那个是那个，但有规矩，不能乱来！他们打扑克时，必须是两男两女分边关起门来打。讲定，凡输一局脱一件衣服，脱光为止，衣服一脱光，后生家经不住革命考验就那个了。”

冬旺说：“男的脱衣服没关系，女的脱光了才好看呢！”黄洪武说：“巧就巧在这里，两个男的发牌都有暗号，每次都是女的输；比这野的还有呢！讲定，不论男的输还是女的输，来一盘。”

冬旺禁不住喊道：“有味，真有味，哪天，我们也找女的来玩。”黄洪武赶紧摆手：“不准！不准！我这里不准女的来。不讲了不讲了！等下冬旺不得过，睡觉睡觉！”

冬旺却不肯睡，要继续玩。国林因要早起送货，不肯玩了。冬旺才罢手。

像往常送货一样，凤花半夜里起床做饭，国林和建斌装车捆货。但今晚，厚友叫了国林好几次，国林却起不来，建斌只好由厚友帮着装车捆货。厚友上楼敲门，黄洪武才说国林在他床上，说早知他去送货就不会叫他玩扑克。

国林强撑着起床后，觉得头晕；吃饭时，眼皮抬不起来；他拖着车一上路，差点跑到田里去了。建斌接过车子让国林在后面扶着货走，还是不行，一路上因瞌睡连连摔跤。建斌觉得奇怪，以前国林一个人拖着跑，他要使劲追。建斌问国林是怎么回事。国林只说没力，想睡，头晕。建斌叫他少玩点扑克。国林却说不是玩扑克玩的。这次的货是建斌一人拖到宇红煤矿的，交货付款后往回走时，国林更感疲惫不堪。建斌叫他躺在钢丝胶轮车上让自己拖着走，沿途的人见了都投过怪异的目光，有的还问：“怎么了？这个人怎么了？”吓得建斌的心都是悬的，走不远又停下来问：“国林哥，不要紧吧？”国林有气无力地回说：“应该不要紧吧！”建斌见他的话没把握，更慌了。问是不是马上去医院看看。国林不肯，说睡足了觉就会好，建斌才稍稍放心但加快了脚步。

国林躺在钢丝胶轮车上在使劲回忆昨晚的事。昨晚，黄洪武说他们四个太挤，留下国林和他睡。睡梦中自己搂着秋兰，秋兰用手撩拨他大腿间那个家伙，不久便进入了一个从未经历过的飘飘欲仙的境地，朦朦胧胧中却觉得黄洪武的头趴在自己的大腿间，想睁开眼却无论如何睁不开。黄洪武在干什么呢，国林不清楚，但他知道，这是大丑事，自己的头晕无力想睡觉肯定与黄洪武有关。因此，不能对人说，也不能去医院。

建斌拉着国林飞快地跑着，他心里真害怕国林在路上有个三长两短，走不多远就叫一声。快到葫芦湾时，建斌松了口气，觉得让人看见不好，叫国林下来。国林强打精神下来，没精打采地走进堂屋，径直上楼挨到床边倒头便睡。厚友问建斌是怎么回事。建斌回说国林喊头晕，两腿没力，具体为什么没说。厚友觉得蹊跷，儿子牛牯一样结实的身子，往常连续送两三夜货也不至于此呀！两口子慌慌张张地上了楼，建斌也上了楼。凤花坐在床沿，脸凑近国林问："哪里不好？对妈说。"那神情，好像国林还是个几岁的孩子。国林沉沉睡着，不作声。厚友要去喊医生。国林却说不用，睡一觉就会好。国林直睡到第二天十一点钟才起床，而且仍觉浑身无力；勉强打起精神做事，提斧、拿刨扯锯都觉得比往日重了许多，而且一动，周身上下汗流不止；厚友叫他画墨，画着画着，瞌睡一来，跌倒在地。厚友慌了，马上要送医院。国林坚决不肯，说过几天就会好！

三、诊出稀罕病

建斌撒完鱼草，把粪箕交给在瓦厂地浇菜的姐姐带回家。同时要姐叫国林去看医生，都半个月了，还不见好，反而全身都浮肿了。秋兰说：“国林见我就躲，爸妈讲也不听，整天睡都睡不饱，我发现他有什么事不好讲。”建斌要姐多开导国林。

建斌走后，秋兰还浇了一担水才回家。她刚要走，冬姣挑担粪桶来浇菜。冬姣把自己园门口的刺蓬挑起，挡住秋兰的回路；秋兰知她故意多事，但不想惹她，拿出粪瓢把刺蓬拨在一边。冬姣却用粪瓢指责秋兰多事。秋兰没理她，自顾自走了。冬姣却不放过，追上来骂道：“别太逞强了，死到临头了还不晓得。”秋兰明知冬姣骂国林，强忍气吞声仍没理睬。但她径直来到国林家，“哇”的一声哭了，把一肚子委屈全都宣泄出来。她要厚友和凤花叫国林去吃药，他今天还不去吃药，我就不吃饭！凤花问秋兰谁说什么了。秋兰便哭着把刚才的事说了一遍。厚友和凤花嘴上说别理这个癫婆，国林又不是什么大病，但心是悬的。

国林拗不过秋兰，吃了早饭才答应去葫芦塘医院看病，但不准谁陪，谁陪他就不去。

葫芦塘医院有个早已退休的老中医叫袁世奇，年过七旬，医院还留着这块招牌继续坐诊。周围四乡八镇的人，凡有疑难病症，都慕名前来求诊。国林的病不好开口，等到下班没病号了，才左顾右盼进去，把两只手伸给老中医。袁世奇把完脉后看着国林浮肿的脸，问：“后生家，结婚多久了？”

国林摇头。

“梦中和姑娘睡过？”

国林又摇头。老中医也摇头：“照说，这两种情况都不至于这样严重，好在来得早，拖下去，很麻烦。”

国林慌了，这才要老中医告诉自己是什么病？袁老没回答他是什么病，却反问国林是不是葫芦湾的。国林点了点头。老中医才一五一十说是泄精无度，元气大伤。引发这种病有三个原因，一是过度纵欲，就是没节制；二是梦里遗精。但这两种情况都没有这么严重。还有一个原因却是罕见。

国林睁大眼睛看着老中医，老中医也睁着眼看国林，神情严肃地说：“有人得了一种怪病，或说心理变态，须偷吸童男的精液补体。我行医五十多年，只听说过。但最近看了三个连你四个，我怀疑是这种情况。”

国林什么都清楚了，黄洪武有病或说心理变态，害了自己、同根、雄健和冬旺。他们三个已经先后来老中医这里看过了。国林忧心忡忡地问：“有治吗？”

“医生治病不治命，只要是病就治得好！服药的时间要长点。”

四、冬旺泄天机

瓦厂烧了，瓦厂地变成了菜园，蒙古包似的瓦窑壁生了一层暗绿色的青苔；瓦窑周围长满了丛丛刺蓬和冬茅。

这天是星期天，建斌撒鱼草上岸，看见冬旺坐在瓦窑顶上用一根长长的竹竿在打着瞌睡钓蛤蟆。他先是觉得奇怪，冬旺长这么大了，偷鸡摸狗他喜欢，捉鱼钓蛤蟆却没见过。冬旺钓上来一只大蛤蟆，蛤蟆在空中荡悠了一阵冬旺才抓住，蛤蟆不肯就范，一股尿射在冬旺脸上，冬旺侧身想躲失去重心，半边驼歪倒在地从窑坡上往下滚。眼看快滚到泉塘里，建斌赶紧过来两手操住冬旺，冬旺的脸令建斌大吃一惊！一段时间没见，冬旺的脸浮肿得像冬瓜一样，两眼只剩一线。他问："你这么强壮的后生家，怎么突然病成这样？"

冬旺苦笑笑，不作声。建斌又说："你对我讲实话，国林的脸也浮肿着，只是没你严重。"冬旺说："还有雄健和同根呢！他俩躲在家里不敢出外面。"建斌盯着冬旺问是怎么回事，怎么四个人同时浮肿。

冬旺这才苦笑道："丑人，黄洪武狗 × 的很怪。"

"怎么怪法？"

"他和我们讲男的女的干那事，害得我们也想那个，等我们睡着了，用嘴巴含着……"

"含什么？说，别怕丑。"

冬旺指指自己的裤裆："他娘的，这么怪！"

建斌惊住了。他只听说过有这种事，却一直怀疑，现在看来真有这种事。他审问冬旺："这事可是真的？乱讲不得。"

冬旺说："当然是真的，你问国林去，他是第一个，他上了当也不对我们说，还是朋友！"

建斌嘱咐冬旺："真是这样，得吃药。"冬旺说："吃了几副，没钱了，我爸说蛤蟆蒸汤吃了补，要我钓蛤蟆。"建斌说："黄队长怎么干这种犯法的事呢？"冬旺惊问："这事算犯法？难怪我爸告诉了忠茂支书，支书答应向上反映。"

建斌从身上拿出二十块钱给冬旺，交代他再抓几副药来，身体要紧，耽误不得。

冬旺不好意思地接过钱说："谢谢师父。"

星期一这天，二林趁建斌去了学校，请来砖工和自己的兄弟在菜地上画线挖脚，后墙的线紧靠两家的公墙。砖工头是本大队葫芦坪的，是个处事老到圆滑的人。他先是指使一个徒弟通知德仁叫建斌过来，然后慢慢喝茶，一根接一根抽烟，委婉地向二林说他是手艺人吃千家饭，拜过师要讲行规的，这样画线恐怕行不通。

正说着，德仁和建斌来了。

德仁一来，砖工头上去叫师公。葫芦湾一带的泥水匠都尊称德仁为师公。德仁责怪砖工头不懂规矩。砖工头回说桩是二林自己打的。二林说他的屋批了这么宽，只能这么放线。建斌不允，按规矩建屋都得留采光地，双方各留六尺。二林说没有这样的道理，你批都没批，还叫我留采光地？建斌拿出写好的报告递给二林要二林批。二林不批，还明说生产队和大队这两个章你都盖不到。建斌又把报告递给黄洪武。黄洪武倒是很客气地笑着说："肖老师，本来我可以批，但你们都在气头上，我一批，更扯不清了。"

瓦厂地上已聚满了看热闹的人，冬姣更加露骨，说："你钱都没得，起屋，哼！"

建斌没理冬姣，再次问二林批不批？二林怕被建斌打，走到他兄弟堆里才说："我不可能给你批！"建斌意识到两个公章的分量，也意识到忠茂家是有备而来。他不再理论，气愤愤地喊走了德仁。工地上的人都感到硝烟开始弥漫。

忠茂自然知道建斌去了还会来，于是对几兄弟说：“这次不比上次开标，是他惹是生非。”意思是做好准备。

建斌先到厚友家，说了瓦厂地上的情况，想找各家各户在报告上盖章。厚友认为这时候村里人不会给你盖章，忠茂毕竟有权有势。于是出主意要建斌也自己画线，砖、木二匠都是现成的。再喊各家各户去助工挖基脚，可能会去。

建斌依计而行，他抱着一捆木桩，厚友提着斧子，德仁拿把砖刀两缟线。后面跟着帮工的人，雄健、同根浮肿着脸也来了。

建斌毫不客气地紧挨二林的木桩插下第一个木桩。六兄弟在冬姣的指挥下手握扁担、链刮围了上来，齐声喊打。村里人有意或无意扯住高大结实的三林劝“有话慢慢讲，有话慢慢讲”。

建斌顺手抓过二林挟住他的脖子，指着其他几个说：“放下武器！不然，我扭断他的脑壳。”麻秆二林被壮实的建斌挟在腋下，就像老鹰抓住一只小鸡。忠茂这才上前劝道：“建斌侄，有话慢说，有话慢说。”建斌却没好气：“今天不慢说，退过六尺，造皇场造府场由你；靠墙建，日头从西边起。”

忠茂胆虚，赶紧喊黄队长出面制止。

黄洪武也怕酿成人命，先叫三林他们放下武器，然后要建斌放开二林；双方都回去，协商好后才动工。建斌放了二林，手指忠茂大骂土豪、劣绅，一贯霸道。

话一针见血，村里人听了舒心爽气，相视冷笑。忠茂一家在冷笑中蔫了。

二十几年来，今天是第一次有人敢指着忠茂当面破口大骂。近年来，虽然泽文敢和自己叫板了，但他是遮遮掩掩，话中带刺，不愠不怒，根本不像建斌这样毫不留情。

五、不光彩的角色

协商工作是由黄洪武出面做的。这之间，黄洪武和肖忠茂达成了一件肮脏交易。

那天晚上，忠茂特地找到黄洪武，说蔡诗汉在告他的状，压在他手上，这事怎么办，要他有思想准备。黄洪武装聋卖傻说我一不贪污二不腐化三不偷老婆堂堂正正他告我什么？忠茂没看黄洪武，语气却加重了："黄队长，你是县里的领导，我是一片好心。告什么，你心里有数。"黄洪武还是嘴硬说自己屁股上没屎，不怕！肖忠茂见他这样便不再说话，只"嘿嘿嘿"笑。这一笑倒让黄洪武心里发毛，他盯着肖忠茂，觉得他一张皱脸满是文章，笑声里暗藏玄机。黄洪武说："别笑，我真没什么。"忠茂见他口气已软，说："不要我帮忙算了。你不知道，葫芦湾庙小妖风大，池浅王八多，没事都能搞出事，何况冬旺正在联合国林、雄健、同根一起告呢！"

厉害厉害，确实厉害。黄洪武先还有点不以为然，现在才觉得不能小看肖忠茂，看来这个农民官已经当成精怪了。

黄洪武还是没有缴械投降，试探着问冬旺联合国林、雄健、同根一起告什么？说我有什么值得他告！忠茂说，我点了他们四个人的名不就说清楚了吗？还要说出那个难听的事！

两人像各有一件货物要出手，互相试探对方的诚意和价格。黄洪武完全清楚了，但他一脸的无所谓，说："无稽之谈。如果告我乱搞男女关系有人相信，告这个谁也不会信？"

忠茂笑起来："我说你心里有数是吧？这可比搞男女关系还丑还要命！"黄洪武这才发现说走了嘴，不打自招了。忠茂却又稳住黄洪武："不过你别担心，我会把紧。葫芦湾的人再怎么跳，也不过三尺高。比如建斌，你是看见了的，为六尺地敢玩命，那又怎样，他搞得我伤脑筋，他也得伤脑筋。”黄洪武是聪明人，看出忠茂帮他是有条件的。于是说：“瓦厂地的事我尽量帮忙，只是建斌这人不好对付，先谈谈你的想法。”

两人又谈了一阵，交易暂时没谈成，但表示买卖还在继续往下做。

这是屋基纠纷后的第五天早晨，建斌正在泉塘撒鱼草，黄洪武装作晨跑跟踪到这里。他站在岸上，建斌在塘里，进行了如下对话。

“肖老师，你们起屋那事，是不是由我以工作队的身份调解一下？”

“可以呀！你说。”

“这里有两个方案，你可任选一个。第一方案把瓦厂地转让给忠茂家，尽管瓦厂烧了，瓦坯、砖坯都没了，在标价的基础上加六百块，忠茂那方面的工作由我去做，只要你同意。”

“转让的事不商量，补六千也不干，放火的事我还在查。”

“放火的事可以查，我只谈建房的事。你不同意转让那就看第二方案。两块地打拢一起分，他占东头的三分之二，你拿西边的三分之一。”

“没道理，我的地是他的三倍不止，反而他拿三分之二。”

“这叫地理优势，没你的地他可以建屋，而他一建，你的地再大也废了，我听说你当民办还是支书荐举的呢！”

“当民办的事别提了，他明白。”

黄洪武摆手说：“好！好！好！新官不断旧事，我只说目前。我是代表组织和你交涉，人家起屋的地已经批了，你阻止人家施工，扬言要扭断人家的脑壳，村里人都说你太凶了。你一个老师，要有法律意识。”

建斌越听越不是味，他想起冬旺说过，忠茂知道黄洪武的丑事，便推测黄洪武今天谈话是有内幕的。建斌慢慢撒完鱼草，慢慢地洗手、洗脚，慢慢地上岸，又看了黄洪武一阵。黄洪武自认为他的话已经压住了建斌，却不知建斌在这段时间里已想好该怎样回答这个道貌岸然的县干部。他笑着说：“黄队长，听你的口气全是帮着支书家说话，你是得了他什么好处，还是被他抓住了什么把柄？”

黄洪武见建斌说话如此不恭，加重了语气：“你这是什么意思？”

建斌恼火他把国林搞成这个样子，也加重了语气：“你先回答我。”

黄洪武一脸无趣：“算了，谈不拢。”

买卖没谈拢，两人各自走了。

两个月后的一天晚上，冬旺正要下手偷忠茂家的鸡，突然听见黄洪武和忠茂在谈话。冬旺不由得透过门缝往里瞧。忠茂和黄洪武坐在凳子上，冬姣坐在床上，黄向忠茂表示歉意，说建斌油盐不进，工作虽没做好，但二林的房子总算起上去了。忠茂憋足气发泄：“他建斌厉害呀，目中无人，搞得我的屋高不高矮不矮。”黄说：“已经起好就别后悔了，主动权在你手上，也是好事。”冬姣则恨恨连声说：“葫芦湾没半个好人，就说冬旺驼子也告你的状，说得那么难听，不是忠茂帮你捂着，早就往上告了。”黄洪武听出冬姣的意思是忠茂帮了他，而他没帮她家。但黄洪武仍然说让冬旺告，他无所谓。其实，黄洪武已观察到除冬旺外，其他三个的身体已渐渐恢复。也就是说，自己已赢得时间，身体一恢复，一般情况下不会再说，说也没证据。这种事，他经历过，就冬旺一个穷鬼翻不起大浪。于是声称累了要休息，便起身告辞。忠茂起身相送，说：“黄队长你放心，有我在呢！”黄洪武却不以为然地说：“肖支书关心我很感激，但我身正不怕影子歪，没有不放心的道理。”他的沉着镇定倒使忠茂怀疑冬旺的告状是自不量力，自己的关心成了讨好，两人的买卖宣告结束。

冬旺终于清楚告到忠茂手上已毫无作用。他怕黄洪武发现，忙闪身拐到德仁家门口，从门缝里瞧见德仁坐在床沿上抠脚丫，仅有的一只鸡躺在床前鞋旁。冬旺很失望，复又来到忠茂家门口，从门缝里瞧见忠茂和冬姣正准备睡觉。他打开鸡埘门逗了鸡们一下，鸡们惊乍地骚动起来；他迅即退到大门外，隐身门口的茅柴堆下。

冬姣大喊：“贼古子偷鸡！”随即出来，揭开鸡埘顶板拿手电筒清点鸡数，却发现没少。她拍着公鸡的脑壳骂道：“赌你多事，发灾的，杀了你！”随之进了屋。冬旺挨身过来，揭开鸡埘，一把抓住公鸡就走。鸡们又惊乍地骚动起来，冬姣在屋里自言自语道：“发灾的，懒管你们了。”

冬旺把鸡扭死，挟在衣内腋下，他不敢回家，经村后土地庙溜往瓦窑。从土地庙前过时有点紧张，跌了一跤；两手一松，死鸡掉在地上，他赶紧捡起向土地庙作了三个揖才跑进瓦窑。

冬旺把鸡丢在地上坐了会儿，复又出来，在瓦窑边上的稻草堆上扯下十多支稻草走进瓦窑；再去泉塘边上田里扳来一大坨泥巴把鸡糊了个严严实实，藏进稻草堆；点燃火后，溜出瓦窑蜷缩在稻草堆里睡觉。

一觉醒来，冬旺重又溜进瓦窑，从灰堆里扒出泥包鸡，剥去泥巴，再次回到稻草堆里，背倚稻草，一块一块撕着鸡肉吃。鸡肉很香但很腻，冬旺使劲吃也没吃完一半。丢掉可惜，也怕发现，便掏出一张报纸把剩下的鸡肉包好藏进稻草堆深处，把鸡骨捡拢抛入泉塘，然后哼着小调回家。路过二林家的新屋时，他从前檐的廊基上过，不小心被一根木头绊倒滚跌在墈下。

二林的三间新屋退过六尺起是起好了，但地太窄，前檐到后檐才一丈。建高了看不得，建低了不方便；结果楼房不像，平房不是，庵不像庵，庙不像庙；前檐的廊基只有两尺多宽，廊基下是条干圳，干圳离廊基三尺多高。冬旺从上面过时，一脚踩空跌进干圳里，两腿擦破好几处，腰也跌痛了；半边驼恰好陷在圳里，费了好大的劲才翻过身来。冬旺恼火不过，从干圳里爬上廊基，随手抓起一块石头砸在新屋墙上，骂道："逞强霸道，死绝人毛。"想想还不解恨，又捡起一颗尖利的石灰骨子，在墙上狠狠写下"死决人毛"四个字。他本想把"逞强霸道"也写上，但这几个字不知怎样写，便没写，还把"绝"写成"决"。

次早，冬姣打开鸡埘门，鸡们拍打着翅膀往外冲。冬姣惊道："忠茂，我们的大公鸡不见了。"忠茂问："昨晚进了鸡埘吗？"冬姣说："进了，它们吵时，我还拍了它的脑壳一下。"忠茂便肯定是贼古子挨身过来偷走了。冬姣想起她刚躺在床上鸡又惊乍了一下，肯定就是这时偷走的，黑着脸挑拨忠茂："看样子都想在你头上拉屎拉尿了。"忠茂没搭理冬姣，他头脑中在急速地将村里人过滤：他妈的，是谁偷的呢？他首先想到惯偷冬旺，但很快否定，理由是冬旺不敢，偷别人的敢，偷他的不敢。建斌呢？也不是，建斌从不干偷鸡摸狗的事。妈的，是谁呢？他摇了摇头，想起新屋里还没整理好，便背把链刮来到瓦厂地南的新屋里；东看看，西看看，新屋高不像楼房，矮不像平房实在碍眼。突然发现墙上有“死决人毛”四个字，心里一惊：那里偷鸡，这里咒屋，村里与自己结怨的人太多了。忠茂赶紧用链刮刮了又刮，刚刮掉又后悔刮快了，连笔迹都没看清呢。他发现自己的头脑远不如先前清醒了，日子怕是越来越不好过了。

六、公鸡疑案

葫芦湾推行责任制的第一茬早稻丰收了。葫芦湾的田垌里到处是打谷机的轰鸣，到处是忙碌的身影。责任田到户，人们种粮的积极性陡然高涨，真的叫作起早贪黑。再不像大集体时“开工人看人，工地人挤人，收工人追人”。

葫芦湾有三个大田垌：湾门口的葫芦江两岸叫门口垌；过了葫芦江再过一个小山包叫麻里垌；葫芦湾后山与葫芦湾小学之间叫篱笆垌。门口垌紧傍葫芦江，又有泉塘，水利条件没得说，土质也好，是队上的一类田。麻里垌土质略带沙性，种出的谷成色好比重高，但地处水尾，每逢干旱年成，等满足上游葫芦坝村民小组的一百多亩水田，麻里垌的禾有些已经枯槁；篱笆垌水是不缺，但是冷浸田，禾的长势慢，产量不高。

各户早、中、晚稻的秧田，这家挨那家依次连在一起都在葫芦湾门前。

国林为证实自己已完全康复，不顾秋兰劝阻清早就下田扯秧。凤花站在大门口喊吃早饭时，秋兰和国林已扯了一大堆。

国林正洗手上岸，看见二林夺过蔡诗汉的链刮责问：“作田的规矩你懂不懂？”诗汉觍着脸点头。“那你为何用链刮刨田埂，一年刨两次，我的田还不让你占了？”蔡诗汉苦着脸说：“大集体习惯了，你不准刨我茅草也不刹了。”

葫芦湾的田大都略呈阶梯状，按来水方向分上手、下手。上手、下手两丘田之间有一条公有田埂。公有田埂按来水方向分上田坎和下田坎，田坎上的茅草每年春插前要清理一次。历朝历代的作田规矩是上田坎先用链刮刨，连草根连土刨下一寸多厚，然后用四齿锄拼上一寸多厚的泥，这叫抖田埂也叫绑田埂，用于播种黄豆。而下田坎只能用镰刀挨泥皮像剃头一样把茅草剃下来，绝对不允许用链刮刨。田地归公的大集体年代打破了这个规矩。责任制后，各自珍惜属于自己的面积，不约而同又恢复了老规矩。诗汉不像个庄稼人，人家的晚稻秧苗青嫩绿油已有六七寸长，他的枯黄寡瘦，还两寸不到，自然也不理会这个规矩。不但不依规矩，而且他的链刮不利，不是刨田埂上的草而是挖田埂的泥，因此二林抢他的链刮。犁田的三林见诗汉可怜，叫二林把链刮还给了他。

忠茂秧田上手是自家的三亩大丘，三林在使动他家的那头大水牛犁田。大水牛是分田到户前买来的头号好牛，膘肥体壮，犁田又极肯用力，只一条，欺生，外号“土匪”；集体时，由大林专门看管，三林专使，一般人难以拢身，拢身就抵；到户时都怕要，忠茂以极低的价买下。

三亩大丘上手是建斌家的田。建斌家没牛，他用一把特大的链刮挖。挖完后，把一架铁蒲滚丢在田里，蒲滚上压块大石头，然后拖着转圈。

与建斌隔壁的田里冬旺在使一头黄牛犁田，他长一声、短一声有气无力地吆喝，牛则走两步停一阵。三林看了很不耐烦，说：“冬旺，你和建斌两人的田一样大，昨天一起下的田，他用链刮都挖完了，你看你还剩一大片。”冬旺不回三林的话却打了牛一棍骂道：“这发灾的想挨刀了。”说着，把犁让给了诗汉。

诗汉接过冬旺手中的犁，依然使不动。冬旺捧着浮肿的脸坐在田埂上看三林犁田。

三林见冬旺的脸仍浮肿得厉害，弯住牛，问冬旺的病怎么还没好？诗汉叹了口气说：“背时病！难得好。这口气我还咽在肚里呢！”

三林又问：“是什么背时病？哪有医不好的！”

建斌拖着蒲滚转了几圈也停下来，喘着粗气，听他们对话。

诗汉没回三林的话了，弯住牛过来压低声音要求建斌帮忙。建斌问帮什么忙。蔡诗汉更是一脸的神秘，说今晚去学校说。

国林上岸回到家里，凤花端一碗药送到他手上。国林说好了，别抓药了。秋兰说多吃几副好点。凤花要国林再别和黄洪武一起玩；反正他也要搬走了，在收拾床铺，住二林新屋里去！

正说话间，黄洪武挟着自己的被子下了楼。国林、秋兰和凤花看见，谁都不打招呼，黄洪武也装作不知道，径直走了。

其实，忠茂接纳黄洪武在二林的新屋里住虽然不大情愿，但他表面装得很热情。黄洪武挟着被子往二林屋里走的时候，忠茂还在前面带路。忠茂早已嘱咐二林睡东间，千万别睡在一起。忠茂把黄洪武带到西间，然后提高嗓门叫二林捉只鸡杀掉，动作放快点。再然后转回来借给黄洪武铺床的时候说："我家的公鸡可能牵涉了一桩大案。"

黄洪武对忠茂这没头没脑却耸人听闻的话感到莫名其妙，反问："一只鸡能牵涉什么大案？"忠茂认真地说："很可能有人偷去喝了血酒？"黄洪武又问："什么人干吗喝血酒？"忠茂说："就是拜把子结兄弟组织反革命集团。"黄洪武更加不解，说美国支持国民党反攻大陆、越南侵犯边境，那样猖狂都没成气候，谁这么愚蠢？忠茂说不是愚蠢，是野心。建斌教雄健、同根、冬旺习武，早就在拉帮结派，国林家为他们提供反革命活动经费，村后土地庙前淋有鸡血，这都是证据。

忠茂的这一说，黄洪武愈加感到好笑，但没笑出来。而是心平气和地劝："支书呀，别把这事夸大其词，现在不谈阶级斗争了，全国上下根本不提'反革命集团'这个词；再说，建斌他们有什么必要搞反革命集团呢？他对共产党有什么深仇大恨？他有什么目的？就凭你掉了只公鸡，土地庙前淋有鸡血？凭他们学武？这算什么证据？捕风捉影，让人笑话！电视台早在播放《霍元甲》《陈真》了！早几年是不准老百姓学武，现在国家在提倡弘扬中华武术呢？即便土地庙前那真是鸡血，也不是喝血酒的证据。反革命集团必须有组织有计划有纲领，懂吗？"

忠茂说他们也不是想推翻共产党，但他们想推翻共产党在葫芦湾的领导。黄队长终于明白，忠茂把自己当作党的化身，想借政府的专政工具来对付建斌他们，黄队长笑着说："你又夸大了。"

忠茂还是坚持说："一个国家不搞阶级斗争怎么行呢？就说葫芦湾，我们共产党枪毙了地主肖俊龙，把他的房子没收过来了。现在他的孙子又收回去，这不明摆着是反攻倒算吗？我向公社向县里反映多次，他们竟说牛崽有权竞标。现在公社马上要改称乡，大队改称村，毛主席打下的江山不是变了颜色吗？”

这使黄洪武啼笑皆非，他要忠茂好好学习政策，不然，跟不上形势。现行农村工作的中心任务是推行完善生产责任制，提高农民的种粮积极性；大集体时，抓阶级斗争没抓出粮食，全国农民饿怕了；现在转向抓生产、抓经济、抓肚子，一句话，提高农民的生活水平。到了这座山你还念过去那本经，会被淘汰。黄洪武对建斌，对厚友不敢来硬的。主要是因为他有负于国林，来硬的怕捅娄子；能避的尽量避，能躲的尽量躲，平安过渡。但他对忠茂则越来越不怕了，他了解忠茂一类基层干部的心理，他们都怕自己下台，都怕县里来的干部在公社干部面前说自己的不是。况且，他了解到肖忠茂当支书时间太长，权力过于集中，在地方上得罪人太多——有些是为一己私利，有些是为了党的工作。葫芦湾的人也没细分，把账都算在他身上，积怨颇深。但有一点不容否认，忠茂把自己当成党的化身，谁反对他就是反党就是反革命，为此，他曾在葫芦湾先后抓出两个反革命集团。黄洪武想：你倒好，现在又利用我来抓反革命，有关反革命的大是大非问题，怎能迁就你的个人恩怨呢？上面知道了，岂不显得我太没政策水平？再说，我屁股上也不干净，为了你得罪他们，那岂不是自掘坟墓？因此，尽管忠茂絮絮叨叨说他看不惯现行农村政策，基层干部没一点用了，建斌他们的反革命集团案我决不会轻易放过。黄洪武却严肃强调：“执行农村政策是我们工作队的任务，反革命集团的事绝对不准提，你捅娄子你负责。”

忠茂想起那时抓反革命是轻而易举，现在怎么不准提“反革命集团”这个词，一个国家没有反革命，那革命还有什么意思呢？国家的调子怎么变得这么快呢！黔驴技穷的忠茂又抬出冬旺他们告状的事，黄洪武斩钉截铁地说：“让他告，我根本没这回事；他硬要往上告，我会通过法律程序解决，到时候，我要起诉他们犯诬告罪，要求赔偿我的名誉损失费。这事出在葫芦湾，你得好好和我配合。”

黄洪武一番话把忠茂镇得服服帖帖。忠茂觉得，县干部就是县干部，水平就是水平，黄洪武实在了不起，自己求他帮忙的时候还多呢！

七、泽文与诗汉

忠茂很少来诗汉家坐，一是因为诗汉家是个没落的家庭，进他家怕沾上晦气；二是诗汉这块假光洋没人看得起，上他家降低了自己身份；三是诗汉家太脏，有股瘴气。因此，当忠茂突然出现在诗汉家门口时，诗汉显出少见的热情，忙恭请忠茂进屋坐。忠茂见屋里比以前干净多了，收拾得也井井有条。尤其见在灶前煮饭的俊秀长得鲜嫩水灵，便进屋在灶台旁坐下。两眼盯着俊秀的脸说："你家冬旺长得不怎样，俊秀却像电影明星，和她妈一个模子。"蔡诗汉听了，陡起一阵恶心：忠茂当自己的面提俊秀妈长得好，是因为他还惦记着俊秀妈，你他妈的也太无耻了！

诗汉怕忠茂，但从骨子里恨忠茂；他恨忠茂，却千方百计巴结忠茂。俊秀妈就是嫌诗汉太没骨气才含恨死去的。

诗汉是过继到葫芦湾顶他外公肖青黄户头的。二十岁上，一个相面先生对他说："生就一副当官相，至少能吃国家粮。"相过面后，诗汉拿着镜子反照顺照，认为自己长得高高大大，眉清目秀，有副官体；读过初中，文化也符合条件；蔡诗汉，名字也像吃国家粮的。就因长得一表人才，有文化和相面先生的信口胡言，蔡诗汉娶上了俊俏的冬旺妈。至于当官和吃国家粮是命中注定的，迟早会有。他一直等呀等盼呀盼！

外公肖青黄名声不好，诗汉自然受白眼、自然没地位，但他想有点地位，当了官吃了国家粮这就是地位。蔡诗汉对官的理解很广泛，认为生产队以上的干部都是官；至于吃国家粮那得外调到学校、粮站、供销社、食品站等单位从合同工做起。这都得依靠忠茂，于是巴结肖忠茂。恰好忠茂看中了诗汉的老婆，便拿生产队会计说事经常往诗汉家跑，而且不管诗汉在不在家，一进门就躺在诗汉床上。诗汉老婆长得丰满俊俏，却是个极守规矩、极要面子的女人。每次，她都劝忠茂别躺床上。忠茂大大咧咧，自然不听；她不能拖忠茂走只好自己去土里做事，忠茂没趣也只好出门，也就一直未得逞。

一天上午，忠茂又躺在蔡诗汉床上。俊秀妈站在外屋撒谎说诗汉来了。忠茂说来了好，我等他有事。俊秀妈要他坐外面等，躺床上诗汉会往歪处想。忠茂厚颜无耻说我是看得起你才躺，要往歪处想早想了，他见我躺这床上都十把次了，没说什么，其实是要我们往歪处做。

俊秀妈沉着脸说我不要你看得起，我要面子。

忠茂更是咄咄逼人："在葫芦湾，哪个的面子比我忠茂还大，只有你不给我面子。"俊秀妈求道："等下冬旺兄妹也来了，孩子看见不好。"

说冬旺兄妹来了，忠茂也没走。不一会儿，倒是诗汉来了。俊秀妈松了一口气，她悄悄地告诉蔡诗汉叫忠茂起来。蔡诗汉却问："他来这有什么事？"俊秀妈红着脸说："你说有什么事？他要闩门，我不肯。"诗汉自然懂是什么事。正犹豫间，躺在床上的忠茂叫诗汉过去。诗汉立即过去了，还给忠茂递上一支烟。忠茂点上烟，深吸了一口，从身上拿出二十块钱，要诗汉马上去墟上买只鹅，剁三斤肉，拿几瓶酒来："当会计的事，今晚在你家开队委会通过一下。到时，往大队会计位置上摆。等粮站供销社招工时，把你推出去，不是说你命中注定要吃国家粮吗？我看你是吃国家粮的相貌！"诗汉一听连说了几个"感谢支书"！

俊秀妈夺过钱叫诗汉陪支书，她去买东西。诗汉却复又夺过说他走得快。叫俊秀妈烧火煮饭，别误他的好事。

俊秀妈追上去打了诗汉一耳光："你不像个男人，是一副没有骨头的花架子。"但诗汉仍然坚持去了墟上。

这天，忠茂达到了目的，诗汉也当上了小队会计。此后，冬姣带大林、二林经常找碴打俊秀妈。诗汉不但不帮自己的老婆，反而在冬姣面前低声下气。就这样，俊秀妈气急交加，忧郁成疾，没过多久就死了。

俊秀妈死后不久，二林高中毕业。忠茂安排诗汉当生产队出纳，腾出会计位置给了二林。

诗汉见忠茂夸俊秀还带出俊秀妈，心里骂忠茂放肆，表面却很高兴地说：“支书别夸，还没长成呢！”忠茂套上话后才切入正题：“我是来和你说件事，说完还要去召开村干部会议。葫芦湾的人以为田到户大队改村我忠茂会靠边稍息了，谁知上面还得用我这八寸长的脚（注：忠茂的脚不到四寸长，拇指与食指张开去测刚够。拇指与食指张开代表八，因此，他说自己的脚八寸长）。以前叫大队支书现在叫村支书，换汤不换药。诗汉，时间紧，就直说吧！听说你家冬旺和同根、雄健三人告了黄队长的状，我告诉你，越级上告是不行的。在葫芦湾，往上反映情况必须过我这条铁门槛。何况告状，好大的胆。”诗汉虽怕忠茂，但提这事他理直气壮地说：“我向你反映过，这么久了没动静，不往上告怎么办？再说，冬旺他们差点命都没了，这些情况你都看到了，应该清楚。你的胳膊肘总不能往外……”没等诗汉说完，忠茂变了脸：“葫芦湾的情况我都清楚得很，哪只狗想叫，哪只马拐想跳都在我肚里坐！你家冬旺和同根、雄健吃得睡得走得，怎么就差点命都没了？你相信，我不相信，这种肮脏事说出去，谁都不相信。你们若是告他偷老婆，有人相信，告这个没谁相信！现在县委书记、宣传部部长都在追查告状的人，他们说黄队长受过高等教育，根本不可能干这种肮脏事，一定是有人在背后操纵。”

忠茂虚张声势撒下弥天大谎，把诗汉吓怕了。要是县委书记、宣传部部长怪罪下来，别说国家粮吃不上，出纳也当不成了。于是诗汉开始骂冬旺，明明是自己带冬旺、雄健和同根找建斌写的状纸，现在倒说冬旺合雄健、同根的套搞这个名堂。

忠茂见诗汉招了怕了又继续连哄带吓：“搞什么名堂也别捅到法院去嘛！上法院是好玩的吗？自古以来人生似铁，官法如炉，你家冬旺这个屄样子，一上法庭，恐怕吓得尿都会屙在裤裆里！”

诗汉怕了，问忠茂怎么办？

忠茂拿腔拿调说：“怎么办？现在后悔，马上撤诉还来得及；冬旺身体不好，写个报告嘛，哪里不好，怎么引起的都写清楚，我和黄队长批个字，可以解决点医药费。你们呀！不想想后果，别说没这事，就是有这事也不要扬出去，以后讨不到老婆岂不麻烦？你叫冬旺千万不要和雄健、同根搅在一起。他俩和建斌牵涉了一个大案，你是我手下的干部，我才给你客客气气透个信。”

诗汉受宠若惊了，你看你，人家把你当手下的干部看待，讲感情，你却记恨人家。他把因老婆因儿子的仇恨都抛到九霄云外，连“噢！”了几声，连说了几句：“我一定告诉他们。”

临走，忠茂又告诉诗汉，准备让他去学校当民办教师，把建斌换下来，教出了成绩能转正，去冬，全县有一百多个民办转了公办。

诗汉一听这话，脸上露出了笑容。国家粮的影子很友好地在他眼前晃来晃去。他妈的，想不到 40 岁了还能走这步运，八字注定有硬是躲都躲不开。诗汉哪里想得到，厄运正一步步向自己走来。

送走忠茂，蔡诗汉马上东转西转、东问西问终于在麻里垌找到雄健的父亲泽文。他给泽文递了一颗纸烟，盘腿坐在田埂上，没说县里在追查告状的事，而是先和泽文套了一阵近乎，然后说：“你当队长，我当保管兼出纳，都是忠茂支书培养的干部。”

泽文慢慢地吐出一口烟雾，透过烟雾鄙夷地看着诗汉说，你是他培养的，我不是。

诗汉这个绣花枕头没读出泽文眼中的内容，又说：“集体散伙了，保管出纳没了，但忠茂还让你当组长。”

泽文说我这个组长卵用没得，你想当就给你。

蔡诗汉连说自己是外姓人当不到也压不了台。

蔡诗汉祖籍兴宁县九里乡蔡家村人，他外公肖青黄是个医术高明医德败坏的草药郎中。擅长医治无名肿毒，任你生什么蛇头、背花、牙瘤……无论是红肿还是溃烂，据说他随手从路边扯把草就可消肿止痛；但结工却要看病家的礼钱多少，还得凭自己的心情好坏。红包小的，心情坏时，拖个三五个月不为多，他医过的也没人敢接手；包封得大的，心情好时，再恶的肿痛也在十天半月之内搞定；礼金不到则一直往下拖；最坏良心的是如若碰上风韵的少妇和漂亮的姑娘患症，他不占便宜不罢手。行医取酬是得之有道，虽遭人非议尚情有可原；而乘人之危则是恶行败德，种下的是仇恨的种子。肖青黄曾生下一子，5 岁时掉进泉塘，据说当时好几个人都看见了但都装作没看见谁也不去打捞。肖青黄开始记恨过一阵，但终于醒悟是自己人心丧尽所致，才渐渐唯善行医并把外甥蔡诗汉接来顶替肖姓门庭。诗汉初中毕业后跟外公学过草药，心性不专，造诣很浅。逢人便津津乐道自己的面相，留下许多笑话；加上专好巴结，为一个小队会计竟搭上了老婆的贞洁和性命。之后，诗汉想再娶，但没女人肯嫁，只好带着俊秀、冬旺混日子。也因此，蔡诗汉在葫芦湾人眼中一钱不值。

而忠茂给泽文一个队长是想以此化解积怨。

泽文的父亲肖厚礼是国家教师，一直在葫芦湾小学任教。1967 年，忠茂接到公社造反派的通知，湖南道县发生地主结伙杀贫农而后贫农大肆捕杀地富子女的恶性事件，各大队要密切注意阶段斗争新动向，一有情况，果断处理。恰好葫芦背那个长期外流的地主儿子刘火军突然回来了。有人报告忠茂说刘火军能飞檐走壁，刀枪不入，这次回来是组织杀贫下中农。这还得了！刘火军到家刚坐下准备吃饭，忠茂便组织人把他抓来关押在葫芦湾小学，打了个半死。肖厚礼可怜他，刘火军讨水，给了他一杯水；讨烟，给了他一支烟；要饭，肖厚礼又给了他一碗饭。其实，刘火军不仅不能飞檐走壁，刀枪不入，还相当胆小，吃打不过，问什么承认什么。

“你是不是来搞反革命组织？”“是！”

“肖厚礼那杯水是不是画了符，让你喝了不怕打？”“那碗饭是不是让你吃了有力气逃跑？”

刘火军一律答：“是！”

就这样，肖厚礼也被当作反革命抓了起来。后经查虽属子虚乌有，但惊恐过度的肖厚礼放出来后便整夜整夜睡不着，人渐渐干瘦，不到两年就死了。这种仇怨，给我一个队长就能化解吗？忠茂是培养你蔡诗汉吗？是培养你老婆下面那个东西。这些话，泽文没说出来，但他知道今天诗汉花那么大的心思找到自己肯定另有话说。于是问诗汉是不是有别的事？诗汉“嘿嘿”

笑着，装着不好意思的样子说：“吃国家粮可能有希望了。”

泽文一听讥讽道：“诗汉，癞蛤蟆想天鹅肉都快二十年了。”蔡诗汉却不以为然回说：“增广上说的‘命里有时终须有’嘛！我信。”

泽文也是个咬死理的人，两眼盯着诗汉：“假光洋，我对你说，生错了地方，八字命运再好也没用。那时，葫芦湾有位算命先生将自己的生庚八字反复推算：命里注定要当大官。可是到了六十岁还在背把胡琴算八字。他不服，把自己的生庚八字报给一位远方来的算命先生，同行将他八个字一扣说，‘你生在南边当宰相，生在北边当丞相，生在这里和我一模一样。’蔡出纳，你人长得好，八字也生得好，就是生错了地方，葫芦湾埋没了一块吃国家粮的材料。明白地告诉你，葫芦湾什么好事也轮不到你，忠茂有六个崽在排队等呢！”

诗汉被泽文噎得满脸通红，一脸惊慌地说出县里在追查告状的事，忠茂叫他们赶快撤诉。

泽文万万没想到诗汉会找他伙同撤诉。他怒不可遏地指着诗汉：“你这不是害了建斌吗？”诗汉说：“建斌、同根、雄健牵涉一个大案，公安和法院都在调查，雄健最好趁早跳出来。”泽文非但没被吓住，还嚷起来：“什么大案？忠茂的鸡公案，说是建斌、雄健、同根捉到学校吃了血酒，还到学校调查；我爸差点被他打成反革命，未必又想把我儿子打成反革命？早几年就怕，现在，我不怕了！”

蔡诗汉叫泽文小声点，说：“我是好心好意，你不撤，我冬旺和同根撤，鸡蛋碰不过石头。”说完，睁大两眼看泽文的反应。

泽文向诗汉挥挥手，鄙夷地说：“马屎面上光，肚里一包糠。真正的假光洋！”

八、黑白颠倒

蔡诗汉他们并不清楚黄洪武的行为属于刑事案。刑事案是不能撤诉的。民事案是民不举，官不究；刑事案是民不举，官也究的。县法院已经介入。

一个麻雨霏霏的上午，一辆吉普车停在二林房子旁。车上下来两个法官向在瓦厂地莳冬菜的秋兰打听支书住哪。秋兰说："支书住在村子中间，这是他儿子家，叫他带你们去。"两位法官打量二林的房子说："怎么起这么栋房子，庵不像庵，庙不像庙。"但还是进去了。

忠茂恰好在和二林商量怎样把建斌搞回家，见两位法官来了只好暂停。两位法官自我介绍一个姓刘，一个姓李。也没怎么客套就直接进入主题。法官刘说："上个月蔡冬旺、肖同根、肖雄健联名起诉工作队黄洪武摧残青年健康案。我们正要传讯黄洪武时，谁知又接到三人的撤诉状，说是受人唆使利用。他们不知道，刑事案是不能撤诉的，要么是黄洪武犯摧残青年健康罪，要么是有人犯诬告罪或教唆罪？"二林抢先问："冬旺他们说了是谁唆使的吗？"法官李回说是民办教师肖建斌替他们写的状子。

忠茂立即来了精神，说："既然这样，我给你们提供一个情况。肖建斌身为人民教师，要管好家里的田，养了鱼，还送货，上课没精神，学生反映强烈；群众关系也恶劣，多次手持凶器斗殴，黄队长当面批评过他，他就来这一手。"法官刘提出疑问："这种案件极为罕见，他们几个不告别的怎么告这个呢？"忠茂说："建斌当老师书看得多，不知从哪套过来的！"

两位法官问建斌在哪。忠茂和二林争着说建斌在学校，不远，在后山喊都喊得应。忠茂和二林试探着问两位官是不是马上把建斌抓走，两位法官叫二林带路，得先找雄健三个核实情况。谁料雄健、冬旺和同根都躲了，没敢与法官见面。

两位法官只好去学校找建斌。他们先找校长给他看了介绍信，证明刘广方和李佳才是来调查“蔡冬旺、肖同根、肖雄健联名起诉工作队黄洪武摧残青年健康案”。之后，刘广方又对校长解释说，我们正要传讯黄洪武时，谁知又接到三人的撤诉状，说是民办教师肖建斌唆使他们写的状子。校长听法官这么一说就为建斌着急，他说：“建斌是个好老师，工资待遇低但安心工作；家运不顺，但靠吃苦耐劳去弥补；学校每项工作他都走在前面。”校长边说边带两位法官去了建斌卧室，指着里面贴着的各级各类奖状又解说了一番。刘广方悄悄地对李佳才说，忠茂父子讲的全是假话。不觉对建斌产生了好感，而对忠茂、二林和冬旺他们顿生厌恶。

法官向建斌介绍身份后直奔主题。

建斌承认起诉状是他代写的。他从与国林一起送货的情况谈起，冬旺钓蛤蟆，雄健、同根四人同时全身浮肿，同时去葫芦塘老中医袁世奇那里看病开药的事说了一遍。刘广方问建斌是不是根据这些情况鼓励他们告状。

建斌这才把写起诉状的过程说出来。

七月中旬的一天晚上，诗汉带着冬旺来学校找我。诗汉用手指按冬旺的脸和脚，一按一个凹，久久不能复原，说，男怕穿靴女怕戴帽，如今他穿了靴又戴了帽，还有什么搞手？他要告黄洪武。我说告状的事不好插手，我不在头不在尾，劝诗汉先借钱把冬旺的病治好。诗汉说他的亲戚都是穷光蛋，去找过黄洪武，黄洪武不但不给钱，还打了他一个耳光。我一听确实来了火，说太欺负人了，既然这样，可以告他。诗汉高兴不已，要我立即写状纸。我没拒绝，觉得黄洪武这种败类，应该接受法律的审判。状子是在这里写的，写之前，诗汉又找来雄健、同根，三个人都说要告，国林不想凑热闹没来。

两位法官微笑着互相看了一眼，建斌的敢作敢为敢担当令他们肃然起敬。刘广方委婉表示建斌给三个人写起诉状是一种正义的行为。他的原话不是这样，但建斌听出是这个意思。接着，李佳才把冬旺、同根、雄健三个人同时撤诉的事告诉了建斌。他们说一身浮肿是连续捉了几夜蛤蟆着凉、生病遗精引起的；状子是你先写好找他们签名的。建斌笑起来："他们怎能这样呢？我替他们打抱不平，他们倒给我栽赃，真是恶毒。捉蛤蟆可以一起去，着凉生病遗精也会一起吗？撒谎都撒不圆。"

刘广方认为从逻辑上分析，建斌的话有道理，冬旺他们的说法经不起推敲。但办案重证据，不能靠分析推理。他对建斌说："黄洪武不仅不承认这事，还要追究你的诬告罪；同时有人告你们喝血酒，搞反革命集团。要是几年前，你早就进去了。好在现在国家政治清明，从中央到地方都不提'反革命'这几个字了。但教唆罪和诬告罪必须追究。这事，你得心中有底。"

建斌说没退路了，只有搞到底，要么扳倒黄洪武和肖忠茂，搞不过他们只好自己去坐牢。刘广方向李佳才使了个眼色，两个人默默出来。

建斌和校长把两位法官送到操坪里，等他们上了车，发动机响了，互相挥挥手表示告别。手握方向盘的刘广方却探出头来对建斌说："肖老师，这件事你不必有太大的思想负担，但也不能冲动，共产党是青天，有了新的证据，直接告诉我们。"建斌上前两步举起右手说了声谢谢。

刘广方猛踩一脚油门，车子往前一纵，对李佳才说，这个案子绝对有诈。

九、“鬼鬼祟祟”

蔡诗汉勾头勾脑地往葫芦湾小学走时，头脑里一直在想泽文那段话：“蔡出纳，你人长得好，八字也生得好，就是生错了地方……葫芦湾有什么好事也轮不到你，忠茂有六个崽在排队等呢！”这句话让他吃国家粮的感觉变得十分渺茫，代课转民办民办转公办，现在又重视文凭了，弯弯曲曲路还长呢！泽文说得对，真有这么容易，忠茂还不安排二林上。也许自己真的生错了地方。但他又自我安慰，好事多磨，走点弯路不要紧，世界上本来就没多少直路。毛泽东领导的万里长征那么难坚持下来还不是胜利了，泽文的话未必可信，他会看什么相呢！

葫芦湾小学与葫芦湾只隔一个小小的篱笆垌，不到一里路。但诗汉走走停停，走了半个钟头还在垌中的马路上转。他上衣口袋里揣着一张盖有葫芦湾村支部委员会公章的条子，他要凭这张条子去学校把建斌换下来。可一想起上个月自己叫建斌写状子，现在又撤诉，还要把建斌换下来；但心虚胆怯，再不讲良心也不能这样为人呀！去不去呢？不去，太可惜了，当老师毕竟比当农民体面，万一能转正，那就…… 因此决定去。但觉得一个人去不好，得找一个人陪自己去。找谁去呢？

在路上走走停停就是想这个事。突然，诗汉发现四林在离校门口不远的田里放鸭。他灵机一动，对！就叫四林一起去。六兄弟中，属四林做事有耐心。他力气小，干重活不行，但零零碎碎的事总是摸得过，一年四季好像总在不厌其烦地找东西。小学三年级没读完，忠茂就要他看鸭，看到十九岁，已经很有经验了。他看的鸭不仅长得快，而且成活率高，卖鸭卖蛋的钱一律交给冬姣，每年给他的压岁钱也总是贴身藏着，舍不得用。

“四林——”诗汉喊了一声。四林举着手中的破脸盆“嗯！”了一声。他不是应“哎”，而是应“嗯”，好像答应别人什么似的。

诗汉走过去，看见四林用破脸盆在戽水凼里的水，两笼鸭放在水凼的田口子上。水凼四周很高，水凼里的水很浅了，小鱼慌乱地跳着，小虾爬满了水凼浅水的四沿。笼里的鸭见到跳跃的鱼虾骚动起来。四林打开笼盖，放出鸭，小鸭在水凼里用扁嘴欢快地捞食，干瘪的嗉囊很快鼓胀起来。吃饱了的小鸭在水凼里追逐嬉戏着。四林也露出满脸灿烂的笑容。

诗汉给四林戴高帽子，说："四林，你看鸭全看出了经验，看七年了吧？"

四林说："八年多了呢！你看这些鸭，一个月不到，有一斤多了，只只一样大。"

蔡诗汉又颂奖了四林几句，叫四林陪他去学校玩。四林说要看鸭，还要把凼里的几条大鱼捉上来。蔡诗汉又给他戴高帽子，说四林这样发狠，肯定有了很多钱。四林拍着屁股上的口袋告诉诗汉，都在这里。

诗汉拿出一块钱递给四林，说奖你的，陪我去学校。

四林见钱心动，早几年过年时，爸给自己压岁也只一块钱，每卖一批鸭才给自己五块钱。他把诗汉那一块钱放进贴身短裤的薄膜袋里，笑眯眯地答应了。反正鸭吃饱了，会睡觉。

六年级教室里，建斌正在指导学生用“鬼鬼祟祟”造句。

快到教室门口了，蔡诗汉才把一张纸递给四林，要他把这张条子交给建斌。四林没看，问交给建斌干什么。诗汉说是你爸叫我来顶替建斌当老师，上面还盖了你爸那个公章。四林说你先说这事，我来都不会来，建斌和我家打过架。诗汉说建斌不但和你家打架，还要赶你爸下台呢！你还帮他。来，我再给你一块钱。四林又解开长裤袋从贴身的短裤口袋里抠出那个薄膜袋，把里面的钱全都拿出来，数一遍，叠好，塞进去又插进短裤口袋，接过诗汉手中的纸条才躲躲闪闪地靠近教室门口。

一个学生在黑板上造句，造不出，说“鬼鬼祟祟”什么意思不懂，他把“祟”念成“崇”。

建斌把“祟”和“崇”比较了一下，说“崇”是“山”字底下一个祖宗的“宗”，读 chóng，表示尊敬，例如，“崇拜”“崇敬”；而“祟”由“出”“示”构成，读 suì，是为人偷偷摸摸，躲躲闪闪，不正大光明的意思。

这个学生恰好看见在门口躲躲闪闪的诗汉和四林，立即写道：“有两个人在我们教室门口鬼鬼祟祟。”

同学们看着教室外哄堂大笑。建斌一扭头见是诗汉和四林。他鄙夷地看了诗汉一眼，只问四林有什么事？四林虽然附和全家与建斌打过架，但建斌对四林没半点成见。他知道，四林头脑简单只是附和而已，不必计较！况且，建斌看重四林老实勤快。因此，建斌是笑着问四林！四林不好意思地把纸条子交给建斌。建斌看后又递给四林，要他们去找校长。

校长看了条子要诗汉找学区。诗汉没去找学区，而是回过头来对忠茂说校长不买他的账。忠茂立即来找校长的麻烦，一开口就充满了火药味。他说：“李校长，这事你不配合，以后，学校找村里的事还多。”李校长说民办教师是县教育局备了案的，不能喊撤就撤，何况，建斌是骨干教师。

忠茂已经铁心，非借这个机会把建斌整回家不可，绝对不能让他跳出葫芦湾，跳出自己的掌心。他似是而非地吓唬道：“李校长，建斌的问题你可能不清楚，他将要接受公安机关审查，希望你不要把自己卷进去。”

李校长是个老实人，听他这么一说，怕了，试探着问：“建斌究竟是什么事？”

忠茂当了二十几年支书，毕竟搞过多起冤案，他知道真真假假、神神秘秘的话最能吓唬人，进一步威胁说：“不该你知道的事，别问！问题相当复杂，还不是一两件事；法院已着手调查！我怕到时候来学校抓人影响你，才派诗汉换他回去。你不配合，到时别后悔。”

李校长果然慌了，忙解释说建斌是教语文，恐怕蔡诗汉接不了班。忠茂说：“诗汉初中毕业，长得一表人才，还教不了小学语文？即使不能教，可以管事务嘛！他一直当保管兼出纳。”

李校长无奈，只好答应先向学区汇报再转告建斌。忠茂冷冷地说，那你马上向学区汇报。

李校长知道忠茂容不下建斌，也知道忠茂搞这样的案子很有经验，没事都能搞出事，果真立即去学区向曹主任汇报。

曹主任听了李校长的汇报，也觉得这件事比较棘手。他先是责怪建斌多管闲事惹火烧身，然后分析说，忠茂这个人不好惹还次之，现在民办教师是拿工资，可以把建斌调到其他学校。关键是县委书记和宣传部部长都在过问这件事，如果建斌真的因为黄洪武支持二林建房涉嫌报复诬告，学区还使劲保他，到时候会连累自己。因此，尽管建斌爱岗敬业教学水平高，学区也不敢担这个风险。但民办教师在县教委备了案，遣退民办教师的权力在县教委，曹主任决定马上赴县向教委汇报。不过，他对李校长说，我估计县教委也不敢担这个责任，民办教师虽说备了案，那也是漂在水上的浮萍没得根基，根本经不起这种风浪。

但县教委给建斌留了退路，没注销他的备案，只是暂停他的民办教师职务，待问题澄清后再作处理。

葫芦湾已传出风声，建斌对党的改革开放政策不满，喝血酒组织策划诬告县委工作队干部。县委书记和宣传部部长亲自过问这件事，公安法院已在调查，很快就会来抓人。建斌当然知道这是忠茂在捣鬼，喝血酒是造谣，对党的改革开放政策不满也没事实，但告黄洪武的状纸是自己写的，黄洪武是县委书记和宣传部部长派来的干部，你告他，他们肯定会过问。因此，这几天，建斌心神不定。往日午饭后，建斌会坐在办公桌前看小说，今天一走进房里就躺在床上胡思乱想。

这时，曹主任和李校长推门进来。建斌连忙起来给主任和校长各倒了杯开水。曹主任抿了一口，看了看墙上的几张奖状，然后拉开话题。先是说了建斌诸如爱岗敬业，个人形象气质好，教学水平高一大堆好话，话锋一转阐明来意拿出县教委的处理意见。

建斌看完，脸色由青转黑，歪着嘴苦笑。曹主任也苦笑着解释说："肖老师，你要知道县教委作出这个决定也是受各方面的制约，原是准备注销备案，遣送回家。经过多方努力才作出保留备案暂停职务的决定。也就是说，问题查清如果没有责任你依然可以回学校。建斌老师啊，这件事的起因我有所耳闻，这是个教训，今后少管社会上的闲事。不过，现在既然发生了，也不要怕。没有的事千万别承认，现在政治清明，要是早几年，就凭告你喝血酒搞反革命集团这事，判个三五年只是一句话。现在不怕反革命集团罪，倒是要防诬告罪。你得好好把握自己。”

此时，建斌已缓过劲来，他感谢曹主任和县教委“保留备案”，也作了三点说明：一是这事起因于忠茂与他标瓦厂结怨，想借黄洪武的事整他。县法院的干部说，黄洪武属刑事案，撤诉无效，要我收集证据。二是民办教师是水上浮萍，不当了，他会收集证据，要么扳倒他们，要么让他们整死。三是向学区和学校借了四百元钱，目前没偿还能力，但一定会如数偿还。

听了建斌的三点说明，曹主任和李校长五味杂陈。曹主任表态，借款暂时挂在那里，学区和学校都不催他偿还，待问题查清后再说。没问题，再回校，从工资里慢慢扣还；如果调查的结果于他不利，学区和学校再另作处理。

建斌谢谢曹主任的好意，人死账不烂，一定尽快还。也谢谢领导关心，但不管能不能查清，他不想再回学校。

曹主任和李校长担心建斌胡来，交代他一定要冷静。

十、恶气攻心

建斌是坐牛崽的拖拉机回家的。

确切地说，是牛崽听到消息后开车来接建斌回家。建斌说才里把路，坐什么车？牛崽说走路坐车不一样，总算有人用车接你体体面面回家。建斌说被整回家，还体面什么？转来转去，我还是站在忠茂屋檐下，日子怎么过，心中没底了。牛崽要建斌别想得太复杂，忠茂的用意就是不让你往外跳，其他的话是大帽子盖烟办不到。

这点，建斌和牛崽心里都清楚，忠茂最看重的是吃国家粮，他为二林吃国家粮费尽了心机，推荐上大学、参军、考干……各种手段使尽了，可每次偏偏体检不过关。二林没吃上国家粮，忠茂就不准村里其他的人吃上国家粮。雄健的叔叔泽华原在供销社代班，表现很好，准备招为正式职工，来调查时，忠茂说泽华父亲肖厚礼有历史问题，班也代不成了。回队后，却让他当队上的保管员。打了他还要哄着他。1979 年，建斌考民办教师成绩排名第一，录用通知都下了，忠茂还去公社告状说建斌的父亲曾经贪污，遭到公社书记批评才罢。想起这些，建斌很气愤："忠茂一次又一次太过分了，依我的气，今天回去就要捅了他，然后像周东那样吃炮子。"

牛崽怕建斌一时兴起干蠢事，脸一沉，骂道："胡说，周东是被老陈害得家破人亡；忠茂只不过不让你当民办教师。算什么！"

周东就是当年葫芦湾瓦厂的周师傅，即德仁的师傅。那天，建斌亲眼看见周东在公社中学门口与陈务华只吵了几句，拔出尖刀捅死对方就去自首了。当时，有人说他俩是争老婆，也有人说他俩是争砖瓦窑。实际是复仇杀人。

周东和陈务华是一个大队的。“文化大革命”中，陈务华是大队长，他指控以周东为首的五个人搞反党集团。周东被判了八年，其他四人判五年；周东入狱后，陈务华打周东老婆的主意；周东的老婆至死不从，带着儿子回娘家。娘家人也受周东“株连”，对母子俩不理不睬。娘家待不住，家又不敢回，周东老婆在绝望中抱着儿子投河自尽。消息传到狱中，周东当即动了杀心。第四年，上面复查出他们五个人是冤案，宣布无罪释放。陈务华做贼心虚，弃家逃跑。出狱这天，周东发誓哪怕找遍天涯海角，也要干掉陈务华；其他四人则愿意为周提供活动经费。周东找了三年终于在葫芦塘找到了在此以烧砖瓦为业的陈务华。陈务华先是把自己的砖瓦厂让给了周东；而后又把一个准备与自己结婚的寡妇让给周东，但都未能化解仇恨。

牛崽见建斌在讲周东的经历有把自己和忠茂摆进去的意思，又劝：“讲故事可以，千万不能效仿。你才二十多岁，路还长呢。你使劲抓钱，今后的形势是有钱就能神通。”但建斌还是坚持非得把这件事搞清，不能让他们牵着鼻子走，不能被动挨打，得主动进攻。要么鱼死，要么网破。

牛崽踩住刹车盯着建斌，说：“建斌，我发现你的性格很像‘知青王’丁建平。刚劝你不要效仿周东，现在又喊鱼死网破。”

建斌承认自己受“知青王”的影响很深，两人一直通信。牛崽说丁建平虽然是个人物，但有时也意气用事，比如和邓长军那个亡命之徒比武，大可不必。动不动就鱼死网破，我不赞成。

建斌没再回话，牛崽松开刹车又嘱咐千万别干蠢事才往前走。

拖拉机只拐两拐就到了葫芦湾。车停在村口，建斌往下提东西。二林在门口探头探脑，幸灾乐祸的样子，但很快缩进了屋里；冬旺从茅厕里出来，马上又缩进去了，直等建斌他们都走了，才闪出来躬着背脊溜走。

建斌提着床铺，牛崽提着铁桶走进与父亲的厢房一巷之隔的屋里。这间屋是后栋的南厢房，国林家的，更阴暗，国林和秋兰已打扫得干干净净，墙上用报纸裱糊，倒也舒适。

因为屋里太闷，出来了。建斌想起自己被整回家起因于瓦厂地，不由自主往瓦厂地上走。牛崽担心建斌见了二林沉不住气，把建斌拖到他家去喝酒。

牛崽一家早就住进了宽敞明亮的仓库。牛崽一家都清楚，标仓库时，建斌给牛崽出过主意撑过腰，一直没机会表示感谢，今天来了，牛崽的爸妈和牛崽的老婆都很高兴。吃饭时，泽武不准孙子上桌，父子两陪建斌慢慢喝酒。

牛崽劝建斌没必要憋气，只管想办法抓钱；人在世上几十年，不会一条道走到黑；现在政策好，有的是路，他准备贷款买汽车。如果建斌愿意开拖拉机，作价四百块卖给他，两个月挣六百块钱没一点问题。建斌说，现在的新车已涨到一千八百块，这光沾得太大了。泽武说："有人出了六百牛崽没卖，那时，全村只你父子和厚友不把我当四类分子看；牛崽标仓库时，你帮过他，我们懂得好丑。"

说到这里，建斌喊了声泽武伯，说："你祖上对我爷爷是有恩的。"

泽武说："要说有恩，你爷爷才是我爷爷的大恩人。"

建斌说："那是你爷爷有恩在先。我爷爷是报恩。"

泽武说："我父亲霸道该毙！但我爷爷会为人。"

他们谈的是牛崽曾祖父肖高庆和建斌的爷爷恩恩相报的事，现在，葫芦湾的人还经常提起。

建斌的爷爷一直靠打零工过日子，真正是吃了上顿愁下顿。那年除夕，葫芦湾各家各户都在忙蒸净浆糍粑或煎炒油炸兰花根、烫皮、禾米、糖伞一应年货，而建斌的爷爷躺在破屋里一筹莫展。半夜后，家家户户关了柴门，他懵懵懂懂摸进财主肖高庆家后园里。当时，高庆父子敬神之后正准备睡觉，两人同时发现后园里有个人影。俊龙要去抓，被高庆止住。

等俊龙睡下后，高庆用两只篮筐，装了一篮筐净浆糍粑，一篮筐煎炒油炸的兰花根、烫皮、禾米、糖伞一应年货，双手提着走进后园走近黑影。高庆家后园不种菜，是他与儿子俊龙习武的地方。建斌的爷爷一见高庆全身稀软，说我不是来偷东西，是想借点什么过年，又不好开口。高庆叫他别怕，我知道你难，把这点年货拿去，好好过年。

建斌的爷爷在麻木中既高兴更感激，回到家里叫醒父母说是高庆叔给的。两个老人自然也高兴，嘱咐儿子要记住人情，日后好好报答。

大年初六，对河刘家有人办喜事，叫建斌的爷爷天亮前去帮忙杀猪。建斌的爷爷力气大，为人老实勤快。葫芦湾一带不少人办喜事都请他帮忙，这样，他能饱食三两天，喜事散场，主家还会给他一碗酒席菜。

建斌的爷爷天没亮就起床去刘家，从高庆家门口过时，看见大门口地上躺着一个人，他麻起胆子问："谁！"那人没作声。春节期间，高庆家大门口那对拳头大的蜡烛通宵不熄。他走过去一看，吓了一跳，是叫化子老范，死了！不管是怎么死的，新年大吉死在高庆大门口是大不吉利，叫化子蜂拥而至打人命只是破财，政府追究起来是要坐牢的。建斌的爷爷毫不犹豫背起老范的尸体一口气跑到葫芦湾的土地庙里，放下，然后才去帮忙杀猪。

老范长年四季住在土地庙里。他死在庙里是很正常的事。按往日惯例，高庆出钱买了副薄棺叫村里人埋了。没闹出任何风波。

后来，才传出是高庆的仇家打死老范放在高庆大门口想害他家。又过了一段时间才有人透出口风是建斌的爷爷背走老范的尸体让高庆家避免了一场大祸。于是，高庆请建斌的爷爷在他家长期帮工，又给建斌的爷爷娶亲成家，才有了德仁，才有了建斌。

提起这段往事，泽武叹了口气说："你爷爷是好心，但人的命运都是注定的。要是那次打官司把家产打光了，我爸也不会作恶霸道，不会划为地主，不至于被政府枪毙。我们也不会受压二十多年。"

牛崽不满意地打断父亲的话，说你这么讲好像建斌的爷爷害了我们似的。谈拖拉机就谈拖拉机，扯那么远！

泽武说我不是讲他爷爷是好心是恩人吗？我是讲命运注定的事逃不脱。

建斌赶紧岔开，说泽武伯相信命运，我也相信命运。好，谈车谈车。建斌清楚，这车卖六百块钱没一点问题。如果真按四百块买过来，自己就成了占小便宜的人，就欠了牛崽的人情债。乡下有句俗话，"借米斤还斤，借钱分还分”，钱财债有数，好还，世上最难还的是人情债。但他没把这个想法说出来，而是说你们父子的心意我领了，标瓦厂已经欠下一屁股的账，要买拖拉机只有贷款。况且，我不先把自己的诬告罪洗刷清白就没有心思做事，更不敢开车。这样吧，你先教会我开车，我得想办法先赚点钱再说。

牛崽觉得建斌说得有道理，也就不好再劝。

第四章

一、计败洪武

葫芦湾一带人口稠密，大村庄连着小村庄，鸡鸣狗吠声、粗犷的叫喊声、责骂小孩声，偶尔也有吵架骂街声，从早到晚，此起彼伏；这里的人不烧煤，都烧秆子柴、劈柴、茅柴和稻草，每日三餐做饭时分，屋顶上的烟囱腾起缕缕的黑烟与天空中游动的云彩相衬，煞是壮观。

建斌被整回家的第五天下午，各家开始生火做晚饭时分，冬旺才挑着半担谷来要巧英快碾，说是等米下锅。他一瓢一瓢地把谷舀进谷斗，巧英用手在谷斗里抓了一下，沉着脸说："冬旺，你这是二皮谷，我不碾，舀出来！"听说建斌被忠茂整回了家，巧英马上来了葫芦湾。她叫建斌别怄气，不就是个民办教师吗？不当就不当，但事情要搞清。她见冬旺已把谷子舀进谷斗，却不肯碾。冬旺觍着浮肿的脸尽说好话，巧英用手往谷斗里又抓了两下，把早就备好的一颗铁钉放进谷里。一开机，铁钉在滚芯里打得"拍啦拍啦"响；她立刻拉下开关切断电源，碾米机卡紧了。巧英从米箩里捡起钉子圆睁那双好看的大眼骂道："冬旺，你怎么尽干缺德事？"

巧英话中有话，冬旺做贼心虚，一个劲赔好话。巧英说："我不信你这张嘴巴——把皮带拖松，机子坏了要你赔。"

冬旺拖了几下，喘气不赢；后面要碾米的催他快点；巧英又骂冬旺没点死用，就知道害人。冬旺知道巧英是对他上诉撤诉出尔反尔恼火。

巧英一嚷，国林来了。国林对冬旺却很客气，他先看了冬旺一眼，又按按冬旺的脚，问怎么还没好？冬旺说没钱吃药了。巧英骂冬旺撒谎，黄队长给了你三百块钱药费就用完了？冬旺连说没这事。巧英骂冬旺真的没良心，你拿了老黄三百块钱才撤诉的。冬旺说原先他说过给一百块钱，但撤诉后，只给了三十块。巧英冷笑道：“黄队长是向你学的，你要建斌写状子时，讲起水能点灯；后来，你还反咬一口说建斌诬告。”冬旺赌咒发誓说没讲建斌诬告。国林却神秘地笑笑说：“冬旺，药要吃，病要治，要钱得讲究方法，我吃药的钱全部是老黄给的。”

“真的，多少？”冬旺睁大了眼睛。

国林张开五指翻了两番。冬旺不解，问是多少，国林很得意地说：“每次五十，拿了两次！我对他说你拿不拿？不拿我送你去坐牢，他乖乖地给，我再向他要，还得给。”

国林说着，“嗯！嗯！嗯”几下把皮带拖松了。米碾出后，冬旺假装在身上东摸西摸说钱没带来，下次一道给，其实，他几次没给碾米钱了。国林说算了，以前的都一笔勾销。吃药的钱尽管向老黄要。冬旺说不敢去。

巧英又骂：“你干歪灾事有胆，正正当当要钱就不敢了！国林哥，别管他！”冬旺不敢回话，却问雄健他们拿了没有？国林笑模笑样地说那我就不知道，你去问雄健他们。如果他们也没拿，一起去要。一个人不敢去，三个人一起去就不怕了。巧英故意埋怨国林嘴巴多，自己拿了就拿了，还告诉他们，闹起来怎么办？

国林脸一沉说：“怕就不说，说就不怕。冬旺，你去，他不给，来叫我。他犯了事，还想抓我们反革命，还想要我们坐牢，决不放过他。”

冬旺知道国林的脾气，村里争上争下，他一般不插嘴，更不发气。一旦插手，会搞到底。巧英和国林一个唱黑脸，一个唱红脸，把冬旺耍蒙了。他把米送回家后，立即找到雄健和同根。雄健和同根一分钱没拿，更加恼火，三人结伙马上来二林家找黄洪武要钱。双方一上来就把话摊明了。黄洪武骂国林一派胡言，要他们把国林找来。

冬旺立即叫来国林。国林说得有根有据，什么时候，什么地方，给钱时两人说了些什么话，把黄洪武搞得晕头转向。黄洪武要国林找出人证物证来。国林说：“黄洪武，亏你说得出口，你是给我发工资，要造花名册、要签名盖章？这种见不得人的事，还人证物证呢！”

黄洪武尽量压低声音，而国林他们却高声大叫，先还是说理，而后吵起来，围观的人越来越多，巧英、建斌、厚友、泽仁、泽文、泽化、德仁、诗汉……把黄洪武围在中间，都指着他的鼻子骂。黄洪武蒙了，彻底蒙了，这从何谈起呢？即使有一百张嘴也说不清了。

巧英和建斌要的就是这种效果。

二林找来了忠茂。忠茂抖起了威风："你们这是干什么？围攻革命干部！"

忠茂的话没落音，建斌站出来："他们找老黄，关你什么事？"

建斌决定与忠茂对着干。民办老师都不当了还怕你干什么呢！

现在，忠茂倒有些怕建斌了。他劝建斌好好说，别围攻。建斌责问忠茂："老黄不犯事会给医药费吗？他给国林一百，冬旺只给三十，雄健和同根一分钱不给。怎么好好说！"黄洪武见救星到了，又硬起来，说："我几时给了他们医药费？"国林说："你还是国家干部呢，刚才那么多人听见了，你不要以为葫芦湾的人真的都是傻瓜，真的那么好欺。"

葫芦湾湾不大人不多但周围的大湾都要让葫芦湾几分，因为葫芦湾泽武的父亲、爷爷三代习武堪称武术世家，在葫芦塘名气很大。整个湾村的人都有武术细胞，与外面打架特别抱团；而且受不得鼓动，最怕别人说自己傻，说自己好欺。你黄洪武干这种缺德事，还一搞就是四个，不明显是欺负葫芦湾吗？你妈的干这种缺德事真的比偷老婆比强奸妇女还肮脏还令人气愤，国林的话像在红油锅里撒了一把盐，在场的人哄了起来。泽文指着诗汉骂，你上蹿下跳，撤诉撤诉，我阻都阻不到。建斌、德仁、国林和秋兰立即把诗汉围起来，建斌指着诗汉骂："放火的是你，灭火的也是你。你个害人精。"说着，两手做了个抠的手势，"我真想抠死你。"诗汉怕建斌真抠，勾着脑壳说老黄给了他三十块钱，要他撤诉，撤诉后，再给一百。

诗汉这句话一家伙把忠茂和黄洪武都击倒了。

忠茂不能对国林发气，若对国林发气，厚友马上会扑过来；也不想找建斌的碴子，建斌被整回家，正憋着一肚子气伺机发泄。不仅不能再逼，而且要好言相劝；朋友越多越好，仇人就怕一个，忠茂实在是太聪明了。他很亲切地说："建斌侄子，有什么事对我说嘛，我们终归是一家人嘛！"

建斌没买忠茂的账，跨前一步指着忠茂，憋在肚子里几天的气凝成一句话："你别又做道士又做鬼！"

忠茂这一麻秆的样子面对健壮如牛的建斌有点胆怵，年轻人气急打人不算怪事。忠茂讨好地说："建斌侄，我在你面前也做过好事嘛！"建斌的语气仍不友好："好坏的事都装在我肚子里。"忠茂不想和建斌闹僵，又说："建斌侄，今天我不和你解释，日子久了你会清楚。"

忠茂的确非常聪明，他知进知退，懂得什么时候可逞威用权，什么时候该示弱装孙；什么时候须直追猛打，什么时候得见风转舵，火候把握得很准。正因此，"文化大革命"时，全公社的大队支书都受了冲击，唯独他安然无恙，"造反派"和"保皇派"都要看他的眼色。

葫芦湾的人看出忠茂的底气不足了，他们对建斌啧啧赞叹，建斌抓住机会以平静的语气对大家说："这是葫芦湾的丑事，原来想遮掩，今天还是公开了。黄队长，你不告我的诬告罪，我准备低低头过去算了，但事情走到这步，葫芦湾的人必须联名告你。你自己考虑，是去自首呢还是等法院抓人？"黄洪武的脸红一阵白一阵，头耷拉着，像霜打的茄子，彻底蔫了。

其实，忠茂掩盖黄洪武的丑事有自己的算盘，现在遮盖不住了，他也并不十分后悔。可是面对这个场面，他又要考虑怎样收场。这时，他突然想起解放军拉练部队要进村，灵机一动转换话题。他两只手举起："告诉大家一个好消息，今天上午我接到公社通知，解放军拉练部队要在葫芦湾一带演习训练一个月，我们村要驻一个连，连部设在葫芦湾，大家马上动手打扫卫生，欢迎子弟兵进村。大家见了解放军要有礼貌，公社谢书记要我全权负责拉练部队的有关工作。你们对黄队长有意见，过后再说，支持军训是目前压倒一切的工作。"公社叫惯了，忠茂改不过来。

建斌见忠茂左侄子、右侄子叫得亲切，也不便发气，再发气，别人会说自己不近人情不懂味。但事情已经说透，须再烧一把火。建斌也以礼相待，说黄洪武的事好办，只要他自首我们就不告了，不自首肯定会告，你就别操心了，免得你受牵连。

这一倒将军，让忠茂觉得建斌真个厉害。自己的确没必要袒护黄洪武了。

二、冬姣使坏

第二天，冬姣起了个大早，匆匆做饭匆匆吃饭，天刚蒙蒙亮就出了门。走到瓦厂地上，看见黄洪武肩背一床被子，手提一只铁桶过来。冬姣知道他要离开葫芦湾，而且不打算回来或者说回不来了。她不但没等黄洪武，而且紧走一阵拉开了距离，脚步匆匆离开葫芦湾往葫芦嘴方向走去。她生怕后面有人，不时回头看看，直到走出葫芦湾地界爬上葫芦嘴山坳，才放心地一步一步往上登。

从葫芦湾去葫芦嘴有两条路，一是走公路，弯弯曲曲穿山越岭有三十多里，不通客车，只能将就着跑手扶拖拉机和小四轮。另一条是山路，爬山过坳，不到 20 里。

冬姣一上坳，便是山连山山叠山，山山相迎沟垄婉转。山鸟这边啼叫一声，那边传来清脆的回应；时而有狸拐子扑噜噜追逐的响动。山里的空气异常清新，溪水格外清亮，山鸟的叫声格外有趣，但冬姣此时此刻无心欣赏，她此行是心怀鬼胎去干一件见不得阳光的事。

中午时分，冬姣到了葫芦嘴。

罗发梅改嫁给德仁时，冬姣陪德仁到这里接过亲。时过 22 年，除了有条黄泥巴公路爬进葫芦嘴，多了几栋土坯房，几乎没什么变化。村前小溪水流叮咚响。小溪把十来个自然村落串在一起。大村二三十户，小村是独户。冬姣记得这里还有几个村名分别叫葫芦嘴、老屋里、新屋里、陈家冲、伙铺头和山崖下。葫芦嘴是小溪下游，山崖下是小溪源头。这里的房子大都是杉皮盖顶，只能偶尔看到一两间瓦房。

走进葫芦嘴，到处是游荡的猪、鸡、鸭、鹅；猪屎东一坨西一堆；猪滚凼东一个西一个。冬姣见一个男人在赶猪，两手拢拢头发向前打听罗发梅住哪。她用的是夹生的官话。男人没好气地回说：“没这个人。”

冬姣奇怪地看着这个男人，男人打了猪一棍，猪从凼里爬起打了个冷战，泥水四溅，溅了冬姣一脸一身。冬姣抹了一把脸上的泥水还在解释，说发梅是在这里，她男人叫唐全六，噢，全六原是她公爹。那男人翻了冬姣一眼，指桑骂槐道：“发灾的猪，我看你往哪跑！”冬姣估计这男人可能与全六或发梅不和，只好走过去向一个女人打听。那女人不情愿地努努嘴。冬姣这才随女人的嘴势走到一瓦房门前。

冬姣推了推双开门，闩了；透过门缝往里瞧，她看见头发梳得溜光的发梅躺在一干瘦老倌的怀里；老倌两手拱在发梅衣服里。

冬姣干咳一声，老倌两手才抽出来，发梅才坐直身子拢了拢头发；冬姣这才喊道：“全六老表是住这里吗？”老倌子回说是，吩咐发梅开门。

发梅的风骚令冬姣作呕，她却故作惊讶恭维：“啊呀，越来越年轻了，差点认不出了。”发梅没听出弦外之音，很高兴地招呼冬姣坐，同时告诉全六，说冬姣是葫芦湾大队支书的爱人。冬姣则说，现在叫村支书了。

全六给冬姣递上一碗茶，冬姣接茶在手却不懂规矩地这间屋那间屋到处转。她想起德仁只一间屋，说：“哎呀，这么多屋，发梅，你算是从糠箩里又跳进了米箩里。”这回却是真心恭维。

冬姣对发梅的印象一直不好。

唐全六是个劁猪匠，俗话说“一劁二弩三打铁”，以挣钱而论，乡下诸多手艺中劁猪匠排行第一。唐全六日子过得风光，他有个嗜好，凡劁下的猪睾子牛睾鸡睾子都是他的下酒菜，据说因此床第之事特别行。他有个儿子叫洪会，是个痨病腔子，他怕自己接不上后，在洪会十七岁那年，娶了对门江十九岁的罗发梅为妻。痨病腔子洪会不行，床上的事都是虎狼之年的全六代做，生下一个女娃自然也是全六的。1961年，洪会死了，全六和发梅更是肆无忌惮。全六的老婆见人就宣传。迫于压力发梅嫁给葫芦湾的德仁。但发梅借看女儿为名一次一次往葫芦嘴跑。来一次全六的老婆闹一次，打一次。在打打闹闹中，丑事传到葫芦湾，德仁留下秋兰和建斌把发梅赶出了家门。发梅离开葫芦湾那天，冬姣还往发梅脸上吐了口唾沫：“娼妇！”但事情已过去十多年了，发梅也就不那么计较了。

发梅问冬姣来有什么事，冬姣连说有事有事有重要事。她向发梅频频招手，眼瞄全六说："全六老表，我们先到里面谈点女人的天。"发梅交代全六烧火做饭，然后把冬姣带进自己卧室。

一到卧室见到床两个女人同时想到了男女之事。两人的交谈就像演对口词。

首先是冬姣说："发梅，你真有那么骚，夜里搞了白天还摸。"

发梅并不避讳："老倌子刚动手你就来了。"

"过了六十吗？"

"六十一了。"

"还来得起？"

"来得起！有时一夜两回。"发梅很自豪。

冬姣笑着啊了声："干干瘦瘦倒这么厉害。"

发梅以行家的眼光看着冬姣笑道："这你就不懂，搞这事瘦男人比胖男人强，德仁赶不上全六，你家忠茂又矮又瘦，不厉害能养六个娃！"

冬姣否认发梅的经验。发梅哈哈大笑："你是说厚友比忠茂行！"冬姣幸福地笑笑说："行也行，野的有味。"发梅捏了冬姣一把："找个男人这个都不行，日子还有什么味！"冬姣一拍大腿："你这就说对了，我就为这事来。"发梅听了，一时惊住，什么？你为这事来！

冬姣顿时来了精神，夸张地将黄洪武的事说了一遍，然后很惋惜的样子："国林那杆铳让黄洪武全吸干了。"发梅呀了一声，问冬姣怎么晓得。冬姣卖弄了一下，说那天国林洗澡，她看得清清楚楚，就小指头那么大点。末了，冬姣还补充道："弟妹，你吃了没用男人的亏，秋兰千万别走你的路。"

发梅这老骚婆，别的事随便点可以，偏偏这事瘾大。她说嫁个男子穷点丑点不要紧，这事不行，纵有家财万贯也没用，金子水牛银子马，不如男人一条卵。冬姣连说那是的那是的。发梅经不住撩拨，当即表态："我明天就去，他们惹着我就惹着了个鬼。"但她又说，"怎会这样？国林高高大大。"冬姣把嘴凑在发梅耳根又叽咕了一阵，发梅更加急了，粗鲁地嚷道："男人那个工具全靠那泡浆，没浆了还有屁用！"

冬姣见火候到了，却劝发梅别急，慢慢说。发梅边往外走边说：“别的事可以慢慢说，这件事不会慢慢说，我一包鼠药一根绳子对付他两家，看哪个敢讨哪个敢嫁？”

全六问是什么事，这么急。发梅粗鄙得很，说：“德仁要秋兰嫁给一个卵子没用的男人，我会答应吗？”

全六没说什么，叫发梅炒菜。发梅边炒菜边和冬姣聊天，问冬姣几个儿子成了家没。冬姣谎称讲是有几家在讲，她没答应。还说我们这样的家庭，一般的姑娘不得要。发梅心里暗暗发笑，你那样的家庭，一般的姑娘还不愿去呢。但她嘴上说，我给你提门亲怎样？冬姣自然求之不得，问姑娘多大？长得怎样？发梅说：“今年二十二岁，‘葫芦嘴垄里一枝花’，往葫芦塘墟场上一站，立即围拢后生一大帮。”冬姣这才知道是指月英，很是不屑：“她不是被人弄大肚子又甩了？后来谈了好几个没谈拢。”发梅更是不屑：“月英不是犯这点小错误，你家哪个儿子能配对？那几个后生想占便宜，月英的父亲还开高价呢！”冬姣对发梅的话大为不满：“你说我哪个儿子配不上，除了大林有点懵懂，如今二林一把算盘管全大队一千四百多口人；三林又高又大，要是肯参军，早就四个口袋佩手枪了。”

发梅“噢——”了一声，问冬姣二林几时当大队会计了？冬姣说因为黄洪武的事，忠茂受了牵连，公社要他退。忠茂同意退，但提出让二林当大队会计。公社答应了。发梅问：“这么说，你男人没当支书了？”冬姣回说还在位，就是退了，也是虎死不倒威，葫芦湾还是他的天下。

发梅“嘿嘿嘿”笑着：“你看你看我俩说到外国去了。依我看，二林虽是大队会计，他那一麻秆的样子，月英绝对看不上，三林倒是差不多。冬姣认为三林也行，要月英定个日子见面。发梅勾着手指算日子，今天二十七，明天二十八我去你们那里。好，二十九，钱恐怕要多点。冬姣不同意，说她被人弄过，还值好多钱？发梅更认真，订婚少说也要一千块，不是被人弄过，还轮到你家？让三林见了，三句两句就会抱在一起。冬姣又不满，说照你的口气我家是捡破烂的？发梅更扳翘了，你这么说我不搭白了，月英要脸模有脸模，要身段有身段，肯不肯还不一定呢？冬姣想起自己六个崽长成了还没一个娶亲的，太没面子，于是央求发梅去说。发梅答应吃了中饭去探探口风。

三、发梅放泼

冬姣给忠茂谈起月英的事。忠茂打了个吞吐，说得先给二林娶，三林高高大大，走到哪里都有姑娘围着转。冬姣说月英的确漂亮，比二林高一节，绝对看不上二林。但忠茂依然坚持说相亲迎亲由三林代，这边和三林说通那边要瞒住发梅和月英家。冬姣担心纸包不住火瞒不住。忠茂说："这事一要秘密，二要快，你看二林谈一个，不肯；又谈一个，又不肯，不动点脑筋，他的婚事会打秋风。"

冬姣知道忠茂对三林有成见，但不便明说，同时认定三林该讨个正宗的黄花女，别人用过的到时厚友也会反对。于是，顺水推舟依从忠茂为这事设计到凌晨两点都没合眼。所谓煞费苦心，这才真叫煞费苦心。次早睡过了头，直到发梅把葫芦湾吵得沸沸扬扬，忠茂两口子才醒。

发梅是天没亮就起床做饭，吃了饭等天亮，天刚蒙蒙亮就动身往葫芦湾赶。她爬山过坳走二十里山路上午八点不到就进了厚友家。

风花见是发梅，迎上去叫亲家母。发梅却"呸啾"一声说谁是你亲家母！她把一条凳子横在厅屋中央坐下。厚友上来赔小心说有什么事慢慢讲。发梅说今天我是来赶鬼的，命令厚友把国林喊出来！国林听见嚷叫，过来喊婶娘。发梅没应答，两眼瞪住国林的裤裆喊道："你把裤子脱下，让我看看你的卵子硬不硬得起！"

厚友一听火了，用烟斗指着发梅吼道："发梅，你像不像人？"

发梅冷笑道："你说我是吧！我罗发梅大腿架灶，巴掌煮肉，我这辈子吃了没用男人的亏，我的秋兰不能嫁给一个卵子没用的男人"。

"你要晓得羞耻！"厚友又吼。

“我命都不要，还要羞？厚友，凤花，国林，你们三个听着，这是一包鼠药，这是一根绳子，你家敢讨，我吃鼠药死在你屋里；德仁敢嫁，我一索子吊死在他家里。”发梅说完起身踢翻板凳，摇着屁股往德仁家走。一帮细把戏手舞足蹈地学着发梅的腔调跟在发梅身后跑。

德仁见发梅来了，挡在门口，老远就骂：“臭娼妇，不准进，不准进，臭娼妇。”他说话像打快板，好笑不过。

发梅没进屋，不声不响地把绳子套在窗棂上再喊：“秋兰，建斌，都出来！”那气氛就像准备扔炸弹。

秋兰和建斌听到喊声都出来了，但谁也不喊妈。发梅再喊秋兰，还是没应。秋兰三岁建斌一岁时，发梅就离开他们走了。以后间或来看他们。来一次，闹一次，打一次；买点什么东西也被德仁丢进门口塘里，未体验过母爱滋味的秋兰和建斌的确感觉不到发梅哪点像自己的妈。

“秋兰——”发梅又拉长声音喊了一句，“你不理我也行，我告诉你，国林是个没用的男人，你要是嫁给他，我一索吊死在这里。”

德仁又骂臭娼妇，挥动扁担要赶发梅走。发梅却要秋兰马上跟她走。秋兰不肯。发梅真的把头伸进绳套里。建斌提把屠刀过来，一刀把绳子剁脱。他既不叫名更不喊妈，沉着脸说：“你好心好意来，进屋坐；想吵场火，走远点。”发梅脖子上套着绳子去拖秋兰。建斌却把秋兰推进了屋，说：“我姐无论如何不准走。这个家，与你无关，爸要是像你，我姐弟俩早没了。”发梅在葫芦嘴的女儿出嫁后，怕人指背，一直没回娘家；只她与全六不伦不类厮守着过日子。全六名声不好，年纪大了眼力不行了，也没谁请他劁猪了。葫芦嘴的红白喜事也很少叫他陪客。发梅感觉到这日子越过越不是滋味。听到冬姣的话后，想来这里寻点亲情，找点慰藉，想体验点解怀生娃的价值，不料秋兰和建斌都如此冷漠。她很绝望，“咚”的一声仰倒在地上，使劲用绳勒自己的脖子，顿时两眼翻白。秋兰天性大发，搂着发梅叫了声妈也哭了起来。

这时牛崽和冬姣同时过来了，牛崽是叫建斌去学开车。冬姣是来劝秋兰跟妈走，说万一你妈想不开，出了事怎么办？还过来几个妇女也这么说。发梅见有了帮腔的，越发装疯撒泼说秋兰不答应，她就不吃不喝不起来，死在这里算了。德仁、秋兰无可奈何，乖乖投降。

冬姣把发梅和秋兰送到村口，一再颂奖发梅是个把得住关办得成大事的人，又嘱咐她明天一定陪月英来赶圩。发梅满口答应，带着秋兰一步一步走了。

四、巧英赌气

在从葫芦湾通往葫芦嘴的公路上，牛崽在教建斌开拖拉机。

牛崽的拖拉机的确有人出六百块没卖，他宁愿四百卖给建斌是真心感谢和帮助建斌。牛崽因为家庭成分不好，只读到小学四年级就停了，但他喜欢看书悟性很高，阅读理解能力相当不错。建斌比牛崽小 7 岁，他总是喜欢和牛崽玩。建斌读初中后，把从学校图书室借来的书转借给牛崽看。牛崽遇有不认识的字和不懂的地方就问建斌，顺便教建斌打拳。村里人包括忠茂在内都没把建斌与牛崽的交往看成什么不正常，一个学生娃，这有什么关系呢！倒是泽武经常提醒儿子不要影响建斌的前途，叫建斌少与牛崽玩，防止别人讲闲话。但建斌不在意，随着国家政策逐步好转，并没对建斌产生什么不良影响。因此，在岁月更替中两人的交情逐渐深厚。标仓库前，建斌提供政策依据给自己壮胆；标仓库时，又是建斌在关键时候让自己稳住阵脚立下字据打乱了忠茂的思路。所有这些，不是三两百块钱能够感谢的，因此牛崽总是记在心上。现在建斌被整回家，自己准备贷款买汽车，把拖拉机便宜点卖给建斌也了却一桩心事。

牛崽买汽车的贷款正在办理，他腾出时间教建斌学开拖拉机。他说开拖拉机比骑单车还容易，搭上离合器就跑，踩住刹车就停；要快，加油门；想慢，减油门；左拐弯右拐弯根据路面宽窄尽量拉大弧度，倒车时注意前后左右的障碍物。建斌的悟性高，几个来回就学会了。

今天，是葫芦塘赶圩。前天，巧英离开葫芦湾时告诉建斌今天来墟上卖杉板。因此，建斌准备去葫芦嘴山脚下接巧英。突然，牛崽叫停说响声不对喷油嘴快堵塞了。

建斌踩住刹车，牛崽下来拔开油管，用小扳手拧出喷油嘴，从路边摘根狗尾草茎往喷油嘴里通了通，然后用嘴对准喷油嘴吹了吹，觉得行了才重新装上。边装边告诉建斌如何识别故障和处理故障。因为时间还早，两人坐下来抽烟聊天。

牛崽问建斌，国林四个人找黄洪武要药费吵架，是谁出的点子。黄洪武给药费，等于认罪；不给，一闹就公开了。建斌说是巧英。黄洪武终究做贼心虚，等他去县里送材料时，法官刘广方说黄洪武已经自首。

牛崽说："巧英，巧英，真的是个巧——英，你抓紧把她搞过来算了。建斌摇头说："我这背时倒运的样子，哪有心思想这事。"牛崽说："你打了胜仗，还说背时倒运。老弟，挺起腰杆，把巧英娶过来，好好过日子。"建斌因为没有房子，还是很自卑。牛崽也认为建斌是得起房子了。可是一提起房子就想起二林的房子挡在前面，害得自己有地不能建房，又有火。牛崽劝建斌别着急，先使劲抓钱。又劝他买下他的拖拉机，现在没钱，赚到了才给。建斌说，诬告罪洗清了，心里也安定了。是得找个事挣钱还债。要买你的车必须给现钱，再说四百块钱太低，我不好接受。要买就必须用现款，价格另议。说这段时间一直给厚友送货，挣了点钱，明天去县城给丁建平送大衣柜，看他那里有什么门路。

丁建平是下放知青，葫芦塘的人叫他"知青王"。牛崽问建斌什么时候看到"知青王"了。

建斌说去县法院送材料那天在街上碰见他，非得要请我吃饭。他说他结婚时什么都没办，现在衣服多了想向厚友买架大衣柜。我答应了他。厚友姑父做好了，明天给他送去。牛崽又问建斌，去县城来回一百六十多里，你也用钢丝胶轮车拉过去？建斌说与客车站联系好了，搭在客车的行李架上托运过去。

今年以来，葫芦湾已涌现出很多自学成才的木匠。不懂的地方，他们向厚友和国林请教，打制出来的大小衣柜、写字台、上海式小方桌也还像模像样。先是在宇红煤矿卖，最近向县城销售，县城的价高一点。这些好好陋陋的家具都能卖掉。他们也是请人用钢丝胶轮车，送到宇红煤矿是一架衣柜十元钱脚力费，送到金陵县城二十元脚力费。按这样算，建斌可得二十元脚力费，除去往返车费还有十八元。一天工夫赚了当民办老师半个多月的工资。

牛崽觉得建斌这个办法好，效率高人也轻松。

说话间，建斌远远看见巧英她们挑着木板橡皮过来了。就起身发车。牛崽要建斌放心开，他不去了。

建斌遇上巧英即掉转车头，叫她们上车送她们去墟上。她们听说有这种好事，高兴得不得了。

到了墟上，巧英吩咐同来的姐妹看着货，叫建斌去吃中餐，其实，还只上午十点。几个姐妹挤眉弄眼对他俩指指点点，巧英对她们笑笑，和建斌一起走了。

他俩穿过闹市往交通饭店走。

交通饭店在葫芦塘乡政府对面，是葫芦塘墟上唯一有包厢的饭店，凡来墟上相亲的男女青年一般都在交通饭店见面。建斌和巧英选一个包厢坐下，建斌叫煮一个三鲜粉；巧英却要老板煮两个！建斌说我刚吃早餐不久。巧英说你陪我吃才吃得多些。老板站在灶旁用汤勺敲敲锅子说你两口子商量好，两碗还是一碗？巧英说两碗，给我们端进来。

在等面条的时间里，巧英问建斌，你妈到葫芦湾吵架放泼要赖的事是不是真的？葫芦嘴垄里都闹沸了。建斌恼火地说怎不是真的？反问她是怎么晓得这件事的。巧英说早几天冬姣到葫芦嘴，可能与她有关，好像还要给月英做媒。建斌听后，长长地啊了一声。巧英却一脸不快地说你妈也太粗野了。建斌说那个罗发梅不是我的妈。

老板把两碗三鲜粉放在桌上就走了，巧英不无忧虑地问："如果秋兰姐不嫁给国林哥，我妈可能不准我和你谈？"

建斌不但没感到惊讶，反而诉说自己的艰难处境，根本没心思想这事。巧英则认为是建斌不同意，借故推托，只吃了两口粉就赌气走了。

五、三林相亲

农历七月二十九，葫芦塘赶场。

发梅带着唐月英，冬姣带着三林约好在交通饭店见面。二林受暗示潜伏在店外。

发梅名声不好，月英本不要发梅做媒；但月英的父亲唐海贵考虑女儿已经贬值，过一年，大一岁，听发梅说忠茂家有钱有势就答应了。有过一次痛苦事实婚姻经历的月英也确实想成家过自己的日子，在父母劝说下半推半就同意见面。

月英健美，三林魁梧，两人一见满心欢喜。发梅冬姣见两人般配，也很高兴。发梅说："月英、三林，伯母是个心直嘴快的人，你俩不愿意的话，我中饭不吃马上走；要是愿意，先去供销社买点东西交个手记再来吃饭。"

月英和三林互相看了眼，点点头，笑微微走了。冬姣追至门外向三林使眼色又向躲在一旁的二林使眼色故意喊："三林、月英，快去快回，等你们吃中饭。"

葫芦塘墟场位处两县三乡交界之地，是方圆五十里内最大的农贸市场。墟场原为丁字街，丁字的一横称直街，那一竖却叫横街。葫芦塘的丁字墟场越过漫长的历史已承载不了人口的飞速繁衍和近几年自由市场的猛然开放。墟场已转移到与直街平行宽敞而笔直的公路上。公路两边店铺的新式招牌替代老街高挑摇曳的布幌。老街成了仔猪及木材交易、耍猴卖艺、江湖骗子吹牛撒谎的场所。穿戴整齐的各类干部、渔猎农商、市侩小人和游手好闲的二流子以及南来北往的各类艺人齐聚于此。与公路墟场相比，这里是另一种内容和质量的热闹。

交通饭店在公路墟场的北端尽头，三林和月英离开饭店，汇入墟场人流，两人的手就悄悄牵在一起了。三林先是在一农民的背篓里买了两斤枣子，然后肩并肩吃着往供销社走。二林远远地跟着，他想，爸的计策真高，觉得有个这么高大的弟弟真好！要是自己相亲见面就会散伙。

三林和月英来到老墟场上供销社前的宽坪里，看见很多人围在那里看卖跌打药的师傅表演武术。三林好奇，牵着月英挤了进去。

卖跌打药的一男一女，男的上穿布纽扣灰色便装，下穿练功裤，大裤筒，打了绑腿；女的是客家服饰，大襟衣。先是女的用藤棍打出一个场子；然后男的打了一路拳。拳打得很精彩，出拳出腿，飕飕生风。扫堂腿扫得地上扬起一圈灰尘。一路拳结束，那师傅气定神凝拱手谢过观众后，把一块黄布摊在地上，布的上方写着“祖传跌打药”五个大字。右方写着：真心真情真药；左方写着：东西南北会友。女的把一口袋小葫芦倒在布上，每只葫芦比大拇指稍大点，褐色。乍看上去，像一堆蚕豆。细看却是一只只极为精致的小葫芦。这期间，有人问牛崽那师傅打的是南方拳还是北方拳？功夫怎样？牛崽低声说看他善用腿，是北方拳，但他出拳带肘也像南方拳。南方拳马步占多，拳是半手拳，他多用弓步却是满手拳，综合了南拳北腿的优势，功夫不浅！那位师傅听见了牛崽的评论，不知从哪里看出牛崽有功夫，上前打了个拱手：“师傅过奖，诚望指点。”牛崽打打拱手说：“不敢！不敢！”那师傅重新向观众先弓左腿向左三拱手，再弓右腿向右一拱手，行过江湖大礼，然后自我介绍：“各位高师贵友，小弟祖籍广东佛山，祖上习的是南拳，传到父辈却是不规范的北方拳。南拳北腿，各有千秋。有道是‘打拳不用腿，看你是个冒失鬼’；‘三拳不当一肘，宁肯失一手，不可受一肘’。小弟功夫浅薄，葫芦塘藏龙卧虎，敬请各位高师指点。但小弟祖传跌打药却是真家伙。在场的朋友，不论谁有陈伤新伤，不论跌伤摔伤只要是跌打损伤，不论腰痛腿痛手痛骨头痛，你随手拿一小葫芦，擦上去立即消肿止痛。一瓶一块钱，一块五两瓶，两块三瓶。愿试的免费。”

话音刚落，冬旺立即出来说自己腰痛腿也痛。偷鸡那晚，他从二林廊基上跌下来摔伤了腰腿，一直没好。冬旺自己从底上抄出一小葫芦递给那师傅，师傅拔开小塞，先替冬旺擦腿，后替冬旺擦腰，一瓶药擦完，冬旺说果然不痛了。可他没钱买，不好意思却亮出自己的驼背，说师傅要是能把这个消肿，我把药全部买下。引起哄堂大笑。那师傅却拱手道谢。

接着又上来几个，每试皆灵。一堆药很快就卖光了。二林一家伙买了十块钱，师傅给了他十八瓶。师傅叫他收好，日后用得着。后来，他的腰脊跌断就是用这止痛消肿。月英想起爸的腿痛也买了两块钱。

广东人收了摊子，三林和月英才去供销社。

葫芦塘男女相亲乡俗：不同意的一方会按事先想好的托词走人；双方你情我愿时互送信物叫作交手记，算是定下了。男方给女方的信物通常是四样，称四礼，取事事如意之意。礼品贵贱视男方经济条件如何和出手大方小气而定。女的接受四礼后，回男方的则只表示个意思。

葫芦塘供销社的售货员是个漂亮妹子，漂亮妹子见月英和三林手牵手走过来，羡慕不已。三林叫漂亮妹子拿过一块表、两双袜子、一双皮鞋，一算价，刚好一百六十八块；漂亮妹子说这么大方这么吉利。三林二话不说付了款。月英也觉得三林很大方，她的前任对象交手记，只给自己一双胶鞋、一方手绢、两双袜子总共不到十块钱。自己鬼迷心窍竟主动让他弄大了肚子。这个大色鬼这个死没良心的陈世美竟然甩了她。现在一表人才的三林不仅不嫌弃还给她这么丰厚的见面礼，这令月英非常感动，暗暗发誓今生今世一定好好服侍他顺从他。月英也决定回四礼。她叫先拿件衬衣，要大号的，每种颜色的都拿一件过来，比了很久才问三林要白色的还是要黑色的？三林说随意，月英选黑色的。售货员说月英真会挑，难怪选的对象质量这么高。月英笑笑算是回答。得到售货员许可后，月英才开封给三林试穿；一穿，42 公分的衬衣穿在三林身上仍紧了点，换了 43 公分的。穿上后，月英给三林一粒一粒扣好扣子，合适了，又一粒一粒给三林解开扣子，脱下折好，算是一样；再仔仔细细给三林选了双 42 码的皮鞋，又拿了个日记本、一支笔，花了八十八块钱。三林本想说自己没读几句书从不写字不要日记本和笔，但没说。三林试好了皮鞋叫月英的皮鞋也试穿一下。35 码的皮鞋穿在月英脚上有点紧，三林叫换一双 36 码的。月英穿上刚好，脱鞋时，一只脚悬起，没站稳，一歪，面对面倒在三林怀里，两只弹性十足的奶子像皮球一样同时抵在三林厚实的胸脯上，三林一惊，赶紧抱住。站在柜台另一头的二林见了，心里很不是滋味。

等三林、月英手牵手回到饭店，发梅已和冬姣谈好了聘礼，同时告诉冬姣，月英爸的意思是月英已上过一次当，再不能上当了，要快。这却正中冬姣下怀。

不料，三林、二林和冬姣回家的路上，情况起了变化。

三林高兴地提着月英给他的衬衣、皮鞋、日记本和笔。二林几次提出给他拿着，三林不肯。二林看出三林和月英是你情我愿，自己这个样子有些猥琐自卑。冬姣见三林、月英两人般配，心里高兴，但当二林的面，不好说。三个人闷声闷气一路走着。离家还有两里路的样子三林突然向冬姣提出：“月英，我要。”

二林一听这话，独自先走了。冬姣并不感到突然，她早就看出两人一碰就会着火，三林比二林虽小两岁，但这方面比二林的要求强烈。把月英说给三林是冬姣的意思，但忠茂不肯，还得依忠茂。她劝道：“三林，讲好了才来的，你自己也答应了。”三林说：“我不知她这么漂亮，她也喜欢我高大。”冬姣说：“漂是漂亮，但她已不是黄花女了。”三林说：“知道，我要。”冬姣无奈，只好把责任推给忠茂，要三林直接和忠茂说。

忠茂对三林一直不如对其他几个兄弟亲热，这，三林是有感觉的；忠茂为何偏对自己不亲热，他也是知道的，但三林仍然向忠茂提出了自己的要求。忠茂一口回绝：“不行，你兄弟的婚事得由我统一安排，先从大的来。”三林反驳说：“先从大的来，为何不给大哥娶？”忠茂说：“大林没这个要求，他除了看牛，什么都不会，哪个姑娘嫁给他委屈哪个姑娘；二林文化高，会写会算，能说会道，不是个子矮点，会叫你代他相亲？月英送给你的东西都得给二林。”三林冷笑道：“给他？这衣服，这鞋给他都穿不得，月英也不会肯。”

忠茂怕事情砸锅，放慢语气劝三林要懂理！月英比你大一岁，女比男大，不好。三林却说，大一岁，大两岁也要！忠茂又劝：“有你这样的人品，爸会给你找更合适的黄花闺女；说实在的，你二哥娶月英是没办法，你呢？太委屈了，月英配不上你。”三林还是说不通，他说他喜欢月英，月英也喜欢他，这就够了。忠茂说以后后悔就迟了！三林说绝不后悔，他和月英已说好了。忠茂见劝不通，面孔一板下命令：“说好了也不行，送彩礼，接亲还得你去，接到家就没你的事了，我可告诉你，月英是你嫂子，不能乱来。”

三林知道没商量的余地，不高兴地退到门外，肚里嘀咕着：别人不准乱来，就准你乱来。

六、“知青王”丁建平

丁建平住在县一中球场边一栋红砖平房里。

丁建平对建斌说返城后一直和父母住。

丁建平的父亲丁子文原是省京剧团的武生演员，1968 年京剧团解散后下到金陵县一中教体育。1970 年丁建平在金陵县一中毕业后下放到葫芦塘公社，1978 年返城，结婚三年了还没自己的窝。说着，把建斌让进屋里。丁建平的爱人徐丽君从卧室里出来给建斌倒了一杯茶，她是和丁建平一起下放到葫芦湾的，聊了几句，系上围裙进了厨房。

喝过茶后，建斌从黄挎包里拿出一把锤子开始组装大衣柜。丁建平在一边帮忙，他用手摸摸光滑平整的柜面，看着饱满结实的榫子，一个劲称赞厚友的大衣柜做得真好。

在组装衣柜的时间里，徐丽君已做好饭菜叫建斌洗手吃饭。丁建平斟满一杯酒放在建斌面前：“建斌，今天好好喝几杯。我返城时，你刚上高中，还是毛头小子，现在，嘴巴上的胡子都很粗了，师父身体好吗？”

丁建平下放到葫芦湾不久就随德仁在瓦厂学徒，一直德仁喊师父。建斌说还没什么大毛病。葫芦湾的人对你印象很深，经常谈起你和邓长军比武的事。

一提比武，丁建平特地问忠茂的情况，说忠茂是个有能力但也霸道的农村干部，那次比武他对我那么关心，现在想起来还很感动。但丁建平发现建斌的脸色立即变了，他问建斌是不是和忠茂搞不来。建斌也不隐瞒，就从开标争瓦厂起到下掉他的民办教师止，实话实说了一遍。丁建平听了长叹一声，说我记得那时忠茂很喜欢你，我要与邓长军打架还是你把忠茂找来助威。没想到你们为一块地争得你死我活，矛盾一个接一个往下结，怎么得了！世界没有永远的朋友，也没有永远的敌人。你与忠茂的关系不必太僵，一个村里住着，没意思。当年我与邓长军比武那么拼命，现在还合伙开商店！

丁建平说他1979年冬返城后没有工作，闲逛了半年。1980年夏天，他向县工商局申请执照办个小商店。当时，还没个体商店，工商局不肯批。但知道他是“知青王”，怕他组织闹事，经研究允许他在麻山公社墟场开了个知青商店，生意特别好。一年后，国家政策放开了，他又牵头联系邓长军、郭水金、李运泉在樟木头、新市和芭蕉开了三家商店，四家知青商店都由他采购。他对建斌说，一个民办教师当与不当你别太在意，现在政策宽松了，赚钱的门路多。建斌自然不驳丁建平的面子，说当时很气，现在缓过来了。丁建平说那就好！建斌顺着话题要丁建平指点门路。

丁建平问建斌，大衣柜一类的家具多不多？

建斌一时没搞清丁建平问这个的意图，不好意思地看着他。丁建平说他们四家知青商店都与耒阳交界，那里木材奇缺。没有大衣柜，写字台一类的家具卖，如果你那里多的话，我们四家知青商店马上经营家具。谈好价格，你只管按计划一车一车送过来，大衣柜、小衣柜、写字台、挑箱、圆角箱都要。

建斌立即想起葫芦塘供销社大量收购这些家具，销往耒阳衡阳的大商场。他回说有是有，但木材政策卡得死，只供销社有权力往外调，不准私人搞。丁建平说现在国家正由计划经济向市场经济转向，木材市场已经逐步开放，只要有供销社的调拨单就畅通无阻。建斌说那不如你自己去调。丁建平说我忙不过来，你是本地人，方便些。俗话说，世上钱多赚不尽，朝中官多做不了，人赚人钱嘛！

丁建平一番话让建斌茅塞顿开。于是，两人商量价钱。说到价钱，两人都不好定。最后，丁建平要建斌先试运一车，运费由他出，按供销社的调拨价货到结账，建斌的利润按调拨价的10%计。这是稳赚的生意，建斌自然高兴。

厚友这架衣柜原先已讲好价，结账给钱，丁建平用单车把建斌送到车站，给他买了车票；送建斌上车时又把两条五岭烟塞进建斌的黄挎包里说是给师父的。这让建斌接不是不接也不是，说我是空手来，你给我这么多东西。丁建平说别讲这些，葫芦湾的人对我那么好，和邓长军打架，全湾人都来帮我。这时，司机催建斌快上车。

在车上，建斌一直在想丁建平与邓长军打架的事。

1973 年冬，丁建平下放到葫芦湾时，葫芦塘公社的下放知青已有一千多人，几乎每个生产队都有知青点。其中红旗大队知青点的邓长军是 1969 年冬首批下放的，自称是葫芦塘公社的“知青王”。

葫芦塘的知青分别来自资阳煤矿、宇红煤矿、麻山煤矿和金陵县城，按地域形成四派势力。各派之间发生了摩擦，都请邓长军出面调解。谁不服，他用拳头说话。他从来不参加劳动，以“知青王”的身份游走于各知青点，每到一地都好酒好菜伺候，洗脸水洗脚水都由女知青端上来倒出去。他看上的女知青一般难逃出他的胯下。有的男知青不服，都会被他打趴。每有新知青点增加，邓长军都会不请自来。

那天，邓长军来到葫芦湾知青点。葫芦湾知青点有六个知青，男的有丁建平、郭水金、李运泉、刘光年；两个女知青叫高琼华和徐丽君。队上安排他们住在村西绝户德州的三间房里。集体开伙。生产队的花名册上称为知青户，户主是丁建平。

中午，丁建平叫建斌来吃饺子。丁建平跟德仁学烧制砖瓦的技术，每逢知青点有什么好吃的，他就去叫建斌。吃过饺子后大家陪邓长军打扑克。丁建平买来一只鹅打来几斤酒与徐丽君一起忙晚餐。

建斌在公社中学读书，同学中把邓长军当传奇人物讲。今天终于认识了。

邓长军个子不是很高，但格外结实。其实他不是知识青年，而是麻山煤矿的社会青年，从不做事，天天打沙包举石擂，纠集一帮人到处惹是生非。“文革”一开始就当了造反派头头。他打人特别凶狠，揪斗“走资派”或抓住对立派的人都是用带笼头的皮带抽打，金属笼头砸下去常常破开皮带出肉。后来，他那派被另一派打败了。对立派把他捆起来挂上“打人凶手邓长军”的牌子天天游街。

邓长军下放到葫芦塘公社红旗大队知青点后，用水泥河沙浇铸了一副石擂。他仰躺在矮板凳上，反转双手从脑后抓起那副一百四十斤的石擂弯到胸前再往上一下一下推，一次能推十几下。

有一天，生产队要阉一头牯牛。按阉匠的经验，一是在地上打四根木桩，把四条牛腿绑在木桩上，他拱在牛肚下动手。二是用绳索分别把前脚和后腿捆在一起放倒在地再动手。这头牯牛犁田很卖力但很霸道，只要看见其他牯牛与母牛亲热，愣着头冲上去对准对方肚皮下就是一角。伤了好几头牛。队长下决心要阉掉它，再狠的牯牛一阉就老实了。但是队上最精悍的劳动力来了，都不敢进牛栏。这时有人提议找邓长军来，队长觉得有道理，就把他喊来了。邓长军从不开工，干这个却很高兴。他问清情况后，要所有的人包括矮小的阉匠都站在牛栏外面，让他一个人进去放倒了牛再进来。牛见那些人走开了，放松了警惕。邓长军沿墙慢慢走到牯牛跟前，突然弯腰用右手抓住牯牛靠外面的那只前脚，左脚迅即向牛身猛踹的同时，抓住前脚的右手往后猛拽，壮实的牯牛像一堵墙轰然倒在地上。邓长军迅即抓住牛的两条前脚，牛瞪大眼睛喘着粗气却无可奈何，把在场的人都惊呆了。

干部社员都知道他是打人凶手，又有这等功夫，不但不敢管他，还防他使坏。有什么好吃的请他去撮一顿。杀猪时请他抓猪尾。再大再孽的猪，他上去扭住尾巴一下就提起来了。这样，他能在主家吃喝一整天。

建斌佩服邓长军的功夫，但认为他是一个恶霸。

这天吃晚餐时，邓长军拉徐丽君跟他坐一条板凳；接着，又要徐丽君陪他喝酒；还当着大家的面摸徐丽君的头发拍徐丽君的胸脯；提出要带徐丽君去墟上玩。徐丽君不肯，他竟然威胁。丁建平要邓长军放尊重点。邓长军没把丁建平放在眼里，吹起了牛皮。丁建平也不买邓长军的账，说你算狗屁“知青王”！

两人拍桌打椅吵了起来。

建斌怕丁建平打不过邓长军，悄悄溜出来告诉忠茂，要他找泽武过来压阵。因为泽武是四类分子，只有忠茂喊得动。在为葫芦湾争面子方面，忠茂是不管阶级成分的。文化革命武斗期间他就抬出泽武吓走过那些要揪斗康书记的造反派。

忠茂立即把泽武带到知青点，叫他关键时刻要出手。泽武说他只能扯架不敢伤人。忠茂说反正不能让建平吃亏。不一会儿，德仁、厚友、泽文、诗汉都被建斌喊来了。他们手里都拿着这样或那样的家伙，一路商量说，丁建平下放到了葫芦湾就是葫芦湾的人。不管邓长军有多强的功夫，敢乱来就搞死他。

丁建平他们见葫芦湾的人这么好，一个个感动得热泪盈眶。邓长军早就听说过葫芦湾的喜欢打架而且抱团的名声，今天一见果真如此。这个阵势把他吓怕了，但他嘴硬，指责丁建平不算男子汉，全湾的人对付他一个，有胆量另选地方单挑。

丁建平当即应承：“奉陪到底，时间地点你定。”邓长军根本没考虑：“明天上午葫芦塘墟上见高低。谁不到场谁自动滚出葫芦塘。”丁建平伸出右掌：“击掌为定！”邓长军的右手掌“啪”一声拍响了丁建平的巴掌。击掌是民间打赌的最高形式，一旦击掌，前面是火坑得跳屎也要吃。

邓长军一走，忠茂马上召集葫芦湾的人到知青点开会，会上，他安排泽武加紧点拨丁建平，专教绝招，明天务必取胜；又号召全湾的男人都去墟上观阵助威，记一天工分。关键时刻，谁出手帮小丁取胜，再奖三天的工分。别管什么单挑不单挑。

当晚，泽武点拨时才知道丁建平祖籍湖南娄底新化，出身武术世家。清朝末年，祖父丁得阳到长沙打过擂台；父亲丁子文是湖南省京剧团演武生的，腿功相当了得，演《醉打山门》的鲁智深时，金鸡独立二十分钟摆出十八罗汉众生相，演一场轰动一场，演一处轰动一处；“文革”破“四旧”期间，一伙造反派冲进京剧团要抬走装龙袍的道具箱，丁子文上去用巴掌拍在抬箱子的造反派背脊上，那人不但动弹不得，而且直喊唉哟唉的说手指抓到他肉里去了；丁建平自小习武颇有造诣，机警灵活不同一般。泽武甚至觉得自己不如丁建平。

次日，建斌没去上课，随湾里的人观阵。

丁建平和邓长军选定在葫芦塘墟上供销社门市部前面那块土坪里比武。比武前，两人都到理发店把脑袋削得像倒扣的葫芦瓜瓢那样溜光。到场后，双方按江湖上的比武规矩打了打拱手。

土坪比篮球场还大许多，而且平整，地上没有石块、砖头一类可以利用的凶器。

这天虽然没赶场，但很多知识青年闻讯赶来看热闹。邓长军所在的红旗大队知青点三十多个知识青年全来了，还来了许多干部社员。忠茂带着葫芦湾的人随丁建平一起来的。葫芦湾大队其他生产队的听说支书压阵比武，也来了许多人。供销社门市部的售货员也都站在门口看热闹。葫芦湾大队的人按忠茂的安排分别站在观众最前排。泽武坐在一条矮板凳上，手里拿着他的那杆油光发亮的红藤铜烟斗。牛崽站在他左边，建斌站在他右边。建斌手中有块鹅卵石，万一丁建平败下阵来，他就将手里的鹅卵石砸向邓长军。

正准备交手，邓长军看出了阵势。他竖起右手掌顶在覆盖的左掌心上，表示暂停，提出三条约定：一、单打独斗，不准任何人相帮；二、只比拳脚功夫，不准使用任何凶器；三、谁输了谁离开葫芦塘。

说完，双方各自脱下衣服翻出口袋证明没有暗器。丁建平又补充一点，只分输赢不伤性命，倒地后不准再动手脚，数一、二、三、四、五不能站起为输。

双方再次击掌，表示信守约定。

忠茂告诉泽武，别管他约定不约定，关键时刻要出手。泽武还是说他只保护丁建平，不敢伤害邓长军。忠茂要泽武别怕，这是为民除害，出了事由他负责。但泽武还是说不敢出手打人，只尽量保证小丁的安全。

两人按江湖规矩拱拱手打了招呼开始过招。

邓长军有一身蛮力，也练过套路，出拳出腿十分有劲，但未经名师指点，不得要领；丁建平的本力是不如邓长军，但他身手矫健，会方圆转侧、腾挪跳跃；邓长军出击的拳头和脚锋一次又一次扑空。一次，邓长军的右拳朝丁建平软肋狠劲直击过来，丁建平的右脚向左前方迈步侧身避开拳锋，用右手抓住邓长军的右手腕，顺手牵羊轻轻一带，邓长军跌跌撞撞向前跑出很远。这叫借力打力，对方使的劲越大，跌得越凶。幸亏邓长军桩步稳，才没摔趴在地。还有一次，两人退来让去打至门市部大门口，邓长军的左手当面抓住了丁建平的衣领，右手直插他的腰胯。以他牯牛都能一脚踹倒的蛮力，场上的人都料定丁建平会被邓长军举起来像甩布袋样摔在地上。谁料人们还没缓过神来，丁建平已把邓长军扛在右肩上，两脚朝天头向下，被重重地摔倒在地，很久才爬起来。这一招叫"岳王背包"，如果不手下留情，邓长军的右手就彻底断了。这激怒了邓长军，他不要规矩不顾约定了，冲进门市部的五金柜台抓起一把洋铲冲出来对准丁建平的胸脯就铲。丁建平机灵，迅即仰身倒地。

围观的几百人都惊叫起来，泽武倏地站起。

邓长军的洋铲铲空了，但随即把洋铲交给右手，对准地上的丁建平又是一竖铲。此时，泽武一纵步闪电般到了邓长军面前，他挥动铜烟斗对着竖铲横扫过去，洋铲不但没铲下去，被坚韧且具弹性的红藤烟杆一扫，飘向一边，邓长军失去重心，向左侧移了两步。此时丁建平一个鲤鱼打挺站起，向邓长军猛扑过来，两手从邓长军身后抓住洋铲把，扣在邓长军的脖子上。邓长军两眼发黑，像个软屎邋遢的布袋瘫倒在地。

牛崽悄悄告诉建斌，刚才就是他爸的那个"一溜马"。

丁建平没置邓长军于死地，手握洋铲站在他身边。好一阵，邓长军醒来后，因为自己违约在先，而且下手太狠，也就没追究泽武出手相帮，还感谢泽武这烟管一挥救了两条性命。他向丁建平拱手认输，走了。从此，邓长军在葫芦塘消失。有人说他回了麻山，也有人说他浪迹江湖不知去向。葫芦塘公社的知青公认丁建平为"知青王"。四派知青之间遇有纠纷都请他调解，任何知青点上有了好吃的也请他过去。但他从不要女知青伺候。

七、初涉江湖

建斌想起这些，心里有种莫名的激动。想不到多年后两人会重逢还一起做生意。

肖建斌在葫芦塘一下车就赶到供销社。经一番询问，得到一个于他十分可喜的信息。从去年下半年起，蓝山的同类家具打入了衡阳、耒阳县城的商场。蓝山的木材材质好，又是机械操作打制，价格也低，因此，衡阳、耒阳县城的商场与葫芦塘供销社终止了合同。也因此葫芦塘供销社仓库里堆满了家具，正愁销不出去。负责销售的老何听说建斌有销路，嘴巴都笑歪了。

第三天，建斌从葫芦塘供销社调出第一车货：八台大衣柜，四张写字台，大衣柜里面和写字台的空间塞了十六只圆角箱。调拨价共计一千一百八十元，货款在结账后随车返回再交给财务室；货车是供销社的，司机姓谭。

从葫芦塘到与耒阳交界的麻山有九十公里路程，要过两个竹木检查站。建斌听人说，即使有正规手续你不给守卡的塞钱也不行，检查站挑木材贩运户的毛病有很多理由，压货扣车的事经常发生。自己虽然有调拨单，虽然没出本钱，但你调出的货是要负责任的。因此，出发前，他买了两条“嘴湘南”，拆开一条，给了谭司机一包，自己衣兜里揣了三包，其余的都放在挎包里。

车到三道镇丁字路口青界山，一根红白相间的钢管拦住车辆待检。路口有块高大的牌子，白底黑字，竖写：

经省人民政府批准设立：

三道镇竹木检查站

这里是金陵县东部山区五个乡的总出口。从东部山区来的车一到这里就上了107国道，往南去县城往北通长沙。别看检查站只是个人字顶的杉皮木棚，但那块牌子和那根杠子无比威风，明运木材或偷运木材甚至不运木材的大小车辆都要在此接受检查。

接近那块牌子的时候，从杉皮木棚里出来两个人站在路边。把翘起的红白相间的钢管放下来。

谭司机在离钢管两米左右的地方踩住刹车，建斌下车先给两人各递了一支烟，然后递过调拨单。两人按调拨单清点一番后打开了杠子。建斌觉得这是按章办事，与敲诈的传言完全对不上号，他松了一口气，又给两人各丢了一包烟，两人都翕开嘴巴向建斌打招呼："慢走，一路顺风！"

车过县城，到塘下竹木检查站时，依然如是顺利放行，推销家具的路走通了。建斌高兴不已。

货到"麻山知青商店"，丁建平如约按调拨单付了货款付了车费再付给建斌一百一十八元业务费，请司机和建斌在小餐馆里吃了个便饭。吃饭时，交代建斌马上送第二车过来，先到这里由他带着送到麻山邓长军的知青商店。

如此这般，建斌顺顺当当送了四车家具，几乎没费什么神五百多块钱就进了腰包。他做梦都没想到半个多月就能赚这么多钱。以往不抽烟的他如今抽起了带过滤嘴的湘南牌烟。他还悟出：烟是和气草，见面递支烟是人之常情也是礼节是尊重。一包包一条条给可以联络感情，别有用处。

忙过四趟家具生意后，建斌回到葫芦湾在村里转了一圈，只要遇上村里人也是递上这种烟。葫芦湾的人把这看作了不得的高档烟。雄健、同根和冬旺抽了一支又一支；一包完了从口袋里又掏一包出来，撕开又拿。受丁建平的影响，他见了忠茂、二林也递；忠茂接到烟后满脸皱纹挤在一起连说好好好！建斌听起来有些威胁的成分。泽文接过烟放在鼻子上嗅嗅，竖起大拇指说："是金子，随便丢到哪里都发光。"

有两家建斌是专程去的。一是厚友家，国林接他的烟但厚友不接他的烟，要他留着应酬，然后装上一锅旱烟，慢慢点燃深深地叹息说：“塞翁失马，安知祸福。忠茂把你整回家，倒让你走出一条赚大钱的路。”建斌说这好在遇上“知青王”。厚友说这是老书上说的吉人自有天相。谈着谈着两人笑起来。

接着，厚友问建斌下次哪天走。建斌说这次丁建平带他到耒阳发现一个商机。耒阳城郊的农民打了很多屋脚，屋脚旁边空坪里竖放着一丛一丛的杉条，但是都没往上建。一问，他们是等门窗料。耒阳人怪，门窗料非得用株树的，不像我们这里喜欢用杉木的。厚友说，门窗料用株树的比杉树的经得风雨。建斌说和他们谈好了规格和价钱。昨天问了林业站，他们没株树门窗料。厚友磕掉烟灰，说你放一天时间去葫芦嘴看看，我在那里做工夫时，看到那里漫山遍岭的株树，标直标直又高又大。既然那边出了价，就向他们订货。

建斌掏出 300 块钱还给厚友，厚友执意不接，说等你生意做大了再说，现在正是要本钱的时候。建斌只好收回。

从厚友家出来，建斌再专程到了牛崽家，他谈了自己推销家具的情况，也得知牛崽买汽车的贷款已经批了，最近会去提车。接着谈起去葫芦嘴订门窗料的事，牛崽说他经常去葫芦嘴拖货，那里有家带锯厂，锯杉板杉方，好像也锯柞树板方，但没见锯过门窗料。明天他去那里送石灰，要建斌一道去问问情况。

八、祸胎冬旺

经牛崽介绍，建斌与葫芦嘴的唐海贵签订了门窗料合同，交了二百元订金。但这段时间唐海贵忙嫁女，没时间锯门窗料。建斌得空到耒阳跑了一趟订了销售合同，租好了屯货的房子，然后又忙推销家具。

在建斌忙推销家具和跑来跑去两头落实门窗料合同的这段时间里，瓦厂地上与二林交界的土墙被猪拱、狗刨、鸡扒几乎快平了；坪地上长满了爬地网筋草；猪在坪地低洼处滚出好几个猪尿凼；鸡们在草丛中寻食虫子；偶尔窜来一只狗，追得鸡们满地乱跑。瓦厂地东西两端的矮土塝上长满了冬茅和小树，小树碗口粗、杯口粗大小不等；初秋的冬茅长势茂盛，坚挺的箭叶粗硬的杆梗翘翘地指向空旷的蓝天。

拉练部队的连长却看好瓦厂地便于部队埋锅做饭，他和秋兰交涉，部队要把两档头的草砍掉、刨光，树会尽量保护好，损坏的会作价补偿。秋兰说我弟说了，随你们怎么摆布，我不要半点补偿。这时，二林过来却告诉连长：屋后的刺篷、烂筐不要搞丢了，还有用。连长嘴上应承，脸上却露出鄙夷的神色。

部队作风，雷厉风行，不到一个小时，瓦厂地三方土塝露出新鲜、细腻的黄泥；挖了六眼新灶，上空升起了祥和的炊烟。炊事班的战士在淘米、切菜，准备做饭。一连三个排，一个排有两个灶，一个灶焖饭，另一个灶炒菜。六个灶头边都挤满了手提潲桶的小孩和妇女，都想往前面摆；大林来得最迟，可他的潲桶偏偏要放在第一。炊事兵叫他大哥，说排前排后没关系，每只桶里都会有。大林不肯，说我爸是支书，就要排第一。兵们见大林傻乎乎的样子就让他摆在第一。没一点卵事的冬旺过来逗他，说大林，你爸叫你放牛，去排第一。大林咕哝：“放牛排第一就排第一。”冬旺又逗他，说你讨弟媳也排第一。大林却回冬旺说：“你排第一。”众人哈哈大笑。大林知道说错了，不好意思走了。

大林从两位绕电话线的战士跟前过时又站住了，他看着那一卷卷黑色柔软的皮线很好玩，傻乎乎地问：“解放军叔叔，这是什么？”小战士见这么大的男子汉称自己叔叔，很不好意思，但还是告诉他说这是电话线。冬旺补充道：“我抓住电话线的一头在屋里小声喊，你在东边岭上都能听见。”大林更加来了兴趣，抓住电话线一头“喂！喂！”喊着，爱不释手，看了好一阵才走。冬旺追上大林，叫他明天看牛时，带把剪刀去，剪脱，绕好带回家。以后，要我帮你看牛时，喊一声，喂，冬旺，过来看牛，我马上就去。大林懵懵懂懂地问，真的？冬旺说当然。大林说不敢。冬旺说，你不敢，还有谁敢，你爸是支书，刚才你的潲桶不是摆第一了吗？

冬旺与大林在谈有关电话线的话题时，忠茂在葫芦湾小学向诗汉借钱。蔡诗汉现在是学校出纳，手头有点钱。他见了忠茂比爷爷还亲，敬烟、递茶、讲奉承话。忠茂却不提借钱的事，而是告诉诗汉，建斌想把他挤回去，是他板死了。诗汉连连恭维了忠茂说葫芦湾没他，任何人都把不住。忠茂知道诗汉是见人讲人话，见鬼讲鬼话，他说话像放屁一样没个准星也没得作用，也就任他讲了一阵。末了，叫诗汉后天上午去接礼、陪客。诗汉问办什么酒。忠茂说娶儿媳妇。诗汉问给谁娶。忠茂闪烁其词说去了就知道。临走时才提出从公款里借三百块钱，喜事圆功七天后就还。诗汉满口答应。忠茂要写个借条，诗汉说不必，才几天时间，写什么借条。忠茂果真没写了。

谁也没想到，冬旺和大林的谈话、忠茂向诗汉借钱两件事搅在一起会酿成连串祸事。

九、泽文看相

肖二林和唐月英结婚适逢中秋节。

相亲、送彩礼、报日三道必依的程序像放机关枪样“哒哒哒”很快走完，总共加在一起才十七天时间，真的是速战速决。肖家和唐家都各自认为打了对方的如意算盘或说对方中了自己的圈套而暗自高兴。

农历八月初十半夜里，凤花起床做早饭，厚友和国林起床装货，突然听到古樟上的猫头鹰发出有如小孩哭叫般哀鸣。夜黑风高，大地寂静，猫头鹰的叫声阴冷悲戚、幽沉凄婉，天地间充满肃杀之气。连有些防身术的老木匠厚友也感到毛骨悚然，一股凉气从脚底往上蹿。两架大衣柜已装好，可厚友决定不送了，过几天再说。他立即和国林把货从钢丝胶轮车上卸下来，搬进屋里。国林也不问话，一一依从父亲的指挥。做早饭的凤花心照不宣，从柴窝墙上的香篓里拿出一沓烧纸、一炷香递给厚友。厚友默默接过，恭恭敬敬地在神台上敬了一炷香点燃那叠烧纸。

当晚，葫芦湾很多人都听到了猫头鹰的叫声。葫芦塘周边各乡镇的人，称猫头鹰叫“挖会鸟”。“会”是葫芦塘一带的方言，指墓穴。根据历来的经验，猫头鹰叫是传递重病老人亡故的信息。但目前村中没人病，这不祥之鸟的哀叫愈加给葫芦湾人带来隐隐的惊恐与不安。

中秋节这天，大林起得很早。他起得早倒不是因为二林结婚帮忙做事，他一直认为是三林结婚。他是想起前天冬旺说的有关剪电话线的事，一大早就拿出一把生满红锈的老剪刀磨了又磨，磨利后别在裤腰带上，让外面的衣服罩住。大林与去山里迎亲的三林他们一道匆匆吃了早饭就赶牛出了门。掌管喜事的泽文逗他说：“大林，早点回来陪老弟嫂。”大林蠢里蠢气回答：“你陪！”忠茂听见笑骂道：“蠢里蠢气，早点回来吃饭。”大林回说：“我不要饭了！”

绵绵延延的小山丘从葫芦湾往东到高高的葫芦山脚下足足有三四里。葫芦山上面是绵延起伏而又高耸陡峻的骑天岭。解放军的拉练部队就在这一带山地作榴弹炮射击训练，电话线从葫芦湾后山指挥部直拉至葫芦山顶沿途各个部位，主要监视不准人畜进入射击圈内。葫芦山顶各个部位向指挥部发出安全信号，指挥官才下令放炮。

大林牵着牛进了杂柴丛生的葫芦山脚下的树林里，而三林的迎亲队伍要从葫芦山脚下爬山过坳还走十五里才到葫芦嘴。

早些年，葫芦湾的红白喜事都是泽文的父亲厚礼掌；厚礼去世后，泽文和忠茂主持过一段时间；现在，少不了泽文和二林。泽文掌全盘，二林负责接礼。

泽文有一本父亲传下来的《民间礼仪》，书不厚，但上面有关红白喜事择吉避凶看日子、婚丧嫁娶祝寿的对联、各类礼俗及忌讳一应俱全；他还有个小本子，记录积累自己走亲访友、赶集上场、与人聊天得到的对联和礼俗；他还善于结合实际融汇贯通另成佳句妙联。因此，泽文是葫芦湾一带的民间礼仪大师，周边各村掌管喜事的人经常向他请教。摆大场合的红白喜事，主家都会过来恭请他去掌舵。二林呢，是会计是支书忠茂的儿子，他负责接礼是权力的象征。

接亲的走后，忠茂才向泽文透底，今天是二林结婚，接礼就由诗汉负责。他使人突击把几样漆好的老家具搬进二林的新屋，交代泽文记得洞房联要往那贴。泽文这才明白忠茂玩的是调包计，他没吭声，只暗笑，这种歪灾事只有他才做得出。

诗汉到学校代课后用三十元钱做了一套铁灰色的确卡中山装，还买了件白衬衣。这套装束一上，似乎闻到国家粮的香味了。今天，他向李校长请假来吃酒席兼带接礼，穿戴整齐，上午九点就粉墨登场。不料，一进葫芦湾就被泽文奚落了一顿。

泽文从骨子里看不起诗汉。那天他已拒绝撤诉，不知蔡诗汉用什么办法拉拢雄健和同根偷偷在撤诉书上签了字。于是村里人对一向耿直板正的泽文有了非议：耿直板正个屁，上诉又撤诉害得建斌丢了饭碗。后来才知道诗汉为去学校代课出卖了自己的良心，这更令泽文厌恶，好久就想找机会羞辱他一顿，但没合适的机会。今天见他这副打扮想当接礼先生，他灵机一动，来了主意。

喜事是泽文管全盘，诗汉自然要听他安排。当时，泽文正贴完全部对联准备洗手，诗汉问泽文写礼单的红纸和毛笔在哪。泽文用满是糨糊的两手故作惊讶地握住诗汉的手说："蔡老师，才个把月不见，吃国家粮的样子出来了。"诗汉不好意思回说："哪里哪里！"堂倌打过一盆水叫泽文洗手，泽文边洗手边说要给诗汉看手相。诗汉说："上次看手相，你骂人，不给你看了。"泽文说："上次我是毛打两下，早几天有个看相的安徽婆住在我家，得了真传。现在面相、手相、摸骨相都会看了。再说，手相有变化，如今你气色不错，恐怕真要吃国家粮了！"也没等蔡诗汉答应，泽文强拉蔡诗汉在接礼的方桌旁坐下，说反正时间还早，不耽误给你看相。

大家呼地围了过来。

按男左女右习俗，诗汉把左手伸给泽文。诗汉把手交给泽文的时候，似乎把吃国家粮的希望也交给了泽文。泽文装模作样地抓住他的左手看了好一阵才唱道：

"看相看相，看在你手掌上！"

在场的人哄地笑了，说这娘娘腔活像安徽婆。

泽文说我是安徽婆教的，不像她像谁？接着又唱道：

"先生你的手掌生就当官相，本来至少要吃国家粮！"

周围的人又笑起来，泽文你会看魂呢！他这个相我们早知道。

泽文脸一沉，说不懂就别打岔。"本来"两个字懂不懂？我还有下文。

泽文不唱了，他一本正经地指着诗汉的掌纹分析："这是爱情线，断了，夫妻不能到老。这个不说，一说都笑我不高明。单说你这事业线，事业线是什么？放在你身上就是国家粮线。你看这根线很明显地向食指延伸。本来，泽文加重了语气，本来大有希望，但你看，到食指根部开了叉。"

诗汉一听，脸色变得铁青，问开岔意味什么？泽文说开了叉就是打了岔。好比男女对象，眼看要结婚了，这时横出一个人打岔，婚结不成了。你也是如此，岔脱了。诗汉说怎么会呢，你刚才还说我气色好。泽文说："十指连心，你的栾心出了问题。命理书上说，人的八字和命相虽是生成的，但也时刻在变，随他的心善心恶在变。积德行善的，丑八字会有好结果；为非作歹、坑害他人的，再好的命也会败落。诗汉"啊"了一声。泽文问："你知不知道葫芦湾肖员外兴家又败家的故事？"蔡诗汉毕恭毕敬说："知道，这和我的手相有什么关系？"泽文鄙夷地说："肖员外为了谋葫芦嘴那块丝线吊葫芦的墓地，唆使郎中先给父亲下泻药这是没得天理；后来又让风水先生住猪栏吃猪潲是不讲良心，红过一阵很快就败了。员外败家是因为坏了良心，从你的手相上看，你也坏了良心，你这辈子没得国家粮吃了。"

蔡诗汉抽回左手，脸红一阵白一阵，坐不是站也不是。这时恰好忠茂来了，诗汉借口还要去上课，叫忠茂安排别人接礼，下午来赶酒席。说完便走了。泽文看着他的背影对忠茂说，知趣就好，结婚是成双成对的喜事，你一个单身汉接什么礼？忠茂一拍脑壳，噫呀！真的，仓门口掉了个"斗"字。

总体来说，大林智商较差，但专注了的事也很有心计。他赶着牛先是看电话兵布电话线，怕电话兵怀疑，不是当面看，而是躲在远处偷看；接着又听一个电话兵与指挥部对话。然后，响起"轰——轰——轰——"的炮声。大林听不懂普通话，更听不懂军事术语，但他对冬旺的话已深信不疑。于是，整整大半天，大林跟着电话线走来走去，拿起放下，放下又拿起，想剪又怕剪；直到太阳斜挂西天，大林怕解放军拉练结束以后想剪都剪不到了，再也按捺不住，鼓起勇气猫腰用剪刀剪了一下；冲过去，又用剪刀剪了一下，把电话线拖进树丛里，绕好，偏又挂在牛角上，赶着牛慢慢往村里走。他认为只要不被当场抓住，一到村里就没关系了，爸是支书。

这时，村里传来一阵热烈的鞭炮炸响声，大林远远地看见迎亲队伍进了村。忠茂把三林叫到一边说："三林，辛苦了。"三林没看忠茂也没答话，只把衣服、帽子脱掉丢在地上，默默走了；他回到自己房间，关上门，扑在床上痛苦地抽泣。

电话兵们见通话突然中断，指挥部下令停止射击，检查线路。一查，电话线被人剪去了二十多米，电话兵大惊，马上向首长报告。首长命令严查严惩。他们简直想象不到会有这种怪事出现，感到责任重大。电话兵们以极快的速度绕好电话线，提着枪四处追寻；恰好碰到一个打柴的中年人说有头牛的牛角上好像挂着一圈这样的线，往葫芦湾去了。

十、大林丧生

大林赶着牛在葫芦湾的后山口拐弯处碰见了冬旺。大林很高兴地叫："冬旺，你看！"表功的样子。冬旺一见却吓呆了，他根本没想到大林会蠢到这种地步，开玩笑叫他剪电话线，他真的剪。顺口说道："大林，你想死啦！剪解放军的电话线，抓住了会枪毙的。"

别的不懂，枪毙大林懂。枪毙周东时他在场，枪一响，周东扑倒在地，流下一摊血，死了。听说会枪毙，大林脸色煞白地对冬旺说："是你叫我剪的。"冬旺却不认账了，说我是告诉你剪不得，你说你不怕，你爸是支书。大林正要回答，冬旺看见两个解放军提枪跑过来，怕大林一说连累自己，催大林赶快跑。大林撇下牛抓起牛角上的电话线拐进了葫芦山。战士追上那头大水牛，从冬旺口里得知牛是支书家的，看牛的是支书的儿子大林，但追寻了一阵不见大林踪影。返回来，战士要冬旺带他们找到忠茂，叫忠茂把大林马上找回来。忠茂问冬旺是不是真的。冬旺证实是真的。忠茂向战士解释说大林是蠢子，今天办酒，马上开席了，走不开。战士说天大的事也得让路。忠茂说，你们要怎样？我是支书。

"你们要怎样或你们有什么事？我是支书。"这是忠茂二十多年来的口头禅，乡里县里来了人，他都是这样说。有股坐地为王的张狂霸气。战士听了很反感，说："这是破坏军事训练，懂吗？支书！县长都挡不住！"

忠茂如梦方醒，瞠目结舌，大汗淋漓，呆了好一阵才吩咐四林和五林带解放军去找大林。

大林斜挎着电话线在岭上乱窜了一气，肚子饿了，想回家吃饭，但天没黑，不敢回；看看四处没人，溜进了瓦窑。他把电话线丢在地上，探出头来看动静，恰好看见四林、五林、冬旺和两个解放军战士往后山走去，他知道是去搜查自己，更加惊恐不已。

四林他们带着解放军搜了一个多小时，毫无所获，天完全黑了，只好回来。战士向四林、五林问了些情况，得知是把溺桶争着往前面摆的那个，是个弱智。随后，一起把情况反映给连部，连长说既然是这种情况，那就是无知或好奇，不追究了，要四林和满林叫大林回来。

四林他们和战士往回走的时候，大林看见了；他怕他们往瓦窑里找，趁黑闪身跑出瓦窑上了山。刚转身，四林他们往瓦窑里看了看，自然没看见。不知过了多久，大林饿得实在挺不住了，才又背着那卷电话线溜进瓦窑。他把电话线解开，一头拉到窑外，自己抓住另一头，低声叫喊："三林，我饿了！快点送饭来。"然而喊了好一阵，不见回话，便咕哝道："冬旺，你妈妈的 ×，撒谎！"他撇下电话线偷偷溜出瓦窑。

大林只在早上胡乱吃了点饭，一整天没进食，却吓出几身汗。浓重的夜幕下，阴冷的山风吹得只穿一件单衣的大林缩头缩脑往瓦窑边的那个稻草堆里拱，一拱一拱，手摸到一个纸包，一嗅，好臭，顺手一扬，丢了。哨兵听到"叶"地响了一声，严厉喊道："谁？"吓得大林一动也不敢动。待了一会儿，大林才蹑手蹑脚离开稻草堆，一只脚穿鞋，一只脚光着，摸黑失魂落魄地又上了后山。

闪电式的结婚让月英且喜且惊。婚前，她根本没来过葫芦湾，被带进二林房间后，再没见到三林，却发现很多人在交头接耳、嘻嘻怪笑。开始，她以为三林忙于招呼客人没在意，直到依俗送了洞房，客人都走了，洞房里只剩下月英和二林。月英才一脸莫名地惊问二林是谁？二林说我是你爱人二林。月英慌了，说你还是个小孩！我看的是三林！二林不慌不忙拿出他办来的结婚证递给月英。月英一看，上面写的是肖二林和唐月英，她恍然大悟，难怪这么急！难怪说办结婚证不要她去！她想起自己的婚姻两次受骗，扑在床上"呜呜呜"抽泣起来。

二林坐在床沿细声劝道："月英，你听我说，开始谈这门婚事是说我，但考虑我有文化，当干部，容易找对象；三林是半文盲，难讨老婆，让给他。但爸和妈，还有村里人都说，三林不配，会委屈你，才依旧换上我。”

月英听不进，嘤嘤嗡嗡哭诉：“我不是件衣服，让你们换来换去，你们家干这种缺德事！我不嫁了，我回去！”月英嘴上这么说，却不敢这么做。上次的婚姻伤口还没愈合，现在明媒正娶地嫁了，明明看好是高高大大的三林，却突然变成一麻秆似的二林，喊不好喊，跑不敢跑。但她拿定主意，决不让二林碰，天一亮就去找三林。想到这里，她不哭了，一口咬定要见三林。

二林自然不会让她见三林，至少近期不会让她见三林。他早料到会是这样的局面，早就定好磨磨蹭蹭、耐耐心心一劝二哄三等使月英就范的策略。来硬的绝对不行，月英比自己高大，奈她不何；请人帮忙，不仅会闹笑话，而且触犯法律。他又劝：“月英，你听我说，我除了没三林高大，其余都比他强。我高中毕业，他只读了小学五册；我是村会计，他在挖煤；县里乡里的干部，我认得好多好多，他一个都不认得；以后，我可以帮你娘家好多忙，三林一点都帮不上……”

月英说：“我要三林。”

此时，三林也在哭。三林是 1964 年生的，正好二十周岁。二十岁的三林高大健壮，月英的美貌成熟，让他一见倾心。月英试鞋时，扑倒在自己怀里，那对坚挺鼓胀的乳房抵在自己的胸脯上，像两个充满气的皮球，弹性十足。当时他想，总有一天，要月英脱光衣服让自己尽情抚摸做深层了解，现在想起来还余味无穷。谁知成了梦想。此时此刻，二林也许正搂着月英在尽情欢娱，而自己却如刀绞般痛苦。但他又想到，月英绝不会让二林干猴子上，同时又后悔自己为什么不和爸抗争到底呢？我不要他的房子，不要他操办酒席，我完全可以养活月英，怎么被他吓住，糊里糊涂就放弃了呢？现在，唯一的希望是月英挺过今晚，明天，见了月英，只要她不愿跟二林结婚，那么，一定向爸妈提出，把她接过来。这时，他听到敲门声，三林异想天开是月英来了，尽管他知道这是根本不可能的事，但他还是翻身坐起来，一看，推门进来的是四林和五林。

四林端着饭五林端着菜，四林说：“三哥别哭了，你要吃饭。”三林没动，说不想吃，要他俩睡去。五林这才哽咽着说："我——我——我俩也没吃，大哥不见了。"

三林一听大林不见了，一骨碌站起来："怎么回事？看牛没回？"五林说："大哥剪了部队的电话线，见解放军来追，跑后山去了，我们和解放军找遍了后山没找着。"三林满有把握地说，大哥没出过远门，不敢走远，肯定是伏在哪里。我清楚，别人说他蠢，有些事，比谁都聪明，瓦窑里找过吗？四林说找过，没有，瓦窑离解放军那么近，他怎敢呢？但三林还是坚持说，以往妈打了他，一直是往窑里躲。三林说着，提着他下井用的矿灯带着四林、五林往瓦窑走。一进瓦窑，四林、五林都呆了：瓦窑门口摆着一根电话线，一头伸出窑外很远，窑洞里还有一圈。这证明大林到过这里。他们奇怪，原先来时没有电话线。三林又照见了沾在泥巴上的鸡毛，他捡起一看，说这不是妈那黑尾公鸡毛吗？分明是用泥巴糊住煨熟吃了。爸还说是建斌他们偷去喝了血酒！

三林又带着两个弟弟来到稻草堆下，发现草堆旁有一只大林穿的破解放鞋和用报纸包住的半只鸡骨头。五林看了看包鸡的是《湖南科技报》，便断定是冬旺偷了鸡。全村只两份报纸，他们家是《湖南日报》，诗汉管《湖南科技报》。三林却不想说这些，要五林拿着鞋，说找到大哥让他穿着回家，他肯定在附近。我们喊，喊大声点。

"大——哥！大——林！"

"你回家吧！没事了——"

三兄弟的呼唤一声叠一声，划过夜空，格外悲凉。可喊来喊去，不见半点反应。三林猛然联系到近几天半夜里古樟上的猫头鹰叫，预感事情不妙，内心开始害怕起来，但他没说，只是叫四林、五林别喊了。三人憋着气都不作声，气氛寂寞，内心恐怖。五林忍不住低声问，大哥是不是回了家？三林认为大哥不敢回家，又继续找。无意间，三林的矿灯扫到一个熟悉但可怕的人影，他不敢用光柱射定，但还是射定了——大林已吊死在茶树下——是用一截电话线挂在一股结实的茶树枝丫上，套住自己的脖子吊死的。舌头伸出，脸色惨白；脑门上的肉包呈紫色，紫得可怕；一只脚挂着一只破鞋，另一只脚光着。三兄弟“哇”的一声大哭起来，哭了好一阵，五林才抽泣着问：“三哥，怎么办？”

三林把矿灯递给四林，脱下自己的外衣铺在地上，再用双手操定大林的后腰，叫五林解开套在大林脖子上的电话线，然后叫五林抱住大林两脚把尸体平放在衣服上。做完这些，三林倒抽了一口长气说：“先回家吧，别让老二知道，今晚是他新婚。”

三林、四林、五林深一脚浅一脚地下山，觉得冷风凄凄。三林让两个弟弟走前面，自己走后面，矿灯不敢乱扫，只照定脚下，生怕发现意外。兄弟三人来到四林他们房里，满林在睡觉。三林喊满林起来！满林问什么事，三林命令：起来！

满林不敢调皮，起来了。在他心目中，大哥最没用；四哥、五哥也没用；他怕二哥，但更怕三哥。他怕二哥是因为二哥有权，自己有很多事要求二哥，也为自己摆平过许多事；怕三哥则是因为三哥高大威猛，不苟言笑。满林穿上衣裤，跟着三位大哥走。一路上，谁也不作声，气氛肃穆，他觉得出了事，而且出了大坏事。

他们先到爸妈房里，爸妈都不在；返回来又到三林房里，两个厨子正在忙，也不见爸妈；四个人没说什么又走了，最后才不得不往二林的新屋这边走。

忠茂和冬姣知道月英不会同意，怕闹出不测，两个老东西猫在门口听动静。

月英：“我要见三林，你锄头把都拗得起。”声音不大，但很坚决。

二林细声细气地劝：“俗话说，牛牯大的力，丝线大的命；牛力大吃草，蚊子力小喝血；你嫁给三林也行，到时别后悔。”

月英说不后悔，我要三林。

二林说三林有了对象。

月英大骂缺德，缺德，缺德！别碰我。

二林说，好！好！我不碰你，……

三林见爸妈猫在二林门口，可怜巴巴的样子，脸上不舒展，知道月英没让二林拢身。

三林没作声，打手势叫爸过来。冬姣见三林哭丧着脸，也跟了过来。没等忠茂问什么事，三林压低声音抽泣着告诉爸妈："大哥——吊——死了，在后山上！"

冬姣怔住，随即呵呵地哭起来，忠茂赶紧捂住她的嘴，低声说："去屋里，去屋里再说。"可只到二林屋角上，忠茂就忍不住嘱咐道，这事暂时不能让二林知道。四兄弟都点了点头。

不知道是心灵感应还是听到了外面神秘的谈话声，先是二林打开门来到屋外拐角处，见全家人都聚在这里，妈在哭，他问："大哥出了什么事？"

见瞒不住，三林只好如实说了。

二林听后，立即返身回到洞房，从衣柜抽屉里拿出一个红包交给月英，说："月英，有件急事我不得不去处理，明天，我如果不能去见你爸你妈，请把这个红包交给二老；他们养你这么大不容易，我还没动你，你不同意嫁给我，也不怨你。"

原先那么多的话没打动月英，这几句话倒使月英感动。她不哭了，睁着泪眼问什么事。二林只说以后你会知道。

二林轻轻掩上门又打开，对追到门口的月英说："月英，你睡吧！"月英摇头，但二林已把门带上。

三林说："二哥，今晚你不能去，知道就行了。"

二林说："兄弟一场，就最后一面了。"

躲在门后的月英听出是凶兆，很是难受。自己刚嫁过来就出这么不吉利的事，家里、村里村外的人还不知怎样指责自己呢！月英蒙了一阵，冲上来坚决地说："等等，我也去。"

三林、二林同时回头与月英对视，三人僵住。

三林当然不让月英去，一手抓一个把二林和月英推进屋里把门带上。二林只好留下来陪月英。事到如今，三林没半点心思想自己与月英的事了。

忠茂也没去惊动村里任何人，父子五人把准备给冬姣用的老油木棺材搬到岭上，给大林盛了殓，停在公路旁。三林执意要为大林守灵，四林、五林也留下来陪着。次日早，三林一张一张给大林烧裱纸，说些往日和近前的事。四林、五林劝他回家吃饭，他不愿去，叫他俩吃过后给他装一碗饭来。

不一会儿，四林、五林给三林带来一碗饭和一碗菜，三林先把菜和饭供在大林灵前喊道："大哥，我俩兄弟一起还吃餐早饭吧！往后就不能了。"说完，三兄弟呵呵呵大哭起来。

"呜哇——呜——哇哇"此时，葫芦湾村西牛崽屋里传出婴儿出世的啼叫声。牛崽媳妇的第三个娃降临人间。

十一、月英认命

一夜之间，忠茂老了许多。纸烧过了，香插上了，却失神地站在神台下不动。他不清楚，自己到底是在为二林的喜事敬神，还是为死去的大林哀悼。最让忠茂揪心和百思不得其解的是大林上吊的那棵茶树正是当年自己把冬姣按在地上强行得手的地方，那么多的地方那么多的茶树，为什么偏偏在这里，难道真是老天的安排和惩罚？

亲客们陆续起了床，见是二林和唐月英给他们舀洗脸水，觉得不对头，唆使月英的弟弟唐九斤去问月英是怎么回事。

还带有几分稚气的九斤把月英拉到一边问："姐，他是谁？"

月英回说："你姐夫，二林。他比三林强，对我们帮助大，他读过高中，当村会计，乡里县里都认得很多人。"

九斤说就是个子太小。

事到如今，月英只好认命。她用二林劝自己的话来劝九斤："牛力大吃草，蚊子力小喝血。他如今一把算盘管着全村一千四百多口人。这是他给爸妈的红包，八百块钱，这里的乡俗要满七天才回娘家，这包就托你先交给爸妈。"

九斤却天真好奇地问，姐夫换了的事说不说呢？月英说，当然说，就说怕委屈我才换成二林。月英自己也搞不清，是被二林劝转了，还是被二林感动了？抑或是怕担煞星的骂名。

忠茂家的酒席照样在摆，但已笼罩着悲凉的气氛，连上席、出肉的鞭炮声也响得有气无力；敬酒的礼数也只走走过场。酒席过后，送亲客起程回家，气氛远不如迎宾时热闹；原本欢欣的鼓弦乐调如今听起来凄凉而又哀婉。

忠茂带着五个儿子送亲客路过公路边棺材旁，九斤又天真地噫了一声，说昨下午过时怎没发现？忠茂说是村里一个后生昨晚出了事。一老者暗捅了九斤一下，加快了脚步。父子六人又送了一程才挥手告别。他们转身回到大林棺材旁默默静立着，谁也不说话。过了一阵倒是满林先开口："大哥也太没胆量，一点小事就吓住了，我们去找连长。"五林说事是大事，解放军也是听说大哥不聪明才没说什么！三林骂了满林无知！说大哥剪部队的电话线是大罪，部队没找我们的麻烦就谢天谢地了，你还不知天高地厚！忠茂却提出了一连串的疑问：大林怎么会想起剪电话线呢？他怎么一跑就不敢回家呢？你们兄弟去查一查，是不是有人唆使他剪电话线？发现后是不是有人吓唬过他？是不是建斌他们设的圈套？忠茂到底是忠茂，毕竟阶级斗争搞惯了，比一般人想得多想得远想得怪，甚至没事也能想出事来。

五林提供冬旺偷鸡吃的线索。忠茂立即想起那天是冬旺带解放军来找他的，这事绝对不止冬旺一个。三林却劝忠茂别疑神疑鬼，把什么事都扯到一起，大林看到解放军提枪来追，能不害怕吗？还用得着谁吓？原来说是建斌他们偷去吃了血酒，现在证明冬旺偷鸡就是冬旺偷鸡，怎么又会几个人偷吃呢？几个人吃一只鸡，还会剩半只吗？三林的分析，忠茂内心认为有理，但他听不进，说我在位一天，拿一天权，坚决查，谁和我过不去，谁没好日子过！三林又顶，你查什么，那鸡是扭死的，用火煨熟吃了，与喝血酒根本搭不上边，搞得满村子敌人；黄洪武那事是真的，你又偏要包庇，包没包住还连累了自己。

乡里准备撤换忠茂，支书将由刘应松接替的消息已传出了。忠茂腰杆已没先前硬朗但还是挺了挺，说大林的事，非查不可，我退了，还有二林。

"这还差不多！"三林附和一句，算是给了忠茂一个面子。

第五章

一、江湖险恶

建斌接到唐海贵的亲笔信，说门窗料锯好了，车由他安排，葫芦嘴有两部嘎斯车，经常运木料。他就挟着一个皮包直接来了唐海贵的带锯厂，很有点老板派头。

厂坪里按长短不一三种规格整整齐齐码着的三堆株树方料，一根根平平整整四方上棱。建斌两眼放亮，甚至觉得柞木的香味比杉木香味清新浓郁好闻。他把一根一米长的门顶方端在手里，很沉很沉，估计是同样规格杉料方的两个那么重；木质极为紧扎，淡黄略带灰白的质地里布满规则有序的棕黑色纹理，煞是好看。他想，有这么饱满结实的门窗料，耒阳人绝对满意。

一会儿，一辆武汉嘎斯车在厂门口停下。唐海贵儿子唐九斤从驾驶楼下来告诉爸车来了。唐海贵两眼瞄着坐在驾驶楼的唐生才，把九斤拉到一边压低声音问："怎不叫水汉？"九斤说水汉不在家。唐海贵没再说什么，要建斌验货装车。建斌说这么好的货不用验，计好数结账付款。

方料装好后，唐海贵才偷偷告诉建斌，唐生才买车不久，还是个生手，要他开慢点。因此一路上建斌总是提醒唐司机慢点，慢点，再慢点。唐生才也确实小心，有时会车他踩住刹车让对方过，一百二十公里走了四个小多时，终于安全到达目的地耒阳县福利工厂，建斌松了口气。这趟生意八百元钱到手了。这笔简单的数，他都默算过好多遍了：这车方料出厂价每米一元伍角，售价三元，每米有一元伍角利润空间。办理林业站所有证件花了一百二十元；车费一百二十元；请林业站验方办证人员吃饭花了四十元；过两个检查站送了两条烟二十元，总共三百元，每米摊四角钱。每米纯利一元一角。这车拖了七百五十米，八百出了头。妈的，相当于当民办教师两年多的收入。

建斌租的是耒阳县福利工厂门市部的一间偏室。原打算下车后先把方料搬进去，再一家一家地往外发货。谁料车一到门市部门口，刚下了三十来根方料，需要门窗料的农民闻讯蜂拥而至。他们拉着钢丝胶轮车，每辆车至少都来了两个人，而且好几家没订合同。他们一到这里二话不说就爬到车上把方料递给下面的人，下面的人接到方料后直接放在胶轮车上。

一见这个阵势，建斌和唐司机都慌了，要求他们下来，一个一个按秩序买。但哪里劝得到，照搬不误，而且没一个人回话。这不是哄抢吗？建斌更慌了，要是他们不付钱就拖走，怎么办？建斌差点要哭了。

不一会儿，农民们把一车方料全部搬下来装在了各自的车上，但都没走；各自在清点门框料和窗框料是否配套，总共有多少米？建斌这才松了一口气，觉得天底下最诚实本分的是农民。

唐司机这才向建斌打声招呼走了。

门窗料是按规格配套来的，各人往下递的时候打乱了，有的有长料没短料，有的有短料缺长料。建斌帮他们互相调剂，尽量配套。调剂好后，一个个手里捏着钱等建斌点数付款。

门窗料的货款全部收齐后，建斌发现了两个问题。一是这车总共拉来三十架门框料，六十架窗框料，共七百四十八米。因为要的人多，来的料少，几乎所有人都没满足需要。大家要求建斌再送一车来。这个好办，建斌答应了。第二个问题是发现少了两根一米八长的窗框料和两根长二米七五的门框竖料，共九米多。将近三十块钱，相当于自己当民办教师时一个月的工资。

建斌默了默神，想起来了。

福利工厂在公路东面。公路西边是一所中学。正在大家一哄而上乱搬的时候，建斌看见一个妇女把一根门框料搬到公路那边。因为公路那边也停有胶轮车，他以为是其中哪家的女人，没在意。当时，他怕哄抢，把全副精力放在维持秩序上；料搬完后，建斌又替他们调剂配套；在忙于收钱的时候，看见那个女人扛起两根门料向学校走了。本来，建斌想过去把方料要回来，但这样就丢了人家的脸，必定引起纠纷。一起纠纷，万一这些农民趁机起哄拖着车子走，那麻烦就大了。因此建斌没去追那两根材料。但那个女人他看清楚了，扎两条短辫子，辫梢刚搭到肩上；身架比较瘦小，脸庞不大。穿一件铁灰色对襟衣。

等农民兄弟拖着材料都走了，他才考虑怎样处置这件事。他想，只认识她没用，她准把方料藏起来了，你问她，她不但不会承认还可能会倒打一耙，到时候不好收场！但建斌还是舍不得应该属于自己的这三十块钱。他只留少许零花钱放在外衣口袋，其他的都揣进短裤口袋。建斌的短裤前面都车了一个巴掌大的口袋，安了拉链，揣几千块钱没一点问题，住旅社，坐客车防扒防抢很是安全。这是采购员丁建平教的。

还好，建斌一进学校就看见那位女教师正挟着备课本从卧室出来去上课。他故意迎上去与女教师劈面相遇。那女教师见了建斌明显有点慌张，但还是对建斌莫名地笑了笑。建斌也笑着对女教师多看了一眼。此时，上课的二次铃声响了。女教师进教室前又向建斌张望时正好与建斌的眼神相对，然后匆匆进了教室。这样，建斌心中有了底。

这是一栋土木结构的教师宿舍楼，楼上楼下两层，楼梯设在走廊中间，每头有六间宿舍，共有二十四间宿舍。建斌在一楼楼梯间看见了那四根株树方料。估计可能来不及藏或者因为太长藏不下，或者根本没料到他会找到学校来。

下课铃一响，建斌看见女老师脚步匆匆往卧室走，他随后就到了，指着方料说："老师，这方料是你的吗？"女老师"嗯"了一声，说是买的。

"多少钱买的？"

女老师有些尴尬地看着建斌，答不出。

这时，另一个女老师从楼上下来，称那女教师叫雷老师，说你家来了客。建斌接过话头对那女老师说："我来雷老师家喝开水。"雷老师感激地看了建斌一眼，缓缓打开门。

宿舍有二十多个平方。

女老师进了卧室反倒自然了，她拖过一把木椅子叫建斌坐下，然后给他倒了一杯开水。再然后不好意思地说："老板，我做错了事。你算算，四根料多少钱？只求你别嚷出去。我两口子都是民办老师，嚷出去会影响我们转正。"这一来，同样当过民办教师的建斌倒一时不好开口。他扫视一眼房里，南窗下一张油漆斑驳的老办公桌，上面放着两叠课本，还有语文和历史教科书；北窗下两架平头架子床合面摆着；一把木椅两条板凳；两只箩筐里叠满劣质布料做的衣服裤子。女老师见建斌不说话，指着箩筐说："我想做一架衣柜，杉木板容易买，做框架的柞木方难买。民办老师工资虽然低，但我不能动这个心思。"说着，从身上掏出二十块钱，问，够了吗？不够，我再去借。

建斌把二十块钱接过来，想了想又退了五块给雷老师，说："雷老师，别人问，你就说是三块钱一米，花三十块钱买的。"女老师把五块钱又塞在建斌手上，建斌坚决地推回去。他告诉雷老师，前不久，他也是民办教师，民办老师不容易。女老师很感动，说下次来了，叫我屋里的陪你喝酒。建斌说过几天还会来卖方料，然后走了。

从学校出来，建斌觉得异常轻松。不仅仅是赚了八百块钱高兴，也对雷老师这四根方料这样处理感到满意。他满怀高兴地前往福利工厂交租金。

福利工厂门市部有六个门面和一间小偏室。六个门面都租出去了，只有偏室还闲着。建斌决定做门窗料生意后，就看准了这间偏室，找何厂长一谈就说好了，门面月租一百元一间，偏室小点，五十块钱一个月，交了二十元定金，说好从放材料那天起算暂交一个月租金。建斌告诉何厂长，这次虽然没放材料，但租金也从今天算起。何厂长觉得建斌通情达理，要他到办公室办理手续。

办完手续出来又遇上何厂长，何厂长问建斌有没有黄丝绸，他想做两把活动睡椅，如果有就给他买两筒来，该多少钱就多少钱。建斌想起唐海贵那山上有很好的黄丝绸，就答应带两筒来送给他。

没想到这话被站在不远的副厂长听见了，为此给建斌带来大麻烦。

第二车门窗料也是唐生才拉来的，还带来两筒很漂亮的黄丝绸给了何厂长。何厂长要给钱，建斌死都不肯接。第二车材料卖得很顺利，当场结完账就随车回了葫芦湾。第五天上，唐海贵来信说又够一车了。可建斌去找唐生才时，他给别人运货去了。唐海贵要建斌去山崖下找袁水汉，说水汉开车比生才行，脑瓜子也比生才活。建斌问，水汉的脑瓜子有多活？

唐海贵说起水汉的事，让建斌好笑不过。

大集体时，水汉就开手扶拖拉机。那时，开手扶拖拉机油水足，可他没余下钱，给女的买东西花光了。集体解散后，不少人贷款买手扶拖拉机，袁水汉也想贷款，但信用社周主任说，贷谁也不贷给水汉，到时候他把赚的钱全部塞到女人的眼里了，拔都拔不出。这话传到水汉耳朵里，他对人说非得要贷款买部汽车。听到这话的人都笑他吹牛皮。

没过多久水汉送给信用社主任一辆“永久牌”单车，他得到一辆手扶拖拉机贷款三千元；恰好这时，信用社主任的儿子考上大学，办金榜题名酒时，他把准备买拖拉机的钱取出来给主任的儿子封了个一千零八十八元的红包，水汉就有了现在这部汽车。

水汉拉门窗料的路上，建斌半开玩笑半认真地问起这些事。水汉诡谲地笑着说偷老婆是真的，送礼是假的。建斌也笑了笑，不往深究。但袁水汉说我这些事肯定是唐海贵告诉你的，那家伙精明得很，我们葫芦嘴的人都叫他唐大圣。

袁水汉告诉建斌，唐海贵绝顶聪明，学什么专什么。大集体时，他炒得一手好菜，葫芦嘴垄行里，不论哪家有红白喜事都是请他掌厨。1977 年冬，公社书记李春才来葫芦嘴检查工作，支书叫唐海贵做了一桌菜招待，不但碗碗好吃，其中的米粉鹅肉、红烧猪脚和水煮豆腐让李春才赞不绝口。于是，硬是把他要到公社食堂当大师傅。本来，唐海贵是个不想受约束的人，在葫芦嘴过得很快活，不想去，但国家已恢复高考，读书的风气很浓，恰好儿子唐九斤考上了初中。他一直想儿子考个中专什么的。葫芦嘴离公社有二十多里山路，来来去去不方便误时间，九斤头脑灵活但调皮得很，不管住他怕考不上中专。因此，他答应了李书记而且把九斤也带到了公社，让他安心读书。

他在公社食堂炒菜的时候，很多单位上的人吃过他的米粉鹅肉，公社林业站的六个人则总是在公社食堂搭伙。九斤初中毕业后，没考上中专。李春才因为试行包产到组被停职那几个月，李春才天天带着九斤去钓鱼。后来，农村开始分田到户，李春才调走了。唐海贵觉得当临时工划不来，就利用与林管站的交情回到家里搞了个带锯厂。

建斌这才明白唐海贵的确不是一般的人物。

水汉的车刚进耒阳就被交警拦住，一查，一直没交养路费。连人连车连材料全部押到了耒阳交警队耒阳交警支队，要他补交养路费六百再罚款五百。水汉把所有的口袋翻给交警看，总共只有二十八块五角钱。建斌问水汉怎么办？他要建斌找关系求情。建斌说我哪来的关系啊，只认识福利工厂的厂长，管一帮残疾人的领导有什么面子。水汉要建斌去找找看，有熟人总比没有好。建斌想起自己给过何厂长两筒绸木，找他帮忙也好开口，同时觉得何厂长待人亲热果真动身去找何厂长。

建斌刚走，袁水汉立马把车子开到坪地一角卸方料。交警过来问他卸下来干什么！水汉说是老板叫他卸的，他喊买材料的去了，罚款和养路费都从材料钱里扣，你们开好票，回家后我给他。交警队的觉得也有道理，一车这么好的门窗料少说也能卖三千元。袁水汉体力好，七百多米方料不到二十分钟全部卸完。然后在交警队门口商店里买来两包烟塞给那个交警，交警觉得反正有一车货押在这里就让水汉把车开走了。

何厂长是个热心人，他立即用自行车带着建斌来了交警队。建斌见门窗料乱七八糟丢在坪里，一问，才知道袁水汉撒谎跑了。别看何厂长是管残疾人的头头，在县里还是个人物。交警队队长很给面子。养路费没交，罚款从五百元减到三百元。但必须先交清才允许拖材料。

这时，那个放走水汉的交警提出要买门窗料，他家在建房，但必须是成本价，司机说是一元五角一米来的，否则，所有的材料都不准拖走。建斌没法，只好让他挑选了十副门框料，十副窗框料。总共一百六十米，才二百四十元钱，亏了八十元。

剩下的六百来米，何厂长要交警队帮忙联系一辆车送送。请人装车花了五十元，车费三十元。这样一折腾，天黑好一阵才送到福利工厂门市部。等把方料搬进偏室已是次日凌晨两点。建斌饥肠辘辘，但所有的店子已经关门，只好饿着肚子把几个纸箱子摊摊在偏室地板上躺下。因为累得筋疲力尽，实在顶不住了。

一觉醒来，天已大亮，建斌锁好门到街上吃过早餐，即去叫上次没买满的来买材料。但农民兄弟推着钢丝胶轮车刚到，县工商局的也到了。他们是来收行商税的，按 8% 交。有人反映，早先卖了两车，除补交外再罚 8 %。每米三元，每车按七百米计算，总计行商金额六千三百元。行商税五百零四元，罚款五百零四元，总共得交一千零八元。紧接着开了票，表示没商量的余地；材料可以卖，但得现场交清行商税和罚款。否则，材料全部拖到工商局去作没收处理。

事后才知道，福利工厂的副厂长向建斌要两筒黄丝绸，建斌没答应，他便找在工商局工作的亲戚来敲建斌的竹杠。建斌后来还知道，收税是税务局的权力，工商局的收哪门子行商税啊！

建斌总共做了三趟门窗料生意，第一趟有惊无险；第二趟非常顺利；第三趟把前两趟赚的几乎赔光。他决定不再做门窗料生意，回家后，即终止了与唐海贵的合同。

葫芦塘墟上和乡下突然涌现出许多个体经销户，在墟上的都有铺面，乡下的每逢赶场都来摆摊，南杂、日用百货、布料毛线、五金化工应有尽有，讨价还价灵活方便。威风凛凛的供销社门市部经不起个体大军这种不讲战略只讲战术的围攻；吃大锅饭的经营体制敌不过这种血淋淋的挑战，在人心惶惶中逐步解体。各个门市部已承包给职工；有的职工干脆干起了个体户。

木材市场逐步开放，木材贩运户不断增多，杉条、杉棒、杂板杂木杂棒只要在林业部门办理育林费证、税收证和特种经营证就可出境。随着木材贩运户不断增多，木材价格开始上涨。供销社按原来的价格已收不到家具，农民卖原木比加工成家具还合算，谁还费这个神呢！他到丁建平那里玩了两天，告诉他供销社不再收购家具。

推销家具没路了，门窗料生意不敢做了，建斌回到家里，心里有些焦急，就花五百元现款买下了牛崽的拖拉机。心里这才感到踏实。

二、巧英痴情

牛崽过两天要去长沙接车，清早起床就带着建斌到养路班和青山垄水库葫芦塘管理所，把自己这两家业务关系户介绍给建斌，还给建斌讲了拖拉机的常见故障和修理。回来时，在葫芦湾后山的公路旁停下来抽烟，牛崽又谈起这段时间忠茂家发生的事。他说："二林麻秆捡了个大肉饼，三林白忙了一阵，这种歪灾主意也只有忠茂两口子想得出，月英也偏偏让二林一夜就哄通了，娘家还觉得占了便宜似的，她爸唐海贵宝里宝气到处吹，'我亲家六个崽，由我月英选！'"

建斌说葫芦嘴垄行里，唐海贵还真是个角色，他能办带锯厂，说明思想新潮；能随便砍伐大批树木，说明他上上下下都走得通。没想到这么精明的人却闹这种笑话。

谈着谈着，两人开心地笑起来。

与此同时，冬旺扛把链刮在给麻里垌的驼背米筛丘灌水。驼背米筛丘在麻里垌水尾，而且是在高坎上，两头尖中间大，像个驼子，又不储水，老辈人才给起这么个怪里怪气的丘名。现在，驼背米筛丘全干了，再不进水禾就会枯槁。驼背米筛丘上面是忠茂家的棋盘丘，棋盘丘储满了水。冬旺按过水的规矩已从上面把水引进棋盘丘，才用链刮挖开出水口。可是刚挖开，满林过来了，他二话不说夺过冬旺的链刮把出水口封死，然后扬手将链刮丢进驼背米筛丘中间。冬旺哀求说："我家的禾会枯槁了，给过过水。"满林凶狠地说："不准过。"话没说完，冲过去两手抱起冬旺丢在田里，骑在冬旺身上"咚咚咚"就是几拳。然后审问："你说，是不是你唆使我大哥剪电话线？"冬旺说："狗 × 的唆使了。"满林又审："是你向解放军告的状，吓跑了大林。”冬旺说：“狗告的状。”

论个头，满林在六兄弟中只比三林矮点；论个性，六兄弟数他心狠手辣。三林是厚友的种子尽人皆知，但满林的面目体态既不像三林也不像另几个兄弟，葫芦湾的人一直没猜出冬姣是从哪里引进种子养出满林这个异类。满林读书不行但自从开标那晚受了建斌威胁后也开始练武，他房里摆一副石擂，房角埋一根木桩，每天举石擂，用脚踢木桩，确实练出了一把力气，深得忠茂欣赏。冬旺哪是他的对手。

满林对冬旺拳打脚踢了一阵命令道，滚！等我查清了非捅死你不可。满林非常得意，你他妈的还说拜师练过武，这么不经打！

冬旺不敢灌水了，瘸着腿准备去乡里告状。看见牛崽的拖拉机停在路边，走过去问牛崽去不去乡里，牛崽说他的车卖给了建斌。冬旺又问建斌去不去，建斌见冬旺鼻青脸肿，一身泥巴，有点可怜他，问冬旺怎么回事。

冬旺嘴瘪了瘪，点点头，想哭。建斌问：“谁打你了？”

冬旺撒谎说：“满林怪我合起你反对他爸，还说你教的徒弟不经打！”建斌说冬旺撒谎。冬旺赌咒发誓说谁撒谎是你下面那个。牛崽过来问冬旺煨熟的鸡是什么味道。冬旺说他是听人说煨熟的鸡吃了补身子，果然，第二天就消了肿。牛崽骂他，那样查，你也不站出来说话，让建斌背黑锅。要是“文化大革命”那阵建斌坐在牢里了。现在还不说实话，去乡政府也不搭你。

冬旺这才一五一十说他要去乡政府告状。建斌说会去墟上，但你去告状我不搭你。冬旺听说会去墟上，不要命地先把驼背扑进车厢，然后用手撑起上身往里面拱，那动作倒是十分麻利而又滑稽，搞得牛崽和建斌忍俊不禁。牛崽帮助扑在车厢里的冬旺把驼背翻过来，要他坐稳，说建斌还要去接巧英。冬旺像受到特别恩宠满脸绽出感激的笑容。

建斌把摇手插进机头使劲摇了两圈，拖拉机立即吼叫起来；浓黑的烟乱滚了一阵后，建斌上了驾驶台，掉转车头往葫芦嘴山下的方向开去。今天是葫芦塘赶圩，巧英会来卖杉板，好久没看到巧英了。

果然，没到葫芦山下就碰上巧英和三个女的挑着木板椽皮过来。建斌停在路边，叫巧英她们上车。巧英一见建斌两眼放亮，上次在交通饭店的不快全都抛到九霄云外。她以主人的身份喊村里三个嫂子把木板椽皮搬上车。三个嫂子虽然比巧英大不了几岁，但毕竟结婚生子，体力不如巧英，都走累了，见有车坐，一个劲地谢了建斌又话中有话地谢巧英。

车过葫芦塘乡政府时，冬旺要下车。建斌停稳后才叫他下。冬旺下车时也滑稽好笑，他把驼背先扑在车厢里的木板上，两只手抓住木板，然后把翘起的屁股搁在车厢后面的挡板上，再然后两只脚往下探，显示一种很强的自我保护意识。尽管如此，因为是半边驼，重心失衡，在落地那一刻，侧倒在地上。可能是巧英这几颗精神原子弹的作用，他很快就站起了，用左手拍着右边的驼峰说，怪就怪你吃得太饱。引得巧英她们窃笑不已。建斌过来低声嘱咐冬旺，叫他不要告状，告也没用，不如去医院拿点药，等下坐车回去。冬旺不置可否地笑笑，走了！

葫芦湾小学李校长在葫芦塘墟场木材市场游来游去，学校建杂房要买四担椽皮两担杉板，看了几个人的货都不如意。李校长要的是质量，价格高点没关系。他见建斌拖一车杉板椽皮过来，迎了上去。

李校长一直赏识建斌，对建斌被遣回家深表歉意，但爱莫能助。现在要买板子椽皮，建斌都有，自然买建斌的，哪怕差点。

建斌指着巧英说是我同学她们的，你和她讲价。

巧英说："这是四分板，我这担五尺实板，喊价三十元，实价二十八元；板子的质量你放心，都是经过挑的。"李校长说既然你是建斌的同学，三十就三十，什么二十八，还要三担椽皮。"

巧英说椽皮不是我的，你和她们讲。那三人都说要二十二块一担，少了不卖。李校长一听，脸色变了，我是看建斌的面子才买你的，十六块钱一担要好多，你还喊高价？巧英暗捅了同伴一下，同伴的脸红了，不好意思地看着巧英。巧英做主，十六块钱一担卖了。校长说还是建斌的同学爽快。一一付款后又叫建斌帮忙运到学校去，运费照付，他要去学区一趟。

巧英吩咐那三个姐妹看着，她叫建斌一起去吃中餐。三个姐妹不再像上次挤眉弄眼指指点点，而是公开笑巧英："巧英，两口子吃中餐就吃中餐，别搞名堂。"建斌一脸通红不知怎么回答，巧英却向她们招招手说："你们不放心，都过来，看看在餐馆里能搞什么名堂！”三个姐妹也很野，说我们不跟，你们想去哪去哪，想搞什么名堂就搞什么名堂。但手脚要放快点。巧英甜蜜地笑了笑，和建斌一起走了。

他俩穿过闹市走进交通饭店，老板立即上来招呼：“肖老板，今天要点什么？”这一个把月里，建斌经常在这里用餐，街上的人都知道建斌在做大生意，都叫他肖老板。建斌问巧英吃饭还是吃粉。巧英说煮两个三鲜粉。饭店老板看了巧英一眼说肖老板的对象蛮漂亮！建斌得意地笑了笑，进了包厢。

一进包厢，巧英也喊了声肖老板，听说你在做大生意了。建斌骂巧英不懂事。巧英说别人喊得我喊怎么就不懂事。建斌说也不算什么大生意，这段时间在给供销社推销家具。收入还可以，赚了这辆拖拉机的钱。

巧英听了这些没什么反应，倒是埋怨建斌上次去了葫芦嘴为什么不去她家。建斌解释说没去湾里，合同是在唐海贵带锯厂签的，接着就随牛崽的车回家了。再说，我还不好意思去你家。巧英问建斌什么时候才好意思去？建斌吞吞吐吐说总要找个媒人举行个仪式吧，可我家那个样子……

巧英打断建斌的话，一五一十慢条斯理地说了两件事。一是发梅不但不准秋兰嫁给国林，还到处讲国林的坏话；二是巧英妈准备在葫芦嘴给国林介绍对象。这段时间，建斌忙推销，葫芦塘供销社给他安排了一间单人客房，基本上没回家。因此这些情况还是头次听说。他也告诉巧英，冬姣一方面拆散国林和秋兰，昨天晚上又给秋兰做媒说是嫁给中心大队支书的儿子，可秋兰没理她。

老板端来两碗三鲜粉，问还要什么。巧英说要时再点，支走老板，问：“你准备找哪个当媒人？”建斌想都没想：“你舅舅怎样？”巧英笑起来：“你个蠢宝，哪有舅舅给自己的外甥女当媒人的，我又不是嫁不出去！我告诉你，找金华嫂当媒人。”建斌莫名其妙问，哪个金华嫂？巧英指着墟上说，与我一起来那三个中最漂亮的那个。

建斌没想到巧英把这些事都想好了。

三、建斌一救诗汉

蔡诗汉喝农药自杀是建斌发现的。

建斌把货运到学校，先他一步回来的李校长喊建斌去他房里喝开水，顺便说件事。建斌忙了半天没喝水也真是口干了。喝开水时，李校长有些兴奋地告诉建斌，刚才他到学区，曹主任说黄洪武自首后，法院又派人到他工作过的其他地方调查，证实他有前科，前几天已把他的材料送到检察院。因此，建斌不但不是诬告，而且认定他是个有正义感的教师。县教委通知他回校上课。另外，今天早晨，曹主任叫诗汉到学区，已阐明他是临时代课，要他做好回家的准备。

建斌听了，为自己的罪名得以洗刷感到高兴，为法院认真快速的办案作风和办事效率感到高兴。但他说自己欠了一屁股的债，靠当民办教师的工资收入很难还清，家里要起房子，父亲有病要吃药，负担太大，现在在做木材生意又买了部拖拉机，收入好些，不想当民办教师了，如果诗汉合适就让他当。这让李校长有些不理解，他说，蔡诗汉单从仪表看适合当老师，但是个花瓶子，没一点水平，上课尽闹笑话。况且现有的民办教师都备了案，没备案的不再增加。他劝建斌最好不要放弃。建斌说原先曾经把当老师看成自己的终身职业，也很想当个好老师，但民办教师太没安全感了，一个村支书喊我回家就得回家；转公办又看不到希望，有几个当了快二十年还没转！在社会上闯荡了两个多月也很有意思。李校长还是劝建斌得慎重考虑，现在国家开始重视教育，民办转公办的机会多。但建斌还是说不当了。李校长长叹息一声，摇了摇头。

过了会儿，李校长要建斌写张运费发票。建斌写了十五元运费。李校长要他多写五元，建斌说没必要，从葫芦塘墟到葫芦湾是这个价。借学校那两百块钱下个月可以还。学区的也会在年底还清。李校长要他别老挂念这个事，把车开稳把生意做好，看来你不愿再当民办教师也有道理。说着在发票上批了“同意支付”四个字要建斌去找诗汉拿钱。

诗汉住在建斌原来住过的那间房里。建斌轻轻敲门喊人，却听见里面传出唉哟声和翻滚声，随之闻到一股浓烈的农药味。建斌一脚踹开门，大喊：“诗汉喝农药了。”说着两手操着诗汉下了楼。老师们闻讯赶来帮忙把蔡诗汉抬放到建斌车上，李校长又安排一个老师随车去医院照看。

诗汉命大，医生说迟来二十分钟就没命了。那位老师颂奖建斌有气量，不然，想想都恼火，还会救他。建斌说，恼火归恼火，救人是凭良心。他做过对不起我的事让别人去说他，如果我见死不救，别人会指责我。那位老师点了点头说，不管怎么讲还是你大度。

诗汉脱离危险后，建斌准备回家，那个老师要建斌叫蔡诗汉家里来人照料，换他回去上课。建斌自然应允。

建斌开车刚走，冬旺不知从哪得到爸喝农药住院的信息来了医院。那位老师趁机把诗汉交给冬旺也走了。已清醒过来的诗汉见冬旺鼻青脸肿，一身泥巴，愈加伤心，问他是怎么回事。冬旺照实说是满林打的，说大林吊死怪他，又问爸什么事想不开。

诗汉先是责怪冬旺嘴巴多，再说出忠茂借三百块钱的事。借的时候说是喜事满七天还，可现在一个月了，忠茂提都不提，昨天他去忠茂家要钱，忠茂不但不提还钱的事，还口口声声说要找冬旺算账，说大林是冬旺害死的。还有，今天上午学区曹主任找他谈了话，说黄洪武自首了，建斌告黄洪武是正义的行为，教委已通知建斌回校。要他立即与学校办理事务交接手续回家。蔡诗汉叹道，这下完了！

冬旺说：“你也不该喝农药啊！”

诗汉看看门外没人，压低声音问冬旺：“你说实话，大林的死与你有没有关？”冬旺一五一十告诉了爸。诗汉慌了，嘱咐冬旺赶快躲到外面去；忠茂心狠，满林比忠茂还坏；人无千日好，花无百日红，等他家倒运了，你再回来。冬旺说我走了你和俊秀怎么办？诗汉说：“代课是代不成了三百块钱是公家的，欠着也是欠着；俊秀这么大了，会嫁人；而你不走，性命难保。”

然而，诗汉和冬旺万万没料到，此时，俊秀已经出事了。

满林打了冬旺还不解气，从麻里垌直接来了诗汉家。他知道蔡诗汉在学校，冬旺被打心虚不敢回家，此时只有俊秀一人在家。

满林来时，俊秀在破烂的天井边洗衣服。满林故意问：“冬旺在家吗？”俊秀回说灌水去了。满林说我打跑了他，是不是躲在楼上，你带我上楼看看。俊秀说真的不在家，不信你自己上楼看。满林到楼上看了看，冬旺果然不在家，胆陡地大了。满林说：“他躲得过初一，躲不过十五。”俊秀说：“他躲你是怕了你，你放过他。”满林露出凶相：“说得轻巧。他害死了我哥，先赔三千块钱再说。”俊秀说：“你哥上吊自杀，怎怪冬旺呢？”满林撒谎说冬旺都承认赔钱叫我来拿。俊秀看出满林眼里有股邪火，不进屋，但也没跑。

满林在屋里喊：“俊秀，冬旺说钱在抽屉里，叫你拿给我，你不拿，我自己拿了。”

俊秀怕自己那一百块钱让满林拿走，进了屋。俊秀一进屋，满林把门闩上了。俊秀在满林闩门的当口，已打开抽屉，抓着一百块钱藏在身上，把抽屉亮给满林说：“你看，没钱。”

满林本来不是要钱的，命令俊秀躺在床上让他搜。俊秀知道满林想干什么，往外跑，被满林一把抱住压在床上，接着骑在俊秀身上，做了个头抠的手势威胁道：“躺！脱！不脱！卡死你！”

等建斌过来告诉俊秀去医院看她爸，俊秀还躺在床上哭。

四、性操练失败

国林和秋兰被发梅拆散后，两人的婚事都进入艰难而又尴尬的境地。

以厚友的家境、国林的模样，要娶个媳妇是一二三。那时，葫芦坝、葫芦背、葫芦塘墟上好几个姑娘包括罗兰钗明知国林和秋兰定了亲，还时不时争相向国林传递求偶信号。但国林的名声让冬姣打烂后，葫芦湾一带都传说国林的卵子只小指头大，水被吸干了，软得像根猪小肠。原先争相求偶的那些姑娘都躲开了，先后结了婚，还一个个暗自庆幸好在没嫁给国林。有的不信，对方就拿秋兰举例，说国林肯定不行，要不发梅阻得到。秋兰用国林那个东西不知多少次了。原先同意，是因为国林行；现在不行了，她也就不同意了。

人言可畏，国林被悄然传递近乎公开的舆论压得抬不起头——一个男人不能干那事还有什么尊严？葫芦湾周围的谈不拢；葫芦塘墟上有个姑娘经人介绍见过一面后，再碰上时，竟像见了瘟神一样；后来，在葫芦嘴山沟里谈了一个，眼看要拢了，谁料偏偏又借故推托；再往后由公开相亲改为秘密接头，往往节骨眼上又出问题。

秋兰呢？秋兰也不如意。

先是葫芦塘乡政府的秘书小李因慕秋兰健美，央求乡妇女主任彭大姐带他登门求见；小李见了秋兰的家境后，借故催彭大姐走；彭大姐不解，来到门外责怪小李招呼不打就走，不懂礼貌。小李说："我这点工资，怎么扶贫？"彭大姐听了，骂小李太浅薄，秋兰根本没看上你！

第二个是煤矿工人，第三个是民办教师，都是见过一面后，秋兰不愿来往，也就没了下文。秋兰心里一直装着国林——她和国林、厚友、凤花已有了近二十年的感情。她留恋从小到大与国林一道走来的每个细节；熟悉这四垛三间土坯房的每个角落；熟悉机房操作的每道程序，早已与这个家融为一体，要她离开他们，简直要她的命。而要进入这个家，厚友和德仁两家又担心发梅闹出人命。发梅这个不要脸的舍命女人，全中国五百年才出她一个。

那次，秋兰在发梅那里住了一晚回来后，仍然在国林家碾米厂做事，与国林坐在一起吃饭。第四天，发梅又打上门来，先用水泼厚友家灶里的火，再砸德仁的锅，还把脑壳拱在碾米机的皮带轮里不准开机。秋兰怕了，厚友、国林也怕了，去的不敢去，喊的不敢喊。

还有一天，秋兰和国林两个人去挑水，在井台上碰见，多站了会儿，多谈了几句，发梅得到情报又来吵了个呜呼哀哉。搞得国林和秋兰劈面看见都不敢说话。

但愈是这样，两颗心愈是靠得紧。

葫芦湾的晚饭迟已相沿成习。初冬夜得早，七点不到，外面已完全黑了。农历初五的牙毛月钻出厚重的云层在葫芦湾的大地上投下清冷的光辉。冬姣给二林家做好晚饭已过七点。冬姣还要替忠茂做饭，就走了。

冬姣对外是刀子嘴，对内是豆腐心。月英是自己骗给二林的，觉得对月英不起。结婚快两个月了没见月英脸上露过笑，还时不时赌气，听口气是二林干不了那事。怎会呢？家里没这遗传，忠茂向来要得紧；满林还刚成人，追姑娘的兴趣就很大，听说强要俊秀一次后，两人经常在一起干那事。怎么会呢？但要真是这样，也亏了月英。基于这，她以关心为由，实际是赎罪的心情，几乎是餐餐替月英两口子做好饭再回自己家做饭。

冬姣从屋里出来走到屋角，感到有点冷，打了个寒战。这时，有两个黑影往瓦厂地走，看背影好像是国林和秋兰。她毕竟快过五十的人了，没有把握。但如果真是国林和秋兰这时候去瓦厂地，肯定不是好事。她感到自己责任重大，必须提高警惕出面干涉。冬姣立即退到二林家，打开后窗，叫过月英："你来看看，后生家眼尖，那两个是谁？"月英一眼看出是国林和秋兰。冬姣骂道："果然养女像娘，当娼卖屄。"二林要冬姣别管人家。冬姣咬牙切齿骂道："不是他们两家合起来和我们争地，在葫芦湾兴风作浪，你的房子会是这个样子？你爸的支书会换成别人？”

国林和秋兰一个村里住着，对方在和谁谈，谈拢了没谈拢都很清楚。秋兰知道国林家又来了个媒婆，心里有点慌张；她头一次麻起胆子把国林约到外面来谈。开始准备去后山，但大林吊死在那里，有点怕；也想去瓦窑里，大林死前在瓦窑里待过，也怕；临时改变主意来瓦厂地，这里是自家的菜地，虽偏僻，但不冷清。

两人在瓦厂地的土墙边坐下来，秋兰看了看四周觉得很安全。

两人定的是娃娃亲，虽青梅竹马两小无猜一起玩大，但成人懂事之后从未单独相处过。因为母亲发梅名声不好，遭人指背，这方面秋兰相当检点；国林在这方面更是出奇地老实。自从发梅第三次来这里大闹之后，两人再没谈过话。今晚，秋兰冒险约国林出来，虽坐在同一墙根下，但两人的心一时半刻根本无法沟通。

“我们的事怎么办？”秋兰先开了口。

国林说：“我怕你妈，我们家都怕你妈，你妈说得出，做得出。”

“那我们一起跑，跑到外面去。”

“我俩一跑，我爸我妈怎么办？你妈早说过，跑得了和尚跑不了庙。”

秋兰恨死了自己的妈。但不得不替妈解释：“其实，我妈也是怕你不行。”秋兰说这句话是鼓足了勇气的，“你——你是不是——真的不行？”说着，身子往国林身边靠了靠。

国林真是老实得可爱，秋兰已把话说到这个份上，他还没什么反应，反而慌慌张张地说：“我，我不知道！”

秋兰却再也抑制不住了，抱住国林：“要不我们试试，只要你行，我就不怕妈阻挠，真的不行，你得治。”

国林躲闪着：“你——你——”

秋兰却把国林抱得更紧了，鼓励着说：“国林哥，你别怕，我都不怕，你怕什么？”

国林受到鼓舞，两只强有力的手把秋兰抱在怀里。

国林是瓜娃，秋兰是瓜妹，这本书对别人来说是无师自通，但对他俩有多重心理障碍。尤其是国林已被舆论压迫得近乎自卑。他只知抱着秋兰却没别的动作。过了好一阵秋兰才抓住他一只手送进自己胸脯，国林畏畏怯怯地放在秋兰的乳房上，却不摸不揉无所适从。相对来说，秋兰胆大些也主动些，她用右手解开国林的皮带，很快探进国林内裤握住国林的生命线。异性的触摸让国林的生命之根骤然膨胀陡然竖起，秋兰不顾一切仰躺在地抱着国林趴在自己身上，三下五去二褪去裤子。

都到刺刀见红的份上了，国林依然犹豫："真的来？"秋兰说："当然真的来，我都不怕你怕什么！"这对尚未启蒙的少男少女，头一回翻开这本无师自通的书准备试读，两人都显得手忙脚乱无所适从。秋兰握着瓜娃的生命线刚搭在自己含苞欲放的生命源上，突然一道手电光柱在瓦厂地上乱扫。接着传来冬姣拖长声音的叫喊："大林啊—— 你回来啊—— 回来睡觉啊——"

国林和秋兰像遭电击似的全身酥软，秋兰手中握着那强劲的棒陡地变成一截软绵绵的肠子。两人赶紧爬起，系上裤带，面面相觑。

冬姣喊一阵，撒一把茶叶盐米，手电筒的光柱在瓦厂地上乱扫。

"大林，你阴魂不散，要显圣啊——"

冬姣左手打电筒，右手拿赶鸡竹帚，敲着喊着，喊一阵，撒一把茶叶盐米，亦步亦趋地在瓦厂地上转。赶鸡竹帚发出"哗——啦啦""哗——啦啦"的声音特别刺耳。

国林和秋兰趴在墙根下，瑟瑟发抖。

手电光在国林、秋兰身上扫来扫去，赶鸡帚几乎拍在国林和秋兰身上。

好不容易听见叫喊声渐渐远去，秋兰半撑着身子看见冬姣拖着鸡帚又转身往回走。这老不死的站住自言自语道："连出气不得，老娘今晚要在这里守个通宵，喊到天亮。"

国林和秋兰方才明白，冬姣发现他俩来了这里，借替大林招魂在这里喊喊叫叫故意捣蛋。

冬姣也真的说得出，做得出，真的过来蹲在与国林秋兰一墙之隔的地方，隔会儿，敲几下，喊几声。烦死个人！

五、伤心往今事

“突突突——”建斌开着拖拉机过来，拖拉机的灯光光柱射住瓦厂地上半蹲半坐的冬姣老娘，远远看去，像传说中的鬼，吓了建斌一跳。冬姣听到拖拉机叫声，却格外来了精神。索性站起来喊：“大林，你去找仇人啊！大林，你显圣啊！”

建斌这才知道是冬姣在喊魂；他索性停车熄火，亮着车灯静听。

你知道拖拉机是我的，又在我的瓦厂地上喊魂拜天，这不明明是说你大林是我建斌害死的吗？建斌的门窗料生意做砸了，心气不畅，遇事爱发火。他正要大声斥骂：“你在我园里喊什么魂？”但他冷静一想，人家毕竟去了一条命，于是装作没听清的样子，换种口气问:“是哪个？这么晚了还在喊魂？”

冬姣如梦方醒，喊魂找错了地方。她清楚，大林的死与建斌与国林秋兰没丝毫关系，你在这里喊魂建斌肯定会有气。她本来胆虚，弯腰弓背跌跌撞撞地往二林家跑；推推门，已经闩了，也不敢喊，只好猫在窗下。建斌的拖拉机开过来了，冬姣怕发现，幽灵样从前檐窗下转到后檐窗下。

二林两口子在谈话。

月英：“你妈干这种事，真的缺德，建斌不喊，怕会守一夜。”

二林：“妈和这两家合不来，你管她。”

月英：“你说，这种心肠的人和谁合得来？”

二林：“睡吧！睡吧！都快十点了。”

冬姣看见房里的灯灭了，两眼还贼样盯着瓦厂地国林、秋兰坐的地方有没有动静。

过了一会儿，听见月英在骂二林：“没点死用，肠子样。我讲你娘缺德，你没点死用搞不进，别人想搞又吵场合。”月英也看出国林和秋兰晚上来瓦厂地的目的。

二林哭了起来：“我真的该死，来又想来，一上去就不行了，全身都是软的。”

月英也嘤嘤嗡嗡地哭：“我嫁给你有什么用啊！亏你妈还造谣说国林不行，真正不行的是你。”

冬姣听到这里，忍不住哭了，但不敢哭出声。等建斌的拖拉机开走了，她才捂住嘴巴鼻子回家。

受了惊吓的国林再没兴趣，更谈何激情，冬姣和建斌走后，秋兰又抱紧国林，鼓励他重整旗鼓杀上战场，然而国林的工具再也无法抖擞精神，甚至抱秋兰的手也软绵无力。两人爬起后，经瓦窑、田间绕道回家，双方不仅没有沟通，国林留给秋兰的反而是一个猜不透甚至是猜错了的谜。

二林渐渐睡去，而月英睁大眼睛，无论如何也不能入睡。

葫芦嘴垄里那条长约三里的小溪把大大小小八个村子、两百来户人家穿起来，按当时的建制是个七百多人口的大队。月英的父亲唐海贵是个诚实厚道却又精明过人的山民。月英在嫁给二林前，有过一次痛苦的事实婚姻。

月英长到十七岁时，成了“葫芦嘴垄里一枝花”，来葫芦塘赶场也总有好多青皮后生在她屁股后面跟来跟去。唐海贵只一崽一女，儿子九斤灵活却有点浪荡；唐海贵回绝好多山外求婚后生，指望俊俏的女儿在本地找个刚强汉子管管浪荡的九斤，给自己撑起门面。月英十八岁这年，唐海贵看中小溪源头山崖下的复员军人袁书亮。袁书亮比月英大三岁；高中毕业参军入了党，刚退伍，人长得高大、英武；二哥是大队长。无论年龄、长相还是家庭背景都符合唐海贵的择婿标准。袁家也认为这一条垄地里只有月英能与之配对，自然就答应了。但袁家未下聘礼，海贵两口子一直不让他俩单独相处，唯恐女儿受损贬值。

1979 年，恢复高考的第二年，袁书亮参加高考被省师院录取。通知一来，月英一家且惊且喜。海贵特地从公社赶到葫芦嘴召集全家商议，主动提出不要彩礼，抓紧时间订婚，想办法拴住书亮。

月英清楚地记得，8月15日书亮接到入学通知，9月3日开学。于是两家商量在8月28日订婚。不外乎双方请了几桌客，让人知道月英将嫁给一个大学生。订婚酒结束后，唐海贵去公社食堂炒菜做饭前，交代老婆开学这几天让书亮住在家里，要她好好款待即将上省城读大学的乘龙快婿。老婆当然照办。

8月29日下午，月英对这个日子刻骨铭心。日头刚滑下西山头，整个村庄已笼罩在浓重的山影里，其实还很早。月英洗过澡，披头散发，穿一件短袖汗衫和短裤在闺房里折叠当天洗过晒干的衣裤；她站在衣柜前就着穿衣镜看自己曲线分明的腰身、白里透红的肌肤和姣美的面容。正看得出神，去村前小溪里洗澡的袁书亮回来了。他站在门口，上穿一件部队的黄背心，下身是紧身短裤；经过严格军训的臂肌一股一股，厚实的胸肌将背心撑得绷紧；整个地比平时更显得精神英武。

两人头次以这样的装束见面，双方都有点不好意思。

“洗澡回来了？”

“嗯！”书亮用手拂了一下寸发。

“冷不？日头落山了。”

“不冷，还很热，爸妈他们呢？”

“浇菜去了，刚走，要天黑才来。”

书亮两眼盯住月英高耸鼓胀的双乳，月英不好意思低了低头却看见书亮撑得老高的短裤裆。月英不免有点紧张，打了个寒战。书亮拉了拉她的手：“哎呀，手都是冰冷的。”这一拉，像突然接通了电源，两只手紧紧地绞在了一起。书亮的另一只手已搂住月英的后腰，月英没拒绝，倒很沉醉；书亮搂腰的左手暗暗使劲，右手慢慢探进月英的衬衫，轻揉她的乳房，完全是个行家里手。月英控制不住，先自仰倒在衣柜边的床上，示意书亮闩好房门。

“真的来？”书亮插上门返身回来问。

“……”月英双目微闭喘息着。

书亮两手同时抚摸月英的双乳，却又补一句：“就怕你怀孕。”

“就怕怀不上。”月英想起妈说过要设法拴住书亮的话，这不就是爸妈暗示的好法子吗?

“还不能怀，到时，我有办法。”

谁知，干柴烈火，一发而不可收。开学前三天三晚绞在一起反复操练。从羞羞答答默默享受练得张扬不桀畅快呻吟；从手忙脚乱练得技巧翻新。每逢关键，两人抱得更紧，把书亮的方案一举粉碎。

当月英发现自己有了身孕，写信向书亮报喜时，书亮在学院已有新欢。具备军人素质的书亮处变不惊，他回来了一趟，劝月英立即处理，不然会影响他的学籍。谁知把这个孽种弄掉后，书亮不仅不承认和月英有过亲密接触，反诬月英行为不轨；唐海贵不服，闹得全垄皆知。书亮的两个哥哥都骂书亮不是人，但未能挽回发生质变的婚姻，月英的身价一落千丈。有的后生想趁机捡便宜，唐海贵为挽回面子，偏偏开高价。五年后，月英落入忠茂的圈套——生理上坏了名声的月英嫁给了身体上坏了名声的二林。

月英想起这事好伤心，那时不该要，偏偏一碰就中；现在想怀，二林偏偏没用。自己也曾想过，恐怕真要去打三林的野食捞三林的外水，但父母告诫自己一定要守规矩。嫁到葫芦湾后，自己没穿过短衣短裤，外衣的扣子也扣得严严实实；结婚那晚，先是发现调包和衣而睡，接着大林陡然出事，两人都没心思。之后一连六晚都没任何动作。第七天，二林陪月英回娘家，月英躺在曾与袁书亮疯狂过的床上，现在一想起失去良心的袁书亮就恶心，觉得与二林的第一次不能在这张给自己带来耻辱的床上做。第九天回到葫芦湾，月英扯灭了电灯才脱外衣外裤，拱进被窝；她没主动挨二林，直到天快亮时，二林才趴在自己身上动作了一阵，却无能为力。但她没责怪二林，一是以为他还不会；二是可能还笼罩在大林不幸的阴影里没有心思；但之后的百来个漫长的夜里，月英发现二林是真正的性无能。二林很想来，所有的程序不仅懂而且很熟，有时每晚往自己身上爬两三次，但那工具像一支软绵绵的毛笔在窝旁绕来绕去写不成字，偶尔也能勉强竖起但不等进去便一泻如注，二林立即像一只倒地的布袋，软屎邋遢。一觉睡醒，看见田螺不得肉出，面对性事，双方都已心灰意冷。

有时，月英的心也有点野，自己应该“打野食、捞外水”，但一想，不行！一是担不起坏女人的名声。二是葫芦湾的女人一个个嘴巴子厉害，手脚强劲，打起架来都有两下子，对丈夫盯得紧。男人来找二林结账，开证明，都是前脚走，后脚跟；坐下了，口上和自己讲奉承话，眼却盯了自己的身子又盯自己的脸。月英受不了这别有用心的恶毒眼光，只好默默地独自走开。心里暗骂：你们别死心烂肺，我没这么下贱；你们的男人长不像冬瓜，短不像南瓜，我还看不上眼。可是看得上眼的国林和建斌又偏偏不看自己。两人都还没结婚，国林的对象秋兰比自己年轻，比自己漂亮，心眼也灵；建斌比自己小三岁，人家还要讨亲，我又怎能坏这个良心。

月英认命，头一个男人坏了良心；看准了高大威猛的三林却不能如愿；身边躺着的是没点死用的麻秆二林。

想到这里，有过疯狂性事经历的月英经受不住性饥渴的煎熬，把二林抱在自己身上疯狂撩拨强迫行事。可越这样，二林越紧张；越紧张就越不行，那个东西往日还能强打精神在窝边骚扰几下，今晚还没动作就放了哑炮。月英骂道："越来越不像话了！"二林无力地滚下来，愈加自卑："我真的该死，你这样我很难受。"月英哭起来："我前世造了孽，这件事都不能办，嫁给你有什么用？"二林打起勇气说："我明天就去看医生，明天就去吃药！"月英说："你治不好，我就嫁给三林，还有，再也不要你妈来做饭。"

月英心里惦记三林，但真要嫁给三林却不是件容易的事。她也知道，除了自己的名分，还有来自忠茂一家，娘家和社会的压力。"嫁鸡随鸡，嫁狗随狗"，都是要认命的。现在唯一的希望还是二林能治好性无能。

六、婚变墟场

次日，月英陪二林在葫芦湾医院走来走去，走了两个钟头，始终没勇气去开药方。两人退出来站在门口树荫下商议决定，等看病的都走了之后才进去。然而等到吃午饭下班了，两人还是没勇气进去，只好互不搭理，溜出医院来到墟场。

二林和月英在墟上交通饭店门口看见冬姣和头发梳得溜光的发梅在一起嘀嘀咕咕。

冬姣兴致勃勃地在和发梅谈昨晚的事。

发梅问："你真的看见了？"

"这回比上回还看得清楚，是我赶开的。不过没关系，就那么大一点点。"冬姣翘着小指头，"肠子样，没用！"

发梅像吃了火药立即跳起来："好呀，我马上去，这一去，我非得要国林脱下裤子看看。"

冬姣忙打岔说："今天不能去，你今天去，明显是我说出的，哎呀，妹子啊！我为你家的事操了好多心啊！"

发梅问哪天去。冬姣说等等。发梅说那要等多久。冬姣蛮有把握地说多则三天，少则两天，这件丑事就会传遍全村。下墟去吧！你放心，捆在一起也没用。这下，秋兰知道是这么回事也就死心了。我们呢，见人就宣传，我们要做好事，这件事都不能做，钱再多有什么用？

冬姣像大功臣似的在墟上陪着发梅摇来摆去，两人谈得眉飞色舞。突然，看见建斌开着拖拉机过来了，想起昨晚先是建斌吵自己的场合，后蹲在窗下又挨月英的骂，心里憋气，就越想把事往烂处搅。她神秘地对发梅说：

“喂，妹子，刚才说的那事，你建斌也知道，不信，你问他。发梅却愣怔了一下说这事怎好问？冬姣疏导说：谁叫你直接问，拐个弯嘛。唉，告诉你，建斌车上那长得最漂亮的妹子是你媳妇，坐在她旁边的是她妈。”

建斌被忠茂整回家后，她劝建斌别自卑，不就是一个民办教师嘛！接着设计揭穿了忠茂与黄洪武的鬼把戏促使黄洪武自首。建斌给供销社推销家具顺风顺水，她高兴，说这比当老师好；门窗料生意做砸了，巧英劝他别丧气，农民种庄稼也有失收的时候，路还长着呢！建斌见巧英对自己如此钟情，善解人意且聪明灵巧，心与巧英就贴得更紧了。觉得自己应该使劲赚钱，活得像模像样才对得起巧英。从此，除给工班拉卵石外，还起早贪黑出车，替人拉货。每逢赶场都在葫芦嘴山下接巧英村里的大嫂姐妹把她们的木板椽皮免费带到墟场。

发梅见巧英长得果然漂亮，满脸笑成一朵花。她追过去大声喊：“建斌——”建斌见是发梅，没理，更没停车。发梅扳住车沿，两眼笑眯眯紧盯着巧英跑。沿街的人都为这个头发梳得溜光的老女人的奇怪举动发笑。跑到木材市场，发梅已是大汗淋漓。建斌还是没搭理，只给巧英他们下板子、下椽皮。姑娘大嫂们需吃力才能搬动的板子到了建斌手上就像掂起一根扁担。姐妹大嫂们纷纷对巧英说，总是麻烦你的建斌，真不好意思。建斌说没关系，顺道来。她们便认真地说：“巧英，你出嫁时，要喊我们来送亲。”巧英娘听了眯眯笑。湘南风俗，闺女出嫁时送亲，都是主家亲自上门请，被请的觉得脸上光彩，得准备像样的送亲礼物。姑娘大嫂们如此说，意思是记住了建斌的情。当岳母娘的焉能不高兴？

巧英娘正眯眯笑时，发梅以命令的口气叫建斌过去！她耍赖放泼得逞后，认为谁都不是自己的对手，很有些自我陶醉自我欣赏。建斌脸朝拖拉机，理都没理。发梅只好自己走过来问：“秋兰昨晚在哪？”

建斌冷冷回答：“在家！”

“真的。”

“不信算了。”

发梅知道问不出结果，以命令的口气要建斌转告厚友两口子，国林想讨秋兰，日头从西边出。她还学着冬姣的手势，不知羞耻地张扬：“我秋兰绝不会嫁给卵子只这么大的男人。”

建斌恼怒地用摇手猛敲了一下拖拉机的车厢，吼道：“你晓不晓得丑？”

发梅的不知羞耻惹得周围的人发出一阵哄笑。人越聚越多，顿时围了一大片。这时，一个络腮胡子男人用铳管挑着一只野鸡过来指着发梅骂：“墟口众众，不知羞耻！”

发梅也不示弱：“关你什么事，秋兰是我女儿，她敢进国林家一步，我躺在国林床上不得走。”

那男人又骂道：“发梅你个烂货！再讲，我要剐掉你的衣服让你示众。”

发梅怕了，她知道，世界上有吃生米的就有吃生谷的。但她还是嘴硬，回那男人：“关你什么事？我还要告诉世上所有的姑娘都不要嫁给国林。”

那男人一把抓住发梅真的要动手，巧英上去扯住喊：“爸，看在建斌面上，算了。”

这个男人叫袁贵平，他与发梅一个在葫芦嘴小溪源头山崖下，一个在小溪水尾葫芦嘴，相距大概三里的样子，两人彼此闻名但并不相识。发梅这才知道这是葫芦嘴垄里有名的猎手，打獐打麂打野牛打最怕打的野猪，几乎弹无虚发，经常来葫芦塘卖野味。同时也知道国林是猎人老婆的侄子。

建斌上去，给巧英爸递上一支烟，不好意思地喊了声叔叔。

袁贵平这才罢手但不解气，左手指着发梅：“我不怕你脸皮比野猪皮还厚！”说着，单手举铳朝天“嘭！”地放了一铳，惊扰了葫芦塘整个墟场。发梅被吓得脸色煞白落荒而逃。

巧英娘把巧英拉到一边，轻声告诫道：“巧英，你都看到了，哪怕世上的男人都死光了，我也不准你往火坑里跳；建斌我说不出半个丑字，摊上这样的娘，你一辈子不得安心，我们也会跟着受气。”

巧英解释：“妈——我又不是跟她过日子，她早和建斌爸离了婚。”

袁贵平过来说：“离了婚还管这事，更不能跳；我看她是个倒灶头的。这些话哪说得出口？”

巧英娘又补了一句：“说一不二，决不让你往火坑里跳。”

七、糊涂的厚友

发梅和巧英爹吵架的事传到了葫芦湾，德仁一个劲向厚友赔不是，厚友口上说没关系，但心里结着疙瘩。

国林的婚姻像一副沉重的磨盘压在厚友心上。原先还有人给国林做媒，自发梅在墟口众众宣传后，再没谁给国林提婚。不但如此，国林还似乎成了怪物，一出现在公众场合，就有人交头接耳指指戳戳，使得国林不敢出外，在家里都不敢抬头。

厚友起了几次意要去妹夫家走一趟，但七事八事没去成。

年过得沉闷，转眼又到了鸟语花香的阳春三月，很多人都穿单衣了，可厚友早晚还披着棉袄，眼中依然是秋风肃杀的景象。抡斧扯锯推刨子不像以前那样虎虎生风，画墨往往出错。他想，再不能耽搁了。

这天，他打扮一新，手握一杆烟管从村里出来，拐上村道。他走得很慢，在出村两里的岔道口突然站住，眼盯着地上爬行的蚂蚁，一副心事重重的样子。如果不是碰上三林，说不定会往回走。

三林穿件背心挑一担劈柴，葫芦坪的罗兰钗手上挽着三林的外衣。

厚友站住，借装烟的机会打量着：三林越来越像国林了。他虽对忠茂恨之入骨，但从三林身上找到了慰藉。

厚友所站的岔道口是简易公路一处宽而平坦的地方。厚友不由得喊道："三林，歇歇气。"出于尊敬和礼貌，三林放下担子喊了声姑父，并向罗兰钗介绍道这是我姑父！兰钗认识厚友但不知道厚友是三林的姑父，也礼貌地叫了声姑父。三林又告诉厚友说兰钗在煤矿上过磅，今天一起下班。

三人站在坪里礼节性地扯了阵。三林和兰钗得知厚友要从这岔右手走山路去葫芦嘴。厚友用手提了提三林的柴担，说发狠做事是对的，但也要注意身子，下井够辛苦的，往回还挑这么重的担子。三林回说："姑父，你不是常说井水挑不尽，力气用不完，我没文化，没手艺，只能干点力气活，在矿上是做大工，装巷顶，不累。"厚友乐呵呵地颂奖三林，勤俭得来快活吃，力气钱是本分钱，长久！却又嘱咐他千万注意安全。然后叫三林带兰钗去他家坐。整个一位父亲对儿子的慈爱与关怀。兰钗的眼神在厚友和三林脸上身上不露声色地扫来扫去，然后把衣服披在三林身上，嘱他别着凉。三林笑着把衣服依然递给兰钗，给厚友打声招呼挑着柴担走了。厚友猛然觉得兰钗和三林也许好到相当程度了，那情形就是恩恩爱爱的两口子。兰钗长得粗壮，但并不难看，与高大的三林倒也相配。

厚友提醒自己不能往回走，而且加快步伐一口气到了葫芦嘴山崖下他妹夫袁贵平家，而且一见面就提他在路上碰上了三林，还带着个姑娘，看样子是他媳妇。月英的两次婚姻在葫芦嘴这条垄地里闹得沸沸扬扬。尤其是后来这次，看好的老公被调包的故事传出许多笑话。厚友一提三林，贵平自然知是和月英相亲、定亲、接亲，接回家就没份了的那个三林。厚友没心思讲笑话，只说三林虽没娶成月英，可很快又有了对象。

过了会儿，两人上桌喝酒，厚友又提三林带姑娘的事时，却是一副忧心忡忡的样子。贵平终于悟出妻兄是担心国林的婚事。厚友说："国林今年都二十三岁了，要模样有模样，要块头有块头；论家底，在全葫芦塘都可以一比；二林那尖嘴猴腮的样子，靠坑蒙拐骗娶上那样标致的媳妇，虽说不是黄亲，但配二林是绰绰有余；如今，三林也找上了，可国林和秋兰，本是铁板上钉钉的事，让发梅踩翻了船。后来说那几个，眼看拢了，一听这事又黄了。唉！国林的婚姻就像我们葫芦塘旱天等雨，好不容易看见回龙山顶罩了乌云，可未见雨花，云却不明不白散了。"

贵平的心情也很沉重。他问雄健他们说了亲没有？厚友说也没，同根和雄健年纪比国林小，冬旺怕忠茂家报复，在外流浪不敢回家！又转过来问妹夫和发梅在墟上吵架的事。贵平说那天我真想放发梅她妈的一铳才解恨。巧英娘把情况如实说了一遍，又说巧英是无论如何不会准建斌了。

贵平听了更是有气，说他建斌几时来提过亲？谁答应他了？巧英娘认真地说他俩自己同意的，那天在墟上你不是看见了！建斌墟墟给巧英她们拖木板椽皮。贵平摸一下络腮胡子，眼睛鼓起嚷道，山崖下还没兴这个头，我不开口，哪个敢！

厚友这才向贵平说明此行的真正来意。他说，妹郎，我们也二十多年的交情了，我厚着脸皮说件事！袁贵平是爽快人，要厚友直说！厚友沉吟了很久又摇头，不好开口。袁贵平急了起来，老大，你要借东借西直说，只要我有。厚友这才鼓起勇气支吾了一阵亮牌："如果巧英真的不准建斌，我想兄妹开亲！"袁贵平万万没想到是提这事，一时不知怎么回答。厚友更是说不出的尴尬，支吾道："我和德仁也是几十年的交情，抹不开面子，但这怪不得我。"

贵平终于接过话题，说："德仁那边倒不要紧，是他家先反悔对不起你；巧英放在老大家，条件比德仁家强，可表兄表妹——这，怕影响后代。"

厚友后悔失言，筷子在碗里夹，夹了很久也没夹上一点菜。贵平后悔自己嘴太直，太快，忙夹一块干麂肉放在厚友面前："老大，我的嘴直，你莫怪！啊！"

厚友说，这他也有过顾虑，可一想，唐朝的罗成，还不是表兄表妹结亲，养出的儿子还带兵打仗当元帅呢！就不知巧英愿意不愿意？

贵平因前面失口自责，这次显得很自信说："这由不得她，德仁从没向我提过，建斌的模样就上次在墟上看了一眼。"厚友显得无可奈何："我确实是没办法才走这条路，总不能眼睁睁看着国林娶不上媳妇。再说，巧英在葫芦湾住了好几年，和国林也是有说有笑的；建斌又摊上这样的娘，巧英不会没想法。"

眼看越说越真，贵平心里又有了顾虑，但他不开口，只一口一口抿酒。抿了好一阵，还是忍不住："老大，别的都不说，那事是造谣的吧？要真是那样，就亏了巧英。"

厚友如释重负："妹郎，绝对没这事，我还不知道？全是冬姣婊子黑心。她两口子什么歪灾主意想不出，什么缺德的事也做得出。"

八、冬姣一把锁

冬姣见三林带兰钗来家，高兴得不得了，走起路来，手往上甩，屁股往高颠。她叫忠茂杀了一只鸡，像模像样地做了一桌菜；吃饭时，拿腔拿调叫：“四林、五林，你们给嫂子夹菜！”搞得兰钗满脸通红。

冬姣真算得上顶尖级开拓进取型人才，她抓起两只鸡腿一只递给三林，一只递给兰钗，说：“这只鸡是专为你们杀的，两口子一个吃只鸡腿！”兰钗一听这话脸色立刻变了，放下筷子，起身要走。三林把碗一蹾骂冬姣嘴巴乱诳，人家兰钗是顺道来玩，我们没谈这事。连忠茂也骂冬姣开玩笑没分寸！

兰钗放了碗，她的食欲全被冬姣败了。三林也放了碗，带兰钗去了自己房里。大林走了，二林分了，这间房三林一人住。

三林、兰钗前脚进屋，冬姣后脚就到，将门轻轻扣上，挂上锁“咔嚓”一声锁了。

兰钗和三林两人爱开玩笑，在煤矿上经常逗得大家肚子都笑痛。

兰钗说：“‘盖半省’真是个人才。”三林说：“她算什么人才，自屎不臭，田螺不知自己屁股扭。”兰钗说：“你妈价值大呢！二林和月英好比武大配潘金莲，她能捆拢；国林和秋兰算得上天仙配，她能拆开；我刚进门就嫂子、两口子的话也喊得出口。听说派出所正在调查你和你妈合伙拐卖妇女的事。”三林知道兰钗说拐卖妇女的事指月英，但他偏往兰钗身上扯，说：“我妈想媳妇想得甚紧，是和你开玩笑，怎么就是拐卖你？”兰钗拍着胸脯说：“我不是妇女，我是正宗的黄花妹子。我是说你们拐卖月英。”一提月英，三林脸色变了，说是自己害了嫂子。兰钗则开玩笑要三林好好关心嫂子，她的日子难过！

三林不再说话，两人沉默着。

兰钗见天色已经不早提出要走；三林也不留，起身开门送客；不料门拉不开，他以为是谁扣上了，喊四林过来开门；四林过来将弹子锁拨拉了一下说，三哥，锁了！三林知道是冬姣锁的，这种事只有她做得出。他要四林去叫冬姣。

四林倒是听话，他先去娘屋里找，不见；又去猪栏里看，也没有；四林赶到菜地里，冬姣在那里东瞧瞧，西望望，屁事没有。他叫娘去开锁，说人家要回去了。冬姣装聋卖哑问开什么锁，然后蹲下身子假装拔草。四林老实，不知转弯，只好回来如实告诉三林。三林没法，叫四林拿根篙子过来。四林真的拿根篙子过来，问篙子放哪？三林要他架在楼上窗口，然后牵着兰钗的手上了楼。这时，日头已跌入西山，夜色已悄然降临。三林不好意思地笑着问，这么晚了还敢走？兰钗要三林送。三林说要不，你在这睡算了。兰钗微笑着摇了摇头。三林朝下面喊四林扶稳篙子。兰钗来到窗口摸了摸篙子喊怕。三林说你不是讲你爬树很厉害吗？来，我抱你上去！三林抱住兰钗，兰钗还是喊怕，反而抱紧了三林，两人越抱越紧。四林在下面喊，下吧，我扶稳了。三林要四林把篙子抽开，她不敢下。兰钗像个布娃娃样躺在三林怀里，头在三林胸脯上直拱，低声而羞涩地说：我不想回家了，他们骂就骂！两人互相只摸了两下就抱在一起了。

完事后，三林笑着说，这次，我妈是拐卖黄花妹子。兰钗说这方面你妈真的是“盖全省”。

第六章

一、一对“宝贝”

二林从郴州市人民医院不孕不育中心检查出来，很高兴地告诉月英，他的病采用中西结合完全可以治好，只是时间要长点。月英又问要多长？二林说半年之内。月英叹了一口气：“我们结婚都一年多了，公社和大队都换了名字叫乡叫村了，我俩还没改名。半年之后还不一定。”二林说，半年不久，只有一年的二分之一。

两人在医院门口站了会儿，准备吃午饭。

医院门口有块停车坪，坪里围满了人，里面传出尖厉的口哨声。二林以为是个卖老鼠药的，葫芦塘墟场上那个卖老鼠药的总是吹口哨。

口哨声响过后，里面传出打官腔的叫卖声：“嘿！好药！本人一不卖棉花摁伤的药；二不卖冷水烫伤的药；专卖祖传秘方养崽药！祖籍江西蔡氏养崽专药！百发百中，无效赔款！”

刚从医院不孕不育中心出来的月英碰上卖养崽专药的，觉得这是个千载难逢的好兆头，牵着二林往前挤。地摊上摆着一块白得发黑的布。上方写着：祖传秘方，养崽专科；下方写着：服药三天后，养女的管子关闭，养崽的管子张开；左边：夫妇同服，百发百中；右边：依祖训，每月限治三对夫妻。一男人凑上去问：“蔡师傅，药呢？”卖药师傅从身上摸出一个里面装着黄色粉末的青霉素小瓶子，高举过头又喊：“江西蔡氏养崽专药，八种珍稀草药配制。”那男人问多少钱一瓶？卖药师傅说每瓶六十,三百块包生胖崽娃。男人要求看看。卖药师傅爽快地递过一瓶药，看吧！买个烧饼还要看厚薄呢！那男人看了看闻了闻要求价格低点。卖药师傅又吹嘘这草药稀少，一年只能在中秋节前后三天内上庐山的五老峰、衔鄱口、三叠泉和险峰口四个地方采下的八种草药才有效，一种草药不齐就白搭，现在总共只有六小瓶了。那男人将信将疑说就怕没用。卖药师傅却不急着卖，又喊："相信的付款拿药，不信的另请高明，卖完这六瓶，过了今冬等明年，还得中秋以后。"

那男人赶紧从师傅手中拿过瓶子。

二林和月英正往前挤要看个究竟的时候，一胸部扁平的女人手托一块白色手帕递给月英看，手帕上写着"摘环"二字。她凑过来问月英，嫂子，摘环吗？月英摇头。月英身后有个女的却挤上来接头，两人低声讲价。胸部扁平的女人要价五百，可去旅社，也可上门服务；客户还价四百，要求上门服务；胸部扁平的女人要四百六十八；客户减了二十，讲定四百四十八，说"事事发"。两个女人相跟着走了。

等二林和月英挤进去，卖药师傅已和那男人成交。为保险起见，那男人六瓶全要；卖药师傅也气概，只收五瓶的钱，那一瓶相送，反正这一瓶也不起作用了。那男人把药揣进口袋，卖药师傅准备收摊，打着拱手向观众打招呼："各位朋友，各位用户，今天没货了，有要订货的请拨打电话：5454554。这电话很好记，叫无事无事无无事。"

卖药师傅的滑稽逗得众人大笑不已。那男人似有所悟，问："你不是说要等明年中秋以后才有货吗？"卖药师傅说是订明年的货。

月英眼尖，她首先看清卖药师傅是个半边驼，她叫二林看，说那卖药的好像是我们村里的，叫冬什么。月英嫁过来没多久，冬旺就被满林打跑了，因他是驼背，样子长得怪，还依稀记得。二林一看，惊奇而失望地"啊"了一声，卖养崽药的是冬旺！

那买了药的男人很荣幸地向二林炫耀，说蔡师傅是江西来的，药是庐山采的。

二林听了，"嘿嘿嘿嘿"神秘地朝那男人笑。那男人见二林笑，开始起疑。只见二林挤过去踩住冬旺的布摊："冬旺，还打官腔了。"冬旺一脸惊慌，话不回，摊不收，扭身就走。那男人问二林，你认识他？二林说怎不认识？我们村里的，还江西庐山，祖传秘方呢！骗人的。男人听说受骗，连呼上当叫喊抓人。众人幸灾乐祸大笑起来。

冬旺挤出人群后不敢往大街上跑，窜进小巷。那男人追进小巷；冬旺苦于驼了背，跑步像鸡啄米似的，速度不快，小巷还没过完就被那男人追上一拳打倒在地。冬旺答应退钱也不行，我非得把你抓进派出所不可，不能让你再害别人。

就这样，冬旺被那男人扭进了派出所。也是怪，冬旺在派出所门口碰上那摘环的女人。冬旺喊道："国花，你也被抓住了。"叫国花的女人却嘻嘻笑道："我碰上了便衣女警。"

二、巧英抗婚

巧英知道爹和娘将她许配给表哥国林，一时蒙了。她睁大那双好看的眼睛审问娘是谁的主意。巧英娘就把厚友他们谈话的内容复述了一遍。巧英立即和爹吵起来。袁贵平生有两子一女，两口子视巧英为掌上明珠，别看袁贵平在厚友面前大话连篇，巧英一吵，他慌了神。其实巧英也不是吵，她是审问爹考不考虑她的后代，都什么时候了，还表兄妹结婚？袁贵平用厚友的话回答巧英。巧英说那是古书上讲故事，现在要信科学。袁贵平也有些后悔，但话说出去了，往回收又不好意思，山里人视信誉如同生命，答应的事是不能改口的。巧英娘却说没那么多科学，国林高高大大，你身体健康，还怕生不出好娃。巧英责问娘："我和建斌谈对象你是知道的，对建斌你也很满意。我嫁给国林，建斌怎么办？"娘说："我知道你心里惦记建斌，但娘墟口众众发过誓愿：哪怕世界上的男人都死光了，也不往'火坑'里跳！"巧英又责问娘："建斌家是火坑，就算我嫁进国林家的天堂，可我天天看到建斌那个火坑，日子怎么过？我告诉你，这辈子除了建斌我不嫁。"

巧英娘的嘴巴厉害，巧英比娘更会拿理。可巧英娘怕她的侄子国林讨不上老婆，哥家无法传宗接代，于是就国林家房子呀钱呀，又是舅母又是婆婆一重篱笆两重亲呀，尽拿这些优势和建斌的劣势比。巧英呢，只两句话把娘堵得目瞪口呆："你不是说会选的选娃，不会选的选家吗？国林这好那好别的姑娘不要了就逼我去做试验，去当牺牲品。"

这句最具杀伤力的话，让贵平两口子目瞪口呆，开始忧虑重重。要当真如此，那就害了女儿一辈子。因此，厚友几次催妹夫和妹妹张罗订婚，贵平吞吞吐吐要求缓缓，兄妹开亲别搞得那么复杂，订婚结婚一道来。实际是巧英不肯，贵平两口子也有顾虑，可又不便说透借口搪塞拖着。

厚友和妹夫贵平开亲的事自然也传到德仁和建斌耳中。德仁觉得是秋兰不能嫁给国林引起的，根子在发梅和冬姣两个卖 × 婆身上，一方面恨死了发梅和冬姣，一方面觉得这辈子无法偿还厚友的人情债了。厚友两口子替他带大秋兰和建斌，德仁一直心存歉疚。厚友一家喜欢秋兰，秋兰能给国林当媳妇，不仅日子好过，自己心里也好受些。这样一来，人情债没法还了，说不定还会打冤家。德仁大门不出二门不迈，整天窝在黑屋子里。建斌以为父亲是因为巧英变卦悔婚怄气，他劝父亲别这样，我哪方面都不如国林哥，自己要知趣，要知道珍重自己。再说国林哥被冬姣她们羞辱得不像个人了，姐和他结不成了，别的姑娘也不肯，厚友姑父一家是没法子，巧英爸妈也是不得已了，我们千万别对他们有看法。

怎么会呢？德仁是厚道之人，他还担心儿子想不通，现在儿子这样劝自己，德仁的心情轻松多了。他撑起身子吞吞吐吐地问建斌："冬姣她们说国林那事是造谣吧？"建斌大骂冬姣缺德，说根本没这回事。

国林性格本来内向，在舆论压力下已经麻木，除了机房和木工房，他哪也不去。对自己的婚事已非常淡漠，听天由命。

巧英和国林的婚事拖了好几个月，不但没进展，两家的关系也显得疏远甚至有点紧张。

这天早晨，袁贵平和老婆带上巧英一起去葫芦塘墟上赶集。他守了两晚夜狸打到一只麂牯。往日，贵平每逢打到野味，准会叫巧英带上一腿或几斤肉送到葫芦湾舅家。但这次没，三个人直接去葫芦塘墟上赶集卖麂肉。如今，麂是稀少的野物，麂肉味道鲜美。贵平扛着一只三十多斤的全麂刚到葫芦塘墟口就有个贩子要全部买下。贵平不肯，他得留下麂脑壳和一条后腿。贩子同意了，贵平当即把麂子挂在墟口的一棵树的枝丫上，拔出尖刀沿麂颈轻轻划拉一圈，再在麂的四只脚跟各划拉一圈，然后从肚皮上一刀捺下来，只几分钟就剥下了麂皮。然后割下带毛的麂脑壳，卸下一条后腿。剩下的那贩子开价两百，贵平也不往高要，让他买走了。

袁贵平把麂脑壳和后腿放进蛇皮袋，带着老婆和女儿直接去了葫芦塘医院。他说近来老睡不着觉，要去看病。

袁贵平听说国林的病是葫芦塘医院退休的老中医袁世奇医好的，他和老婆打了商量，决定问问袁世奇老医生，国林的病会不会留下这种后遗症。麂脑壳和那条麂后腿就是送给袁世奇老中医的。两口子还说好了，若老中医真这么说，巧英是不能嫁给国林的。

袁贵平先是试探地问袁世奇老中医是不是治过那种怪病，然后才问他还记不记得刘国林这个人。袁世奇老中医不但说去年春治过这种病，而且后来才知道国林是厚友的公郎。厚友是方圆十里有名的木匠，谁不知道？当袁贵平问起担心的事时，老中医抚摸着一口银白的长胡子笑道："不但不可能有那种情况，治好后这方面还特别要得紧，特别厉害。"

袁贵平反复问了几次，袁老中医认真起来，说如果不是这样，用粪扒刮我的鼻子。

袁贵平这才打开那个蛇皮袋，给老中医看了看里面的麂脑壳和一腿麂肉："袁老中医，感谢你成全了一段婚姻。"

从葫芦塘医院出来，娘悄悄地而且很艺术地把丈夫从老中医那里问到的情况说给待字闺中的巧英听，巧英被羞得满脸通红。

自厚友向巧英爸提婚后，巧英一直没来葫芦塘墟场赶集了，一是父母不准她赶集，怕她去找建斌，甚至干出有伤体面的事。二是自己没心思赶集，但她时时刻刻惦记建斌。她通过村里赶集的姐妹大嫂得到不少有关建斌的消息和动静。起先三墟，姐妹大嫂们的木板椽皮依然是建斌帮忙运到墟场上去的；她们向建斌提过巧英的事，建斌没说什么，只是难看地笑笑。后来再没看见他了，听说开着拖拉机去了县城跑运输。

说起来，建斌虽然与巧英只是两厢情愿地恋爱过，但他们的恋爱一直是半公开状态；两人很少接触，互相也没交换信物；双方的父母大人更没介入；建斌还一直为家境自卑。巧英钟情建斌已久，她从骨子里喜欢建斌，从相貌品格到胆量气质，并没因建斌的家境受任何影响。巧英是主动进攻型的少女，现在，建斌得知自己要嫁给国林已经去县城跑运输，他肯定恨自己，肯定会另有打算。那么好的后生，县里跑运输肯定很赚钱，钱多了就会当老板，城里好姑娘有的是，说不定建斌已经有了对象。经不住父母又哄又劝，厚友那头一催再催，巧英在没摇头也没点头的情况下就进了洞房。

三、婚伤姐弟

国林和巧英在农历十月初三结婚的消息是牛崽以惋惜的口气告诉建斌的。

在得知巧英将嫁给国林后，建斌觉得自己不能待在葫芦湾了。厚友两口子是自己这个家庭的恩人；国林是自己最好的朋友；与自己相爱多年的巧英嫁给了国林，自己在葫芦湾如何面对他们呢？葫芦湾的人如何看待自己呢？于是，他先是对牛崽说了自己的心思，想去县城跑运输，问他有没有门路？牛崽因为整天在客车上，与外界交往极少，没有这方面的人缘。接着给丁建平去了一封信，说了相同的意思，但没说巧英的事。恰好丁建平已改行搞建筑，回信叫建斌去给他拉砖拉河沙。

那天，建斌拉河沙在车站偶遇牛崽，得到巧英十月初三结婚的消息，鬼使神差的他向丁建平请了三天假回到葫芦湾。丁建平叫他回县时带一车杉板方卖给工地。

建斌开着拖拉机回家这天，正好葫芦塘赶集，也恰好碰上巧英那几个姐妹和大嫂。她们见了建斌互相看着都不作声，没说巧英结婚的事。过了阵，建斌向她们打听到唐海贵的带锯厂还在开，而且有杉板方卖。之后，她们才不好意思地透露说巧英平时那么聪明这回怎这么糊涂，表兄妹结婚。建斌却装作没听见只说明天或者后天去葫芦嘴拉杉板方。

建斌回到家里，借口太累，在黑屋子里睡了一天。第二天到瓦厂地看了看，发现瓦厂地与二林家的墙界又快平了，好像是故意搞平的，他担心二林往瓦厂地这边占，决定把墙界砌好。先天没砌成，巧英结婚这天还在砌。

建斌用一把宽大的链刮挖出大块大块带草的泥坯，再由秋兰一块一块递给建斌砌上。建斌告诉姐，“知青王”丁建平是大老板了，对他很好；拉砖拉河沙人虽辛苦点，但收入可观，眼界也开阔，县城有做不完的事赚不完的钱。自己准备买新车，新车好开挣钱也快。明年，也在这上面起幢房子，窄点就窄点。建斌还对姐说，所有的账都还清了，但标瓦厂那几百块钱给厚友姑父总不肯要，心里不是滋味。秋兰脸沉着，不作声。建斌这才发现自己这个时候不该提厚友。

午后时分，国林挑着床铺从村后公路过来，走瓦厂地旁边过时，偷偷看了建斌和秋兰一眼便匆匆进了村。稍后，村里传来一阵热烈的迎接新婚铺陈的鞭炮声。

秋兰和建斌两人都决意不去吃酒席，这个酒席怎么吃呢？去了那里还不让人看把戏。但窝在家里也不好，万一掌喜事的泽文来喊或是厚友亲自来请，怎样回话呢？建斌想起自己要去葫芦嘴运杉板方，叫秋兰随车去妈那里住几天。他怕姐想不开，劝她避避。秋兰默默答应了。

很快，接嫁妆的队伍也过来了，同根背着一架缝纫机，雄健挑着一担箱子，还有好几个或挑或扛其他嫁妆的。泽文带着鼓乐队迎住嫁妆，鞭炮声比原先更加长久而热烈。鼓乐齐鸣伴随着鞭炮声炸响，惊飞一群鸦雀，扑噜噜飞离古樟。瓦厂地周围的苦楝树叶纷纷飘落；苍茫的天空里一行大雁悄然南去；国林家门口田里一只公鹅伸长了颈项，头一动不动；等鼓乐齐鸣鞭炮炸响过后，公鹅把脖子弯下来又伸上去，拍打着翅膀长长地叹了一声。

姐弟俩触景生情，无限伤感，双双有种被抛弃的感觉，但谁也没作声。

泽文一直在关注这姐弟俩的动静。全村的青年男女中，他最喜欢建斌和秋兰。他把厚友拉过一边问他请了建斌和秋兰没有。厚友很难为情地说只对德仁说了，你看，这事怎好喊？泽文认为的确不好喊。厚友苦笑着摇摇头说做了件蠢事，不知该怎样面对他俩。泽文指着瓦厂地告诉厚友，他们在砌墙界，最好亲自打声招呼，来不来由他们。

建斌和秋兰收拾好工具正准备回家时，巧英在亲客们的簇拥下已过来了。姐弟俩怕劈面撞见，贼样闪进茶山。

鞭炮声骤然炸响，久久不停，鼓乐齐鸣，悠扬长奏。建斌缓缓站起，默立了一阵才低声喊："姐，走吧！"接着，两人又贼样溜出树林，溜上公路。上车，发车，开车，两人一直无声无息。拖拉机走到葫芦嘴山下，秋兰突然喊："建斌，停车！"

建斌踩住刹车，扭头问："什么事？姐。"

"我要回家！我恨死了发梅老猪婆！我，我——我不去啊！哇——哇——哇——"秋兰伏在拖拉机横栏上恸哭起来。

建斌说："姐，我不去不行，老板等杉板用，今晚务必赶回县城。"

秋兰仍然哭着："你——去，我——不去。"

"姐，你一个人回家，我不放心。"建斌怕姐想不通，出事；也怕她吵场伙。

"建斌！"秋兰停了号哭，但仍然抽泣着："姐——姐知道珍重，我——我哪也不去。就窝在自个屋里！你把车开稳。"建斌这才掉转车头，把秋兰送到村后公路上，又低声简嘱了几句再掉转车头。

车到葫芦嘴唐海贵的带锯厂，厂里没人。建斌开车来到唐海贵家，一问，唐海贵到乡里去了。他的儿子唐九斤带着建斌来厂里装杉板方。装车时，九斤要建斌带他去县城的建房工地做事。建斌说建房工地打小工才十块钱一天，你跟着你爸办带锯厂不是很好吗？九斤说他和爸搞不来，爸办爸的带锯厂，他做他的木匠活，今天是爸不在家他才过来装车。建斌说你这吊儿郎当的样子也会木匠活。九斤说脑袋瓜开窍的人一般都吊儿郎当，死蠢八呆的人他郎当不出。我学木匠手艺没正式拜师，但我站在老师傅面前一看就会了。建斌说你既然会木工，丁老板工地上需要装模的，工资比小工高两倍。如果包工，收入可能更高些。九斤高兴得不得了，吃完晚饭收拾好木匠家什带了几套换洗衣服就陪建斌上了路。

建斌要专心开车，一路无话。千不该，万不该，不该在葫芦湾后山公路上拐弯的地方熄火了。这里离国林家的房子不到两百米，透过稀疏的茶林可隐约看到国林家灯火辉煌。这时村里又传来长长的鞭炮炸响声。九斤问："你村里谁家讨亲，送洞房了？"建斌反问："你怎么知道这是送洞房？"九斤说："当然知道，现在正十二点，按规矩是送洞房的时候，不送洞房，谁会放一挂这样长的鞭炮？”建斌这才如实告诉九斤。九斤立即想起来了，噢，噢，听我姐姐说了是他姑家的女儿。却又补了一句，都什么时候了，还表兄妹结亲。建斌没心思把事情的原原本本告诉九斤，转换话题叫九斤给他打电筒，让他检查车子哪里出了毛病。九斤却什么情况都清楚，一五一十地说给建斌听，除了巧英曾与建斌热恋不知是不知道还是不说，连担心国林今晚会出丑的话都说了。

送洞房的鞭炮响过后，国林拉灭灯，但巧英复又拉亮了。

“睡吧！半夜过了。”国林说。

“你先睡，我还想坐会儿。”

“坐吧，我陪你。”

门外传来凤花的声音：“英子，休息吧！不早了。”

这时的巧英陡地多出很多顾虑。

巧英不但在想建斌，而且在想秋兰此时此刻在哪？在做什么？姐弟俩心里该不知有多难受。巧英还在想自己抗婚不成反落个“下贱”的臭名，今后国林会不会拿这抵口？还有，自己和建斌同村而居经常见面怎么好意思？更担心的是两人生出的孩子万一不健康怎么办？想着想着，巧英恨死了冬姣和发梅。

国林已铺好了床，而且又一次拉灭了灯。国林已不是当年与秋兰在瓦厂地上演习性事的国林，那次之后他看过不少这方面的书，有了相当的书面经验；壮阳补肾药吃足了的他体内岩浆奔流，决心要用现实粉碎谣言，已有些急不可耐；他两手迫不及待地抱住了巧英。巧英却又担心袁老中医的话是否可信？国林到底行不行？甚至想，如果是建斌抱着自己那该多好。因此，巧英任由国林抱着，不肯进入角色。

跪在公路上就着手电光修车的建斌分明看见国林房里的灯熄了又亮了，不久又熄了。

等建斌修了一阵，熄掉手电筒发车试开时，国林又拉亮电灯摸醒了已入睡的巧英。巧英睁大美丽的双眼看国林。国林说：“我又要！”巧英望着国林，不可理解的样子。

建斌的车只吼了一声又不叫了——车并未修好，他觉得今晚的脑袋特别笨，手也不听使唤，感到特别疲劳，老是找不到毛病，老是修不好。他拖来几大把稻草，和九斤依偎着想睡会儿，可是无论如何睡不落。他叫九斤去他姐姐家睡，可九斤不肯，还说他和他姐夫没什么话讲。其实，九斤是因为这么顺利地进城做木工，特别高兴也睡不着。于是两人坐起来抽烟闲聊。聊着聊着，九斤说，他原来想通过副县长李春才在县里找份工作。建斌问九斤和李副县长是什么亲戚。九斤说不是亲戚，但只要找到他，如果不答应，就赖在他办公室不走。建斌就笑起来，听你的口气，关系还很硬。九斤说，关系真的不一般。

九斤说："1980 年，李春才在葫芦嘴公社当书记，我的父亲在公社食堂当临时工友，我随父亲在公社中学读初中。先年，李春才在两个大队推行包产到组的试点，粮食产量大增。秋后召开会议，要求公社各大队全面铺开。1981 年春插前，县里把他作为资本主义复辟的典型停职反省。那段时间他没事干，我正好初中毕业没考上高中不肯回家在公社玩。李春才天天带着我去葫芦潭里钓鱼，钓到的鱼不论多少都放在食堂大家吃，有时太多，我爸就烘干。一钓钓了三个月。中午他懒回公社吃饭，总是我回食堂来拿。我爸尽量做他喜欢吃的鹅肉米粉和红烧猪脚或酸辣椒炒干鱼，再带一壶土酒。他要我陪他一起喝。我喝酒就是跟他学出的。反省三个月后恢复了职务，一有空还要我陪他钓鱼。1983 年调到县里前，要我有什么困难就到县里找他。"

说到这里，九斤又笑起来，说他这个人是有点吊儿郎当但安分，不想巴结当官的，如果想巴结，早就去找他了。

建斌觉得，九斤与李副县长的关系的确不一般。聊着聊着，两人累了，不知什么时候睡着了。

天亮了，葫芦湾的人陆续起床了，建斌才发现是油路不通——喷油嘴堵塞了，很简单很简单的毛病，却耽搁了半夜。他把喷油嘴拆下，从路边扯根草茎一捅，通了，装上，一发车，"吼吼吼"叫得欢快。

巧英已起床穿好上衣，该给亲客们舀洗脸水了。国林按住巧英又来了一次，巧英嘴上没说但心里清楚，共五次。国林骂道："我 × 冬姣的娘，造谣惑众。”但骂过之后，脸上流露出些许不安。

建斌肚子饿了，邀九斤去家里吃稀饭。形容憔悴的秋兰正在一五一十地捞饭，家里打扫得干干净净。姐挺住了，也就无须安慰，安慰反会勾起伤心。吃饱稀饭后，建斌对姐说，过段时间，他回来把鱼塘干了，鱼运到城里去卖。秋兰交代建斌，开稳车，碰上合适的就找一个，你看，二林、三林、国林都结了婚，兰钗肚子都蛮大了；我的事，你别放在心上，主要是你。建斌点了点头。

完了，建斌和九斤从家里出来路过瓦厂地边时，遇上出门挑水的月英。月英问九斤咋这么早？九斤说了建斌带他去县城当模工和昨晚与建斌在后山公路上过夜的事。月英叹了口气，但没责怪九斤，她知道九斤不喜欢二林。

四、下次生个保卫祖国的

这天，三林休班，起得迟点。兰钗仰躺在床上掀开被子，轻拍着圆鼓鼓的肚子喊："三林，你听，儿子在和你说话。"

三林真的把左耳贴在肚皮上听。兰钗问三林听见儿子说了什么。三林说儿子告诉我他妈长得漂亮。兰钗知道自己不漂亮，嗔怪三林："我只是腰粗点脸并不难看。看人主要是看脸，还看腰吗？葫芦湾的媳妇数巧英，姑娘数秋兰。"三林却说我嫂月英也可以。兰钗立即反驳，可以什么，一脸的黑斑；继而警告三林："嫂子就嫂子，我嫂月英，什么意思！我告诉你，二林吃了药还是不行，要不两年多了，还不下蛋？"三林说："谁像你？一碰就中。"兰钗说："那是你的枪法准子弹厉害，可别乱放；我问你，你向'我嫂月英'开过枪吗？"但她马上又说，"我知道，我的三林这方面老实，不像你爸，狗牯样到处骚。"

兰钗没说错，三林心里惦着月英，嘴上还说出来。月英结婚后这两年多里，探过三林几回口气，但三林觉得这样不行。他书读得不多，但礼义廉耻却似乎格外懂，这叫嘴怪心不花。因此，他叫兰钗要是不放心，贴张封条，盖上兰钗的私章。兰钗却说："封条不得贴，私章不得盖，相亲的事不怪你，但我看得出，月英见了你，眼睛流星槌样，你得站稳立场握好枪，珍惜子弹。"三林说："我立场不稳的话，我的枪你都管不住，还能管住子弹？"兰钗说："你别神气，只要一放枪，我就知道你走不走过火！"三林笑起来，说你布置的射击任务我都完不成，哪有精神打别个的靶？兰钗打了三林一拳，骂道，你娘魂的，古里古怪。

三林和兰钗是葫芦湾公认的一对笑星，在全乡也有点名气，只是文化素质差点，演艺圈还没人发现他们，新闻媒体更没推介，若这三点到了位，他俩可能并不比后来的赵本山、宋丹丹差多远。他俩开玩笑归开玩笑，从不认真；夫唱妇随，苦做苦吃，这样的玩笑常开常新，日子过得有滋有味。

三林挨了一拳后，就起床了，谁知刚穿上衣裤，兰钗抱住肚子喊唉哟！而且说这次肚痛不同，快去叫妈，你要做爸了。

冬姣听说兰钗要生了，高兴得不得了，叫忠茂赶快杀鸡，吩咐三林去喊月英。

三林走到二林门口，想起兰钗的嘱咐，想喊却又转了回来。月英看见，亲热地叫："三林，有事？"三林如实相告。月英却嗔怪："妈不叫你来，你不会来喊嫂子啰，我几时得罪了你？"

等月英随三林前脚后脚赶到，房里已传出"哇——哇——"响亮的婴儿啼哭声。

冬姣提一桶温水满面春风地过来，还在窗外就问："三林，男娃？女娃？"

月英回说："坐绣楼的。"

冬姣一听，连桶连水"扑"一声丢在地上，返身跑过去把忠茂手中杀鸡的刀也抢丢了。

月英知道婆婆变脸是嫌兰钗生的是女娃，想起自己连女娃都生不出，不免伤感：做媳妇真难，做冬姣这种人的媳妇更难。冬姣多次扯鸡扯狗骂自己生不出蛋又不知打野食，但自己是个坏了名分的女人，没想过打外面的野食，倒是想起三林曾是自己的却没得到，的确想得到他，哪怕一次也行，谁知三林总是躲闪。现在兰钗躺在床上，她和三林忙上忙下。月英包好了毛毛，又替兰钗打了蛋汤，再又煮好了饭端给兰钗吃，她的确想和三林说几句悄悄话。但三林见月英在房里，自己猫在灶门口；月英来了灶门口，自己又溜进房里。兰钗两眼在三林、月英身上扫来扫去。月英不自在，走了。月英一走，三林心里又有些惋惜，他从窗台上拿把镜递给兰钗："你照照！"兰钗问照什么？三林说："你还讲别人的眼睛流星槌样，你自己照照！"兰钗指着自己两眼说："我不照镜，我有探照灯。"这时，她又噫了一声，妈怎么还不来？三林照实说她听见嫂子讲生了个坐绣楼的，没进屋就转身走了。

兰钗一听来了气：“好哇，老东西，我记住你；三林，这次生个坐绣楼的，下次一定给你生个保卫祖国的。”三林连声叫好：“我不想参军，让儿子参军，你想儿子，这闺女就起名‘来弟’，让她带个弟弟来。”

五、尴尬连连

建斌给丁建平的建筑工地拉砖拉水泥河沙，真的是大开眼界。

丁建平是搞高层建筑，钢混结构用机压砖。

机压砖厂很大，仅砖窑占地面积就有自己的瓦厂地那么大；采土、和泥、制砖整个流程都是机械操作，一台制砖机一天能出几万砖坯。他想起父亲以前一锄一锄地挖出泥；一脚一脚踩烂踩软；一口砖坯一口砖坯地脱，简直有点好笑。还有河沙卵石场也全是机械化操作，挖沙船上的挖机从很深很深的金陵河水底连卵石连河沙挖出放在一个大斗里。河沙和大大小小的卵石从大斗下面的漏斗漏到传送带上；传送带送到岸上逐一分理成河沙、蚕豆卵石、大卵石。这些都是建斌之前从未见过的。他本想把姐姐接出来给工程队做饭，但考虑老爸长期的单身生活不知冷暖的饥一餐饱一顿落下了胃病，自瓦厂被烧，愈加严重常常犯。一个人在家太孤单，疼起来没人照管不行，就没把姐姐接出来。再说，家里有将近四亩田也得由姐照管。

建斌早买了新手拖还安装了翻斗设备，免得下车费劲误时。

唐九斤专门负责装模，这家伙果真聪明。刚来那几天，他听老模工的安排和指点。不到五天，他就想出几个又快又好的点子，老装模工都主动与他商量了。唐九斤还很活跃，在丁建平工地做了段时间，经丁建平介绍又认识了两个房地产老板，结识了一帮模工，三个工地轮流转，天天没气歇，因此与建斌很少见面。

端阳节过后，丁建平这个工程扫尾了，新工程下个月开工，建斌已经结完账。再拖五车河沙可以回家休息几天。建斌也很想回家看看老爸和姐姐，听牛崽说粮运大队有个司机在和姐姐谈，也不知谈得怎样了。

沙场、卵石场在城南，丁建平的建筑工程在城北，建斌的车得从繁华的大桥路过。他在拉第五车时，无意间碰到了国林。确切地说，是国林先发现他大声喊建斌。建斌一看是国林，立即停车叫他上来。这是国林婚后第一次看到建斌。建斌把国林拉到工地后，掀翻河沙，从旁边的摊位上开了两瓶豆奶和国林边喝边聊。

国林告诉建斌他是来买碾米机的。他的碾米机太旧了，葫芦背买了台新机子，生意全让他抢走了。建斌听说他还没买，就建议他买台分离式的，只多千把块钱，米、粗糠、细糠、碎米分四个地方出，出米率又高，不用风车，不用米筛，省事。国林听说有这么好的机子，很高兴，可是没带这么多钱来；建斌说他有钱，正好结了账准备回家一趟，吃完午饭就带国林提货顺便拖回去。国林更高兴了。建斌又问家里的情况。国林说德仁舅每天寻点鱼草，田都是秋兰侍弄。有关以前的事两人自然只字未提。

葫芦湾村后公路上停着一辆汽车，车门上印着“湖南粮运”四个字，车厢的后挡板上的车号是18-45168，司机在里面按着有节奏的喇叭声。德仁知道是张司机在叫秋兰，催秋兰快去，到了县里叫建斌回家一趟。

秋兰从禾场上过时碰见月英和巧英。巧英的肚子已经挺起了，她问秋兰去哪。月英说：“你没听见汽车喇叭在打暗号？”巧英说知道，我问秋兰上哪？秋兰说上县。月英叫秋兰在车里要规矩点。秋兰佯骂她臭嘴，然后跑了。月英看着秋兰的背影对巧英说，全熟透了，要男人得甚紧了。

巧英听了，脸色很难看。好像是自己从秋兰手上夺走了国林。

开粮运车的张司机是个大胖子，黑不溜秋。那天，德仁胃疼，秋兰带爸去医院看病，德仁走不动了，秋兰拦车，张胖子停下来叫他俩上了车还送到医院，看完病又送回家，认识了；之后又来过几回，一来二去，熟了；张胖子向秋兰提出要朋友，秋兰没答应也没拒绝；秋兰想，二十五岁了，该成家了。因此，上墟赶集张胖子接出送进，秋兰也很乐意，但坐车去县里还是头一次。

张胖子打开车门，伸手来拉秋兰。秋兰退了一下。胖子知趣，不好意思地笑了笑，回到原位。秋兰自己爬上驾驶楼。开了一段路，胖子左手抓方向盘，右手轻轻放在秋兰大腿上。秋兰用手隔开了。到了一个荒郊岭上，张胖子停车要搂秋兰。秋兰拼命挣扎着叫喊起来：“我下去，我要下去！”

张胖子沉着脸：“算了，算了，真是的，我开车了。”

秋兰却已打开车门，倔强地命令道：“停，不停，我跳！”

司机怕她跳车出事，不敢开。秋兰“咚”地跳了下来。胖子骂了句：“冷血动物。”

秋兰没回嘴，但不知道自己为什么这样做。

胖子喊：“上来！上不上？不上，我走了。”

秋兰没作声，站着不动。这时，恰好建斌的拖拉机也开到这里，见是秋兰，停住车喊：“姐，是你！什么事？”秋兰看了一眼胖子说：“原想去县里，不去了，回家！”国林悟出了是怎么回事，叫秋兰上了拖拉机。那胖子却扭头又骂了句：“冷血动物。”建斌下车走过去，指着胖子问：“你骂谁？”胖子不知建斌是谁，盯着。

秋兰怕打架，下来阻住：“建斌，不怪张司机。是我不想去了。”胖子这才知道是秋兰的弟弟，没说什么，搭上离合器，加大油门往前一纵，走了。

秋兰和国林背对背坐在车上，异样尴尬，秋兰更感到煎熬似的难受。到了葫芦湾，车一停，秋兰跳下就走，什么也不说，她根本没想到，今天为什么这样不顺心！

巧英听到拖拉机叫，估计是运碾米机来了，迎出一看，没想到是建斌，一声不吭转身进了自己的房间。自从发梅和自己爹在墟场上吵架后，娘再不准巧英赶场，也不准巧英来葫芦湾，也就再没见到建斌，连结婚那天也没见到建斌。她多么想向建斌诉说舅舅向父亲求婚的过程；责怪他为什么不找媒人牵线求婚，反而去了县里跑运输？她还想告诉建斌，自己抗过婚，但抗不过父母。现在，建斌一旦站在眼前，她却没勇气见，只能隔窗偷偷地看他：建斌头发老长，长得卷了钩；脸色黝黑，黑得发光；衣服裤子沾满油污，又黑又瘦显得苍老，这与自己有关啊！巧英顿感浑身无力，失神地靠在床架上。

国林，建斌，还有几个后生相帮着把碾米机抬下来，然后又相帮着抬进机房。厚友打来一盆水叫大家洗手，招呼都在这里吃饭。随着巧英的肚子一天天往上长，厚友脸上光彩四射，说话的声音也高。他特地舀来一桶水叫建斌先洗个澡。厚友对建斌也是心存愧疚却无从表达，只能用朴素的热情敷衍。

吃饭了，国林去喊巧英吃饭，巧英躺在床上，说不舒服。国林知她怕见建斌，也不勉强。便告诉她这次买回的是分离式碾米机，花了三千多块钱，建斌垫了一千，要她拿钱给他。巧英这才起床打开抽屉，叫国林自己拿，然后又躺下了。建斌却拦住国林，说欠你家的钱早该还了。

国林见建斌执意不要，只好作罢。

六、秘藏“巨款”

二林、三林结了婚，先后分家另过。二林住在自己建的新屋里；三林仍住厅屋右边的长间和一间没楼的厢房，仅一炊一宿；四林、五林、满林仍住厅屋西边的长间；忠茂二老仍住在与建斌家隔壁的厢房，带着四林、五林和满林一起吃，倒也不算冷清。四林的鸭关在公厅屋里，用篾席围住。忠茂接替大林看牛，支书交班后，虽有失落感，但也轻松闲空，每晚都有时间和四林、五林、满林他们聊天，尽享天伦之乐，以往却不能如此。

这天晚饭后，忠茂从满林书桌上拿起一本书翻了翻对满林说，读书就指望你了，马上高二了，两年之后考上大学给我争个面子。五林说满林考不上大学，他的书都是新的，还有，六中年年高考“剃光头”。

说满林考大学，忠茂是自我安慰。但他听见这话从五林嘴里说出来感到高兴，证明五林头脑想事会观察问题。满林在葫芦塘墟场上的县六中读高中。初中毕业生一等的上了中专，二等的进了一中，三等的找门路去了县二中；此外的三中、四中、五中、六中只招全县各乡就近入学的高中生。忠茂心里明白，满林考大学毫无希望。满林也毫不掩饰地说，自己考大学虽没半点把握，但他两只拳头却练出了劲，学校里没谁不怕他。

四林见满林说没把握，就要满林跟他放鸭，说你每年的压岁钱比我都多。四林边说边解开裤腰带从贴身短裤里抠出薄膜袋，再从薄膜袋里抠出钱一张一张数他的积蓄。五林问四林总共有多少了？四林神秘地张开五指晃了两下说五十五块。满林不动声色地看着四林把钱袋插进短裤再捆上裤带。四林反问五林有多少。五林没答，眼神投向自己的枕头，还情不自禁地摸了一下，满林断定五林的钱是藏在枕头里。过度老实的四林和五林都认为自己的巨款藏在非常安全的地方。

就勤俭节约而论，忠茂最喜欢四林，他满意地拍着四林的肩膀赞赏说还是我四林在行，四十只鸭婆，每晚四十个蛋，卖了的钱全部交给我；压岁钱存起来也舍不得用，不像满林这只冒底箩。他叫四林发狠看鸭，明年给他娶媳妇。四林说娶不起，没房子。忠茂说准备给你起房子。四林噘起嘴巴说，地都没得怎么起房？忠茂有些茫然，真的，地都没得怎么起房？他转换话题叫五林别跟三林下井，三林身胚高大，适合下井，你不行，你经管好几亩田得了，我就跟跟牛屁股。五林说我也不想下井，是妈要我下井，我听哪个的？忠茂说当然是听我的。

忠茂觉得与孩子们随意聊天真是一种享受。四林他们也觉得父亲比以前温和多了。特别是四林，受了父亲颂奖后，看鸭更专心了。以往是把圳行里，水凼里的水戽干给小鸭寻荤腥，现在他的老鸭婆也享受这种待遇。他头顶上仍是那个破旧的草帽，腰间仍系块破薄膜，手里提个破脸盆，他把破脸盆一敲，一只只毛色油光水亮的鸭婆拼命地往他身边赶。也是怪，其他人敲这个破脸盆，所有的鸭都不动。他的鸭一般在门口垌和篱笆垌看，麻里垌是干垌，很少去。但不管在哪看，等鸭吃饱了，他都是敲着脸盆引导鸭们一路奔向村前河湾休息。鸭进了河湾，四林就站在河边的苦楝树下，笑眯眯地看鸭洗澡。鸭洗过澡后，躺在河边的草丛里半睁着眼睡觉。这时，只有这时，四林挡不住疲劳的袭击才身倚树干打个瞌睡。

这天午后，正打瞌睡的四林突然被鸭叫声惊醒，他以为天上有老鹰，抬头看看，没有。只看见苦楝树的上空有电线横过，通往国林家的机房。直到满林从水里拱出来喊，“四哥！”才发现是满林把鸭子追得“嘎嘎嘎嘎”乱跑乱叫。

“这么早就放了学？”四林问。

“星期六，半天课。”满林答。

满林爬上岸来，故作惊讶地说好在我来了，刚才一只很大的黄鼠狼在追鸭。四林说你别哄我，这一带根本没黄鼠狼。满林笑了，颂奖四林精明，任何人都骗不了他。满林劝四林洗个澡，说我想看你扎迷子（湘南方言：整个人潜在水里）。村里属你扎迷子厉害。四林用鸭篙把几只往岸上爬的鸭赶下来，说我不洗，怕鸭惹事。满林把四林的破草帽拿过来扣在自己头上，接过四林的鸭篙棍说，我帮你看。

满林不读书，家里的事也不沾手，从外面游玩回到家里就是举石擂，现在他已能举起一百二十斤的石擂了。现在却主动提出给四林看鸭，让四林受宠若惊。于是，四林决定痛痛快快去河里表演一番，他太喜欢扎迷子了。当四林脱得只剩一条短裤时，他迟疑地掏出钱袋看了看，然后再脱下短裤，缓缓下河。四林深吸一口气，潜入水底，游了四五十米才浮出水面。

趁四林扎迷子的时候，满林已掏出四林的钱包，把短裤原样放在苦楝树下。四林看见短裤在那里，放心地在河里游来游去。满林把草帽摘下来，拿在手上，借草帽的掩护从薄膜袋里掏出20块钱，再把薄膜袋原样折好，喊："四哥，你刚才扎迷子还没扎出最高水平，村里人说你在水里能迷很久，数你强。"四林经不住奉承，真的又一头扎进水里。满林走过去把钱袋放进短裤口袋旋又离开了那里。等四林露出水面，长长地吁气时，满林在离短裤很远的地方挥着鸭篙卖力地吆喝。他喊："四哥，上来吧，我要走了。"

四林玩性不大，爬上岸，用衣服擦了擦身子，穿上短裤后，仍不忘抽出那宝贝钱包看了一眼，然后放心地揣进口袋，套好长裤。满林把鸭篙棍交给四林时说："四哥，你的鸭篙棍该换根长的，顶端扎块红绸布，这样，在很远的地方一挥，鸭就看见了。明天，我给你搞块红绸来。"四林听了格外高兴，在他的记忆中，满林从不关心自己看鸭的事，今天居然替自己看了一回，还提出搞块红绸扎在鸭篙上。于是很得意地吆喝了一声，那些从未听过如此吆喝声的鸭们一只只伸长脖子愣着。

七、满林和露露

满林拿着四林的二十块钱直接来了葫芦塘中学。因为是星期六，同学们都回了家，只有从城郊中学转来的刘露露没走。刘露露身材苗条，胸脯丰满，脸蛋漂亮，被誉为校花，交际很广；晚自习后，常有摩托来接她去玩；男老师、男学生、社会青年，闹出不少绯闻。在县六中读高一的满林对在葫芦塘中学读初三的露露念念不忘，只要身上有了钱就会挤时间约她出来玩。露露倒也爽快，只要谁有钱，她就跟谁玩。况且她知道高大的满林有些霸气，她需要他保护。

满林先是从摊子上给露露买了瓜子、杨梅干、葡萄干一大包零食；再问露露吃饭还是吃粉。露露要吃有荷包蛋的三鲜粉，满林要了两碗。吃过粉把露露带到一家商店买了一瓶香水，还买了一只很漂亮的蝴蝶结换下露露头上扎头发的红绸。露露把蝴蝶结拢在脑后让满林前后左右看了个遍，问好看不。满林说很漂亮，差不多有我们村巧英漂亮。露露有些不高兴，你总是说巧英漂亮，有多漂亮？满林说，双眼皮大眼睛，有刘晓庆那样漂亮，就是电影《神秘的大佛》里的梦婕。露露这才不说了。

不到一个钟头，满林把从四林、五林那里偷来的三十块钱全部花光了，天黑好一阵才送露露回校，两人在学校围墙外的草坪坐下。天黑无人，满林胆大起来，抱着露露又摸又吻，露露配合得很好。满林想满足最终愿望，但不敢擅自动手。他觉得露露不比俊秀，露露是城里来的，刚到葫芦塘就结交很广，因此决定先试探试探。满林问露露准不准备读高中？露露说不想读，读书没一点味道。满林说：“我也不想读了，到时，我带你出去挣大钱。”露露问干什么。满林说：“我们村俊秀长得没你漂亮都能挣男人的钱……”没等说完，露露表示不干那事。满林说：“你哄我不着，你和李老师都干过。”露露说：“没有，也就像我俩样抱过、吻过、摸过。”满林忍不住抱住露露要干那事。露露一把推开满林，说：“李老师给我一百块钱也只让他摸，你一碗三鲜粉一瓶香水就想办公？别摸了！”满林威胁露露。露露不但没怕，反而叫满林试试看，只要一个电话，街上那帮兄弟就会过来。满林不敢了，他耳闻露露在城郊中学读书时可以调动街痞；以前不太相信，现在听她这口气，信了。满林软了，要露露哪天带他去认识那帮兄弟。露露说这还差不多，继续摸吧！

满林哼着小调回到家里，五林和四林正在吵架。

这晚，五林洗澡后，躺在床上休息，每晚睡觉前，他总要偷偷地摸摸枕头里的钱。谁知这次摸着摸着不对路，就把枕头里的烂布全抖出来，再一块一块捡进去，仍没看到自己的钱，他怪四林偷了。四林赌咒发誓说：“我根本不知道你枕头里有钱。”说着，拿出自己的钱袋一张一张数，噫，少了二十，他怪五林偷了。五林说你藏在短裤里的钱我怎么偷？两个智商不高的人互相指责吵起来。满林叫他们到外面去吵，别影响他看书。

听到吵嚷，冬姣过来了，她责骂四林、五林是两个死人，钱都守不住，丢了才来吵，影响满林看书，不准再作声。四林、五林听话，真的都不作声了。

冬姣气愤愤地走了。满林掏出露露头上的红绸给四林。四林接过红绸巾，收拢，又展开，又收拢，“呵呵呵”微笑着，把刚才的不快全忘了。

次日，四林起了个绝早，从后山砍来一根很长很长的竹竿，只留下顶端三绺竹枝扭结成鞭，再把红绸扎在鞭端，在禾场上挥了好一阵，那红绸轻飘飘地很有趣，也很威风。谁也没料到，这根威风的鸭篙会把四林送上黄泉路。

这是国林家的新碾米机开张的第二天。葫芦湾各村的人都陆陆续续来碾米，很热闹。四林也凑热闹，把鸭放在国林家门口田里看。门口田里有限的食物让村里的零星鸭子吃光了，四林的鸭吃肥了嘴，待不住，老往岸上爬。四林的鸭篙棍一挥，红绸飘飞，吆喝一声，鸭们便老老实实下田。四林觉得比敲脸盆既省事又有趣更威风。

四林在这里看热闹的另一个原因是他看出了月英、国林、满林、巧英之间的一些问题。四林二十三岁了，人虽老实，但男女之间的事还是懂。

这天是国林掌机子，巧英在门口收钱，一者因为人多，一个人搞不过来；二者是新机子，巧英不会弄。轮到月英碾米时，她用铁勺一勺一勺往谷斗里添谷，国林叫她站一边，两手捧起一箩谷慢慢往谷斗里倒。月英羡慕国林力大，眼勾勾地凝神看。而在等碾米的满林看巧英看得更饿。这些一一未能逃过四林的眼睛，他想，我看你巧英怎么办，别人都说你聪明。这时，巧英喊月英过来坐，让国林碾，他反正力气大；又叫满林去替月英舀米舀糠，一下子把两个人的注意力都调开了。

月英知道自己看国林看得太饿被巧英识破，不好意思地把米挑出后，借交钱的机会，坐下与巧英亲热地闲聊，以此遮掩。但满林也跟出来了，要把碾米钱先交给巧英。巧英说碾了再交，满林却把钱硬拍在巧英手上，还贪婪地盯着巧英的脸。巧英装作不知大喊大叫："四林，四林，你的鸭跑了。"故意让满林的钱掉在地上。

四林也在看巧英，脸上露出神秘的笑容，他想，像巧英这么漂亮、大方而且聪明的女人，可能全世界都少有。四林正看得入神，想入非非，不料冬姣过来骂道："四林，你在这看魂，鸭吃你的肉身，还不赶开去！"

冬姣的喊声吓了四林一跳，不情愿地挥挥红绸飘飞的鸭篙，吆喝一声把鸭赶走了。

这时，三林挑一大担劈柴，上置矿灯走过来，向手执鸭篙往河边赶鸭的四林喊："四林，会下大雨了，还往外赶。"四林扬扬手中的鸭篙，大声回道："不怕，三哥，我有根长鸭篙，还扎了红绸，满林给的。"说着，用力挥了一下，随着"喲——"的一声，鸭群"扑噜扑噜"猛跑。

三林无奈地摇摇头。这时，三林看见二林和一个干瘦的高个老头在屋角上指着瓦厂地说什么。

八、红绸惹祸

三林挑柴走进厅屋时，兰钗正把一只硕大的奶子塞进来弟嘴里。随即转身抓起一把小竹椅递给三林叫他坐下，然后又递过一把蒲扇。三林一边扇风，一边用澡巾擦汗。一会儿，兰钗又递上一只碗："两个蒸蛋，给我吃了！"

三林一边慢慢品尝蒸蛋，一边望着来弟嘴里那只硕大的奶子。兰钗笑笑说，你想吃吧，告诉你，没奶了！三林说知道，随即起身从柴担衣服下拿出一包李子，放下蒲扇，捡一颗塞进兰钗嘴里。兰钗很得意却嗔怪三林是鬼精。三林说我播的种子还不知道，那算农民伯伯吗？兰钗很自得地告诉三林，二林吃了药肯定没卵用，你看月英的肚皮依旧是块水泥板。三林想起刚才看见二林和一个瘦高老人在屋角指指点点就问兰钗认不认得那老头？兰钗说："人家是'人穷怪屋场，没崽怪妇娘'。他是没崽怪屋场。病看了，药吃了，洋师傅治不好，请来了土师傅，那老头子是地仙。"三林说地仙能生娃？笑话。兰钗说依我看请地仙看屋场不如请你当师傅，放一枪，肯定中。三林说既然你批准，哪天我就去打一梭子子弹。兰钗却说你敢？三林立即举起双手，连喊缴枪！兰钗往三林的裤裆抓了一下，两口子哈哈大笑。

在后山看牛的忠茂神情漠然，任由水牛东窜西走。水牛走到大林吊死的大茶树下，"哞——哞——"叫着，赖着不走。忠茂神经质地抽搐了一下，呆呆地立着，呆呆地看着。这时，他发现头顶的乌云在剧烈地运动，轻轻拍了一下牛屁股，吆喝牛快走。牛不情愿地叫了两声，被忠茂强行拉走。牛走到瓦厂地上又不肯走，头朝田垌又"哞——哞——"叫，那声音听起来有些凄婉。忠茂一惊，看到了在田垌里看鸭的四林，扯起喉咙大喊："四林，下大雨了，把鸭赶回来吧！"那声音特别地亲切、温柔。四林却答非所问："不怕——爸——我有根长鸭篙，还有块红绸！”

忠茂看见四林挥动那根长鸭篙向河边走去，鸭篙顶端那块红绸飘着！自己觉得管不了那么多也就不管了，可是牛还看着田垌里的四林“哞——哞——”叫。忠茂猛抽了几棍，牛才勾头勾脑走进牛栏。忠茂关上牛栏门往回走时，二林招呼他进屋陪王师傅喝杯酒。

二林的厅屋里摆了一桌菜，二林、月英相继给干瘦的王师傅劝吃劝喝。忠茂进屋时，王师傅已喝得半醉，他打着啦吧口（湘南方言：说话含混不清或故意拿腔拿调的意思）对二林说：“肖——会计，喝——了你的好——酒，吃——了你的好——菜。我是讲真话呢，还是走——江湖！肖——支书，你——说。”

忠茂、二林和月英都要他讲真话。老头嘴巴歪起，说：“讲真话就是你这房子不行！”那口气显示他是了不起的行家，没半点商量的余地。忠茂、二林、月英同时“啊”了一声，问王师傅哪里不行。

老头说，建房讲究风水，其实也没多大奥妙。第一，坐北朝南，通风向阳，这个，你的房子没问题；其二，要落座，好比一把椅子放在坪里，坐在上面感到安全、舒服，而把椅子摆在阶梯上，就时时刻刻提防滚下来；其三是前有余坪，后有退路。你这屋现在这样子，前没余坪，后无退路，好比一个人站在悬崖上，时刻担心掉下来；别说你爱人怀不上，怀上了也保不住。

忠茂觉得老头的话不全是迷信，也有科学道理。试探着问，王师傅，你看这屋该怎样办才好呢？

王师傅毫不含糊地说：“拆掉，往进摆。你的屋没建在脉气上，脉气在屋后那坪里。那块坪是个好屋场，现在的屋坪当晒坪。不过，店大欺客，客大欺店，一块这么大的地盘，房子小了压不住，至少建栋六垛五间。

忠茂、二林听了不以为然，心里说我们早想过，还要你说。但嘴上还是一个劲地奉承说：“多谢指点！多谢指点！”王师傅得意地又呷了口酒说：“指点不敢当，什么事都要明理，你按我说的办，保准人财两旺。”

二林又说了声多谢指点，递给老头一个红包。老头半点也不推让，接在手上捻了捻，放进口袋，也说声多谢，说葫芦背还有一家请他择地建屋，然后起身告辞。

三人把老头送到门外，忠茂吹开了牛皮，说我早说过吧，这地仙说的和我说的一模一样。就是不知该如何搞到手？月英咕哝说，你们一家平时牛皮哄哄，有权有势“盖半省”，一块好地弄不到手。二林和忠茂两人把以前的办法重新温习了一遍，觉得都不行，一下子也想不出其他策略，很是无助和颓丧。冷不防，一阵狂风突然把玻璃窗吹开，好几块玻璃丁零当啷掉在廊基上，发出“哓啷啷”的碎裂声。忠茂、二林、月英同时惊站起来。远天远地传来隐隐雷声，忠茂不安地念叨着：“四林还在看鸭，四林还在看鸭。”二林却说四林看鸭有经验，别担心。

四林的鸭子被风刮得晕头转向，在稻田里乱窜。他觉得奇怪，往日，鸭遇上狂风暴雨会挤在一堆不动，等狂风暴雨过去才拍打着翅膀散开。今天是怎么啦！四林庆幸自己有根长鸭篙，鸭篙上有块红绸，鸭群虽然惊慌但依着他的指挥慢慢地下了河湾，他嘴里一个劲地念叨：“你们这些发灾的鸭，好在满林给了我一块红绸。”

鸭群刚下到河里，整个天空像染缸里一样，黑得可怕。鸭们失去方向，全体伸长脖子挤作一堆，一动不动。四林松了一口气。这时，陡然一道闪电撕碎漆黑，把天空映得白亮白亮，一个猛雷在四林眼前炸响，暴雨倾盆而下。四林拖着鸭篙来岸边的小树下避雨，这小树就是昨天四林洗澡时放过衣裤的小树，小树的上空有电线横过。

天渐渐亮了，鸭开始骚动着往岸上爬。四林连忙操起鸭篙高举着想喊，不料鸭篙顶端的红绸搭着小树上空的电线，引发一个惊天动地的炸雷，把四林劈倒在河湾里。四十只鸭婆围着四林“嘎嘎嘎”惊恐而悲凉地叫着。这时，不知谁惊呼起来：“四林遭雷劈了，四林遭雷劈了！”

倒也很怪，四林遭雷后，风雨立止，丽日高悬，晴空万里。

听到叫喊，最先赶到河边的是三林，依次是五林、二林、忠茂、冬姣，满林在最后。有人提醒满林带块门板去。满林含着眼泪转身取下自己卧室的门板扛着往河边冲。

三林跳下河，把四林抱上岸来。四林全身稀软，头、手、脚往下吊着。

三林抱着尸首不放："老——四，我叫你回家，你说你有根长鸭篙，有块红绸，呵——嗨——嗨，呵——嗨——嗨！"三林伤心切肺地哭着。

满林把门板摊在桥头，三林双脚跪地把四林轻轻放在门板上，这才发现他的右手紧紧抓着短裤口袋。三林掰开他的手，又哭起来："老四，你钱是条命，临走还不忘几个压岁钱；现在该松手了，你用不上了。"果真，四林抓口袋的手松开了。

三林解开四林的外裤，掏出薄膜袋，抽出钱数了数，只有三十五块。

也不知五林几时回家提来一包衣服，递给忠茂："给四哥穿上。"

忠茂递给三林："给他穿上，钱让他带走。二林，你叫人把我那副棺材放下来给老四。"说完转身蹲下，双手抱头哭起来："老天爷啊——我前世造了孽，这样惩罚我啊！"

满林解下鸭篙上的红绸，装进薄膜袋再塞进四林的上衣口袋。群鸭又一次"嘎嘎嘎"大喊大叫起来。一直没作声的冬姣想起刚才骂过鸭吃四林的肉身，打了自己的嘴巴一掌，突然晕死过去。

村里人留念四林的忠厚与勤快，想起四林遭雷全没半点先兆，古樟上的猫头鹰叫都没叫一声，不由得相互对眼叹息，骂天理瞎了眼，雷公打错了人。

四年之内，忠茂连丧两子，陡然苍老了许多，两眼浑浊泛黄，充满惊恐不安的神色。大林走后，他把大水牛接过来自己看养；如今四林走了，冬姣要五林看鸭，五林说要管好几亩田，就是不管田也不想看鸭，心酸；说着说着，哭了。忠茂只好把鸭全部卖掉，每天早上，他把大水牛牵到僻静处让它自由自在吃饱后牵进牛栏关好，便搬把椅子躺在厅屋里看报纸打发时间，从不去外面走动。村里人都不和自己说话，甚至不打招呼，碰上了很尴尬，走什么呢？

这种孤独沉闷的日子过了一年，直到四林死后的第二年——1989 年 4 月初，忠茂似乎又嗅出点什么味道，翻报纸翻得更勤了。

自 1984 年 6 月，取消了人民公社体制，葫芦塘公社葫芦湾大队葫芦湾生产队改为葫芦塘乡葫芦湾村葫芦湾村民小组，肖忠茂再没从报纸上得到任何感兴趣的消息。

忠茂读书不多，但二十余年大队支书让他养成看报的好习惯。不仅识文断字的能力大大提高，还能从报纸上揣摩出政治动向，甚至中央领导班子的人事也能猜出个一二三。葫芦湾的人乃至公社干部都不得不高看他一眼。

1971年9月13日后，林彪很长一段时间没在报纸上露面，10月2日这天，他拿着报纸问当时的公社书记："林副主席是不是身体不好？"公社书记未领会肖支书说身体不好的含义，毕恭毕敬地回说："毛主席万寿无疆！林副主席永远健康！"肖忠茂又说："国庆节他没上天安门，是不是有点反常？"公社书记这才接过忠茂手中的报纸看了看，有些惊讶地点点头。没过多久，林彪驾机逃跑坠毁温都尔汗的事便公开了！

而1976年抓"四人帮"，他从当年清明节的"天安门事件"就预感到江青和王洪文他们会出事。但是1979年以后的形势发展，忠茂的估计一次又一次失误。

1982年春，全国各地包括葫芦塘公社许多生产队试行包产到组的管理方式，包产到组的粮食产量猛增，包产到组的管理方式得到普遍拥护，继续推广；但报纸上突然有人喊"分田单干必须纠正""搞包产到组包产到户，是倒退，已经包产到组和分田到组的地方，必须坚决纠正！"他如获至宝，满以为生产责任制会夭折，自己会成为反资本主义潮流的典型。不料形势的发展打了忠茂的耳光，生产责任制势不可当在全国普遍实施，人民公社集体经济形式解体。

对恢复集体所有制已经绝望的肖忠茂做梦也没想到会有今天，报上终于有人说"改革开放要收一收，该抓阶级斗争了""乡镇企业是不正之风的风源，经营机制是资本主义的""中央要取消个体户了"，有人开始质问中国的改革是推行资本主义的改革还是推行社会主义的改革。这令精神抑郁的肖忠茂格外兴奋。

自黄洪武受审牵出他被撤职，自己再没担任村一级任何职务，也就再没去乡里。但这年十月，他特地穿戴一新到乡里一次！不过，兴废更替，人世沧桑；岁月流逝，物是人非，忠茂已淡出乡干部们的视线，戏剧性的是接待他的办公室主任竟然是当年的法官刘广方。刘广方和忠茂递开水接开水的同时认出了对方，忠茂很平静地问，怎么，不当法官当乡官了？刘大方也平静地回说改行了，我和李法官都改行了。忠茂很热情地握着刘大方的手说，改行好，乡官发展大。你看，当办公室主任了。然后喝了口开水，自我介绍一番重点讲了“文革”中保护康书记修建葫芦湾水库的功绩。刘广方主任顺着忠茂意思颂奖他是老领导老资格，是葫芦湾和葫芦塘乡的有功之臣，党和人民都会记住他。不料刘广方的话触到了忠茂的痛处，他百般委屈诉说自己为党工作几十年，次次运动紧跟党，得罪不少人，现在下台了，成了一堆臭狗屎。刘广方又耐心劝说要他正确对待，上级领导还经常提起他。忠茂兴趣陡涨，在乡政府办公室发表了一通不合时宜的讲话，并提出要见陈书记。刘广方见忠茂的话完全变了味，绵里藏针解释说：“陈书记很忙，没时间接待你。肖支书，你提出在葫芦塘乡‘抓阶级斗争’‘取消个体户’，这是不可能的。”

忠茂仰起脖子喝干净杯里的开水，闷闷不乐回了家。

九、两个笑星

厚友家的土坯屋已换成钢混结构的两层楼房，门、窗都上了漆，成了葫芦湾一带最气派、最显财富威严的房子。

厚友和国林仍然做家具送往煤矿和单位，乡下有人订货，也做。巧英管机房，机房太忙时，国林过去帮帮；凤花带孙子飞飞。一家五口，三个挣大钱的，添了孙子，又建了新屋，照说，日子过得舒心。但这家有这家的烦恼——巧英生下的是个残疾。半岁时，就觉得不对头，认为往大长时会变好；一岁以后，两岁以后，如今快四岁了，越长越差——捧起来一堆，头往肩膀里缩；提起来一串，两只脚吊出裤口好长。

一家五口有四个人为飞飞来到人间长年四季没有笑容。

这天，国林又提来两条烟两瓶酒放在大队会计二林桌子上，要他帮忙办个准生证。二林却说现在计划生育抓得紧，三林养了第二胎只罚款都不行，公社干部正在抓兰钗去结扎。

虽公社改称乡大队改叫村好几年了，但人们仍习惯称公社大队。

国林解释，他与三林情况不同，飞飞是残疾。二林说这要去公社鉴定一下，这个倒可以帮忙。哪天你们把飞飞抱到公社计生站去，我也陪你们一起去，多说几句好话。

烟、酒送过多次了，今天总算得到一句话。国林从二林家退出来，往自己家去时，果然看见有几个乡干部坐在正厅屋里。

三林用一把大斧头在劈柴，兰钗坐在门槛上，一手抱来弟、一手抱再弟，两只鼓胀的奶子露在外面，一个孩子含一只吸吮着。四个乡干分立两边劝兰钗去结扎。兰钗叫再弟、来弟让一下，他们四个要吃奶。乡干们忍不住好笑。乡计划生育办主任王玉萍说：“兰钗，本来，你养第一胎后按规定该上环，是二林说他六兄弟还只看见这一个女娃，我们看面子，让你又生了一胎。这回是无论如何要扎了。”

同来的副书记刘广方也上来劝道：“你女也有了，崽也有了，走吧！”刘广方是由办公室主任调到葫芦嘴乡当了两年副乡长，再调到葫芦塘当副书记的。

兰钗翕翕笑着叫来弟、再弟快吃。王玉萍以为她想通了，一个劲地颂奖兰钗懂理。兰钗没搭乡干部，却叫三林别劈柴了，把你妈叫过来。三林放下斧头问要你结扎叫妈过来有什么用？兰钗说，叫你妈去给他们割一刀。

所有在场的乡干部、村民不论男女老少都捧着肚子大笑。

兰钗却不笑，一本正经冷若冰霜的样子反问乡干部们：“笑什么？真的，你们问，她讨大媳妇十套衣服一千块钱，摆了二十桌酒；办酒席的钱她出，礼归二林收；我头次来，她一把锁把我和三林锁在一起就成了功，亏她做得出。”

乡干们听了，哭笑不得。王玉萍说笑话归笑话，扎是一定要扎。兰钗也说扎是肯定要扎一个，他妈不肯就扎三林，我已做好准备，偷老公还要养。

乡干部和村里人更是笑得前仰后合。

“也好，扎我！”三林放下斧子叫乡干部走。

可兰钗追上去把三林往回拽：“你是主劳，实在没法还是我去让他们割一刀，你们等等，我换件衣服就来。”

回到家里，兰钗关上门，插上闩，却不换衣，躺在床上褪下裤子喊：“三林，抓紧时间来一盘，说不定打中了又养个崽。”三林却不愿来：“你娘魂的，我又不是神枪手，枪枪中十环。起来起来换衣换衣，人家难等也要知足。”兰钗躺着不动，说机会难得抓紧时间。三林骂道：“急急忙忙精神紧张，没得兴趣来不起。”兰钗这才不情愿地爬起来，往三林裤裆里抓了一把，骂道：“没用的东西，关键时刻子弹不上膛。”说着，从衣柜里拿件衣服披上出了门，边走边骂：“就你思想好，叫你来你不来，你要来时赌你要得到。”

兰钗到了医院，进了手术室；趁人不备又跑了；找回来又不肯上手术台；千求万劝上了手术台，又不肯解裤带；好说歹说，才让手术医生剪脱她用烂布条搓成的裤带，在肚脐眼下割了一刀。

第七章

一、老邬缺德

葫芦湾的人们在平静的日子里过了两年，时间进入 1991 年。两年里，葫芦湾的人们仍如既往，日未出而作，日落而不息；高兴的事在继续发生，揪心的事也接连不断。

自从田地责任到人，早晚两季每当开镰，仓满柜满，屋里屋外，到处堆着谷。只要不落雨，谷放场上是不必收的，也不须防人偷。晒干扬尽后，随粮食的畅销滞销，价涨价跌，粮款兑现与否，葫芦湾的人时而欢欣，时而牢骚，种粮卖粮的积极性却历久不衰。

巧英的儿子飞飞六岁了还不会说话不能走路；秋兰先后谈了六个对象仍没外嫁；二林依然不行，月英的肚皮还是扁平得像块水泥板；五林去葫芦嘴给一个比自己大五岁的寡妇当了“招郎宝”；肖忠茂显得特别苍老；二林虽然仍当他的村会计，但支部书记刘应松限制了他的权力，冬姣知趣，那句“盖半省”的口头禅没有再说。

建斌替丁建平拖砖拖河沙，头三年赚了钱，买了新车，还存下五万。他也谈过三个对象，一个姑娘要求他上门，建斌不肯；另两个听建斌说家里没房，吹了。建斌准备干到年底回家春节后在瓦厂地上起几间房子，管他去，窄便窄点，也该娶媳妇了。

县城的房地产业还没形成大的气势和规模，但主管部门持权吃、拿、卡、要的风气却已经形成。县城里很多房地产老板都与丁建平的情况差不多，资金有限，每次最多只买两三个单元的地建十几个门面几十套住房，边建边卖小敲小打。所不同的是丁建平心性刚强不善钻营，办理国土、规划、税务、质量监督系列手续时挺起胸脯按章缴费。这样，比那些搞小动作的房地产老板要多付出好多现钞。不过这样也好，县里年年清查房地产行业作弊行为时睡觉安稳，不像那些人削尖脑袋怀揣红包又四处活动到处钻营。

令丁建平想不到的是1991年11月，他新建的两个单元顺利通过了国土、规划、税务各关却栽倒在质量监督站验收员老邬的手上。老邬名叫邬水清，四十六岁，还不到称老邬的年龄。因他一张刮瘦刮瘦的白脸皱皱巴巴爬满青筋，看上去有五十多了。验收时邬水清眯缝着两只小眼用仪器东测测西测测把丁建平的房子定为危房，扬言要下令拆建。消息传出，买了房子的人吵着要退款，要赔款。丁建平不服请求上级部门复验，可没谁给他验。丁建平不肯拆，但房子没人买，所有的资金呆滞在这两幢楼里拔不出。

丁建平的倒霉直接影响了肖建斌的情绪。

肖建斌与丁建平交往断断续续加起来已有十几年，两人性格相投关系融洽，经常一起喝酒，喝到酣畅痛快时，回忆往事，谈各自的人生经历，也谈武术，也骂社会的贪腐现象，骂那些道德沦丧的人。丁建平欣赏建斌慓悍、诚实、勤快且富于正义感。他说以往给他拖河沙拖卵石的司机稍不留神就虚报车数或者撒谎说河沙卵石涨价了，占点小便宜，但建斌从不这样。肖建斌感谢丁建平把他带出来找到一条挣钱的路子。更佩服丁建平正正当当为人，缴费缴税不偷奸耍滑，建房子讲良心不偷工减料。

因此，当质量监督站邬水清把丁建平的房子定为危房时，建斌觉得简直是晴天霹雳。丁建平的房子怎么会是危房呢？他先是找邬水清说情，要邬水清查仔细，实事求是下结论。邬水清说质量关乎买房户的利益事小，关乎人的生命安全事大，他得替人民负责。好的说不通，建斌指责老邬黑心。老邬拍着肋骨叉起干巴巴的胸脯说他的心绯红绯红。建斌火了，抓起老邬顶在墙上，骂他颠倒是非黑锄头埋人。邬水清正气凛然指着建斌训斥，你别来这一套，我要对党负责对人民负责！你打吧，怕死不是共产党员！白脸青筋的邬水清一副视死如归的英雄形象，像烈士就义喊起了口号！

老邬油盐不进慷慨激昂。建斌无可奈何，觉得自己无能，帮不上丁建平的忙。

那天早饭后，建斌告别丁建平开着空拖拉机哐啷哐啷回家。之前，建斌从来不开空拖拉机回家，或顺带替人运货适当收点运费，实在没货他便绕道大义煤矿拖煤卖给村民也能赚几十元钱。今天，本来金塘墟上有一个人在县物资局买了两捆六毫米的钢筋叫建斌运回去，但他心情不好，借口回绝了，自然更不会去拖煤，宁愿放空回家。

从县城回金塘先是由南往北走，公路两边的稻田都挖成一行一行的烤烟土，种烤烟比种粮的收入高，积极性自然也高。过了青界山由西往东走进入山区，越往东山越高，连连绵绵，层层叠叠。十年前的荒山茅草岭，如今已是郁郁葱葱的松树林或杉木林。以往来来回回建斌看到这些林木都从内心发出感慨，责任到人第一年就解决了农民的温饱问题，之后又很快就改变了荒山荒岭的面貌，政策的威力真是太大了。但今天，他不仅没心思运货也没心情赏景。甚至突发奇想，现在肚子吃得饱了，山变绿了树长高了但人变坏了。比如邬水清，因为验收前没送红包竟然颠倒是非黑锄头埋人。妈的，这哪里是人呢！想起这件事，建斌无精打采，好几次差点撞在公路边的树上。

建斌开空车比运货的速度还慢，好不容易开到株树垄，离金塘只有十里离葫芦湾只有十八里了，建斌突然想，我回了家，丁建平怎么办？我在丁建平的工地赚了钱，现在他面临灭顶之灾，我一走了之当逃兵，这太不仗义了！妈的，邬水清这家伙太坏了，绝不让他得逞！想到这里，他急速掉转车头，疯狂般往县里赶，咣啷咣啷的空车往回开时，建斌精神抖擞甚至是亢奋不已，拖拉机的四个轮子很多时候是抛离路面，咣当一声又跌下来，会车的司机见了都为他提心吊胆。建斌要尽快与丁建平见面，商量如何对付邬水清，甚至做好找个机会埋他个半死（方言：打一顿的意思）的打算。

二、建斌仗义

丁建平两栋被定为危房的楼盘建在城南开发区金陵河边。县里的人称这里的房子为江景房，视野开阔，晚霞灿烂的傍晚，宽阔的河面上鱼船往返，船帮上站满鸬鹚；江岸边的马路上，游人如织，好一派诗意盎然的景象。县里人称这些房子为江景房，安装了自然空调，炎热的夏天，外面暑气蒸腾，但江景房里清风拂面，不装空调胜似空调。

江边建满了房子，验收都合格。丁建平两栋不合格的房子夹在其间。丁建平房子前面的空坪里堆着拆下来的杉条、模板和支架点子树，给自己建房子的农民朋友已经转到其他工地去了，丁建平独自一人坐在楼梯间门口发愣。冬季的河风从楼梯口由下而上冲上去，形成一阵又一阵穿堂风有着透彻骨髓的冰凉，丁建平不由得心生害怕。房子质量过硬，自己心中有底，不怕！但是你不怕有什么用呢？尽管不拆但也不准你卖，就是准你卖也没人敢买，拖都会拖死你。这道坎怎样才能迈过去呢？

建斌开着空拖拉机咣唧咣唧过来，他看见了坐在门口的丁建平，踩住刹车。车一停，丁建平站起，问，建斌，你不是走了吗？建斌说走到半路心里不服又回来了，妈的，邬水清这家伙太坏了，坚决不能让他得逞！丁建平叹息一声，我早听说邬水清这家伙很坏，不知道他有这么坏。建斌急不可耐地说，不讲这些没用的了，你现在怎么打算？邬水清扬言下令拆除是吓唬你，看你回不回头给他送礼！丁建平摇头说，既然之前没送，现在就更不去送了。建斌说，这个时候去送也迟了，你得另想办法。实在不那个，我找个由头埋他一顿。丁建平说埋他一顿不解决问题。我反复想过了，我照章纳税，国土局、规划局、建设局手续齐全，房子的质量过得硬，能够挺起胸口做人。我也知道老邬下令拆房是吓唬，是要我向他低头，但我誓不低头，准备与他耗。现在最麻烦的是年关到了，农民工要钱过年，他们给我做了事，我不给他们钱心里过不去。可是我身上没钱了，我建危房的消息已传遍全城，银行不肯贷款，朋友见我就躲，请他们吃饭都不来。要是这些农民工去政府告我，那我就死定了！建斌问欠多少工资？丁建平说五万的样子。建斌说，我有五万全部借给你，反正是在你工地上赚的。但你总得想法解开这个结，把房子卖出去。丁建平说，你对付过黄洪武，这方面比我强，你给我想个什么办法对付老邬。建斌说我一路上还真的想出一个点子。

第二天中午，建斌在永昌兴大酒店摆了三桌。

昨天下午，建斌开着拖拉机到县城的另一个建筑工地找到了装模工唐九斤、钢筋工曾德明和砖工头曹林峰，要他们互相转告大家明天中午到永昌兴大酒店会餐领工资。唐九斤、曾德明和曹林峰转告时，农民工中很多人不相信，不是说丁老板的房子定为危房，要破产了没钱了吗？怎么又有钱发工资还请大家吃饭。但通知是建斌下的，建斌从没撒过谎，于是相约提前收工，换上干净衣裤都来了。

人到得差不多了，还没上菜，建斌从身上各个部位的口袋里掏出五扎崭新的百元大钞叠在桌子上。农民工看着五扎没开捆的票子，傻乎乎地相视笑着，丁建平没钱了，原来是他的好朋友建斌掏钱发工资。

建斌清了清嗓子对大家说，丁老板因为没送礼被老邬坑害的事大家都知道，我就不说了。丁老板没钱了，但他说不管他怎样也不能欠农民兄弟的钱。因此从我这里借五万给大家发工资。他这样做，我真的很佩服。大家讲句良心话，丁老板的工程质量怎样？你们认为是不是危房？大家异口同声说，老邬是瞎扯淡，丁老板的工程从不偷工减料，我们建过的房子，他的质量是最好的。建斌说，既然这样，我希望大家为丁老板主持正义讲真话。砖工头曹林峰说，我们这些农民拐子，一身的泥巴汗臭，讲话有什么用！钢筋曾德明说怎么没用，我们用什么样的钢筋，什么样的水泥，怎样配比这些话总晓得讲吧！建斌说对，这些话最有用！昨天，我本来快到家了，一想起老邬干猴子心里有火就掉转车头回了县城。验收那天，你们中间有人看到了，我把老邬顶在墙上要打他，这个家伙还像刑场上的烈士样喊口号。几个知情的农民工笑起来，附和说是是是，老邬干猴子嘴巴很硬，好像只有他是真正的共产党员。建斌说，我问过了，这个家伙的心比墨还黑，工程老板给他送烟送酒还不买账，非得要现钞。这次，丁老板已经倒在地上了，我下了决心，非得把老邬扳倒，让丁老板翻上来。

这时，服务员上菜了。

建斌从身上掏出一张纸，说我写了一个简单的证明，念给大家听听，如果我写的是事实，请你们在上面签名按手印，吃完饭后大家随我一起去县信访办。如果不是事实，吃饭走人，这是张废纸。

大家齐声说好，催建斌快念。

建斌念完，大家齐声喊全是事实，丁老板的房子过得硬，工商、税务、国土证件齐全，官司打到哪里都不怕！全是他妈的老邬黑心。没问题。吃完饭就去。说着依次签名按了手印。

坐席了，建斌把唐九斤拉过来陪丁建平坐在一起，他对唐九斤说，县人大管这种事，据说县人大主任李春才很有正义感，我准备去找他出面说句话。九斤，我记得你说过你和李主任有交情，是不是吹牛皮？唐九斤说绝对不是吹牛皮，真的陪他钓过三个月鱼，送过三个月中饭，我喝酒就是陪他喝出的。1983 年他调到县里前，确实说过有什么为难的事来县里找他，但我一直没找过他。后来，他官越当越大，现在当人大主任了。现在我一只裤脚长一只裤脚短，八九年了，不知道他还认不认得我。建斌说，他落难的时候你陪他钓鱼给他送饭，这个交情不一般，怎会不认识？你带我去，一五一十讲真话，不管怎样要李主任把老邬叫过来当面对质。唐九斤受到鼓舞，说没问题，他认不认我无所谓，反正我是个农民。现在我的老板被人欺负了，他有权不帮，我就在他那里赖死，这不丢脸。

唐九斤的话把大家都逗笑了。

这样一来，农民工不但不逼丁建平拿工资，而且对建斌和丁建平表态，只要是工程质量问题，我们敢打包票。你俩叫我们干什么就干什么，喊我们下茅坑也下。

一直没作声的丁建平从皮包里拿出工资表，叫大家坐在位置上别动，他和建斌给大家发工资，不耽误你们喝酒吃饭。

农民工把钱揣在口袋里劲头就更大了。酒席一散就赶到县政府大门口的信访办，他们附和着建斌对信访办的讲，他们建过的房子属丁建平的房子质量好。因为丁老板没给质量监督站验收员老邬送红包就把他的房子定为危房，真是黑锄头埋人，天理不容。这些农民工口无遮拦，还讲了些对老邬带有侮辱性的话。

建斌要信访办主任当他们的面向四大家领导打电话反映这个情况。信访办主任对建斌反映的情况很重视，首先向县人大主任作了汇报。

农民工上访完后，兵分两路。

一路是砖工头曹林峰和钢筋工曾德明带着大家根据丁建平提供的联系电话专门找那些闹着要退房款的人说明真相，他们对房子的质量拍胸脯打包票，打消买房者的顾虑，消除他们退款退房的念头。

另一路是装模工唐九斤带着丁建平和建斌来到了县人大。

金陵县四大家都集中在县城中心的一个山头上，统称县委政府大院。信访办在县委政府大院的大门口；县人大、县委、县政府和县政协在山头上各有一栋办公楼，这个山头象征金陵县的权力中心，县里大大小小的干部习惯把四大家叫作山头上。因此，建斌问信访办主任县人大在哪里！主任站在门口指着说在山头上，你们沿着这条水泥路一直往上走，四大家都在上面，人大在最后那栋楼。

李春才主任的办公室在二楼东尽头，共两间。他在里面办公，外面是接待室。唐九斤带着丁建平和建斌进来时，接待室已坐着好几个人，他们眼瞟主任办公室那扇关着的门，小心翼翼地低声说话，有的干脆凑在对方耳旁，嘴巴神神秘秘地动着。他们对大大咧咧走进来的唐九斤三个人投以不屑的眼光，意思是衣裤上沾有泥巴的农民太不懂规矩，来主任这里怎么如此随便？干部们坐得松松散散，但谁都没有腾出位子让给唐九斤他们坐。他们三个就索性不坐，唐九斤直接去敲主任办公室的门。一个胖乎乎的干部喊，喂！喂！排队排队！我们来很久了！

这时，主任办公室的门开了，已经汇报完的干部出来，唐九斤把头探进去按旧称喊了声李书记。李主任一眼就认出了唐九斤，立即站起离开座位出来拍着唐九斤的背脊说，这十把年你死到哪里去了？完全是一个慈父对儿子的口气。唐九斤说以前有饭吃没来，今天过不下去了，你不解决就不走了。干部们见李主任和唐九斤这么亲热，唐九斤在李主任面前这么随便，脸上露出惊讶和羡慕的神色。

李主任问唐九斤怎么回事？唐九斤指着丁建平说给他做了事拿不到工资，没法过年了。

李主任叫他们先进去，然后向候在外面的干部们打招呼，要大家稍等等，他们从乡下来，先问问他们的情况。干部接二连三表态叫主任先忙，我们等等没关系。

唐九斤三个人进了办公室后有点手足无措。李主任叫他们随便坐。唐九斤在李主任旁边坐下，建斌和建平坐在李主任对面。李主任给三个人各泡了一杯茶，要唐九斤抓紧时间讲，外面还有那么多人在等。唐九斤顺理成章直接告邬水清的状。建斌又作了些补充。听完后，李主任搞清了建斌和建平的身份，他很气愤，当即打电话给办公室主任，要他通知县质监站站长马上过来。建斌在旁边插了一句，要主任叫邬水清一道过来当面对质。主任按建斌的意思又补充了一句，然后要他们在外面等，一起在食堂吃晚饭。那些干部一个个站起给建斌他们让座。

刚把依次汇报的干部打发走，县质监站站长带着邬水清过来了。质监站站长与李主任彼此很熟，他站在门口喊了声主任，李主任打手势叫他俩进去。肖建斌、唐九斤和丁建平三个跟在后面正要进去，被李主任拦在外面。邬水清猛然看到建斌，不由自主地停住，还往后退了一步，然后扫了丁建平和唐九斤一眼，心里明白是怎么回事了，但挺了挺干瘦的胸脯满不在乎地跟站长走进去。

站长和邬水清坐下后。李主任开门见山对邬水清说，你验收时把丁建平建的房子定为“危房”，买了房的在吵着退款退房，没卖的卖不出了，丁建平为这个事告到我这里来了。邬水清说我有思想准备，不怕他告，他的房子的确存在严重的质量问题。李主任问有哪些问题。邬水清是内行，说了这个问题那个问题，李主任一一记录下来，又看了一遍，说若果真存在这么多的问题，不但要按规定拆建，对你这种敬业精神组织上还要大力表彰。

邬水清暗自高兴，又表白了一番，把自己标榜成拒腐蚀永不沾的干部。李主任没理采邬水清的自我吹嘘，而是把记录下来的问题交给质监站站长，要他重新组织验收，按老邬发现的问题一条条查明真相，澄清是非。危房人命关天，那还得了！

邬水清一惊，但很快镇定下来，向站长要求由他负责重验。李主任说你和丁建平是当事人，都不必在场。你的验收结论明明写着“危房”二字。说着，从抽屉里拿出一张纸放在桌子上，这是工地建筑工人联名上访信件，说丁建平建的不仅不是危房而且质量相当好，你看看，都签了名字按了指印。邬水清说农民工不懂建筑，是丁建平花钱买通他们做证。李主任说我也怀疑是丁建平花钱买通了，所以派站长亲自重验，站长该懂建筑吧？我谅站长不敢乱来。站长连说不敢不敢，否则叫我下课。

李主任这才把唐九斤三个人叫进来。

邬水清一眼看到建斌，头上开始冒汗，他指着建斌对李主任说，这个民工很坏，验收时打了我。李主任批评建斌打人不对，要以理服人。建斌两只手张开成虎口逼上来，做了个抠的手势，打你？你心这么黑，我真想抠死你。吓得邬水清一脸溜青，两腿发软。

李主任把邬水清拖到自己身后，叫建斌别乱来，这是政府机关，不准动手打人，你们等站长的验收结论。果真存在严重质量问题，必须按规定拆建；如果是老邬故意弄权设卡，交纪委处理。

听说交纪委处理，邬水清两腿打战，头上的汗珠豆大一颗，溜青的脸变得煞白。

质量监督站站长组织验收结果，房子质量确实很好。纪委对邬水清作了留党查看两年，降一级工资的处理。

丁建平的“危房事件”平息后，肖建斌才于农历腊月初八这天把拖拉机开回了葫芦湾。

三、牛崽三出怪招

建斌回到葫芦湾的第一件事是去看瓦厂地。瓦厂地上已长满了爬地网筋草，墙界又被猪拱，狗扒、鸡刨快搞平了，瓦厂地已经废弃。但他突然想，要是在瓦厂地上办个机砖厂就好，这里的黄泥比那些机砖厂的质量好多了。但他马上否定，二林的屋把路堵死了，办不成。别胡思乱想，还是起屋娶媳妇吧！

建斌经一番颠沛流离回到葫芦湾，发现冬旺先他一步回来了，据说是因骗被抓；放了又骗，又抓；混不下去了只好回来，意外的是半边驼子带回一个女人。忠茂也没再找冬旺的麻烦，也许随岁月流逝，忠茂的气渐渐缓了；也许是忠茂家连遭不测，锐气渐渐磨钝了；或许根本没理由找冬旺的碴子。

因为建斌和冬旺回到葫芦湾；牛崽却突然声明带着妻儿离开葫芦湾；老姑娘秋兰的婚事；巧英的残疾儿子；二林的性无能；满林的无聊；更令人意外的是兰钗扎了两年后，又怀上了。这些现象交织在一起，葫芦湾的故事又多了起来。

泽武精怪喜欢窝在自己家里，很少出外玩，更不用说串门。但这天晚饭前却带着小孙子辉辉来找厚友拉呱责任田的事。

辉辉属超生，违背了计生政策。那时的计划生育抓得还不紧，口号喊得不太凶，计划生育政策执行可方可圆，留有余地。没等乡政府兴师动众上门问罪，没等政府发话，牛崽自己主动交了罚款，上上下下作了打点，一切显得风平浪静。时过数年，泽武精怪想起为小孙子辉辉款也罚了，礼也送了却没分到责任田，心理上不平衡，于是带着辉辉来找厚友。因为国林的儿子飞飞也没分到责任田。

责任田到户前，葫芦湾的人对到户后水田的调整定了章程：凡出嫁和去世的人口责任田必须在出嫁或去世的第二年退出，由嫁进来的媳妇和出生人口平分。

按这个章程，大林去世的第二年，其责任田应退出来由飞飞和牛崽的三儿辉辉平分。可是牛崽一直没提，牛崽一是看不起责任田，二者因为大林意外死亡毕竟是件伤心的事，这个时候提出分大林的田，忠茂一家更伤心。

现在，四林又走一年了，辉辉已过五岁，国林的儿子飞飞四岁多了，可大林和四林的责任田还没退。忠茂家的理由是月英、兰钗、来弟、再弟也是新添的人口，也应该进田，于是就不退，但这与定的章程显然不符，肖泽武与厚友拉呱的就是这件事。

肖泽武没直接说这件事，而是先和厚友拉了阵家常，叙了些旧事。泽武记得，自己当四类分子时，家里的锅盖坏了脚盆散了，只要拿过去，厚友会放下手头的事给自己应急。现在说起这些旧事，泽武很是感动。

两人扯了好一阵才回到责任田的事上来。

因为飞飞是残疾，厚友对责任田的话题不感兴趣，但也不好扫泽武的兴，有一句没一句地应付着。

厚友说："两亩田，七个人分，三分田不到，有什么用！"

泽武说："不在田多田少，在于道理合不合。辉辉和飞飞不能总吃非洲粮（葫芦湾土话：指没田）吧。"

厚友看见拾野粪的冬姣过来，示意泽武别说了。泽武扭头看见了盖半省，真的不说了，但脸上有点不自然。偏偏盖半省耳尖，她已听见泽武是对她家没退责任田有意见。这下惹了祸，三大件开标时，仓库让牛崽设计标走的嫉恨涌上心头，她用粪耙指着泽武一顿臭骂："死人也眼红，你家也死喽！想打我家田的主意，别想扁脑壳。老娘家发人丁，三个四个咕哝也是空的。"

凤花听见叫嚷出来劝了冬姣劝泽武，又责怪了厚友一顿，还是没平息事态。

这时，恰好牛崽开着嘎斯车回家，见冬姣指着父亲在骂，立即停车过来给冬姣赔了一担的好话，说了父亲一百个不懂理，而且当着村里看热闹的人表态：辉辉不要组上的责任田，别人分辉辉不要。冬姣这才愤愤不平用粪耙捣地边骂边走。

回到家里，牛崽没责怪父亲但对父亲说了一件令人无法理解的事。牛崽说："爸，你和妈守着这栋老屋，我和秀美决定带着孩子住葫芦塘墟上去。辉辉进田的事不要再提。"

泽武看着牛崽，不作声。

牛崽又说："冬姣家这几年不顺，你千万不要伤人家。天灾人祸是算不定的。"

泽武看着牛崽，点点头，仍不作声。

牛崽又说："作田的事，我不管了，你种多种少别太在意。我提脚出去就不打算回葫芦湾了。"

泽武这才慌了，他万万没想到儿子会带着全家离开葫芦湾而且不打算回来了。他结结巴巴说："你一家子人，没田，吃什么？"

牛崽说："几丘田没什么留恋的，为几分田争来争去没意思；其他地方很多人都在外面开店子，办厂办矿；我把货车卖掉了，准备买客车。"

泽武正要问牛崽为什么要卖掉货车买客车，外面有人喊："快去看，兰钗和月英因为抢大粪在瓦厂地打架！"

泽武和牛崽停止对话，站在门口看村里的人往瓦厂地赶。葫芦湾的人都喜欢看热闹。

四、取胆谋肝

兰钗和月英打架这天是农历十二月二十日。

中午时分，国林提两瓶酒两条烟来到二林家，要他帮忙办准生证。二林说他不是不帮这个忙，照说，把飞飞抱给他们看也看了，但他们说还是不行。国林不问为什么不行，只说这个忙老大你一定要帮，飞飞五岁多了。二林还是说不好帮，要国林把东西提回去，他不喝酒，也不怎么抽烟。国林看穿了二林的意思，暗示里面还有点小意思。二林脸上这才舒展了些，答应过了年再去乡里使劲说说看。国林又许诺事情办妥了一定重谢，然后退出来。二林送到门外屋角拐弯处，突然看见兰钗挑一担粪做贼样往油菜地里赶；他不觉心疑，转到湾西的茅厕里一看，原来兰钗在挑爸妈的那坑粪。

忠茂二老如今只带着满林过日子。

满林没读书了，长年在外游荡，很少落屋，家里的几亩责任田还要靠忠茂盘弄。想节约点化肥，冬姣便拉下架子拾野粪；现在拾野粪的少了，冬姣轻轻松松便拾了一大茅坑。

二林认为这坑粪是爸妈的，几兄弟都有份。他虽看不起这几担粪，但兰钗随便侵吞爸妈的粪做法不对。二林把兰钗挑粪的事告诉了月英。月英也看不起几担粪，但认为兰钗没良心，提出也要挑。二林知道月英挑不过兰钗，自己从没挑过大粪，况且，即便两口子出场也挑不过水牛婆样的兰钗。于是二林借来几担粪桶，专舀不浇。等兰钗浇完那担回来，月英在自家屋后瓦厂地上已存了五担。茅坑里的粪所剩不多了。兰钗则一声不吭去瓦厂地上挑现成的。月英不肯，妯娌俩吵了起来，引来村里好多人看热闹。

建斌出车回来看见瓦厂地上围着一大堆人，不知发生什么事，便停车熄火挤了进去。德仁听到拖拉机叫知道是建斌回来了，慌慌张张从家里赶来喊建斌回家，说是光雄又来找秋兰了。

建斌说：“姐不是昨天就到葫芦嘴去了吗？”说着，一口痰射到地上恼火地连骂带命令：“死皮赖脸，你告诉他，退婚。”

秋兰谈了六个退了六个，陈光雄是第七个，又喊退婚，德仁觉得很丢脸。但他不说这些，只是低声咕哝道：“秋兰都快 29 岁了。”29 岁的姑娘还没嫁，是件不光彩的事。

建斌没理父亲的咕哝，倒是觉得月英和兰钗妯娌吵架互相揭短很有趣。

月英骂兰钗是贱货，前面没人接，后面没人送，赖在三林怀里就不走了。兰钗骂月英是烂货，老公没嫁就打胎，有了老公不下蛋。

两人骂的都是实情，兰钗三林没兴订婚，没兴结婚就生了两个娃，而且扎都扎不脱又怀上了，说不光彩也不光彩，要说光彩却相当光彩。而月英做姑娘时操之过急让人播种，嫁给二林七年了，肚皮偏偏不往上拱。兰钗不但有两个娃撑腰，而且扎都扎不脱又怀上了，胆子很雄越讲越顺口。

“没良心的家伙，你养两个鬼，搭帮哪些人，做了好事不领情。”月英没生娃，缺底气，自觉招架不住，虽仍在骂，口气先自软了。

兰钗继续挖苦：“眼红就你也养，你想屙屙不出，老子偏偏塞都塞不到，扎都扎不脱。”惹得大家笑个不停。建斌觉得兰钗两口子开玩笑也好，和人吵架也好，都是地道的小品语言，只是没能上电视。

兰钗头胎养个闺女乡干部来催她上环，她说要养个崽才上。乡干部要二林做工作，二林反过来做乡干部的工作说我妈养了六个崽，至今才只见一个孙女娃娃。乡里的确是给了二林一个面子，兰钗躲过上环关，次年果然生了个男娃。男娃女娃都有了的兰钗虽被押上了手术台，好不容易按住她的手脚在肚皮上割了一刀，却不知为何没扎脱，两年后又怀上了，乡里下通知要兰钗妇检，二林悄悄地上上下下活动活动，都认为兰钗扎都扎了，还怎么叫她妇检，就免了。

二林的这些关照兰钗哪有不清楚的，但吵起架来，只讲坏处不记好处。两个愈吵愈凶，继而打了起来。

战场摆在那长满爬地网筋草的瓦厂地上。粪桶已被兰钗全部扳倒，一地黄黑流动；月英手握钩扁担，兰钗操把粪瓢，围观的人随她俩的身影退来让去；长相秀气的月英许是怕，怯怯地往二林身后躲；牛高马大的兰钗趋步上前，二林躲闪不及，两手护住脑袋，“咚！”枯柴般的背脊扎扎实实挨了一粪瓢。

众人围观却不扯架，都取笑建斌走运，种菜可以十年不浇肥。建斌心情复杂地笑了笑，没作声，看着这场面，想起中标第二天盘点时自以为得了个宝，谁知当晚被烧了个精光；想起瓦厂地上的是是非非烦烦恼恼，心里难受。

拾野粪的冬姣老娘闻讯赶来，见众人不扯架，反而笑，挥动四爪粪耙在两个媳妇之间挖出一条界线。嘴里骂个不休：“短命鬼，冒失鬼，死过阵，不晓得葫芦湾人少鬼多，让人看把戏。”冬姣个性强嘴巴利，明骂自家暗骂他人，惹得大家挤眉弄眼老不高兴。

二林反手摸摸被砸疼的背脊，百般委屈地向大家诉告，听听，月英和兰钗打架是为争一坑粪。

他谎说今天中午我在家看报纸，有人来开证明，指给我看说你家兰钗真发狠，过年了还在挑大粪。我一看真的，兰钗挑着粪桶慌里慌张往油菜地里赶；我很奇怪，挑粪就挑粪，做贼样；走到粪坑一看，原来是挑妈拾的那坑粪。

二林说：“妈是公的，粪也是公的，是公的就都有份，于是月英也去挑；月英挑不过兰钗，就舀好存放在这空地上；兰钗一声不吭挑现成的；月英不肯，兰钗把粪桶全部扳倒，还砸了我一粪瓢，你们看看。”

二林指着粪桶又将沾有粪便的背脊亮给大家看，围观的人哄一声笑起来。

“你们评评理。”二林摊开两手唾沫四溅。

建斌憋不住首先发话，说妇人家打架男人撤火，你还讲起头头是道，篇篇是理！

建斌的话连劝带批评，二林没得话说。冬姣对建斌一直怀恨在心，两眼瞪起，粪耙捣着泥地，说我家的事不稀罕哪个搭。建斌一听本来有气，但见冬姣头发花白，两眼凹陷，颧骨凸出，这几年，连遭打击，人陡地老了。便压住了气劝：“冬姣婶，打架有人搭话是好事，你扯鸡骂狗，哪个不懂？讲重了，你会默起很长。老人家了别太要强。”

话讲得暗藏锋芒，噎得冬姣老娘嘴巴直哑。她手捺了一下花白的头发，无神的双眼茫然四顾，早先，自己跺一脚，整个葫芦湾都要颤三颤，但这几年，自己想要强都强不起了。那时，两口子想让二林读书当官，三林当兵提干，满林接替忠茂当支书。三人像把伞样撑开了，其他三个的日子也会好过。岂料天不从人愿，二林未能当官，三林没参军，何谈提干？大林，四林相继夭折；五林招郎在外；满林偷扒盗窃打架闹事，是个十足的二流子；二林结婚七年了，月英肚子没动静。虽然三林勤俭本分，生了两个娃，肚里又有了，还是掩盖不了这个家庭的败势，如今想起来，不该呀，当初真是不该口水浸死人，一个人背时、走运是算不定的。

围观的人都不搭理冬姣了。冬姣又觉失了面子，只好自己站出来评理，她哑着皱巴巴的老嘴说：“月英，如今兰钗孩娃多，负担大，几桶粪，你就让着点。你……”

冬姣话没说完，月英就发了气：“你老东西到我 × 里打了个望，晓得我生不出娃？”语气十分粗鄙。冬姣本是实话实说，但月英认定讲兰钗娃多就是中伤自己没生娃。

月英一吓，冬姣怪自己说漏了嘴，月英要脸模有脸模，要身段有身段，不是在娘家犯了错误会嫁给二林？如今她巴不起肚，不怪自己的崽没用还怪哪个？听说他俩到大医院被机器照也照了脱掉衣裤查也查了，屋后洋药瓶子中药渣东一堆西一堆，吃了那么多怎就不见效？七年里，我天天鼓起眼睛看你的肚子，怎么总也不往上凸？想着想着，有点可怜起二林和月英来，便转向责怪兰钗：“你用手打两下就打两下，不该没得头脑用粪瓢砸。”

兰钗黑着脸，索性又扬起粪瓢嚷：“老东西，挡箭牌，死开点。三林是野崽，比他大的送高中，比他小的也送高中，三林读到五册就不送了。这些都不讲了，月英的 × 金子沿银子底，你们办酒他收礼；十套衣服全身换；2000 块钱没少一个角；亏你老东西做得出，我头次来，一把锁把我和三林锁在一起，怪不得烂货骂我是贱货。老子贱又贱，肚子又争气，别个想养养不出，老娘扎都扎不脱，老娘还是强了。”兰钗手舞足蹈，讲着讲着竟自个笑起来。

冬姣白捡两顿骂，里外不是人，失了魂样站在那里望望天空瞅瞅地。

三林来了。他头上扣个矿灯帽，脸上一条一条的黑炭，后腰别着电瓶，手脚也全黑不溜秋，像电影电视里的日本鬼子化学兵。他从乡煤矿刚下班回家，见了这场面忍不住翕开缺颗门牙的嘴发笑。

二林走过去把背脊亮给三林：“你还笑，你妇娘这么凶，骂了妈还砸我一粪瓢。”

两人站在一起，三林高大二林矮小，明显不是一个父亲播的种。

兰钗看见二林就有火，一粪瓢挖过去终又憋出一句话：“谁叫你干猴子取胆谋肝分房取巧。想用妈那间房换建斌这块地。”

众人哄笑一声散开去终于明白，打架并非争粪是怪二林分房取巧。二林的外号原叫麻秆，现在又成了干猴子。

树大开枝，兄弟分房，依乡俗是拈阄为准，但二林提出不拈阄，主动把正厅屋的一个长间让给三林，另一长间让给满林，自己只拿爸妈住的小厢房。表面上自己吃亏，三林、满林沾了光，实际上是二林趁建斌不在家串通了德仁，用小厢房换那块大大的瓦厂地。建斌不知就里，听了莫名其妙。地换房这么大的事自己竟然不知道。兴许二林和老糊涂的爸说好了，好在在这里看她们打架听见，不然还被蒙在鼓里。

五、秋兰的烦恼婚事

坐北朝南、前后两栋结构的葫芦湾老屋场设计有两大特点：一是前后两栋之间有一条干巷从东到西把五个厅屋及各家各户连在一起，平时串门晴不晒头雨不湿脚；办红白喜事摆个几十桌足不出户。二是整个老屋场的五个厅屋的上下厅屋之间都设有一个长方形天井，天井的功能一是储水排水，二是采光——下雨时，前栋后檐和后栋前檐的水汇入天井通过暗涵流到村外。但这种结构也有两大缺点：一是建筑面积虽大，实用价值不高；二是采光条件差，特别是前栋的北厢房和后栋的南厢房，只在晴天的中午时分才有一线短暂的阳光从天井穿过窗棂折射进屋内，其余时间，这些房子则如同地窖，阴暗潮湿。

现在村里人都相继想法把房子建到了村后岭上或村东田里，再没谁采用老湾场这种结构。

建斌家至今没起屋，还蜗住在那间阴暗而又潮湿的厢房里。近年来积攒的那几万块钱打算在瓦厂地上随便建几间房，但一看二林那高不高、矮不矮、庵不庵、庙不庙的房子就觉得刺眼，自己要建，也好不到哪里去。加上父亲胃病日渐严重，药没断却不见好；再加上姐姐的婚事，又谈又退，自己也没找到合适的对象，这些事搅得脑袋都是晕的，也就没心思建房。再说，积攒起来的五万块钱已经全部借给丁建平，目前没还，起屋是句空话。

看完月英妯娌打架回来，建斌见爹和陈光雄坐在没生火的灶边，两人都无声无息，蠢子样。本来要和爸谈瓦厂地的事，现在不得不先打发陈光雄。

“你来了？”建斌打了声没称谓的招呼，其实也不知称什么。建斌总觉得陈光雄来相亲一直是偷偷摸摸做贼样。

建斌从县城回家的第三天傍晚，葫芦湾人正忙着赶牛入栏拢鸡鸭归笼，做生意的表姐刘利菊带陈光雄来相亲。喝茶叶开水、吃糖果饼干时，表姐向建斌一家介绍了情况：陈光雄是煤矿工人，现停薪留职做生意，存款已有好几万。说着递给秋兰、德仁和建斌每人一个红包。三人避开他俩互相数了数：秋兰二千八百块，德仁八百块，建斌六百块。德仁一家见陈光雄为人大方认为是真心实意，吃晚饭时就隐约地表示同意了。东拉西扯一阵后，表姐说建斌家没地方睡就带陈光雄去了葫芦背她娘家。见面后第三天傍晚，陈光雄又来了，提出带秋兰去他家看看。秋兰没答应。又过两天，表姐过来说光雄要去浙江送货，叫秋兰去替他看看家。秋兰更加不愿意。

建斌见他们这么猴急火急起了疑心，加紧调查，一查，查出陈光雄是个近乎下三烂的无赖。

陈光雄今年四十岁，有两个女儿，大的在读初中，小的明年小学毕业，老婆前年病死。他原和表姐夫是一个班组的下井工，五年前停薪留职做生意——从湘南各地墟场收竹笋贩往岳阳、江浙一带；偷偷将蛇、蛙、冬茅老鼠、獐、麂贩往广州。矿上原本效益差，表姐夫又在家养伤，生活愈加困难。表姐夫央求陈光雄让表姐也收些竹笋交给他。陈光雄满口答应。头一次交笋，陈光雄不验质量按最高价收了表姐的，秤也比别人放得低。表姐是个精明人，估计除正当的生意外还占了二十块钱便宜。第二次，陈光雄要表姐带笋子搭他的车去浙江直接交老板，包往返伙食还不算她的车费。这一回连收连送才八天表姐净赚三百多块。从浙江返回时，两人在火车上就开始摸摸捏捏，到株洲一下火车就甩脱同去的伙计进了旅社。之后，两人合伙做，本钱由陈光雄垫，盈利按四六分成。打单身已经两年的光雄和经济拮据的表姐混在一起各有所需，但当陈光雄提出要表姐离婚嫁给他时，表姐舍不得儿子也有愧于老实的丈夫，没答应。陈光雄便公然提出，她不肯就得替他找一个，而且在找到之前，他什么时候要，她就得什么时候给。这段时间在表姐娘家，两人竟公开睡在一起。表姐娘家村里的尽人皆知，却不知道表姐坏良心打秋兰的主意，连表姐爸妈都骂刘利菊不是人。

前天，陈光雄过来公然提出要带秋兰走。建斌把调查到的情况说了半掩，提出退婚。陈光雄不肯。昨天，秋兰躲到葫芦嘴发梅那里去了，想不到今天他又来纠缠，居然不肯走。建斌本很恼火，但觉得发火不解决问题，放慢语气说：“你来了，我想好意谈几句。”光雄坐久了冷板凳，终于有人开口也表示愿意好好谈。

“陈师傅。”建斌终于找了个通俗的称呼，“你年纪大点，我姐不嫌弃，你有钱，姐跟你，今后的日子会好过。俗话说，有钱的讨妹妹，没钱的讨姐姐。”光雄听建斌这么说，很高兴地接过话头说：“对，对，我有钱。”

建斌吞把口水转了腔调：“你和利菊是什么关系我们不管，但你有两个女儿不该瞒着我们。你别岔，我问你，我姐嫁给你，她的生育，你有什么打算？”

“这还不容易，躲嘛，养出后躲他十年八年，还怕养不起！”

“那我姐岂不一到你家就得当特务。况且，她往哪躲往哪藏？现在的政策你晓得，多生一胎，株连亲属。过了年，我准备起新屋，这样一来，我还敢起？我就是没屋才说不上老婆，你讨过一个还想讨，我呢？你想想。”

光雄觉得建斌的话句句在理，破不了也就答不出。建斌趁机叫爸把三个红包退给他，要光雄当面点清数。光雄不肯接，建斌从父亲手里拿过红包放在光雄面前：“陈师傅，我姐的事你死了这条心！红包当面数清。”光雄知道无挽回余地，接过数了数说每个包里少了二百零八，共少了六百二十四块钱。

建斌说：“三个红包原封没动，二千八百,八百和六百。不信你找利菊来对证。”陈光雄说：“不对，是三千零八,一千零八和八百零八。既然你们这样合起来诈我的钱，我要人不要钱。实在要退，补齐四千八百二十四块，再拿三千块钱遮羞礼。”

建斌把钱抓在手上，唰地站起变了脸：“你想耍无赖要看清对象。要人，日头从西边起；四千二百块，你得写好收据才能拿走；不然，我交乡政府处理。遮羞礼？你和利菊干这种坑蒙拐骗的事还有脸要遮羞礼？”

“反正，我不得肯，我准备再花几万块钱和你家搞到底。”陈光雄边说边气冲冲地走了。

陈光雄一走，德仁火爆冲天大骂罗发梅：“要不是她阻挡，秋兰嫁给国林，细把戏都读书了。当初，秋兰和国林，巧英和建斌，几多圆全的事，全叫她娘的臭娼妇搅坏了。现如今，该嫁的没嫁，该讨的没讨，国林、巧英讨了嫁了又养个残疾。我和厚友又没做孽事，偏偏，偏偏……”德仁没找到表达意思的词语，只是气得连连跺脚。

六、笑星的生育奇迹

兰钗生娃的瘾比葫芦山还大，她压根儿不肯结扎。前年乡干部要她去做的结扎手术，临出发前还褪下裤子要三林抓紧时间播种。三林不肯，她老大的意见，一路唠叨着到了医院，借口上厕所趁人不注意，跑了。计生办主任王玉萍带着乡干部好不容易发现她躲在医院后山一个刺蓬下，又哄又劝带进手术室。她却张开两手抱在手术台上，结实的大屁股一下一下往上拱，不让医生拢边。王玉萍做了好久的工作兰钗才仰过来。医生剪脱她的裤带，在肚脐眼下割了一刀，却没扎脱，两年后又怀上了。

怎么会呢？起先，兰钗自己也不相信。在葫芦塘医院结扎的妇女少说也有一两千，怎么偏偏自己没扎脱呢？但这已经是事实，自己的肚皮渐渐往上拱了。兰钗对在葫芦湾蹲点的乡党委副书记刘广方没隐瞒。刘广方也没追究兰钗，人家已经彻底执行第一国策了，还有什么追究的呢？而且把有关兰钗结扎后又怀上的事作为奇迹传到了葫芦塘乡政府，传得整个葫芦塘乡很多人都知道了。一传一传传出多种版本，一是说二林和乡里某某领导好，某某领导和医院手术医生好，做了手脚；另一种说法是医生做结扎手术与劁猪匠劁猪一样，每满一百就要放一个，兰钗正好是满一百那个，医生扎她时，只做了个样子，放了；还有一种说法是兰钗有两根输卵管，扎了一根还有一根；还有一个说法更加可笑，说三林的那个东西又长又大劲道很足，把兰钗扎起的输卵管搞通了。人家扎后想生要花上万甚至几万在省城的医院接还不一定接得通，你看人家三林，一分钱不花就搞通了。因此，好一段时间，有些扎了的妇女互相之间开玩笑说，你还想养就叫三林过来把你的搞通。三林成了葫芦塘乡的名人，每次赶场，很多人对他指指点点，说那就是葫芦湾的三林。据说有个妇女扎后，儿子玩水不幸淹死。她拿县计划生育委员会的证明到省城接输卵管没接通，竟想入非非跟着三林在墟场上走了几个来回。

反正科学的、迷信的、关系的和玩笑的众说纷纭，莫衷一是。

前两种说法很快就排除了。因为二林与乡里任何领导都没有特殊关系，三林就更不用说。再说，乡领导不掌握手术刀，他还得求手术医生，求医生就多了道关卡，就有可能暴露，一旦暴露就会丢饭碗，领导不可能拐个弯来担这么大的风险。二是给兰钗做结扎手术的医生姓侯，是临时从县人民医院派过来的，别说二林不认识，乡里的干部也不熟悉。至于每满一百就要放一个也说不通，葫芦塘医院结扎的妇女将近两千，按比例应该放了二十来个，然而奇迹只发生在兰钗一个人身上。

第四种说法纯粹是妇女们三个四个凑在一起传出的略带黄色的笑话，缺乏科学依据。三林那个东西再长再大劲道再足也搞不通输卵管。

再说，三林发现兰钗怀上后，还逼着兰钗到葫芦塘医院做刮宫手术，碰巧那天妇产科医生休假没上班。过了几天，三林还要求蹲点的副书记刘广方劝兰钗去刮宫，兰钗把切菜的屠刀递给三林，要把裤子褪下来叫三林动手，吓得刘广方赶紧走开了。之后，三林再没提刮宫的事。毛毛在肚子里一天天往大长，外人把这当作稀奇，兰钗把这当成荣耀，两口子成了葫芦塘乡的名人。

国家的计划生育越抓越紧了，墙上到处刷着标语，“一对夫妇只生育一个孩子”“计划生育是第一国策”“提倡一胎，计划二胎，打击三胎”。乡里干部解释，所谓提倡一胎是头胎生的是个男孩，不能再生二胎；计划二胎是指头胎生的是女孩，必须在四年之后才可以生二胎；三胎是绝对不允许的，怀上了也要拉去刮宫或引产。乡干部村干部对计划生育的宣传是吊在嘴巴上，天天讲，时时刻刻讲，工作做得很细致。有些头胎生女孩想生男孩的夫妇都躲到外面去了。刘广方虽然也讲，但有人提到兰钗他就解释说属特殊情况，已向上面反映了，听上面处理。

兰钗知道自己怀的是个打击对象。但她不怕，她在湾里走来走去，一日三餐炒菜煮饭照做不误；该摘菜摘菜，该挖土挖土，挑大粪泼大粪没一点影响，打架赢了月英还敢用粪瓢砸二林。冬姣要她去邻县的姨娘家躲躲，兰钗说，不去，我已经扎了，没扎脱还能怪我！刘干部都没说什么你有什么急的，总不能扎了一次扎二次！冬姣说刘干部不说，你保证湾里没有烂肚鬼！三林烦他妈的嘴巴，说你不得人心坏就坏在这张嘴巴，不骂人就说不出话。哪天我还要去找乡政府，医生技术不过关，造成了我的困难，要他们给我拨点抚养费！

乡计划生育办每年要组织两次妇检查环上环，春插前一次，秋收后一次；还要组织两次结扎手术，也是在春插前和秋收后。这样能让术后妇女好好休息。去年秋后村妇女主任来给兰钗送妇检通知，她说我扎都扎了还要老娘去检查，真是好笑。我才不去呢！你告诉乡里，说罗兰钗又巴肚（方言：又怀孕了）是老天安排的。村妇女主任与驻村的副书记刘广方商量怎么办？刘广方说兰钗扎后怀胎的事上面知道了，他们都当新闻讲，没明确怎么办，我能拿她怎么办？村妇女主任又把兰钗和刘广方的话反映到乡计划生育办。乡计划生育办主任王玉萍请示乡党委陈书记。陈书记反映给县计划生育委员会。县计划生育委员会又把皮球踢回来，要陈书记看着办。

陈书记的脑袋一下就大了，计划生育一票否决会直接影响头上的乌纱帽。他找蹲点的刘广方商量怎么办？刘广方说这是县计生委从来没遇到的情况，因此他们没明确指示怎么办，要我们看着办。人家已经扎掉了，难不成又扎。陈书记说，我也是这样想，但不过问是不行的，她是第三胎了。我的意见是声势搞大点，扬言要抓兰钗引产。到了那里后，雷声让它震天响，下不下雨看着办。

第二天，陈书记、刘广方副书记带着王玉萍和四个乡干部开着乡里的吉普车十分张扬地往葫芦湾赶。

吉普车从“巧兰家具店”门口过时，厚友吃完早饭正好端着茶杯坐在门口喝茶，他看见吉普车往葫芦湾方向跑，刘广方也在车上，吉普车车前车后车厢左右都贴着宣传“第一国策”的大幅标语。一出车就知道是有人犯了第一国策，要把人抓进吉普车送到医院执行。葫芦塘的老百姓称这辆吉普车叫“肚中杀人千千万”的专车。厚友立即把吉普与兰钗联系起来，他放下茶杯租辆摩托车也往葫芦湾赶。不管怎样，三林名分上是忠茂的儿子，实际上是自己的血脉，兰钗已经扎了，扎了以后还怀孩子那是天意，国策上也没有再扎的道理。

陈书记他们一来，村会计二林也马上到了现场。也是巧得很，三林又是用一把大斧头在上厅屋劈柴。兰钗抱着再弟坐在门槛上看三林劈柴。

按照布置，陈书记和四个乡干先到湾里走了一圈，放出话来要抓兰钗去引产。因此，全湾的人很快就来了公厅屋。等人到得差不多了，刘广方带着陈书记才走近兰钗。刘广方正拉开架势准备说话，兰钗先开了口说刘书记，你劝我去刮宫我没去，这次增加兵力是不是要抓我去结扎？刘广方指着陈书记说这次陈书记亲自来了。兰钗从屋里端出一条凳子叫陈书记坐，责问刘广方说你太不懂道理，结扎哪能像农民踩田一样，踩了头次踩二次，次次踩到我。刘广方笑起来，要她和书记讲。

陈书记要三林放下斧头。三林没理睬，他仍旧劈柴。猛一斧下去，炸开一块木渣发出一声尖厉的呼啸。陈书记正要开口，兰钗拍着自己的肚皮说，陈书记，我又巴了肚，而且是第三胎。我问你，政策规定有没有扎了一次又扎二次的？陈书记打手势叫兰钗停下听他讲。兰钗说听你讲也行，但先回答我全乡有没有扎了一次又扎二次的？如果有，我现在跟你走；如果没有，你从天顶上讲到天脚下也是空的。

忠茂和冬姣把五林喊来了。二林讨好陈书记要爸回去。忠茂推开二林走到陈书记面前，自我介绍是上一届的支书，兰钗是他的儿媳妇，要求陈书记特殊情况特殊处理。

陈书记喊了声忠茂老支书，久闻大名。然后笑了笑说，兰钗的情况特殊，所以乡里没逼她去妇检。兰钗又追过来说陈书记不要扯远了，我只问有没有扎了一次又扎二次的？陈书记说，我们不是要你去结扎，是要你引产。忠茂的脸色立马变了，说我把计划生育政策翻通了，没有结扎以后巴的肚也要引产的条款。陈书记说是没有。但兰钗怀的是第三胎，坚决不能生下来，必须引产，这次不扎，她如果再怀孕还得扎。

这时，厚友冷不丁站出来了向陈书记打了个拱手说，湾里人都知道我和他们是仇家，但你们要抓兰钗引产我要说句公道话。你刚说没有扎二次的，现在又说还得扎，我问你，倒底是扎还是不扎？

陈书记说我是讲如果再怀孕还得扎。

厚友说，我只听说阉猪没阉好可以阉二次，但兰钗是人，不可能让你们扎了一次又一次。葫芦湾的人最讲政策，前年，你们要兰钗去结扎，我们谁都不作声，因为按政策兰钗应该扎。但今天，如果你们拿不出政策条文摆在这里，我们葫芦湾的人不可能让兰钗走。厚友话音刚落，五林带头嚷道：哪个要带我三嫂走，老子就和他拼了。冬姣则用手指着陈书记的鼻子一顿臭骂：“你个砍脑壳的！炮子打的！”“万千的事不管，管卵管拐管生崽。”

陈书记没计较冬姣的言词粗俗，自己是国家干部，不能和老女人一般见识，他要三林表态。三林挥舞斧头往柴上又狠狠劈了一斧头，然后直起腰来说，我现在心里好害怕，兰钗肚皮让你们割过一刀，现在又要在她肚子里割，是不可能的事。陈书记说再生也是不可能的。三林说，我本来不想生，你们没扎好，害得兰钗又怀上了。麻烦政府让她生下来，我再送到政府去。

所有在场的人听了三林的话都哭笑不得。但他们的态度很暧昧，只冷笑，不作声，甚至有人希望把兰钗抓去引产结扎。尤其是那些还没生崽的。

陈书记把王玉萍和另四个乡干部喊到一边打商量，他说兰钗，忠茂、厚友和三林都是讲道理，没搞蛮的，而且他们的道理也破不下。如果我们来蛮的他们也会搞蛮的，葫芦湾的人打架齐心出了名，不好惹，你们看看这个事是不是可以缓一步？反正兰钗还是刚刚怀上。刘广方首先表示赞同，说今天本来是要抓兰钗去引产，但这个阵势肯定抓不走。我们责任尽到了，麻烦玉萍主任亲自到县计生委走一趟，把今天的行动和结果如实反映一下。王玉萍说我看见三林手上的斧头总是不放还有点怕。另两个乡干部顺水推舟都说缓缓，别激化矛盾。因此，陈书记过来对三林说上面政策抓得紧，我们把兰钗这个特殊情况向上面汇报，上面不追究，我们也不追究。如果上面追究，你们也要有思想准备。三林说，我时刻准备生下来。

陈书记拿兰钗、三林没办法，坐吉普车走了。

七、“师母”尹国花

刘厚友家那栋五垛四间钢筋水泥结构的平顶房，仍是独门独户，仍与碾米机房连在一起。

德仁推了推厚友家厚重的大门，闩了。他举手敲门要喊时，国林房里传来争论声。

“偷偷摸摸取出来，即使怀上了生下来也会罚款的。”这是巧英不安的声音。

“小声点，小声点。”这是国林在劝，“罚点款不要紧，万儿八千没关系，我就是要生娃。”

“你不是说准生证快办好了吗？拿来了准生证，我去医院取，我怕，就过年了。”

巧英又嚷。

德仁老倌这才依稀听懂是国林找人在偷偷摸摸给巧英摘避孕环。他索性悄悄地移步窗下仔细听。

“别嚷，别嚷。”这是另一个女人压低了的声音，“就是过年了才安全呢。过了年，要明年农历二月才妇检；这两个月国林用点劲，你怀上了，我就替你放进去；我晓得，她们是查环不查孕；再过半年又检查时，你已经生下了，生下了就受法律保护，多给他们点钱就过去了，反正你家有的是钱。”

德仁听清这是冬旺媳妇尹国花的声音。这女人真是块宣传生育的好材料，树上的麻雀她都哄得下，国林没脑髓，怎么找她？

“我听说杉木冲有个女的也是偷偷叫人取环，搞起大出血差点送了命。”

“不怕不怕，保险，我是老杆杆。来，把裤子脱了，唉！怕什么丑？就你老公睡一头的在这里，来，我给你脱。”

“真要取，我上趟厕所。”

“这还差不多。”国花如释重负的声音，“妹子，你就快点。”

后门“吱呀”一声，巧英走了，国花叫国林跟着。谁知过了一阵，国林回来失神地说：“她跑了！”

“跑了，那我就下回再来，你做好工作再去叫我。”国花说得很轻松。

“你是不是先把钱退给我？下次……”国林似乎不好意思。

没等国林说完，国花接过话头：“什么？退钱！我没本事，取不出，可以退！技术不过关，出了事还要赔。看在你叫国林我叫国花是兄妹的情分上，我担着风险给你做好事收半价，你老婆跑了，还要我退钱？染布不染白布，走路不走白路，哼！”

国林嗫嚅着，没说出话。这时厚友过来骂国林干蠢事，问给了国花多少钱。国林说八百。厚友对国花说：“退五百，那三百算他拜了师父，桥上过得人，桥下过得水；你干这事也违法，不过我不告你；你情愿就这么办，要是让人撞见，你下不来台。”接着又令国林把巧英找回来！

国花说：“我下不来台？走遍全国我还没怕过谁！进过公安局，到过派出所，哪个衙门都奈何不了我。葫芦湾的事，我再不做了，有本事还是去远方显；不是吹，我这技术在北京上海也是东请西迎。好吧！废话不讲，退三百，准我拜了师母！”

国花说着，把三百块钱拍在桌子上，转身打开大门不慌不忙往外走。她陡地看见门口站着个人，手里捏着的布包慌忙往身后藏，惊得退了两步，但旋即低头从德仁面前跌跌撞撞地跑了。德仁老倌目送那个手捏布包消失在夜色里的黑影觉得很像传说中那种专害妇女的“产后鬼”。

“你——这么晚？”厚友猛然见德仁站在门口，惊慌地问。

“我来过好一会儿了。哎呀，你家也是，怎么和这种人打交道呢！？你平时还教我‘白脸青筋不可交，谨防背弓与驼腰’，你……”

“唉，没得办法，给二林烟酒也送了，红包也封了。直到今天他才讲真话，乡计生办说两人是表兄妹不合《婚姻法》，不开准生证。”

德仁“啊！”了一声。

厚友似乎想起什么，连连叹气摇头，把德仁让进屋里。

八、慨叹沧桑

德仁坐下后，厚友递过一支烟叹息说：“这日子过起好怄气！准生证搞不到他就来这一手，巧英又偏不肯生。她有她的道理，头胎养了个怪物，说起来都丑人，六岁多了还要扶墙扶凳才站得起；头比身子还大，吃没餐数屙没坨数；成天涎水滔滔，下腭总是红肉丝丝，只晓得‘唉——唉——’地叫，哭不像哭，笑不像笑，哪里敢给人看！不是讲得毒，是只鸡我早就搞死了，我可能前世作了孽事。我后悔啊！当初，我做了件大蠢事，好生生两对，一棒子打散了。如今，我三头不是人，葫芦嘴我妹怨我；国林、巧英两口子也怨我；见了建斌和秋兰更是想躲。”厚友说着，用手直敲自己的脑壳。

德仁怪厚友的话打屋柱、震栋梁，明明是发梅臭娼妇要死要活不准秋兰嫁给国林。建斌和秋兰搭帮你两口子带大，我人没用，情是记在心里，你这样讲，我受得住？

厚友长叹一声，说我欠你的就更多了。人啊，是个命。事呢！也是配出的。唐朝的罗成不也是表兄妹结亲，人家养出的儿子带兵打仗当元帅。怪来怪去怪黄洪武那狗东西造下的孽。算了算了，越讲越气。

这时，国林回来了。厚友瞪起眼睛问巧英找到没。国林回说月英留她做伴，二林开会去了。厚友命令国林：“马上叫回来，我见不得他家的人。”国林不敢违抗，赶紧往外走。厚友又发了一通气，粗喉大嗓叫老伴凤花炒几个菜，今晚要和德仁老弟喝两杯消消气。

算起来，德仁和厚友已有三十余年的交情。在相互交往的三十多年里，到底谁帮谁帮得多，谁欠谁的情，谁也说不清。两姓旁人只晓得他俩相好，但为什么好？好到什么程度？却不甚清楚。若要追根究底写出来，至少是部中篇纪实小说，这里省去故事细节，只作简单陈述。

刘厚友的岳父肖贵才是葫芦湾方圆几十里顶尖的好木匠。刘厚友十六岁跟他学徒，十九岁时已长得身高体大。贵才见他脑子灵活，学艺又专，是个撑得起门面的人物，托人说和，招他做了自己独生女凤花的郎君。老木匠家道殷实，名声、人缘俱好，二十岁结婚的厚友倒也心满意足。

结婚不到三月，厚友和德仁被民兵营长肖忠茂派往葫芦嘴烧木炭。

当时，现在的瓦厂地上砌有三座炼钢铁的高炉。炼钢铁需要木炭，公社组织了百把人去葫芦嘴烧。这百把人十个人一组就坡地搭个“人”字厂，盖上冬茅遮雨遮阳；里面铺上湿茅草把从家里带来的破被垫在上面，轮流歇息睡觉就算有了个地方。厂前筑个炭窑，窑边挖个眼埋锅做饭，不经“炼钢指挥部”批准不得回家。

不到十天，德仁经受不住风寒侵袭开始屙痢疾。屙得黄皮寡瘦，浑身无力。厚友叫德仁在厂里休息，德仁的工由他顶替。那时好在饭不定量，厚友是山里人，惯了，体质又好，也就挺得住。德仁歇了几天，吃了厚友的草药，渐渐好转。各组的木炭也出了窑。这时，炼钢指挥部决定组织一个“运炭队”——用肩膀从葫芦嘴往葫芦湾送炭，要壮劳力。运炭队晚上不开工，可以睡在家里，相对露宿荒山野岭要好得多。厚友和德仁便报了名，德仁本不合“壮劳力”的标准，但组织运炭队的干部和厚友熟，厚友随岳父给他家做过六天木匠活，结账时，岳父送了一个工的人情，他至今记得。这样连同病怏怏的德仁也批准了。

德仁病体未愈，每担挑不动规定的八十斤以上。厚友便让他只挑不多的一点，山路上还一程一程地接，下山后到了平地，厚友把四篓炭拴在一起，德仁拄根扁担在后面跟着，快到钢铁厂时才解下各挑各的去过秤。

疯狂一阵后，炼钢运动像吹灭的灯一样无影无踪。大家认为形势该好转了，不料拆了各家各户的小灶，收了各家各户的大锅小锅，小村并入大村，集中在一个大灶头上吃饭。葫芦湾也像全国各地一样办起了农村公共食堂——吃饭开始定量。起先还好，男主劳每餐老秤八两（每斤十六两计），即每天一斤半，女主劳每餐六两。后来，瞎指挥导致粮食歉收产量猛跌，而肖忠茂们却一味“浮夸”，上交国家之后，所剩无几，人们开始过三年困难日子，男主劳定量降为每天十二两，女的九两——才半斤多一点。

厚友人高马大，消化力强，突然减了饭量就像孩子断了奶；高大的身躯瘦得只剩一副骨架，有气无力，风都吹得倒。岳父母省下嘴里的喂了国林的姐姐，五个人有四个患了浮肿病。全家笼罩在死亡的阴影中。

这时，德仁在大队米厂任厂长兼保管，手下还有一个五十来岁的男人和两个妇女。四个人每天要砻上千多斤谷子车干筛净成大米，供应给葫芦湾大队的六家食堂。米厂办在那栋四垛三间的青砖瓦房里。因干系重大，谷仓派了两个民兵把守，单身一人的德仁则把床铺搭在大米保管室。德仁读过旧学，账目上是不会出差错的；他为人老实，二十多岁了没听说他偷过谁的东西，哪怕是一根黄瓜一个桃子；单身一人，准他吃也只要那么多。应该说，支书肖忠茂选德仁当保管是动了脑筋的。但大家仍不放心，又公推五人由忠茂带领从仓库里抽样过了五百斤谷，守着加工测出其糙米率每一百斤为七十斤，另有一斤半左右碎米谷头子。谷，每天由冬姣平秤过给德仁，德仁也每天用同一杆秤把加工好的米平秤过给各个食堂。无论大米还是碎米谷头子都要按率归数，只准多，不能少。

厚友一家到了这个地步，德仁虽管着一大箩一大箩的大米，有心帮他但没办法。一次，葫芦背食堂的保管员先天过了秤的一担米因事没挑走，第二天来挑时，坚持要复秤。一复，先天的准星平秤，次日竟多出一斤秤杆还往上翘。德仁悟出这是谷去壳变米后受了潮的关系。于是，德仁动了点脑筋，每天多加工大米存起来过夜；扫地时，在存放米的地方适当地多洒些水；然后要厚友叫凤花缝了两个四指大的锁口布袋。

食堂办在正厅屋，各人都是凭票端饭回自家吃。德仁单身一人端了饭去厚友家吃，每餐吃饭时从腰间取下米袋换回空袋。这对他来说是举手之劳，而厚友一家有了这每天三小袋一斤多米添在家里熬罐子粥吃，渐渐恢复了元气。当时，有条规定，患浮肿病的人可以凭票从食堂过米回家熬粥吃，别人熬粥吃不好，而厚友一家能好，有些聪明人就从德仁一天三趟往厚友家跑悟出了道理。但等悟出道理，食堂已经解散，大米加工厂也随之消失。两个小布袋至今藏在厚友房里的箱子底下，凤花每年翻晒衣物看到两个布袋时心头就会热一阵子。

德仁在1957年结过一次婚，结婚两年媳妇没解怀，德仁怪她不生便离了；女的另嫁后却生了；德仁虽有些后悔，但也庆幸。要不，自己能否逃过那场饥荒都不一定，还怎能帮厚友一家挣扎过来呢？因为有了婆娘，米厂保管的美差是不会落在自己头上的。

食堂解散这年，德仁与葫芦嘴死了丈夫的罗发梅结婚，三年中相继生下秋兰和建斌。德仁见发梅常借看与前夫的女儿为名往葫芦嘴跑，一去就是两天，而且从不带秋兰和建斌。德仁弄清罗发梅和原来的公公唐全六的奸情后，往死里打了发梅一顿，问她为什么至今恋着那个畜生。发梅竟毫不害羞地说："他比你行！"德仁咽不下这口气，虽然念她为自己生了两个孩子，但还是将发梅赶出家门，自己带着两个孩子。白天开工时，德仁把一岁的建斌绑在背上，三岁的秋兰锁在屋里；开工回来还要挑水、做饭。厚友两口子不过意，要德仁每天早饭后把两个孩子送过来，中午饭在他家吃，收了工再接回去。厚友家晚饭早，饭菜口味也好，常常是等德仁去接时，两人已吃过了。德仁提出给点谷，厚友两口子又不答应。过年过节买点什么送去，但去得少，回得多。德仁愈加不好意思，说这又不是一餐两餐，三月两月，日子久了怎么对得住人？厚友两口子不知是顺口说出还是考虑了很久，半开玩笑半认真地说："秋兰长大了给我国林做媳妇。"德仁笑着满口答应。如此，一带四年。

随着岁月流逝，两家人情往来愈加频繁，村里人都晓得他们已作为亲家交往。秋兰和国林也随年龄增大，人前拘谨，背后亲热。要不是国林出了那件事；要不是发梅一手拿鼠药，一手拿绳子威胁阻挡；要不是两家担心出人命……厚友还说要是他不糊涂，国林和秋兰的细把戏都读书了。

两个历经世事沧桑的老人一想起这些事怎不感慨万千呢？

九、酒后真言

国林叫回巧英悄悄去了房里。厚友和德仁开始喝酒。

桌上一碗米粉肉，一盘鲜鱼，一盘干麂肉，一个蛋汤，还加了一碟豆腐乳。厚友家待客上菜十分讲究，至少要五碗菜。一碗两碗太寒酸；三只碗是祭菩萨；四只碗是打发叫花子。因此，哪怕配碟豆腐乳也要凑五碗。这些菜原是准备招待国花的。厚友说没菜。德仁说比烧木炭时还是好点，有酒就行。厚友说酒浸死你都有。德仁说浸死我你家就热闹了。厚友说大不了我那盒老油木棺材贴给你。

提酒过来的凤花听了笑眯眯地责怪厚友，过年了，没名堂。其实德仁只抿了点酒就添了饭。他说他的胃痛得密也痛得厉害了，医生叫他戒酒。厚友也说喝不得就别喝，还是命要紧。德仁说："不是命要紧，建斌花那么多钱给我买药。唉！建斌的孝心是没得说了，只是我这辈子对不起他。你看，房子都没一间，二十七岁了还说不上对象。"

厚友自责地叹息一声，打了自己一掌。德仁拿过酒壶给厚友筛了一碗酒，说别这个死样子！我来是和你讲两件事，一是秋兰的婚事，要退。厚友立即附和，这门亲，你不讲，我也会打岔。他把自己打听到的情况说了一遍。德仁又是一阵附和。

"光雄那头绝对不愿意退！"厚友夹菜的筷子停在空中。德仁把钱不对路的事和光雄临走时的态度说了一遍。对于钱，厚友对德仁没有丝毫怀疑，德仁不是那种奸猾之人。他沉吟一阵说："陈光雄走了几趟，钱也花了些，现在人没得到人，钱又不对路，你找利菊对证，万一她一口咬死交给你是这么多，你怎么办？你们都没当面数，两人还不就是争。眼看就过年了，光雄上有老，下有小，三十晚上，为这事闹得几坨肉都吃不下，万一想不通，做出什么蠢事，两家都不好。这样吧，过了年，等火气消了，我去矿上走一趟。”

德仁见厚友说得在理，连说要得。碰上为难事，德仁总是把厚友当作自己的主心骨。接着，德仁又说起自己用地换屋的想法。他算盘打起珠珠叫，说是等以后村里人都起了新屋，老屋没人住了，他随便出点钱都可以买两间，比起新屋节约多了。

厚友不赞成，万一人家不卖呢？那你总是住两间屋算了；那些老屋阴间地府样，住在里面，人都是矮的，你该起屋，迟早要起。听说建斌建房的钱不愁，“知青王”的钱都还给他了，他在葫芦湾算得上老板了。一提起屋，德仁就大骂二林和忠茂是两个作孽事的，晓得我会起屋，赶早起这么几间庵不像庵，庙不像庙挡在前面。还又是猪栏，又是茅坑，一块上好的屋场地让他给弄坏了。他家不绝代天理瞎了眼！

“那你为何把地换给他？”厚友盯着德仁的脸，“你允了口？”

“那地我拿着没用，换回冬姣那间屋，把门一通，方便，也服了口气。二林还说，以后要买老屋或批地建房，他一定帮忙。我就答应了。”

“没点卵用的东西！”厚友一口喝干杯中酒，酒杯往桌上重重一蹾，站起来，“建斌也同意了？”德仁说建斌没同意，又把建斌的话告诉了厚友。

厚友大拇指一翘，说建斌不错，有脑筋，又说：“你一大把年纪的人了，小娃子样，打一个耳光给两粒糖就哄住了；狗一样，敲一棍，丢根骨头又去啃。写了纸吗？”

德仁见厚友发气，却翕开口笑：“你这人，我相信你才好意和你讲，你不同意就不换了，又没写纸。”

“没写纸！那么久了，也不对我吭一声，把我当外人看。除了巧英这事，我没哪点对不起你！”厚友骂道。

德仁不怪厚友骂，骂几句，反而觉得舒坦。

厚友见他这个样子，想起德仁过得窝囊，又不忍心骂了，而是变换了口气：“晓得你那时偷米给我脑袋为何那样好使，那样有主见？二林家想方设法谋这块地，千万别让他得逞。他那个庙迟早要拆。如果一个起一头可以答应，不这样就不换，你让他先开口。你急他更急。”

德仁说原先提过，怄死了。厚友说事到如今，各退一步两家都好，也许能成。德仁一听有理，答应照办。因为高兴，两人一杯来一杯去喝得摇头晃脑。完了，德仁招呼不打就往外走。厚友扯开裤子往厨房的潲桶里边撒尿边喊：“喂！你往哪跑？”

德仁学着古戏文里的腔调拉长声音回说：“带老——夫打——道回府。”厚友摇摇晃晃走到门口说：“我——送——你。”

凤花埋怨厚友说德仁哥喝不得酒，你还让他喝醉。厚友推了凤花一把：“又不是给他灌农药。走——开，走开！我俩谈点私人天。”

凤花怕厚友，低头走了。

厚友酒醉心明，他问德仁，听说忠茂得了什么什么炎，两个月没露面了。德仁说是得了黄什么什么肝炎，几个崽都不肯给钱治。

厚友听了，“啊——哈——哈——哈！好舒服哇——哈哈——”德仁受到感染也呵呵哈哈大笑着说妹郎你醉了。厚友却骂道：“你狗娘养的敢说我醉了！”说着学着解放军拉练部队的齐步走，喊：“一、一、一二一！”那步伐却是同边手同边脚，很滑稽。然后拖住德仁一只手说：“来，老刘送你回家。”

两个人相扶着摇摇晃晃走到德仁大门口；德仁又拉着厚友往回送；送了两个来回又到德仁大门口时，却不进去，继续往前到了正厅屋门口才往里走。

兰钗在剁猪草，那“笃笃笃”的声音在夜里特别响亮，猛然看见两个人影摇摇晃晃走过来，吓了一跳。她手提柴刀，猛然站起：“哎呀！是你们两个，吓我一跳！”

厚友睁着醉眼问，三林呢？兰钗说三林睡了。又说，厚友姑父，德仁伯喝不得酒，你别劝他喝。德仁说是我自己要喝的，关他卵事。兰钗见他俩酒气熏天，怕出事，叫他们等等。兰钗边说边去了家里拿矿灯。德仁便向厚友夸兰钗的好处，说葫芦湾的媳妇属兰钗好，又勤快，又会生娃，扎都扎不脱。兰钗出来听见，说德仁伯尽给我戴高帽子。德仁却张开醉嘴笑起来，不是吗？忠茂六个崽，就三林是个好崽。唉！妹郎，是你的种子吧？啊——哈——哈！啊——哈哈！我真的醉了！

厚友也笑着说，你不是喝了酒，是喝了尿！哈哈哈！你喝尿！哈哈哈！

兰钗听了，不好意思，其实，她早已看出三林和厚友是一个模样；难怪三林在厚友那里做了一架大衣柜和一个写字台，厚友不肯要钱。兰钗不好介入这事，连声催他们走。她先送德仁回家交给建斌，再送厚友进屋，然后回家还收拾了一阵才脱衣服挨三林睡下。

十、夫妻夜话

自从兰钗知道自己又怀上了，而且根据酸儿辣女的说法判断，肚子里的家伙多半又是个保卫祖国的。于是，她经常想，两个儿子长大了哪来的地建房子。因此，她一想起二林不按规矩拈阄分房，坐死要那半间是准备用来换那块瓦厂地的做法很恼火。尽管为这事骂了月英砸了二林一粪瓢还是不解气。她看二林鼻子不是鼻子眼不是眼，碰到一起就会提分房不拈阄的事。但是，一提这事，二林就支支吾吾岔开话题。兰钗几次唆使三林提出重新拈阄分房，但三林没有建房的打算，一是没钱，二是没地。二林想拿半间屋换建斌的瓦厂地，那是二林的事，轮到自己是开不了这个口的。人家的东西就是人家的东西，怎么能动这些歪脑筋呢？再说，就是建斌同意换，二林的房子挡在前面也没用。他考虑的是如果自己拈到爸妈住的那半间房，一家人住哪里？因此，三林一直没合兰钗的套。每天去煤矿上班，回家时挑一担柴，吃了晚饭洗澡睡觉。

“哎，醒醒！醒醒！”兰钗捏住三林的鼻子喊。

“别吵，别吵，不想办公。”每晚都是三林先睡，兰钗想干那事时，主动吵醒三林。

“谁和你办公？”三林书没读几年，字认不得几个，平时讲话却带诗意，他称干那事叫办公。

这次，兰钗吵醒三林却不是要干那事，而是说：“三林，我告诉你，这回我们再别上二林干猴子的当了。”还没等三林摸着头尾，兰钗又说，“二林要用爸那半间屋换建斌那块瓦厂地，然后把现在的房子拆了，摆进去重新起。”

“你听哪个讲的？”

“巧英。”

“巧英怎么晓得？”

“巧英是个人精，哪样事不晓得，说月英不巴肚是怪现在的屋起在吊塛上，巴了肚也保不住，风水先生说把屋移进去保准人财两旺。”

“空话！”三林索性坐起来，“他这房子才起了几年，拆屋起屋，吃空米谷。他会印票子？”

“钱！”兰钗把三林拖进被窝，讥诮地哼了一声，“二林弄钱像你像我，也是巧英说的，我们村为湘南开发区造了一百亩田，上面每亩拨了两百块开发费，不但没发给我们，反要我们每亩交三十块。钱哪去了？他们分了。赚钱不费力，费力不赚钱，人家笔头一画，你拖煤拖断腰。”顿了顿，又狠狠咒道：“亏心钱，起了屋也没人住。”接着就审问三林当初家里为什么不送他读书。

三林歪着嘴巴笑了一阵，绘声绘色说：“哪是不送，是我不肯读。有一次，我、国林和建斌迟到，老师留了我们的校。我出点子，第二天天不亮就去敲学校的大门，大喊大叫。学校老师不知出了什么事全都起了床。校长问，‘你们这么早来干什么？’我说怕迟到留校。校长在学生大会上点名批评我调皮捣蛋，我就不肯去读书了。”

兰钗听了也忍不住笑起来，难怪村里人说你古怪，你娘卖魂真的怪。要不是调皮捣蛋读了书也能当干部赚活络钱。三林说你刚才说当干部赚的是亏心钱，起了屋也没人住。与其这样，我宁愿挣苦力钱，开子发孙。

兰钗不笑了，一本正经说：“好好，我们挣苦力钱，开子发孙。读书的事算了，上当上过去算了。分房子的事，再怎么也不能上他们当，我们非得要拈阄重分。巧英也是这么说，那地要换该换给我们，我们有两个崽，起屋要地。他二林拿那么大一块地干什么，他又没有孩子。你抓紧时间要他拈阄，否则屋换地搞成就晚了。你说话呀，翕开把口粪箕样。”

“睡觉，睡觉。”三林重新钻进被窝，“你们闹空事，建斌又不是木脑壳，喊换就换了。再说，这屋发人丁我还舍不得换。”

谈到这个问题上，兰钗好比打下江山的功臣得意非凡，兴致勃勃。她说："葫芦湾里一般大年纪的，比来比去还是我们走运。你看二林有钱，月英不巴肚；国林更有钱，巧英养下个怪物；建斌二十七岁了，还不知女人是什么味；我们已经有了两个孩子，肚子里还一个，蹦蹦跳跳几好玩！现在什么最值钱？人最值钱。有人为多生一胎宁愿罚一万，我们多生了两个他罚就罚，不要紧，要是准我养，老子要养他一个班，都去当兵。"兰钗讲在兴头上时，三林是插不上嘴的。说到兴头上，兰钗把三林扳过来，面对面搂在怀里，手脚并用在三林下身疯狂撩拨。

性事过后，兰钗又提起屋换地的事："建斌和干猴子搞不来，他的房子和建斌的隔壁，我们的房屋也与他隔壁；他的房子屁股宽，我们的有他两个大。我们打通建斌，要他和我们换。要不，再弟和运气的屋起哪里？"

三林累了，有点不耐烦地说："有鸟还怕没窝？你不要把二林看成大奸臣、大坏蛋，他终究是我哥，帮过我们好多忙。"

兰钗说："月英我不说，二林是你什么哥？你说你是谁播的种？当我不知道。我非得要拈阄！"

三林来气了："拈阄拈阄，要是我们拈到爸妈住的那半间房，一家人住哪里？"话虽这么说，但肚子里也在想二林分房不拈阄的确是取了巧。

兰钗一时没话可说，是的，一家五口住哪里？

三林抗拒不了性事后的疲劳，没再搭理兰钗，迷迷糊糊睡着了。

"什么风水先生！把屋移进去保准人财两旺。鸡巴卵毛！二林卵子没用，怎么人财两旺？除非月英脱掉裤子偷老公。三林，你说呢？"兰钗边念叨边推了推三林，发现三林已经睡着了，满含爱惜地说，"辛苦了，好好睡吧！"

十一、破扁担，烂谷箩

冬旺家的门闩是一块能转动的竹片搭在门框的木凹口上。国花挟着一个布包不知又从什么地方来，站在门口喊冬旺。屋里没人作声，冬旺还没回家。国花从布包里掏出一根扁扁的东西，插入门缝，轻轻一挑把门闩挑开，推开门走进黑古隆冬的屋里。国花肚子饿了，拉亮电灯烧起火正准备煮点稀饭吃，冬旺也以同样的方式挑开门闩进来，将一只扭死的鸡丢在地上。

冬旺和国花两个没名没堂的人结合是烂谷箩配破扁担那种形式。当年，两人在郴州地区人民医院门口一个卖养崽专药，一个用手帕套客“摘环”互相认识的。那天，两人同时被抓进去又同时放出来竟促成两人狼狈为奸专干破坏计划生育政策的勾当。钱是赚了点，但屡抓屡罚搞光了，日子一直过得窝囊。后打听到忠茂家连遭不幸，两人回到了葫芦湾，但国花娘家在哪里，冬旺至今不知道。

冬旺回葫芦湾后，在周边墟场卖过养崽药，开始骗了几个人的钱，但吃后无效，被人识破。他那祖传秘方就是用桑叶粉、茶叶粉、荷叶粉和金银花粉混合而成，吃了无效但不伤人。被骗的人不但索要药款，还打过冬旺。冬旺不敢再骗。倒是国花间或替人摘环能弄几个钱。但如今计生抓得紧了，检查也勤，既查环也查孕，动不动就罚款抄家。老百姓也想得开了，计划生育是第一国策，老百姓干吗跟国策较劲？国花的活动市场也渐渐萎缩。两口子又不甘心作务庄稼，日子过得日渐艰难。冬旺旧习不改，仍干些偷鸡摸狗的事。国花与冬旺是一丘之貉，见冬旺搞来了鸡便赞赏道：“东边不亮西边亮，我不发财你发财，大财不来小财来，哪来的？”冬旺说是二林家的，他吃了那么多冤枉，我们不吃他吃谁？国花则叫苦连天：“好不容易套上国林，巧英又跑了；后来还走了家，女的肯，男的又不愿意；忙了大半夜，钱没捞着，夜伙也没弄到一口，这事做不得了。”

国花胸脯扁平，天生不育，她知道两人的夫妻不会长久，便想暗暗藏点私房钱，隐瞒了国林给的那五百块钱还叫苦连天，说近来生意太不顺了。冬旺对国花的话深信不疑，他以导师的口气教她，以后要先交押金，不然不动身。国花则以导师的口气教训冬旺：“我尹国花是一般的人吗？要你教！染布不染白布，走路不走白路，我已立下规矩：摘不摘，动步两百。你这样的家庭，我不扶一把，也没搞手。耕田没牛，割禾没打稻机，杀虫的喷雾器也没有。不过这样也好，他们抓住我们也奈不何。现在两种人可以犯法，一种是富得流油的人，犯了事，花钱摆平；另一种是穷得精光的人横竖榨不出油，抓进去还难得供饭。因此，我们有钱也不能声张；也不要像二林和建斌样在葫芦湾争地建屋；我们有了钱，去城里买房吓他们一跳。”

冬旺驼背别的不行，弄鸡的手脚真快，在国花唠唠叨叨的十多分钟里，拔毛、开剖完毕，干净利落。他听国花口气夸夸说去城里买房就发了声冷笑：“买房子，哪来的钱？”国花的口气更大了：“赚嘛！我们家四口人，你爸是空子，你妹妹在外当婊子有钱又不往家里寄；你干脆再走远点卖养崽药去，骗一个算一个。”冬旺连连摇头表示已没信心。

鸡啼声愈来愈密，冬旺伸了个懒腰，打着呵欠说明天再吃吧，想睡觉了！国花却精神十足，坚持吃了再睡，说：“万一今晚地震呢！”国花这么一说，冬旺也来了精神，特别兴奋地对国花说，我们家不会地震，忠茂家地震了。冬旺这句没头没脑的话让国花感到莫名其妙，说要地震起码震半个省，哪有一个村子还只震他家不震我们家。冬旺一把抱住国花，凑在她耳边从肚子往外笑着说，忠茂得了黄胆肝炎，快死了！老婆，赶快添火，我们好好庆贺庆贺。

冬旺和国花两人忙吃鸡肉的同时，德仁先是吐了一地；而后是轻轻呻吟；到后来变成了号叫。建斌知道爸病得不轻，赶紧敲着墙壁喊三林。三林睡得死，兰钗问是什么事。建斌说我爸病了，要三林帮忙送医院。兰钗叫醒三林，两口子急忙过来，把椅子放在拖拉机上；垫好棉被，建斌背着德仁放在椅子上，掖好被子，叫三林扶着，然后开着拖拉机向葫芦塘墟上驶去。

第二天，忠茂听说建斌把德仁送进医院开了刀，触动心思，撑起身子不无担忧地对冬姣说：“这屋换地的事，一打一闹恐怕换不成了。祖宗保佑我喉咙长点就好，我也想去医院住几天看看。”冬姣说：“你我身边没个钱了，吃药都没钱，还想住院？要他们凑，又正为分房的事吵架，谁会听？”忠茂说：“照理讲几兄弟沾光最大的是二林，我送他读了高中，又扶他当了村会计；他结婚花钱不少，办酒的钱我们出，礼归他收；现在他这个位置，油水也大；他出点钱是应该的。”冬姣也附和说应该二林出，三林两口子负担太大，满林呢，成天东游西荡不学好，没钱。忠茂虽说对三林有偏见，但觉得三林养了两个崽总算为他争了气。因此，担忧地问二林两口子怎么总是没动静。冬姣说这怪二林，他生不出娃还怪屋场不好！打歪灾主意分房换地。

忠茂依然坚持瓦厂地是风水宝地，是他的心病，搞是要搞过来，几兄弟也只二林有办法。冬姣则认为这地要换该换给三林，他有两个崽要起屋得甚紧却没地方摆。

忠茂不由得长叹一声，说：“原先默起有六个崽，以为蛮大的势力，没想到都这么不争气。”冬姣见忠茂泄气却鼓励说：“你气什么，我们还有四个崽。路还长呢？先把病治好，我去找二林，他们不肯，我就数他两口子一顿。”

第八章

一、画眉嘴二林

冬姣站在二林门口，背倚门框，看看月英干瘪的肚皮，看看二林的麻秆身材，一句话没说退了出来。走到屋角想了想又往回走进去，鼓起勇气说："二林，你爸想抓几副药回来，没钱。"

未等二林回话，月英先开了口："抓药没钱！你没看见二林也在吃药，吃好几年了，还想你们支援呢！"

二林觉得到底是自己的爸，自己沾爸的光不小，他的意思是四兄弟分开摊，该出多少出多少，要妈从三林那里收起，他这里好说！

冬姣得到二林这句话，心里似乎有了底，很高兴地向三林家走去。

三林家的长通间里开着两铺床；房里没一件上漆的家具，唯上眼的是厚友送的那架大衣柜和一张写字台。小厨房是靠巷子这边一间没有楼的厢房。

葫芦湾各家各户的厨房里都是柴火灶架两口大锅，待前锅煮饭捞饭蒸出饭，后锅的潲就熟了。三林家烧劈柴，不像烧茅草样时时刻刻要添火。因此，兰钗可以趁蒸饭时切菜或做点别的事情。三林坐在柴窝的凳子上用柴刀破筅帚。冬姣进来在火塘前站住，见三林和兰钗两人嘟嘴黑面。三林把已经破好的筅帚竖在凳子上，猛一柴刀下去将筅帚劈成两半，柴刀丢在柴窝边，"咣"一声吓了冬姣老娘一跳。

"我晓得，又发癫了。"兰钗倒不是发气，她揭开后锅盖，锅里的潲咕嘟咕嘟已经沸了。冬姣老娘坐在灶塘凳子上烤火，没话找话问兰钗："来弟他们呢？"兰钗回说还在睡觉。

兰钗麻利地舀出后锅的潲，涮净锅，把蒸在前锅的饭端放后锅，再涮净前锅开始炒菜。三林也不作声，默默提起潲桶喂猪去了。冬姣老娘见他走远了才诚惶诚恐低声问兰钗，三林发什么气。兰钗回说你个孝顺崽，争粪打架骂了你几句，还记在心上，嫌我总是惹你们生气。冬姣却笑着说骂两句，我又没赊一坨，少一坨。还提什么啊！

兰钗见婆婆一反常态地谅解人，气便消了大半；叫冬姣把火添大点，在她家吃早饭。兰钗想趁吃饭时提拈阄的事。

三林喂猪回来，见婆媳俩一句来一句去谈得融洽，轻轻把潲桶放在灶头下。冬姣老娘本是为药钱而来，却不知为何绕了几道弯把话题转到二林屋换地的事上。她说："如今兴起钢筋水泥屋，你家负担大；满林总不落家，野牛样；有条件起屋的是你哥。他起幢漂亮屋也为我们家添光争气，况且，人家的地能弄过来就弄过来，只怕他不愿意。"

三林张开缺颗门牙的嘴不作声，兰钗一听立即变了脸。从枕头下抽出《分房协议》丢到冬姣脚下，说兄弟分房哪有不拈阄的道理。

二林不知几时进来，他说："我也同意拈阄，但说不定你能拈住这半间屋；即便你拈住了，妈往哪里搬？你一家五口住得下？还有德仁，他愿把地换给我，却不定愿换给你。我能帮他好多忙，你能？就是那块地换给你，我的屋挡在前面，你也起不了屋，德仁家也是起不了屋才换给我。这地给你也没用，给任何人都没用，这地生就了是落给我用的。"他歇了口气，看了看三林两口子的脸色，显出很慷慨的样子："这样吧！我们是今世的兄弟，因此，那次兰钗砸我一粪瓢也没计较，要是外人，我肯了，你们也不得肯。你经济上有困难，我可以想想办法。"

兰钗两口子好比一盘磨，被二林反一推，顺一推，推得晕头转向，哑口无言。兰钗甚至还想起二林平日里的好处，不说别的，没有二林，自己能生二胎？多生一胎而只罚这点超生款？想起这些，兰钗的脸色渐渐舒展。冬姣老娘也好一阵激动："这样就好，这样就好，有鸟还怕没窝？干吗拈阄呢？到时起屋了，叫哥给你批块地。"

二、建斌再救诗汉

德仁患的是急性阑尾炎，小手术。照说一个礼拜即可愈合出院，可九天了，他的刀口仍然隐隐作痛。腊月二十九中午，建斌开拖拉机到医院接老父回家过年。

回来时，车到葫芦塘墟场口，蔡诗汉背倚公路边一棵树干向建斌招手。建斌停住车问诗汉，是不是冬旺两口子又与你结气？蔡诗汉摇头说肚子饿了，今天没吃东西。建斌叫秋兰从袋子里拿出三个包子给诗汉。诗汉吞下两个包子后，渐渐有了力气，说他也回家去，建斌便叫他上了车。

诗汉上车后，从他与德仁断断续续的言谈中，得知冬旺家责任田不长多少粮食，上缴国家的公粮一直欠着，累计已有四年。前晌，乡里来催缴，冬旺和国花先后借口溜了。乡里拿诗汉没办法，留下一张限条给冬旺，限年底交清。冬旺国花躲到腊月二十八晚上才回家，责怪诗汉接了乡里的限条，逼他去乡里赖死。诗汉大清早出来，赶到乡政府，乡干部都回家过年了，赖死都找不到对象。他又没钱买吃的，硬撑着。

这分明是结气，却说不是结气，建斌也懒得点破。诗汉喝农药住院出来后学区就把他辞退了。忠茂借走的300块钱借口赖账不还；蔡诗汉没钱还；学校找忠茂没依据，也就不了了之。冬旺、俊秀不知去向，诗汉一个人过了几年孤单落魄的日子，冬旺带着尹国花回来了，表面上马马虎虎像个家庭，其实不像个家。建斌看不起诗汉的为人但同情他日子窝囊。

建斌的车刚驶到葫芦湾村口，恰好碰上国林和巧英两口子。国林挑着两个编织袋，巧英左手提着篮筐，右手拿着布袋，两口子是去葫芦嘴送过年礼。建斌要他俩稍等会儿，他要去乡水泥厂拖水泥，顺便捎他们一程。随后，建斌叫秋兰扶爸回家，要诗汉帮忙把椅子搬回去。蔡诗汉却拦住正在倒车的建斌，要他给写个报告。建斌不情愿地问诗汉写什么报告。蔡诗汉说他要申请困难补助。建斌说你家三个劳力自己养自己，又没遭灾，有什么理由申请困难补助！秋兰说不写，那年给你写报告还惹了个祸，你站开，给建斌倒车。诗汉自感没趣不再说也没搬椅子。

国林和建斌把过年礼一一搬到车上，有鸡有鸭有鱼有猪腿，有糖果、饼干，还给双亲和两个弟弟一人一套过年的衣服，九斤虽然在县城建筑工地当模工头，说了一房媳妇快成家了，国林和巧英依然把他当小孩子看。建斌只笑笑，没说什么，觉得巧英两口子有钱，人也大方。自从建斌帮国林拖回碾米机后，建斌和巧英见过好几次面，但见面也只互相看一眼，不说话。最多是低低地打声招呼，从哪来到哪去或吃了没有，显得异常拘谨和尴尬。现在也是国林和建斌忙，巧英既不搭手也不说话。

建斌的车在葫芦嘴山下的岔路口停下来，一条公路往左拐去葫芦塘乡的水泥厂；岔右手那条简易公路伸向葫芦嘴。因连续下了两天雨，简易公路不便行车，不然还会送他俩一程。国林往车下拿东西时顺便告诉建斌，过了年他准备去墟上开沙发店，房子都租好了，家里的田想交给建斌种，碾米厂和房子也交建斌管，要建斌和秋兰搬到他家去住。

建斌没马上答应，要国林家里先商议个方案，他也要考虑考虑。还说，依我看，你又做家具又碾米，责任田产量又高，收入已很不错了，干吗心大？国林说也不是心大，现在形势发展很快，葫芦坪办了家精洁米厂，出米率高，营养又好，很多人觉得用谷换米划得来；另外，进城打工的人越来越多，碾米的人越来越少，已没什么赚头；沙发是新式家具，市场刚刚兴起，前景看好，要建斌做好思想准备。国林还告诉建斌，他和二林说了瓦厂地的事，二林说他要么全要，要么一点都不要，一个一头不干。建斌笑二林想得美。

三、恋旧或移情

葫芦湾不时响起拜年客的鞭炮声。来二林家拜年的一拨又一拨，进去喝点姜糖开水、叼支烟就出来了。冬姣也在二林家，进进出出的人都给她打招呼，她见那么多的人来捧二林，心里格外高兴。

二林却瞅个空子，提两包点心来到德仁家，将一挂长长的鞭炮燃放在德仁家门口。秋兰开门见是他，一脸莫名。

二林三十多岁了，从未给德仁拜过年，连德仁家门也很少进，但他恭贺的话说起来相当自然流畅，没半点水分。恭贺过后，又问了德仁的病情。德仁住院时，二林去医院看过，今天又来拜年，德仁知他另有所图，心里虽犯难，但还是叫秋兰烧火做饭，留会计吃晚饭。

二林接过话头，说他是来叫德仁去他家陪客，顺便把屋换地的协议签了。到时，把这条门一通，方便多了。因受厚友指点，德仁不准备换了，可说过的话又不便改口，于是推说自己身体不好，叫建斌去就是。二林考虑建斌不好讲话，便恭维德仁是一家之主，建斌孝道又好，还是他去妥当。德仁仍说家里的事交班了，还告诉二林建斌碾米去了，要二林去叫他。

二林分明听出是下逐客令，也就顺着话意退出门外。秋兰按德仁示意把拜年礼退给二林，二林抵死不要，也只好作罢。

来厚友家拜年的也很多，与二林家不同的是，凡来厚友家拜年的都留住吃饭。国林陪拜年客打扑克；厚友和几个同辈人在厨房里聊天，顺便给凤花打打下手；相对来说，巧英比较清闲，她见建斌来碾米，便开了机房。

一般情况，正月初几里很少有人碾米，但今年建斌家有些特殊，去年腊月二十，德仁进了医院，二十九才出院；住院那九天，白天建斌出车由秋兰料理，晚上建斌照看换秋兰回家，建斌没时间碾米；秋兰呢，自国林结婚后，再没进过机房。为此，正月初三建斌就来碾米了。

巧英觉得欠建斌太多，总想找个机会向他解释，但一直没有机会。她甚至想过约建斌去哪里谈，但自己不能这样做，别说国林有想法，葫芦湾人的嘴巴也抵挡不起。今天，两人好不容易名正言顺、正大光明地独处一起，巧英肚里的话却全跑光了。巧英默默关上谷斗，在出米口、出糠口摆好箩筐。建斌两手捧着满满一箩谷往谷斗里缓缓控。巧英搭上电源开关，碾米机“轰轰隆隆”响了起来。之间，两个人没说一句话。一担谷碾完后，巧英操起一把米看了看，还有点谷。

“再碾一次！”巧英说。

建斌也操一把米看看，是还有点谷，回说：“也好，再碾一次。”

碾过两次的米不仅见不到一粒谷了，而且特别白净、亮眼。建斌刚把铁瓢拿起，巧英已扯开蛇皮袋让建斌一瓢一瓢往里装糠；两人都不作声，但配合默契。糠米装好，二林进来了。

二林把来意说了一遍。建斌委婉地说，这么大的事，你该先告诉我，让我有个思想准备。二林却很轻松地说和德仁伯说好了，他要我来喊你签协议。建斌说我爸脑壳不管事，谁要卖他，也会签字。二林要建斌去他家喝杯淡水酒，席上和你说也不迟。建斌说，迟是不迟，但马上签我不能这么急，总要考虑考虑；再说，地是国家的，寸土都归国法管，屋换地，等于我卖地，让人告一状，我脱不了壳。建斌几句话回得干干净净合情合理，二林嘴巴再巧也找不出理由，只好问，这么说，你是不肯换？建斌也不回绝，说暂时不能换，如果有两全其美的方案，也可以商量。二林就梯下楼说我等你回话。建斌却说我等你回话。二林难看地笑了笑，走了。

建斌看着二林的背影笑道：“不但不死心，胃口还蛮大。”

巧英这才与建斌搭话。她边剁箩绳边说，他那房起在吊塝上，走急一点就怕跌下去，想作孽倒是害了自己。现在村里人都起钢筋水泥屋，他有钱没处用，那几间屋迟早要拆。刚才，你回得好，什么两全其美，就是一个起一头。你不这样回，万一他孽到底。另起一栋，这里又不拆，逼得你也要批田建屋，同样建个四垛三间，建田里比建岭上至少要多花一万块。去年国林跟他说过一个起一头，他不肯，你扬言瓦厂地上栽果树，看他怎么说。这时德仁按着肚子过来，对巧英说：“目前没心思起屋，七事八事，主要为我，这次开刀又花了两千多。我劝过建斌几次，年一过 28 岁了，该讨妇娘了。我里外会死了，还花这么多钱救命，不值得。”

巧英却颂奖德仁有福气才摊上个孝顺儿子，钱花了可以赚，建斌心肠好，讨妇娘不会要钱。说着，她瞟了建斌一眼，自己的脸先自红了。

厚友听到谈话声过来打招呼，叫德仁、建斌和秋兰等下过来吃饭。建斌边答应边从身上拿出五块钱递给巧英。厚友说算了，建斌硬递给巧英说新年大吉，开张发市。巧英说碾担谷也不要这么多，我补你三块。说着将两张一块的和一张折叠的百元纸钞丢进糠袋里顺手拿根绳扎紧袋口。建斌心里着慌，却不便声张。巧英却搞不清自己这么做是什么意思。

巧英一直怕见建斌，建斌心里明白。巧英有一肚子话要对建斌说，建斌心里也有数。也许是初恋难忘，感情依旧；也许是巧英因婚后生育不幸而移情。但不管怎样，建斌觉得自己决不能做对不起国林和国林爸妈的事，不能为这把两家两代几十年的交情毁了。这钱，得找个机会还给她。

四、神魂颠倒

葫芦塘乡政府公路两边一栋紧挨一栋建了房子。墟场从原来山包上移到山下的公路两旁，成了典型的公路墟场。国林的“巧巧沙发店”就是开在公路墟场的门面里。一个长约十一米的门面用布隔成两间，临公路也就是临街的大半间当门面用，摆长短沙发和茶几样品；里面小半间是厨房；房子后面的土坪里有个用篾席围成的厂棚，国林和四个请来的木工在里面打制沙发。巧英的主要任务是和顾客谈生意，做好连自己在内六个人的饭，还要用缝纫机车皮套，忙得很。

正月十九这天葫芦塘赶场，“巧巧沙发店”的第三批货上市。满林带一个小青年来买沙发。满林没混到高中毕业就被开除了，在家里的时间少，绝大部分时间在外游荡。巧英问小青年，长短沙发两种，买哪种。小青年要结婚，长的短的都要，看看质量再定。满林一个劲地介绍说我厚友姑父是全葫芦塘有名的木匠，我巧英嫂子车的皮套你看你看，和巧英一样漂亮；县里那些沙发店我看过，哪能和这些沙发比。

在满林的撮合下，生意很快谈成，仅剩的一长两短一套沙发让小青年买走了。

国林出来给满林递了支烟。满林二腿架在大腿上颤着，摆出有功之臣的架势，说他在这里读了六年书，墟上的人都很熟；朋友、同学多得很，我一定给你们招揽生意，巧英嫂，你两口子得好好感谢我。国林说，哪天我搞几盘好菜，请你喝酒。说完，又进去了。满林色眯眯地看着巧英没话找话，说光喝酒不行，还要抽烟。巧英说，抽烟喝酒是连在一起的，酒都有喝，还怕没烟抽。我们还会给你好处。

满林以为巧英说的好处言外有意，开始想入非非，向巧英提出来店里打工。巧英说刚办厂生意还没做开要请工的时候再说吧，况且，你又不会木工。满林说干点杂事帮你进货都可以，只吃饭，不要工资。

巧英说进货必须她本人去，得看货进货，还要讨价还价，还在慢慢摸索经验——这不，明天，我又要去进货了。

满林又以为巧英透信约他，高兴得不得了，要去给巧英帮忙。满林不在乎时间，目的是想和巧英多聊聊。巧英发现满林的眼神很怪，便改口说明天不定去，要去也不必帮忙。

自作多情的满林回到家里开始疯想乱想。这晚，先是躺在床上把白天与巧英的对话反复咀嚼，觉得意味无穷；接着挺身坐起，在纸上写满了“满林和巧英睡觉”，“满林和巧英搞名堂”，尽是些乱七八糟的东西；然后谋划次日陪巧英去进货时将如何如何，不知不觉倒在床上迷迷糊糊睡去。一觉醒来，看见窗外依然黑咕隆咚，咕哝道：“他妈的，今晚咋这么长！”竟然再也睡不着。熬到天快亮时，满林抱着枕头却又迷迷糊糊睡去。睡梦中，他搂住的是巧英，他和巧英讲起了鄙话，巧英没责怪他，反而微微笑；他向巧英提出要干那事，巧英也没拒绝；于是，他以内行的姿势往巧英身上爬，但无论如何也爬不上去；费了好大的劲将要爬上去时，突然听见双页门响起来，他梦见被人发现喊抓，一惊，醒了。满林发现自己搂着的是一个枕头，也没人来抓，整个儿一个既美又惊的梦。他有点惋惜但仍很满意，有道是“好梦成真”嘛。

双页门还在继续响着。满林感到奇怪，爬起来睁大眼睛透过门缝往外看，原来是两只交配的狗搅乱惊醒了自己的美梦。他恼火不过，妈的，不是你这两只畜生，老子和巧英马上成功了。满林从门后操起一根木扁担，轻轻拨开门闩，两只忘情的狗双双滚过门槛，跌倒在满林房里。满林憋足气，一扁担下去，打得两只狗屁滚尿流，汪汪乱叫，跑出老远。

兰钗见了一肚子火指着满林大骂：“你发癫了，两只狗逗你了，碍你了。”满林也一肚子火：“谁叫它们在我面前搞宣传！”兰钗见满林身着三角短裤，裤裆撑起老高，又骂：“不晓得丑，不得过了，找婊子去！好吃懒做游手好闲，我看不惯。”

在村里，满林最怕建斌；在家里，满林最怕兰钗。

两只狗中的黄母狗是兰钗家的。兰钗老早就想要一窝狗崽了，但村里人都养母狗，不养公狗，公狗到处走怕被人打死或吃或卖。偶尔来了一只公狗，村里的母狗围着团团转。兰钗家的黄母狗不太强壮，争不过别家的母狗，总也未受恩宠。这天，兰钗起床煮早饭，放开大门拿引火柴时，发现外村那只大黑公狗在禾场上转悠；她喜出望外，放出了自家的母狗；自家的母狗早已见不得公狗，很快迎上去，互相舔着，相跟着进了大门，兰钗悄悄地把大门关上了。母狗翘着尾巴站在满林门口，公狗迫不及待上去，立即绞在一起忘情地把满林的双页门撞得“砰！砰！砰”有节奏地响着。兰钗专注地看着两只狗忘乎所以做得来劲，正估算自家的母狗该得到的东西快得到了，却被满林一扁担打脱，于是恼羞成怒，大骂满林。满林想起今天巧英要进城采货，脸不洗，口不漱，披件衣服朝葫芦塘墟场跑去。兰钗朝他的背脊吐了口唾沫，骂道：“二流子。”满林也没介意。

五、大夫们的误会

早晨七点，巧英搭牛崽的个体大客车去县城买沙发材料。大客车顶上有货架，每天往返两趟，早晨这趟去，下午这趟回。沙发店开张以来，一直都是这样进货。

巧英上车时已稀稀拉拉坐了小半车人，她选车厢正中间左边一个窗口坐下。刚坐稳，满林挤进来挨巧英坐下，说是去县城一个朋友家玩。巧英清楚，他的朋友都是和他一样不务正业的烂崽。平日，他们去沙发店，在新沙发上想躺便躺，想坐便坐！巧英两口子肚里恼火，但国林还常拿烟敬他们，生怕他们找碴闹事。不过他们也没像在其他有些店里样搞乱的，因此，巧英对满林和自己坐一起并不反感，只是不想和他谈话。车开动后，满林对巧英讲起了俏皮话，先是恭维巧英长得像电影明星刘晓庆，根本看不出是农村妇女嫁过老公，养了崽的人还黄花闺女样。巧英只笑笑。满林继而半开玩笑半认真说国林头窑没装好，第二窑是不是请他来当师傅。巧英脸沉着好意劝满林一个黄花崽要晓得丑。说完把头扭向窗外再没理他。满林却扬扬得意大言不惭说我婚没结，这事还算理手，我能举一百二十斤，力气大得很，不信你试试！巧英偏过头来剜了满林一眼，没作声。自作多情的满林见她没发气以为巧英剜那一眼是暗送秋波。他不说话了将左手放在巧英右腿上轻揉着。巧英不声不响用手拨开。满林索性用左手去揽巧英的腰。巧英陡然站起，满林没搂住腰却抱住巧英的屁股。满林嘻嘻笑起来，拉巧英坐下，凑在她耳根说："今早我做梦和你……"巧英正色道："规矩点，尊重我就是尊重你自己。"说着跨过满林坐在车厢过道的凳子上。跟车售票的牛崽老婆插在中间隔开他俩。可满林仍不死心，把脱了鞋子的右脚伸过去直接插在巧英的大腿间，还撩。巧英忍无可忍，站起来照准满林的脸“啪”就是一耳光。这正好让满林找到了借口说：“你凭什么打我？”把巧英拖过来搂了个结结实实。车上的人叹的叹气，冷笑的冷笑，也有劝满林算了的，但没人站出来责怪他。巧英挣扎着叫：“牛崽哥停车，我要下去。”叫声惊醒了牛崽旁边的建斌，扭头一看，见满林搂着巧英要流氓。这时，巧英也看见了建斌，石破天惊地喊道：“建斌哥——”

建斌旋身插过来，用左手抓住了满林的右手腕。满林自恃有一把子力气也学过招式，用左手去叉建斌的喉咙。建斌头一偏，满林叉空了。建斌的左手拇指已扣住满林的右手掌掌背，迅即将满林的右手掌翻转过来，满林的右手腕连同右手弯弯曲蜷缩在一起，哎哟哎哟！哇哇大叫。

这是建斌向丁建平学的擒拿术，不动声色就将满林制服了。

“哎哟！手多我就扭脱你的手，脚多我就敲断你的脚。”

“不得了！不敢了！”

建斌放开满林，叫巧英坐司机台去，自己挨满林坐下。

车到县城汽车站，巧英随建斌下车时问建斌来做什么，上车时怎没看见你。建斌说爸的伤口感染了，前天急急忙忙没带足钱就送到了县人民医院。昨天下午和医生讲好了回来在信用社取出钱，没有回县的车了，恰好支书家建房，非得要他加夜班拖红砖，连续两晚没睡什么觉，在司机台打瞌睡。巧英责怪他要钱急用为什么不向他们借，还一个人忙出忙进赶回来取。建斌说借了你家的钱还了几次厚友姑父都不肯接，还说他不借钱给我我就不会标瓦厂，不标瓦厂后来就不会有这么多啰唆事，说还钱的事别提了。我哪还好意思借。巧英没再说什么，到商店买了两罐奶粉，四盒太阳神，一大袋苹果，非要跟建斌去看他爹。

东西已经买了，再推辞巧英就会难受，只好答应。建斌从巧英手中接过苹果和奶粉，巧英提着四盒太阳神，两人并排走着。建斌和巧英互相偷偷地斜视时眼光碰在一起，两人不由会心地笑了笑。两人都想说话，但两人都没说话，就这么走着。突然，建斌加快了脚步。巧英要他走慢点！建斌不好意思地说，怕碰上熟人传出是非。巧英不以为然笑道：“这有什么！我去看你爸正大光明。”但建斌仍然在前面走，让巧英在后面追。快到医院门口两人才靠在一起走。

德仁在住院部三楼的外科病室，他见巧英买这么多东西来看自己，激动得花白胡子直抖。这时，恰好主治医师和值班的护士过来了，德仁直夸县里的医生好，没交够钱也先住下再说，照样下药；晚上都检查好几次，哪像乡医院，死不让你死，活不让你活；早知这样，直接送到这里来，早好了，还少用冤枉钱。说得医生护士一个个脸放光彩。巧英和建斌洗了苹果递到他们手上硬要他们吃。医生护士颂奖德仁修了一个好儿子一个好媳妇。巧英一脸通红看着建斌。建斌忙解释这不是我媳妇，是一个村里的。医生护士望着建斌和巧英发出理解而实际是误解的笑。

医生护士走后，巧英要建斌帮忙替她买材料。建斌便对父亲说了车上的事，满林也来了县城，怕他又来纠缠，得替巧英买好材料送她上了车才放心。德仁连说要得，大骂满林不是好东西，比他爸还坏，以后最好叫国林进货。建斌叫爸不要动气，好好养病，过去的事别老是记在心上。基层干部也不好当，忠茂当的时间又长，得罪的人多，现在，他也可能后悔了。巧英却说后悔也没用，他当权的时候没想到会有下台的日子。德仁一个劲说巧英看问题比建斌准。巧英却说德仁舅尽给我戴高帽子，我哪能和建斌哥比呢！说着拍了建斌的肩膀一下，催他去买材料。

巧英跟壮实的建斌并肩走在一起确实有种安全感，全身轻飘飘的。她想起刚才那些医生护士把自己说成是建斌的媳妇，心里竟莫名地想起真是建斌媳妇的许多好处来。一是绝对不会生怪胎；二是满林根本不敢欺负自己。自己也说不出国林哪点不好，但他起码不敢像建斌样扭得满林哇哇叫。想到这里，她心里甜滋滋，却假意骂道：“那些医生护士尽讲乱的！”

建斌不理解巧英的心事问讲了什么乱的。

巧英反问：“你没听见？说我是你媳妇。”

老实的建斌连说讲乱的，讲乱的。停了会儿，却长长地叹了口气。巧英听出了建斌叹气的内容，想说要真是你媳妇，我也不会养个怪胎。但说不出口，也长长地叹了口气。

巧英想说没说的话建斌不清楚，但这声长长的叹息建斌也听出了内容。

六、一场真武打

建斌陪巧英买了四块大海绵、二十张纸板、两大袋弹簧和一卷皮革，租车送到汽车站卸下来不久，牛崽的客车来了。建斌爬上货架，巧英和牛崽在下面把海绵、纸板、皮革和一袋弹簧递上去装好扎牢实后，下来又把另一袋弹簧提进车厢占了个座位，这时已快下午三点。这是开往葫芦塘的末班车，早点走迟点走无所谓。牛崽老婆要邀客，巧英和牛崽陪建斌吃饭。

巧英在车站饭店点了四菜一汤，两瓶啤酒，知道建斌喝白酒，又点了瓶杯装“双沟”。牛崽和建斌是多年的朋友，虽不常见面，但遇有困难都舍命相帮。前天德仁伤口感染转院时也是坐牛崽的车，上车后突然痛得厉害，牛崽怕耽误治疗时间，沿途有客他没停还专程送到医院。两人好久不在一起喝酒了，实在也想聊聊。牛崽说葫芦塘医院也是没名堂，一个小手术，还搞得伤口感染。建斌说这不怪医生，怪我自己脑壳不开窍：“我爸是那个很瘦的王医师开的刀。切开肚皮后，护士探出头来叫我去看刀口；我说我不懂，不用看；护士说这是规矩，我说我怕看伤口；护士骂了句‘文盲’就进去了。”牛崽和巧英笑了起来。巧英说：“你是真不懂还是装蠢？喊你看刀口就是要你去送红包，你没听说‘住院提防手术刀，剖开肚子要红包’。建斌也笑起来，说，听是听说过，但不晓得王干鬼平时笑眯眯的，对病人还这么黑心。等刀口感染再去补红包时，他们不接了，要我爸转院。”

三人正谈得好笑又好气时，酒菜上来了，建斌咬掉啤酒瓶盖，每人倒了一杯。牛崽声明要开车，只喝一杯啤酒。巧英也声明她不喝酒，只陪你俩喝一杯。建斌举起酒杯，说你们随意，我喝起，一仰脖子喝干了。

巧英给建斌倒上第二杯酒时，过来四个人指着建斌说上次卖给他们的茶油是假的。建斌笑着说你们认错人了，我从没卖过茶油！牛崽和巧英也在一旁做证。四人中的一个胖子拖着长腔说：“没——错，你就是葫芦塘的肖建斌。你的茶油就是在车站门口卖给我的。”

建斌莫名其妙正要分辩，四人齐声喊“打！”胖子像头斗架的公牛样冲过来。躲是躲不开了，建斌将上身侧了侧，左脚悄悄伸出去，右手往胖子屁股上拍了一掌，肥胖的身躯有如一段湿木头扑倒在地，四肢摊开；矮瓜顺手抓起一条凳子来砸建斌，建斌急中生智，两手托起方桌高举过头挡住凳子，然后用力一送，矮瓜抵不住建斌力猛，仰倒在地，凳子和断了一条腿的桌子都架在矮子身上，杯盘全破酒气四溢菜撒一地；瘦高个从后面上来连手拦腰抱住建斌，想将建斌抱起悬空摔在地上，建斌身子往下一沉，铁墩似的哪里抱得动？他迅即起身，右脚已插入瘦高个的裤裆，右手顺着自己的大腿下去一招“猴子掏裆”抓住了瘦高个的卵子轻轻一捏，瘦高个全身稀软；剩下的黑脸后生从厨房里提着一把屠刀叫喊着过来，牛崽不慌不忙上去，说兄弟使不得使不得，坐下谈，我请客，说着，用左手顺势抓住黑脸后生持刀的右手腕关节，稍一用力，屠刀已到牛崽手上。

民警将打架的五个人统统带进了车站派出所。

围观的人都说今天看了场真武打，比电视剧里的假武打精彩多了。这个后生好厉害，四个被他打倒三个，多半是少林寺出来的；那司机也厉害，不声不响就把刀下了，纷纷告诉两个看现场的民警说是那四个人多事。派出所的说，我们知道，几个街痞。

四个街痞被扣在钢筋窗上。建斌没扣，无所谓地站在那里。

巧英自己饿不要紧，想起建斌为自己忙了大半天，只喝了一杯啤酒，菜都没吃一口就打得呜呼哀哉，于是叫饭店服务员打四个蛋煮了碗面条送到车站派出所给建斌吃。四个街痞见巧英来送面条，都睁大眼去看，转而对没上手铐的建斌说：“你妈的艳福不浅，有这么个漂亮的情妇。”他们用的是录像里的流氓台词。建斌瞪他们一眼，没理睬，告诉巧英他今天可能出不来，要她到医院告诉他爸说货太多帮她送东西去了，要明天才来。千万别让爸知道他被抓起来了，爸的伤口还没好，不能急。巧英先还不怎么难受，见建斌这么一说，拖住他的手“哇”地哭了，说不是为了我，怎会关在这里？建斌说不怕，我光明正大，这件事肯定与满林有关。巧英不哭了，说：“我留下来照顾爸，货叫肖司机运回去。”她不说“你爸”却不知怎么说成了“爸”。建斌想了想说：“这不好，以后一传一传说起话长。你回家后还得要牛崽把今天的事一五一十说给国林听，免得朋友之间搞得我里外不是人。”

巧英把建斌的话转告牛崽，牛崽爽快地答应说这没问题，开车去医院打个横脚就是。国林是个知道好丑的人，我去解释反而不好。

第二天，国林随巧英赶来县城看建斌。葫芦塘乡派出所所长接到车站派出所的电话也来了，他举了好几个例子证实建斌是个很有正义感的青年。车站派出所的说四个街痞招供说是肖满林纠集来的，说是搞倒建斌后，再把巧英带去玩一把。国林听了直摇头说这县城以后来不得了！从车站出来又到医院看德仁，建斌方知巧英昨天是交代护士照料爸，已把情况如实说了。

经历了这次事件之后，潜藏在巧英内心已久的恋情迅猛地复燃起来。做饭时、车皮套时、看电视时甚至一觉醒来总是翻来覆去地想：别说和国林是近亲结婚，影响后代生育，即使不这样，也觉得自己真正喜欢的男人是建斌，当初怎么不抗争到底，最终糊里糊涂嫁给了国林呢？趁两人还年轻，是该平心静气地好说好散了。她看出国林和舅父、舅母都有这层意思，只是都不好开口。但巧英又转念一想，国林愿分，建斌愿意与我合吗？你一个嫁过人的二水货。不，巧英看得出，建斌一直喜欢自己，上次买沙发材料时，她对建斌说自己常常头晕。建斌在他爹出院结账时多开了四两天麻交给她要她炖鸽子蒸汤吃。吃了两回，果然好长一段时间没头晕了。当时，国林问是谁的偏方，巧英说是娘家一个老中医告诉她的。国林便给她买来一斤天麻，全是通明透亮的，也是炖鸽子蒸汤吃，但她吃起来总觉没有建斌给她的有滋味，更没那样见效果。巧英嫁到葫芦湾快六年了，心里孕育着的这颗生命力旺盛的种子一直是个胚胎。她天天想看到建斌，但每次碰见又只对视一眼就过去了。事后巧英总恨自己胆小，嘱咐自己下次碰见无论如何要谈几句。那天建斌来碾米，她终于抓住机会替他碾了一担米还偷偷给了他一百块钱，建斌竟然默领了。为此，巧英心里特别高兴。这是她嫁到葫芦湾后两人待得最久、谈话最多的一次，而自己心中急于要说的话却半句都没说。这颗种子没承受到适宜的阳光雨露仍是胚胎，没发芽——自己的心思半点没透露——不透露是对的，一个有夫之妇的这种心思是不能向另一个男人随便乱说的。巧英把自己的名誉看得比自己的生命还贵，自己在和国林没搞清之前，绝不能做出让人指背的事来。“满林事件”那天，两人避开村里人的眼睛，在远离葫芦湾的县城相处了大半天，那是自己这六年里最快活的大半天，即使害得建斌被关了一夜，如今想起来仍有滋有味非常值得。就是那天，这个胚胎受了滋润迅速膨胀开始发芽，不可抑制地一节一节地往上长。

巧英在车上被满林欺负那天，厚友专程到离葫芦湾二十里的宇红矿找到陈光雄家里。宇红矿厚友很熟，这里很多干部和工人的大衣柜、五屉柜是他做的，十多年了，还紧紧扎扎，好多人一看见他都“刘师傅”“刘师傅”喊得清甜。

厚友对光雄说了一担的好话，解除了光雄的敌对情绪。光雄撒谎欺骗了秋兰，理不直气不壮，也硬不起来。悬殊的六百二十四块钱，刘利菊承认自己从红包里抽出来吃了回扣。她说，现在做生意不都讲回扣吗？这让厚友哭笑不得，但好歹把秋兰的婚事退了。

秋兰退婚是葫芦湾继二林屋换地之后的又一大新闻。所不同的是秋兰的婚退成了，而二林屋换地的事却还悬着。

七、大方和佳才

葫芦湾的人没一个不佩服兰钗的，春插她不误一天工，双抢还挺着个大肚子挑着大担大担的谷在田埂上冲。

陈书记因抓计划生育不力，上面把他的书记撤了，调离葫芦塘去了葫芦嘴乡降为副乡长。当然，他不单是因为没把兰钗抓去引产，对其他的执行对象也心慈手软。

新来的书记是李佳才，原是葫芦嘴乡的党委书记。葫芦嘴乡是山区乡，面积全县最大，人口全县最少，才六千来人。调到三万多人的葫芦塘乡当“一把手”是重用。

李佳才与葫芦塘乡许多干部都认识，但走得最近的是乡党委副书记刘广方。他俩原是郴州师专中文系的同学，毕业那年法院把他俩要过去了。在法院只干了两年改行当了乡干部，今年又同时进郴州地委党校干修班培训。因此，两人关系不一般。

李佳才和刘广方都好酒，到葫芦塘当天晚餐刘广方以乡政府名义为李佳才接风，在家的乡干部全都参加了。第二天中午，李佳才在食堂搞了几个菜单请刘广方到自己宿舍喝了一通。同是党校同学自己提拔了而刘广方没提拔，李佳才显然有些得意。喝到兴头上，李佳才主动讲起在郴州干修班学习结束后，去武汉旅游时算八字的事。

今年四月初，李佳才和刘广方同时参加郴州地委党校干部进修班学习。全班五十人，金陵县只他两个人。进修班的学员宿舍每间两个床位，他俩编在一个宿舍。

按惯例，进修干部都是提拔重用对象，两人再度同学再度同事而且睡在一个房间，彼此多了些情分，私下里免不了谈些掏心掏肺的话。李佳才抱怨县里不重用他，把他安排在葫芦嘴乡当党委书记，只管着六千来口人，凭他的能力当个副县长都得心应手。刘广方说葫芦塘乡有三万多人，自己虽然是大乡副书记，但离正书记位置还有相当艰难的一步。他对升迁并不乐观，一是自己出身寒门，父母都是老实巴交的农民，上面没人，找不到靠山；二是所有亲戚朋友中都没有办矿办厂搞企业的，没有炸药开路；更重要的是自己不善钻营，脸皮太薄，有个同行送给他一本《厚黑学》，书里面那些人的做法想想都恶心，根本学不来。李佳才却说《厚黑学》对他启发很大，受益匪浅，鼓励刘广方下决心活学活用，往后两人互相交流学习体会。刘广方说自己的性格不适合当官，再说命里没注定的东西强求不到，还是把世事看透点好。李佳才说他也相信命运，但境由心造事在人为，他也是农民的儿子没有后台，能走到这个位置真不容易，而且还有信心往上走。当时，县里已经决定王来锋任葫芦嘴乡的党委书记，眼看自己的努力白费了，谁知王来锋临上任前忘乎所以去嫖娼被抓住，才让他顶上。这就是命运加努力。

命运的话题一打开，各人举了很多命运主宰人生的例子。

刘广方说，我有个族叔叫刘云程，父亲是教书先生，能文能武。云程从小随父习文习武，十八岁那年考上长沙广益中学。读了一年，抗日战争爆发，云程的父亲要云程投笔从戎报考了黄埔军校。黄埔军校毕业后一步一步当到了国民党的师长，镇守广西柳州。

柳州有个看摸骨相的盲人，很神。民国时期的《柳州日报》第一版右下角有个小框框专门为他打广告“某某先生在某某地方看摸骨相，按相付酬”。柳州城里政界、军界、商界的达官贵人都请他摸骨。但刘云程从来没去摸过，他不相信命运。

一九四八年九月，刘云程奉命调往辽沈战役参战，心事重重带着一个心腹化装成平常百姓也请盲人大师摸骨。盲人从他头顶摸到脊椎骨尾骨处，说:“先生目前身价百倍，两个月后一钱不值。”心腹顺手打了相师一个耳光，骂他一派胡言。盲人相师舔舔舌头又重复道“打我也是这句话，目前身价百倍，两个月后一钱不值”。刘云程止住心腹的粗鲁，轻叹一声：“命运如此，劫数难逃。”他没问相师酬金多少，顺手给了五个大洋。盲人拱手如数退还。两个月上，辽沈战役结束，刘云程与杜聿明同时当了共产党的俘虏，关在东北抚顺战犯管理所，果然一钱不值。

杜聿明在一九五九年就放了，但刘云程直到一九七五年三月才放出来，是最后一批国民党战犯特赦人员。放出来回家养老时已经六十岁。这个事是他亲口对我说的。

李佳才听后惊讶不已，也举了几个例子。两人越谈越投机，什么“一命二运三风水，四积阴功五读书”；“命中只有八盒米，走遍天下不满升”；“运气不作主，打屁打出水”；“靠老老实实工作往上爬全是扯淡”的话全倒出来了。

干修班是三个月时间，七月初结束前组织去武汉旅游，两人也是形影不离。

武汉大桥附近有一处旱冰场，武汉大桥下到处坐着八字先生。其他同学去溜冰，他俩相邀去桥下算八字看相。李佳才和刘广方先是来到一挂着“能算前生后世；可断生死富贵；预卜前程未来”牌子的方桌前站住。那八字先生长得精瘦，穿黑绸八卦衣裤，双目神采奕奕，一派仙风道骨态势。八字先生向李佳才和刘广方做了个请坐的手势，没有说话。刘广方没坐，用土话对李佳才说，包装太过口气太大，怕是跑江湖的。跑江湖的人是说模棱两可让你琢磨不透的话。于是李佳才随刘广方走开了。

桥下靠算八字谋生的先生真多，有睁着两眼骨碌转的明白人，也有眍着空眼眶的盲人；有挂招牌的，也有不事张扬的，几乎每个摊前都有顾客。转了一圈，两人最后在一看摸骨相的盲人跟前站住，不由得把他当作传说中的广西柳州大师，不觉肃然起敬。

李佳才和刘广方互相推让一番，刘广方先摸。盲人相师从刘广方头顶摸起摸到脊椎尾骨处，先说了些已经应验的往事，大方心服口服；接着要他讲今后的运势走向。盲人说先生目前从政，五年后将转向经商；无论官场商场一生无大起大落，但衣食无忧。一口价 50 元。刘广方给了 50 元。

刘广方退到一边，李佳才上去让盲人摸。盲人从李佳才的头顶只摸到颈椎，不知为何突然停下，轻叹了句，说这骨相要坐牢。李佳才一惊，问盲人说什么。盲人自觉失口但谨口不语，只镇定自如往下摸，摸完后一副惊讶之态，拱手贺道：“先生骨相奇特，大富大贵，飞黄腾达为期不远，值100块钱。”李佳才相当高兴地付了100元。

盲人摸骨好比给李佳才注射了兴奋剂，整个人处于亢奋状态。干修班结束不久，葫芦塘乡的陈书记因抓计划生育不力降职使用，葫芦塘乡党委书记一职由李佳才接任，级别虽然没变，但身价已经提升，由管辖几千人到管辖几万人，这就是重用。李佳才愈加觉得摸骨相师神秘无比。

李佳才吸取陈书记遭贬的教训准备在抓第一国策上露脸。到葫芦塘乡不久，经深思熟虑在自己的笔记本上拟定了几条标语口号：

“计划生育年年抓、月月抓、天天抓”；
“一胎上环，两胎结扎，三胎倾家荡产”；
“该流不流，扒房牵牛”；
“超生超育，株连九族”；
“一声劝，二声通；再不通，龙卷风！”

李佳才下令，所有计划生育对象该上环的上环，该引产的引产，该结扎的结扎，立竿见影，毫不留情。他要在全县一鸣惊人。

兰钗的三胎提到了议事日程。李佳才首先把二林找到乡政府来骂了个狗血喷头，扬言要撤销他的大队会计职务。然后要二林通知兰钗主动来医院“引产后结扎”；如果不来，他亲自出马捉拿归案；如果逃跑，先抄家，后抓人，要搞得他门口寸草不生。不过，李佳才没批评刘广方在兰钗三胎问题上不作为，只叫他要好好配合工作，争取往上爬一层楼。

李佳才搞计划生育很快在全县出名，有几个执行例子听起来叫人毛骨悚然。兰钗和三林这对笑星一接到二林带来的通知也慌了神，他们问蹲点副书记刘广方怎么办？刘广方摇头说新官上任三把火，自己是个副职，你马上要生了，自己看着办吧！三林两口子听出了刘广方的意思是叫兰钗躲生。人家是国家干部，不能说得太明白，太明白了可能会砸饭碗。

八、旧情复燃

肚子里的孩子能动了，兰钗怎么舍得引产呢！这时候引产，不是要两条命吗？

病中的忠茂听说乡里要抓兰钗去引产要撤二林的会计，竟然精神抖擞地出来应对这个复杂的事情。他如一位久经沙场的宿将，表现出惊人的镇定。首先，他叫二林别出面求情，还要表现出积极配合李佳才，所有的事由他这个下台带病的支书来承担。这也正合二林和月英的心思，你兰钗不是伤我想养养不出，吹嘘自己扎不脱塞不到吗？这次李佳才来了看能不能扎脱你，能不能塞住你那个生娃的眼。

二林果然不求情，还借故去乡政府在李佳才眼皮底下晃来晃去。

忠茂召集冬姣和三林两口子商量兰钗躲生的事。兰钗娘家是不敢去，一去就会连累他们；去其他亲戚家就更不行，如今超生怀胎的女人就像麻风病人，没谁敢挨；往城里躲也走不通，三林和兰钗连县城都没去过，他们没这个胆量也舍不得花钱，同时也没钱。更担心的是兰钗这几天就要生了，要么不出问题，一出问题就是大问题。

忠茂提出躲到葫芦嘴那个红砂崖坦洞里去生，他说“文化大革命”时，造反派组织要抓康书记，是他带康书记到坦洞里住了一晚。那个坦洞有葫芦湾正厅屋的上厅屋那么宽大，朝东，太阳一出就射进来，干燥阴凉不怕雨。兰钗说康书记是一个人，可我一个人带着两条命，山高路陡万一摔跤就不得了。冬姣也认为不行，睡的、吃的、用的要搬好多东西上去，不但麻烦，而且不保密，李佳才说来就来。几个人越分析越怕，觉得那太冒险。

商量来商量去，三林提出躲在瓦厂地的瓦窑里生。那里偏僻，建斌天天开车，回家半年了，从没见他去过那里；秋兰一天到晚忙田里土里，好几年了都没去过；德仁整天窝在自己屋里；湾里人就更不用说，看都懒看那里，没有人想得到兰钗会藏在眼皮底下，这叫灯下黑。二是离家很近，送吃送喝照顾起来很方便，又在二哥屋后，即使就要生了，一喊嫂子就到了。

大家都认为这个方案好。最后，忠茂总结，这事要绝对保密，天不亮就躲进去，天黑才回家睡觉，反正这几天就要生了；三林在窑洞里陪着兰钗，不能露面，对外扬言他带着兰钗到县城生娃去了；来弟和再弟由冬姣照管；三林两口子一日三餐由月英做好送到窑里。

三林问兰钗愿不愿意，兰钗说没办法，防火防盗防佳才，躲进去生下孩子再说。兰钗的防火防盗防佳才把几个人逗笑了，三林说你娘的东躲西藏还喊口号！一喊不是就让人知道了。兰钗说，光喊还不行，爸把"防火防盗防佳才"七个字写在红纸上，我和三林一人一张。忠茂笑着说，没必要吧！兰钗说一定要写，一是红纸避邪，二是三林警惕性不高，要时时刻刻提醒。三林说还讲我警惕性不高，这个防火防盗防佳才的根据地还是我开辟的。冬姣打断他俩的跑嘴，说火烧眉毛了还南腔北调，接着叫忠茂用毛笔把口号写在红纸上避邪，一人一张。忠茂表示照办。但兰钗说，她和月英打过架还没解仇，月英可能不肯送饭。忠茂说这个由他出面，这次要全力以赴一致对外。

当天下午，三林趁人不注意悄悄地到瓦窑里看了看。瓦窑已经废弃好多年了，周围长满了杂柴茅草。三林考虑这些杂柴茅草正好做掩护，不能动。他拨开杂柴茅草钻进窑洞里，还好，窑洞虽然多年没用，但当年拱得结实，只稍微有点霉味，不太潮湿。

三林从窑洞出来时恰好让月英看见。月英两眼直勾勾地盯着三林，问他到窑洞里干什么？月英虽然和兰钗打了架，但她对三林依然友好，甚至说仍然想入非非。三林对月英的好感也一直没有泯灭，而且多了份同情和自责。因此，打架那天，三林没有表示出半点偏向兰钗的意思。现在，月英问他，他觉得不但没必要隐瞒，而且应该告诉她，不是还要她做饭送饭，生娃时还要她接生吗？于是，三林把开会研究的内容和盘告诉了月英，说自己准备回家拿把扫帚把窑拱窑壁瓦窑的地面打扫干净。月英见三林这个时候没把自己当外人看，也受了感动，立即操起门口的竹枝扫帚递给三林，还用特别的语气责怪他不懂事，去家里拿扫帚冲来冲去，生怕别人不知道是吗？三林一拍脑壳，拿着扫帚进了窑洞。

窑洞刚打扫完，月英拿着一个蛇皮袋和一盒蚊香走进来，他扯开袋口凑近垃圾堆，三林把垃圾往袋里扒，两人靠得很近，双方呼出来的气息互相闻得真真切切。但谁都不说话。

垃圾全部扒进蛇皮袋后，月英提起袋子颠实，放在一边，说："点燃蚊香熏掉窑里的霉味，不要舍不得，尽管用。用完了再拿。"

三林回说知道，把蚊香盒开了封，抽出一盘蚊香，把剩下的蚊香和盒子交给月英，自己用两只手去拆缠绕在一起的蚊香。不知是心不在焉还是心慌意乱或者的确是两手拙笨，月英已经把剩下的四盘蚊香塞进了盒子，三林手上的蚊香一点都没解开。

"笨手笨脚！给我！"月英嗔怪着从三林手里夺过蚊香，两手摸捏一阵，然后用右手的拇指和食指捉住蚊香盘中间的那个有点像蝌蚪头样的地方，悬空抖了两抖，分成两盘；右手两个指头捏着一盘，另一盘掉在仰起的左手巴掌上。三林两眼瞪着月英，咧开嘴巴傻笑。月英把分开的两盘蚊香叠在一起，叫三林掀亮打火机点。"啪！"的一声，三林掀亮了打火机，他颤抖着手往月英手中蚊香头子上凑，月英捏着蚊香的手也颤抖着往打火机的火苗上凑，可是火苗与蚊香头子老是凑不到一块儿，月英一把抓住三林拿打火机的手，才把蚊香点燃。青烟袅袅熏得月英眼泪直掉，突然，紧紧抓住三林的手扑在他肩膀上哭起来："三林，你害得我好苦哇！呜——啊啊啊！"

月英一哭，三林就不知所措了，他慌慌张张结结巴巴地回说："爸——妈——我——我一句话说不清！"

月英抱住三林说："一句话说不清，要几句话才说得清。呜——啊啊啊！"

三林却慌乱不已地挣扎着："几句话也讲不清！"

月英把三林抱得更紧了："你今天非得讲清！"

三林结结巴巴地说："怪不得妈，是爸的主意！"

没想到冬姣突然拱进来，一见这个情景，又默默退出去了。她站在窑外面告诉三林，兰钗要他回家准备住在窑里的东西。

九、神牛护主

建斌的瓦窑还算个躲生的好地方。

三林用两条长凳一块门板在窑洞里架了一铺简单的床，简单得连草席都没要。外面暑气蒸腾，窑洞里却凉爽得很，兰钗显得很高兴，说我没住过宾馆，宾馆不一定有这么舒服。

第二天天还没亮，兰钗和三林就起了床。出门后，三林左手挽住兰钗，右手提着那把劈柴的大斧头悄悄地进了窑洞。此时，天底下还是一片漆黑，两口子在床板上坐下后，兰钗笑他干吗把斧头带来。三林说你没看见厚友姑父退煞时，斧头脑往板凳上一砸百无禁忌，可以避邪；遇蛇打蛇遇鬼打鬼，提高警惕要有武器。兰钗笑着骂三林古怪。三林说我古怪你也古怪，两人把洞房搬到这里来了。兰钗说，要是今天日本鬼子丢炸弹，最安全的就是我俩了。三林说那是的，我们听到飞机叫马上把来弟、再弟和爸妈他们接进来。兰钗说我们真是乐观派，雷公砸到脑顶了还讲笑话。说着说着两人轻轻笑了。

天亮前，蚊子成群成群涌进窑洞，两人双手拍个不停。三林想起还有蚊香，用打火机点燃放在脚下才稍微好了点。

这天一日三餐月英做好后亲自送进来。两人有小便了，三林撩开裤裆往窑洞墙上滋，兰钗光着屁股蹲在窑洞壁边撒。天黑很久后，来弟和再弟已经睡了，两人才又悄悄地回家把大便屙在桶里，由冬姣提出去倒掉。

好险啦！第二天，兰钗和三林在窑洞里刚吃过早饭，李佳才带着乡干部进村了。

他们仍然是开着那辆吉普车进村的，吉普车从村口瓦厂地直接开到了禾场上停在公厅屋门口。村里的人很快就围过来看吉普车四边挂着红布标语：

“一胎上环，两胎结扎，三胎倾家荡产”；

“该流不流，扒房牵牛”；

“超生超育，株连九族”；

“一声劝，二声通；再不通，龙卷风！”

红底白字火药味十足。

妇女们看着看着就骂起来：“是谁编出这些死绝人毛的口号？我们妇女成过去的四类分子了，成反革命了。”

李佳才没管这些，带着乡干部直奔三林家。

来弟去了学校，只有冬姣带着再弟在家。冬姣站在门口明知故问李佳才从哪里来？找谁？李佳才说是乡干部，接着反问兰钗哪里去了！冬姣没回话却扯起喉咙喊忠茂，说有人找兰钗，你过来一下。忠茂缓缓地迈着方步过来了，姿态和步伐依然回到当支书时的稳健，看不出半点病态。

忠茂看了晒场上的国策车一眼，不失礼貌地问李佳才，哦！乡里的领导来了。王玉萍指着李佳才告诉忠茂说这是新来的李书记，同时也把忠茂介绍给李佳才，特别强调忠茂当了二十多年支书，老资格。忠茂却吊起腔调说，上任的官下任的狗，老了，没用了，成斗争对象阶级敌人了。李佳才不耐烦地训斥王玉萍该介绍的不介绍，然后不屑地对忠茂说，老支书，别扯那么远，我们是来接兰钗去引产的。她是第三胎了，全县的典型。忠茂说，李书记，兰钗是结扎后怀胎，特殊情况，不能照搬国策条款！李佳才不满地盯着忠茂，她第三胎了，我们头上的帽子都在她手上提着。你替她开脱，你和兰钗是什么关系？

忠茂的脸一沉，我与兰钗是什么关系？这话是什么意思？李佳才说你挡在前面肯定是兰钗的亲属嘛！忠茂说亲属就亲属，什么关系！味道变了！忠茂反客为主，把李佳才顶得瞠目结舌，连忙道歉说快了说快了，对！是什么亲属？忠茂说兰钗是我儿媳妇，她到县里生娃去了。李佳才的脸“唰”地又变了，责问忠茂谁叫她去县里生娃？忠茂说娃在肚里喊，他要出来了。李佳才凶巴巴地说，我不是和你开玩笑。忠茂也严肃起来，说生娃这么大的事，我能开玩笑吗？兰钗早就问过医生，结过扎的妇女生娃必须剖腹产。李佳才指着车上的标语口号重复了一遍，你们如果把她藏起来，可是要“株连九族”的。忠茂说我当了二十三年基层主要干部，共产党各个时期的政策和口号都背得出，但没见过这么吓人的口号。李佳才说，没见过，今天就让你见识见识。喊声“搜！”便进了屋，带着乡干部在楼上楼下到处搜。忠茂在外面大声喊，慢慢搜，搜仔细点！

李佳才带乡干部来抓兰钗去执行国策的消息通过月英传到了瓦窑里。兰钗立即把“防火防盗防佳才”红纸标语拿出来，她叫三林也拿出来，两人一定要提高警惕，万一被发现，马上从后山茶林撤退。三林说，你挺着这么大的肚子怎么撤，只能死守窑洞抗战到底。说着，三林提起斧头守在窑洞门口。兰钗顿时慌了，忙说，三林，你别乱来，我怕！三林笑兰钗是蠢宝，世界上的原子弹都是用来吓人的，谁打过？我把斧头一举，乡干部再雄也不敢进来。兰钗一听又高兴了，拍着圆鼓鼓的肚子说，儿子，你还没出世就跟着我们躲灾躲难躲乡干，为了你，你爸把家里最先进的斧头原子弹都用上了，你出不出得来就看你的运气了。

李佳才还真是个干才，他决定对兰钗采取措施的同时，就开始布置乡干部对兰钗进行监视和对三林家的居住和经济状况进行调查。居住和经济状况不怎样，但他家有一头相当健壮的水牛。“该流不流，扒房牵牛”的口号就是针对兰钗家提的。根据监控情报，三林和兰钗根本没去外面，断定兰钗躲在家里。于是六个乡干部分成两组楼上楼下到处搜，不放弃任何一处能够藏人的地方。他带计生办主任王玉萍和另一女乡干部搜楼上，另三个男乡干部搜楼下。楼上空荡荡，唯一能藏人的地方只有那个大谷柜。王玉萍揭开柜盖，李佳才伸过头往柜里张望时，冬旺突然在禾场上喊“兰钗跑了！”“兰钗跑了！”王玉萍一惊，把柜盖一放转身就要下楼，柜盖恰好把李佳才的脖子卡在柜沿上。李佳才喊了声“哎哟！”王玉萍赶紧回身揭开柜盖，连忙检讨说我一听喊兰钗跑了就没顾得上你了。

王玉萍长得漂亮，头发乌黑做成央视一台播音员李修平的发型；脸型也类似李修平那张国脸；黑色紧身衬衫配黑色短裙，更显皮肤白嫩；丰胸细腰，两腿修长，臀部突出，天生的女模特。李佳才到葫芦塘上任的第一次会议就向王玉萍频频放电。这也是他亲自带队执行第一国策的精神动力。每次执行过程中王玉萍走到哪，李佳才都是紧随其后。但王玉萍对李佳才并没表示什么热情。

李佳才本来恼火不过，但一看到王玉萍那张漂亮的脸蛋气就消了，说你有了兰钗就不要我了！兰钗重要还是我重要？王玉萍一脸绯红说书记重要书记重要！李佳才学着王玉萍的腔调，书记重要书记重要看我哪天收拾你！王玉萍怕李佳才说更出格的话，转身下了楼。

李佳才紧追王玉萍下来，站在大门口问："是谁看见兰钗跑了？"大家不作声对着冬旺笑，才知道是冬旺恶作剧。李佳才过来要拿冬旺是问。冬旺两手抱拳打拱说难不得，正没饭吃。李佳才打量了冬旺一眼，半边驼子，脸色溜青，衣襟像剃头匠的背刀布样放光，一副穷愁潦倒的背时相。

兰钗没抓着，脖子卡痛了，恶作剧的冬旺杀他没血，煮他没汤，抓住他没半点价值。李佳才的气没处消，回过头来命令忠茂马上把兰钗找来。忠茂当干部都当成精了，没把李佳才放在眼里。他叫李佳才带人去县城找，去迟了的话可能就生出来了。兰钗把结扎证都带去了，医院见是扎后怀胎，免费为她剖腹产。李佳才更急了，说你家里居然敢生第三胎！胆子肿起禾桶大，先抄家后罚款。忠茂却鼓励李佳才抄家，只要你敢抄我就敢告，不撸掉你的乌纱帽我忠茂不姓肖。

李佳才是个受不得激的，下令把牛牵走。忠茂说牛是几兄弟公家的，你们要牵我也没办法，但事先打声招呼，水牛外号"土匪"，性子很烈，万一伤了你们哪个别找我们的麻烦。李佳才说我知道你家的人烈牛也烈，看你家能不能烈过政府。他手一挥，牵走！不怕。

这都是来之前就侦察好布置好的，一个男乡干部很快从村西的牛栏里把水牛牵来了。

乡干部牵着外号叫作"土匪"的水牛在吉普车旁边站着。水牛恰好从窗口看见李佳才先是亲手把厨房的碗柜扳倒了，碗碟调羹和竹筷撒了一地；然后从大门背拿起一根长篙要一个男乡干部往屋上捅，捅出了一个大窟窿。泽文过来一把夺过篙子，指着乡干部骂道，你们抓兰钗捆兰钗剐兰钗我们不管也管不到，但捅我们的祖厅，敢破坏我们的祖神堂，葫芦湾的人要讨个说法。

乡干部和泽文吵起来。忠茂叫泽文别和他们吵，让他们抄家让他们扒房，我不相信共产党的王法只管百姓不管干部。

水牛似乎看出了事情的原委，四条健壮的腿同时往地上一撑，两支锋利的角一抵把牵牛的乡干部顶在吉普车上，但它没使劲，吓得乡干部丢掉牵牛绳抽出身子撒腿就跑。水牛没去追他，把右边的牛角剜进吉普车车底，再向上一挽，“轰隆”一声，吉普车翻了个四轮朝天，把所有在场的人都吓蒙了。

水牛撒开四蹄像一匹驰骋疆场的战马向村后跑，跑过村边，跑过二林住房，跑过瓦厂地，在窑洞门口停下，然后旋过身子，屁股对着窑洞口，四腿撑开，头朝外伸着，前低后高一副决斗的架势。

大家正为水牛这连续的意外举动感到突然，葫芦湾的人听说乡干部捅祖厅破坏祖神堂，都出来了。男的空着两手，却怂恿妇女们拿着锅铲拿着汤勺向乡干部逼过去。忠茂大声指挥，把捅屋顶扳碗柜的两个家伙捆起来。捅屋顶的乡干部和李佳才见势不妙，撒腿就跑。

葫嘴湾的人把平日对忠茂的怨气都撇到一边去了，把平日对乡干部收计划生育罚款、收各种费各种摊派积攒在肚子里的怨气全都撒了出来。雄健、同根和冬旺三人的媳妇手握锅铲汤勺冲在最前面，带领妇女们一拥而上，乡干部们慌慌张张有多远跑多远。李佳才有点胖，跑得慢，被妇女们追上，抓的抓衣领，扯的扯裤脚把他掀翻在地。忠茂见状又怕妇女们用铁铲挖拿汤勺砸打出大事，立即追上来，叫妇女们扔掉铁铲汤勺，暗示她们脱下鞋子用鞋掌打。妇女也还听话，一个个扔掉武器脱下鞋子往李佳才头上身上啪啪啪乱拍一顿。幸亏蹲点的副书记刘广方坐着肖建斌的手拖赶到，扯起李佳才推上手拖开走了。

“哇——”窑洞里传出了婴儿啼哭声，兰钗又生下一个男娃。水牛收拢四蹄，伸长脖子仰起头“哞——”长长地叫了一声，摇着尾巴向村西的牛栏走去。

没等月英过来，兰钗已经剪掉脐带。兰钗是老月子了，她算准了孩子出生的日子，今早天不亮来时，把剪刀，把包毛毛的衣服都带来了。

月英听到婴儿啼哭声赶紧过来帮忙包好毛毛。兰钗要三林给儿子起名字。三林说，你今早不是拍着肚子说过，儿子，你还没出世就跟着我们躲灾躲难躲乡干，为了你，你爸把家里最先进的斧头原子弹都用上了，出不出得来就看你的运气了。儿子出来了，说明他有运气，就叫运气吧！

十、忠茂维权

李佳才坐建斌的手扶拖拉机逃离葫芦湾一路上愤愤不平跑到乡政府，立即打 120 把他接到县人民医院急诊科，随同来医院的还有副书记刘广方和乡政府办公室主任小林。医生见李佳才鼻青脸肿，手上脚上到处是伤问是怎么回事？不知李佳才是觉得执行国策被打很光彩还是脑壳真的有点二，他要如实说出被妇女打鞋掌的情况。刚说到今天执行第一国策……被刘广方赶紧止住，他要医生只管检查，有伤治伤别问原因。

医生果真不问了，先是开了 CT、B 超、血检、尿检、X 光一大叠检查单，然后安排李佳才住在急诊科的病房里，递过住院证叫办理手续就走了。

小林替李佳才办理住院手续去了。李佳才一进病房就躺在床上，脸色铁青，目光暗淡，依然笼罩在遭打的恐惧气氛中。刘广方捏着一把检查单坐在李佳才床头，要他起来去例行检查。李佳才却轻轻摇头，要刘广方马上向县委政府汇报他今天执行国策被打的情况。

刘广方劝李佳才先检查身体，如果没太大问题拿点药回去算了。李佳才忽地坐起气愤地向刘广方讲述着今天发生冲突的情景。他把冲突现场描绘成农民暴动，把葫芦湾的妇女描绘成一群土匪流氓，把那头水牛描绘成一只非常恐惧的猛兽。完了又催刘广方去向县委政府汇报，他得住在医院等候县委政府慰问和处理，不处理好，永远不出院。刘广方不好扫李佳才的兴，问他要求县委政府怎么处理？李佳才说，首先，组织警力镇压葫芦湾捉拿凶手；第二，坚决把兰钗抓住扎掉；第三，撤掉二林的大队会计职务。

刘广方沉默一阵，明白地告诉李佳才他不会也不能去汇报，又劝李佳才冷静处置，不要张扬，慢慢平息；兰钗怀孕确实是特殊情况，陈书记早就向县计生委反映，县计生委一直没有明确表态怎样处置，这很明显是睁只眼闭只眼冷处理；今天，要是我在家，一定会劝阻你们，因为我知道兰钗马上就要生了，你们来蛮的会出大事；好在你们没与兰钗遭遇，否则说不定会闹出人命，出了人命就麻烦了；也幸亏建斌及时赶到把你从妇女手中抢出来，要不然，妇女打得顺手了会把你打个半死。李佳才听不进，批评刘广方思想太右，计划生育是第一国策，其他的政策都得让路，不来点硬的执行不了。刘广方见李佳才执迷不悟也就不客气了。他说，李佳才，你别在我面前摆一把手的架子！我是念我们两度同学，前不久在一起睡了三个月的情分上把你当兄弟看，今天这件事你千万不要想邀多大的功劳，等候镇压等候慰问等候处理，你太天真了，你考虑的应该是怎样把屁股擦干净！

刘广方的话让李佳才大吃一惊，反问，说我的屁股哪个地方不干净？刘广方说，第一，我们县里从一九七六年开始结扎，今年是第十六个年头了，你是第一个被妇女打鞋掌的乡党委书记。男人没动手，妇女用鞋底拍几下有多重？我知道你只是受了点皮外伤。侮辱性是大了点，但这口气你要忍下去，这种不光彩的事只有掩盖不能张扬。第二，牵牛扒房捅人家的祖厅我们县里从没发生过，你以为是功，如果记者介入报道出去，你就给县委政府脸上抹了黑。第三就更严重，你的标语口号我从来没见过，县计生委和县委政府知道吗？认可吗？喊喊也就罢了，还贴在车上，记者过去一拍照一录像，后果你想过吗？

李佳才一听，蒙了！不但屁股不干净，全身上下没一个好地方了。他尤其是把这顿鞋底想得很严重，迷信的说法是遭女人鞋掌的人过不了三年，自己可是遭了一顿不知其数的鞋掌啊！说不定今年都过不出。你说得轻巧，冷静处置，不要张扬，慢慢平息。这口气我咽得下吗？李佳才越想越气却无可奈何，越想越悲哀，一个人蜷缩着身子呜呜呜哭起来。

正哭着，办公室主任小林办好了住院手续过来，见李佳才躺在床上哭就问刘广方怎么回事。刘广方简单说了问题的严重性，然后叫李佳才自己检查在这住院，他俩得马上去葫芦湾安抚群众，把小车上的标语处理掉，把捅破的屋面盖好，把扳倒的碗柜重新摆好，把吉普车拖回乡政府。

李佳才到底是经历过世面的人，被刘广方一剂猛药催醒了。他再次忽地坐起叫刘广方和小林赶快赶到葫芦湾去，越快越好。首先把车上的标语扯掉。

但李佳才遇上了劲敌，一个是肖忠茂，一个是肖建斌。

肖建斌把李佳才送到乡政府立即开车返回葫芦湾。他目睹了葫芦湾人与乡干部发生冲突的混乱场面，不管谁对谁错都是非常严重的事件。

妇女们把乡干部撵走后，仍然聚在禾场上没散，她们还沉浸在大获全胜的喜阅中。建斌的拖拉机一停，妇女们笑着围过来责怪建斌不该把李佳才抢走。建斌说，我救李佳才也是帮你们，万一把他打死了你们中也有人要坐牢。忠茂也说建斌做得对，何况是刘书记带他来的，这也给了刘书记的面子；乡干部还是好的多，刘书记就是个好干部，像李佳才这么宝里宝气的真的很少。妇女们又嘻嘻哈哈大笑起来，各自表功说自己打了李佳才几个鞋掌，打在哪个部位，可惜打得不重，还后悔没让一个人用屁股压住他的脑壳，那样打起来才过瘾。

笑闹一阵后，建斌问三林和兰钗两个当事人到底躲哪去了？忠茂已经知道兰钗生了，也就不瞒了，说躲在你瓦窑里生了个儿子。建斌说既然已经出世就受法律保护，别再躲了，把她们接到自己屋里来。妇女们一路嘻嘻哈哈捅到瓦窑里，说三林和兰钗，你们真是两个军事家，村里闹得惊天动地，竟然在乡干部的眼皮底下生娃。没事了，走吧，回屋里去。

建斌这些男人们没去三林家里，那是女人家的事。雄健、同根和冬旺他们带着建斌先看四轮朝天的吉普车，再到厅屋看捅破的屋面，说三林家那头大水牛见乡干部捅屋顶，一角就把车子挑翻了，然后跑去守在窑洞门口，他妈的简直是头神牛，它竟然知道兰钗躲在里面生娃。

建斌绕车一周看着倒置的标语，摇摇头说，我还从来没听见过这么凶的口号，估计这是李佳才喊出来的，上面可能不知道；他把老百姓当敌人看，难怪妇女们围着他打！

这时，忠茂换了套衣服斜背一只黄挎包过来。建斌问忠茂去哪？忠茂扯了扯衣服下摆说，去县里上访，你安排大家保护好现场，倒在地上的碗柜，撒在地上的碗筷调羹一样都不要捡；捅下来的瓦片也不要扫，那根篙子让它靠在墙上；尤其是小车上的标语要保护好。建斌说已经布置了，会保护好现场。这时，冬姣追过来叫忠茂别去，娃反正生下来了，你又有病。建斌看了看忠茂蜡黄的脸，问他身体怎样，要不要派一个人陪他去。忠茂挺了挺瘦小却明显浮肿的身板说，没关系，李佳才这么搞，我必须和他干到底。建斌叫忠茂向领导如实反映情况，一句假话都不要讲，这样的乡党委书记不拉下马，难平民愤。忠茂说他会争取县里派调查组带电视台的记者到现场采访录像。

忠茂得建斌的支持，迈着稳健的步伐走了，看不出半点病态，以往去公社里开会参观都是这个派头。

当天下午四点，刘广方和小林带着十把个人到了葫芦湾，他们擦屁股的方案一样也不能落实。小车已被雄健、同根和冬旺他们守住，奉建斌的“指示”，不准任何人拢边，小车原封不动四仰八叉躺在地上，车上的标语口号一丝纸角都没撕下。两个泥水匠要上屋修复瓦面，湾里人把他俩围起来，妇女们威胁他们快走，不走也要打鞋掌，吓得两个泥水匠赶快跑了。刘广方和小林要亲自把碗柜竖起，三林说不必了，这样很好。然后“嘭”一声把门关了。刘广方和小林找建斌，要他出面做工作，建斌说如果不保护好现场，葫芦湾会吃亏的。

忠茂好几年没进县城了，县城已经彻底变样，路变宽了，房变高了，但他没心思逛街赏景，他给自己定了三大任务：一是保证兰钗三林不被罚款；二是保证二林不被撤职；三是下决心告倒李佳才，这家伙太不像共产党的干部了。向上级反映情况办事，忠茂的思路十分清晰，轻车熟路。当天下午，他就依次到县妇联和县计生委；当晚在县招待所住，次日八点前就坐在县人大门口等领导上班。每到一处，他都是用兰钗的绝育手术证说话，告诉他们兰钗的娃是躲在瓦窑里生出来的。如果不是躲进瓦窑，李佳才就闹出了人命。然后掏出笔记本叫他们把李佳才的标语口号一一记录好；再把李佳才扳碗柜、捅屋顶和牵牛的情况一一说了；还绘声绘色地讲了水牛挑翻小车妇女们把李佳才按在地上打鞋掌的事。最后，他主张人权，要求保护妇女权益，要求对兰钗的生育给个说法；要求县人大、县妇联、县计生委组成联合调查组带电视台记者到现场采访录像，看看李佳才提出的那些口号是什么性质？县里的领导知道不知道？看看李佳才像不像共产党的干部？他的做法已经在老百姓中造成什么恶劣影响？

忠茂的口才不减当年，叙述十分简单明了生动；提出的要求十分得体。领导们见他脸上蜡黄患有重病，劝他注意身体。但忠茂说没关系，这两天，他的精神格外好。

第二天中午，人大、妇联、县计生委组成的联合调查组带电视台记者来了现场采访录像。

李佳才还没出院就被抓起来了，金陵县人民检察院以破坏计划生育罪起诉他，判了一年。

第九章

一、契机悄然

“巧巧沙发店”只开了一年就改为“巧巧家具店”，开始转营成套家具。原先厚友和凤花带着孙子在家，看好几亩田，稍事做点木工活。现在，国林两口子要厚友也去墟场上协助他们，由凤花带着“飞飞”守家。他们不能把“飞飞”带去，墟口众众，让人围观评头品足，自己心里不好受，也会影响生意。人家结婚来买家具，见了你这么个儿子，心凉半截。再说一栋这么大的房子这么多的东西总得有个照管的。

因此，厚友家和建斌达成了一项重大协议：

厚友家的六亩田，全部租给建斌耕种，每亩每年交二百五十斤谷子给国林家；责任田的公粮、购粮、承包费、水费由建斌负担；建校费、教育附加费、计划生育费及种种意外收费仍由国林家负担；国林家的一台碾米机和一台粉碎机无偿给建斌使用。考虑到巧英要管理家具店的购销，无法做饭，便以每月两百块的工资请秋兰做饭，空闲时缝缝沙发皮套，秋兰的缝纫机车工原本很熟。这个协议本是去年正月初四那天，厚友家喊年饭时就准备签，但当时厚友不肯离开葫芦湾，也就没提。把秋兰要到厂里做饭是巧英提出来的，这有她的小九九——自己主外，秋兰主内，让国林与秋兰多接触，沟通情感，火候到了，自己再与国林分手，那样，双方心理上平衡些。巧英怕秋兰拒绝，因此，先悄悄地告诉建斌要他劝劝。建斌想起巧英和国林结婚那天，姐姐哭得伤心，说这事得由他姐做主。没想到秋兰以沉默表示答应。

建斌顾虑最大的是牛工。厚友家的六亩田一直是包给别人犁，必须与主家错开用牛时间；建斌四亩田是自己用链刮一刮一刮地挖或以人工换牛工——建斌犁耙功夫纯熟，村里人都愿一兑一用牛工换他的犁耙工，但现在有十亩田没头固定的牛不行。葫芦湾梯田多，每丘面积都不大，有时一亩好几丘，使“铁牛”不方便。考虑来考虑去国林提议用忠茂家的牛，他说忠茂家的水牛力大耐走工效高，他三兄弟合起来才十多亩，加上我们两家二十多亩；他三兄弟中二林不会使牛，三林会使牛在矿上，上一个班可请两个劳力，满林一直没敢回家，如果能和忠茂家达成协议，双方都好。厚友却不准和忠茂家来往，他很气愤，骂道：“满林欺负你媳妇，这口气我无论如何吞不下去！他要么不回家，回家就没好下场。”其实，他更恨的是忠茂，但他把对忠茂的恨藏起来，借骂满林发泄对忠茂的恨。等厚友发了一通气后，建斌才提出自己的看法。他认为当基层干部容易得罪人，何况忠茂当了二十多年。他做了些过头事，有些是跟上面的政策走，身不由己；有些的确是存有私心，有点霸道。谁没私心呢？要是我当了支书也会考虑自己的利益，说不定也会霸道。但忠茂确实有领导能力也做过不少有益的事。就说李佳才，湾里的人只知道骂我打他，却没想到要告他，就是想到了，可能也没这个胆量这个方法。但忠茂想到了，而且是他出场把他告倒了。这说明他还是想向湾里人靠拢。厚友却说那件事不摊在兰钗身上他不会告李佳才，他想和湾里的人靠拢，湾里的人不一定买他的账。建斌说，忠茂是个得了重病的人，他告状那几天是挺起身子劳神劳力，回来病就加重了，家里养伙又不好，可能见天的日子越来越少了，人一走，再计较也没含义。二林当干部也就喜欢贪点便宜，这是社会通病，现在的干部没几个不贪，公开欺负人的事还没有，当然，二林也没这个本事；满林想欺负巧英也没占什么便宜，不敢回家，说明他怕你老人家。一个村子住着，磕磕碰碰的事有，但不可能总不来往。“知青王”丁建平与邓长军打架打得你死我活，后来还成了朋友。哎呀，说远了。屋换地的事我也没回绝，只要他答应两家就方便，我也不想往下拗。现在想起来，以前我也有不对的地方。刚才你老人家说，宁愿买头牛也不巴求他家。牛，买得起，看管也有我爸，但马上要起牛栏、要砖、要树、要瓦，这些材料有钱都买不出。田归我种，我求他的牛用也不丢你老的面子。

厚友虽同意建斌的分析，但对满林仍恨恨连声。竟又稍带一句：“忠茂死了，抬丧我都不得去。”

建斌好像突然想起：“噢！姑父，还有件事我特别啰唆两句！”

厚友问什么事。建斌说满林欺负巧英的事已经过去了。哪天他回来了，你别太计较做出丑事来。满林是个不要天理的人，又有把力气。他不会让你。

厚友沉吟一会儿，依然恨恨连声。

二、“救命汤”和“催命符”

忠茂的肝病是吃了三林的一个偏方好转的。

一个与三林在煤矿一起下井的朋友得知三林的父亲得了肝炎，他叫三林别着急。三林说，怎能不着急呢，肚子都肿起蛮大了。那朋友说六年前他也得肝炎住院，肚子也肿起蛮大了，医生要他出院回家，交代他有什么好吃的尽量吃点，说白了就是没得治了，要家里准备后事。那个朋友没法只好出院，反正没钱住院了。农民命贱，只要能走还得做事，出院回家第二天就拖着浮肿的身子寻猪草煮猪潲。当然也想起医生的话，也想在家里找点什么好吃的东西。恰好两只鸡婆下蛋后在“咯咯咯”比赛似的叫着，他觉得家里再没什么比鸡蛋还好吃的东西，反正活一天是一天，吃一个蛋准一个蛋了。他从鸡窝里捡起两个鸡蛋顺手放进猪潲里煮熟吃了。不料当晚一觉睡到大天亮，起床后，发现皮肤起了皱肿也消了些。他悟出是吃潲锅里煮鸡蛋吃好的，继而发现寻来的猪草以车前草和青黛草居多，于是悟出这两种草煮鸡蛋可以治肝炎。之后，他天天扯这两种草煮鸡蛋，吃了三个月，竟然好了，现在下井拖煤没一点关系。这个偏方让你爸试试。

青黛草和车前草三林认识，三林大把大把扯起送给爸。家里养了好几只鸡婆，蛋反正有。忠茂吃这个偏方不到一个月，浮肿的身子渐渐消了，蜡黄的脸还有了些红晕，心情也日趋开朗。

这天，兰钗和三林抱着刚会走路的运气又送来两大把这样的草，要爸多熬点吃，煤矿那一带有的是。

兰钗把一个红包递给冬姣说：“妈，明天是你五十一岁生日，三林说不买东西给点钱，你自己想买什么就买什么。”

经兰钗一提，冬姣故意“哦”了一声，说，明天是我的大生日，你不提我还忘了。其实，她记得。这样说是颂奖兰钗孝顺。

兰钗怕忠茂的肝病传染，借口来弟、再弟会打架催三林回家。冬姣感谢兰钗记得自己的生日，还封了红包，想找点什么给运气，东找西找好不容易从柜上的玻璃瓶里找出一块冰糖递给运气，叹息道：“奶奶穷了，什么都没有了！”兰钗说不要，但运气接住了。到禾场上背眼处，兰钗从运气手中夺过冰糖顺手丢在地上，附在运气耳朵上低声嘀咕了一句。运气很懂事，回说，妈说吃不得，运气不吃。三林知道兰钗说了什么，嗔怪道，各人头上一方天，我爸又不是得了麻风。三林说着从禾场上捡起冰糖，吹吹，放进嘴里。兰钗扑过去从三林嘴里抠出来扬手抛进水田，骂道：“麻风不麻风，离远点总是好，你病了，我懒得看。”

这一切都被站在窗口的冬姣看见，她没声张。她认为兰钗这样做是对的，更何况她打开红包一看有五十块钱，一个劲地说，还是三林两口子好，我想做几桌。忠茂摇着头回答：“做几桌？我有病，家运又不好，谁来从你？没人从，这酒席办的有什么意思？要都像三林顺心顺意，我的病也容易好，二林钱是有，就是舍不得出。”停了会儿又后悔自己当支书得罪人太多，尽管去年带头对付李佳才自己默起能和村里人拉近距离，但村里的人只记坏处不记好处还是和自己挨不拢。这日子过起来没滋没味了。

正说着，二林神色慌张地进来告诉忠茂说满林又出事了。忠茂问什么事。二林说，去年正月他在车上调戏巧英，被建斌抓住丢了脸；在县城唆使四个街痞去报复又被建斌打倒三个，全让派出所铐住。他们供出是满林指使的，满林不敢回家，一直在外打流。昨天替人收账打伤了人被抓住，派出所叫带三千块钱交医药费，到底怎么处理还不知道。

忠茂一听，气晕了过去，左手端着的药杯“咣”一声掉在地上，咬在口里的鸡蛋没吞下去，堵在喉咙里，噎得满脸涨红，两眼翻白。病又犯了。

三、癫狂两女人

农历二月二十一春分这天，厚友打发巧英回家“糊鸟口”。

葫芦塘乡风俗，每年春分节这天，家家户户做糍粑。煮熟或蒸熟的糍粑用小竹棍一粒一粒戳起插在自家的菜园墙上和秧塘边，谓之“糊鸟口”，免得禽鸟糟蹋菜种稻种，也是祈求一年丰收。

秋兰去了国林厂里，建斌家没做糍粑，自然不插糍粑，再说，德仁和建斌都不太依风俗。国林家则不同，每逢初一、十五，厚友老倌都要在厅屋神台上的香钵里恭恭敬敬地插三炷香，今年去办厂前，还交代国林妈要照上不误；过时过节相沿成习的风俗，他是每项必依。今年，他不种田了，但菜依然种了点。国林叫他别跑出跑进种这两块小菜，我们又不缺这两个小菜钱。他不理不睬，每周总要回家看看“飞飞”，从土里摘些时令小菜带到厂里叫秋兰多放点油炒好，有滋有味地咽酒。同时也在家里陪老伴睡上一晚，谈谈厂里的收入，交换些看到的有关国林和秋兰、巧英和建斌的现象。谈到兴头上，二老也免不了抱在一起亲热亲热。厚友常对凤花说他实在不想去办厂，要那么多钱干什么？在家里热火热闹几多好，但国林心大，想发财，确实也会发财，那时你们这里的肖俊龙地主算什么！一粒霉豆咬开吃……

自从被忠茂强暴，凤花对厚友一直心怀歉疚，平常日子家中诸事全由厚友作主，百依百顺；亲热时也是任由厚友摆布，一想起忠茂把自已捆起来强行办事的情景就十分恐惧。现在，厚友提到有关国林和秋兰、巧英和建斌的情况，凤花连连叹息只不作声。建斌娶不娶巧英她不太放在心上，但她内心一直不赞成国林娶巧英，国林即使不娶秋兰也不能娶巧英。可她觉得自己在这个家里说不上话了，就什么都没说。即便后来国林和巧英养出飞飞是个景致，她也不对任何人使气，这种痛苦也只放在心里默默承受。因此，厚友骑在身上他做他的，不声不哼任由他走程序；做完后，厚友说这说那也是让他说他的。她只是"嗯！嗯！"地应承，没有自己的看法和意见。厚友疲劳了，沉沉睡去后，凤花却在想自己的心事。她看出巧英的心还是在建斌那里，而秋兰更是个重情重义的姑娘，她不是嫁不出，而是不想嫁。

国林家有个不大的菜园与建斌的瓦厂地相隔不远。巧英端一大洋瓷碗溜光的糍粑过来，老远就看见建斌在挖土，她先在自家的园墙上稀稀落落地插了些，然后来到建斌瓦厂地沿着那新补的园界墙上密密麻麻地插了一通。巧英做糍粑与她做针线活一样讲究。她不像有些人家只把籼米磨成粉，倒入锅内用水搅匀炒熟铲出，然后捏成团搓成条一节一节掐脱就成了。她不，她先将碾得只剩米芯的糯米和籼米各半掺和用水浸泡一天，反复淘洗干净，磨成浆，用棉布方帕兜着滤干；再蒸一半熟团与一半生团和在一起反复搓揉；直揉得油水放光揉出弹性才撅成坨、搓成条、再撅成小坨，用手掌心揉成一粒一粒比乒乓球小但几乎和乒乓球一般圆的糍粑。那不是糍粑，简直是艺术品，煮熟或蒸熟后，含在嘴里稍一用力就会哧溜一下滑过喉咙跌进肚里，那不是吃东西，是一种享受。因此，每年春分这天，今天也是这样，她在前面插，全村一大群孩子在后面争抢着收。她笑着"呵火！呵火"地赶他们。孩子们都晓得是逗他们玩，巧英喊"呵火"的时候，他们嘻嘻嘻笑着退几步；等她背过身去反而跟得更紧。两岁不到的运气竟然挤过来伸手在她洋瓷碗里抓了一把。村里的孩子都喜欢巧英，巧英也喜欢村里的孩子，但最喜欢兰钗的老三运气。这是兰钗结扎后怀上躲在瓦窑里生出的。运气出世那天，葫芦湾发生的那场轰轰烈烈的斗争，巧英不在家没目睹，但后来几经传播，她愈加觉得运气真是处处有运气。兰钗体质好，奶水足，运气长得格外壮实，格外机灵，走路说话都比一般孩子早。两岁不到就跟着比自己大许多的孩子满地跑。在园里挖土的建斌笑着对孩子们"嘿"了一声，那群孩子看了建斌和巧英一阵，哄笑着跑了。

巧英见他们一阵风样地刮走了，心里顿觉空落，倍感惊慌。

今天回到家里，舅妈递给自己一张二林送来的村小学集资建校的通知，按人头点数，每人一百，要交五百；上次回家收到乡里集资建中学的通知，每人五十；巧英算了算，除征粮、购粮这些历来要交的粮外，还有水费、教育费、计划生育费、牲猪补贴费、养路费……有十把种。家里几亩田发租出去收到的租谷全部抵出去还不够。当然，每亩二十块钱水费是应该交的，但有些费是根本不愿交的，分田到户刚吃几天饱饭过了几天好日子，没想到突然拱出这么多费用。当然，建校费也该交，但不该乡中学和村小学累在一起交，交也交得太多了。不过，巧英最伤心的是，飞飞六岁本该读书了，他却还不能走路。唉！要是谁能使自己的飞飞哪天早晨突然跑步，能去读书，别说出七百五，就是出七千五，我把全部存款交给乡里和村里都心甘情愿。

月英听见笑闹声打开后窗看见巧英在建斌的园墙上插糍粑，觉得有些怪，她怎么在建斌园墙上插糍粑？便偷偷地观察他们做什么说什么。开始，他们什么也没说。但两人眉目传情一番后，巧英问建斌准备种什么？建斌回说准备栽果树，暂时种一季花生。接着，两人又谈了一阵办机砖厂的事。月英这才喊："巧英！两个人哪那么多话讲！来屋里坐！"

巧英对二林的印象不好，听说二林爸强奸过舅妈，舅舅一直怀恨在心。上次满林在车上调戏自己的事传到村里后，舅舅手持一把磨得锋利的木工凿在正厅屋大门口守过好几天，若真碰上满林，说不定会出事，但她和月英偏偏合得来。这可能一是因为两人都是从葫芦嘴山沟里嫁过来的；二是两人同病相怜——一个养了个怪物，一个没开养；三是两家生活都宽裕，养伙好，两人的模样都俊俏，因此，碰到一起话就多，而且无话不谈。巧英开沙发店后，两人很少在一起玩了。巧英回葫芦湾来去匆匆，没时间谈。月英每次上墟虽然去沙发店坐，但那里人多，她俩的话题有了第三个人在场，哪怕是哑巴、是不懂事的小孩在旁边，就没有谈的兴趣。上次从国花手里设计走脱躲在月英那里，恰好二林不在家，本可大谈一场，但国林把她喊回去了。

当下，巧英见月英言外有意地喊，立即过来了。两人先是互相尝了两粒对方做的糍粑。巧英说糍粑浆是她婆婆磨的，她今早才回，做得匆忙点，没往年的好吃。月英叹口气说："吃人参都没味，这日子过得好无聊，难不得有个人来陪陪。"

“啵！你不晓得喊他！”巧英手指窗外建斌，但话一出口，很后悔，睁大眼睛看月英的表情。

“喊他！那不得罪你，你笑什么？当我看不出？”

巧英如释重负，一本正经说道：“月英姐，你别逗我。你的苦，我知道；我的苦，你也晓得；当初，若不是秋兰妈拦阻，秋兰早嫁给了国林，我肯定会嫁给建斌；袁书亮不反良心，你会嫁给二林吗？你、我、秋兰三个人不知前世作了什么孽，天老爷这样来惩罚我们。你等于守活寡，想养养不出；我是能养不敢养；秋兰三十岁了，还没尝过男人味。”

这话正好触到了月英痛处，她说二林没点死用，来又要来，先还挺起，一上来就软了；好不容易进去没两下就泻了；中药西药吃了那么多也不顶用，搞得她心灰意冷，真有点怕做那件事了。这也许是报应，他爸搞女的搞多了，就惩罚二林不让他搞。

巧英说：“我也怕，国林特别要得紧。常常是我睡着了，也爬上来要，我不情愿说你搞吧搞吧，他兴趣十足很用劲，我没一点滋味，完事了都不晓得。”

月英说你吃不完我饿着肚，想不过时把二林抱上身强迫他来，可越这样他的根越往里缩。巧英说，国林他娘的有时白天也要，我不肯，他就搞蛮的；他的药也是长年不断，听见哪种药好就买哪种。他要我取环我不肯，他就说，你不取我也要搞大你的肚子。不晓得他听哪个讲的，只要那个东西劲大，有环都挡不住。

巧英的话撩得月英身心摇荡，说话粗野放肆起来：“你家国林阴不阴，阳不阳，倒看不出配种的公猪样，怕三个四个女的都不在话下。难怪他把秋兰找去做饭，你不在家，不怕他找秋兰？”

“就怕他不找，他找才好呢！”

“呵，你这么大方，哪次让我去见识见识，有多厉害，再厉害总没这头山牯厉害。”月英手指窗外。

“你见识过他了呀！”巧英抓住月英又捶又捏，脸色立刻变了。

四、二林出新招

巧英走后，月英站在屋门口看一只鸡婆带着一群小鸡在一堆肥土里刨食虫子。母鸡撅起屁股用那锋利的爪子刨一顿，“咯咯咯咯”叫几声，四散的鸡崽立刻跑拢去忙乱地争啄一阵。这时，村里的孩子回家吃过午饭准备去学校，喊喊叫叫的。月英看看鸡婆鸡崽，看看蹦蹦跳跳的孩子，又触到了痛处。二林到葫芦湾小学开会去了，说是研究建校的事。研究建校研究建校，自己没孩子去读书，研究建校干什么啊！触景生情，感到自己还不如一只母鸡快活。一个能生孩子却生不出孩子的女人该是多么痛苦！一个有过疯狂性生活而又失去正常性生活的女人该是多么痛苦！月英走进屋里从后窗看建斌一挖一大块板紧的泥土，全不费力的样子，心里很是羡慕；想起刚才和巧英的调笑，心里火烧火燎。

月英嫁到葫芦湾八年了，建斌和她家为建房打架的事她只听说过，在她的记忆中，建斌从没跨过自家的门槛。在路上碰见了，月英笑起想打招呼，可一见建斌黑着脸，心就凉了半截。不知是他把自己看成是坏女人还是为二林家的事迁怒她？月英想，你们打架那阵我还没来呀！

月英倚在窗口呆呆看了一阵，鬼使神差地泡了一杯茶有些矫情地喊建斌来喝茶，歇口气。建斌回说不口干，也没停活。月英不好再喊，你男人不在家，人家是黄花崽，懂规矩呢！但她仍禁不住站在窗口偷偷打量建斌：时令还是早春，一般人还穿毛衣披棉袄；而建斌只穿一件白衬衫，白衬衫扎进裤头，可隐隐看见里面的黑背心；他膀宽腰圆，身材匀称得没半点赘肉；四方脸，头发浓黑，最具男子气的是嘴上那一抹胡子，一个男人没胡子怎么看得？二林就没胡子，所以不像男人。她每次回娘家，父亲海贵都会问建斌怎么不去城里建房了？月英说我怎么知道，他在家里种田。海贵说建斌是个怪人，九斤是他带去的，九斤贴了心在城里建房他却不去了。海贵要月英告诉建斌，九斤每次来家里都说建斌不在那里没味道，要他别在家里种田，仍旧去县城建房子！月英满口应承父亲说回家后转告建斌。但自己从来没对建斌说过。有两次想问，但一见建斌黑起张脸，又止住了。有时，海贵也会当月英的面叹息一声，说建斌像个男子汉，但为什么这么大了还不讨老婆？说到这个，月英就回答不上来了。

一想到这里，月英就越想仔细看建斌。她站在凳子上睁大眼睛看见建斌举起宽大的锄头，只轻轻下去就翻开一大坯硬土，一会儿就翻开一大片大坯大坯的泥土。月英想，力气大的做那件事的劲肯定也大。看着看着，月英发现自己流出了眼泪，她自己也搞不清楚今天是怎么了。接着从凳子上下来，从不喝茶的她端起茶杯喝了两口，剩下的倒在屋后地上。

日已偏西，德仁才来喊建斌回家吃午饭。国林家业大，值钱的东西多，又时常有人来碾米，建斌依嘱睡国林家，但每日三餐还是在自己屋里吃。他回爹的话，挖完这块土才去。

这时，二林从学校回来了，他红光满面好像喝了很多酒，其实他不喝酒，有了两汤匙啤酒脸就红得火烧茅屋。月英递过一盆洗脸水告诉二林，看来屋换地的事真的搞不成了。

二林隔窗看了一眼，没作声，从衣兜里摸出一根牙签，往牙缝里捅，说：“你怎么知道？”

月英说，大概是种花生、栽果树或者办机砖厂。

二林说种花生、栽果树他自己可以安排，办机砖厂得批，手续多得很，我这支笔他喊不动。

月英反驳道：“现在乡里县里都鼓励支持发展个体企业，上面会压你批。”

二林冷笑一声说这是葫芦湾的后龙山，靠背山，村里人会准他乱动？只这一招他就挡不住。

月英看了看二林干瘦的身子咕哝道：“尽是歪点子。”

二林吐了把口水说：“这不是歪点子，一地风水养一方人，一是祖神堂，一是后龙山，这两样不能乱动，李佳才就是个例子。村里人很讲究。”

月英竟然佩服地点了点头。

二林好像突然想起，问月英：“你不是说美丽娘托你介绍建斌去她家做上门女婿？”

“有这回事，我说不出口。美丽名字起得好，样子难看，还要建斌上门，我真说不出口！”

“人家有钱，不是不多点钱，有很多钱！俗话说饥不择食，贫不择妻，建斌屋没屋，钱也不多，年纪又这么大了，他这样子也没资格选人家，说说看，也许会同意。”

没等月英回答，二林已抬腿去了瓦厂地。

冬姣把自己几只鸡婆也带到瓦厂地上来寻野食。她用别样的眼神看建斌挖土，看德仁捡草根、石块，然后唆使几只鸡婆到处窜。

德仁问冬姣怎么不拾野粪了。冬姣说不拾了，难得让他们打架。拾野粪不如带几只鸡婆寻虫子打野食，多生几个蛋给忠茂兑草药。德仁“哦”了声，说难怪你的鸡婆长得油水放光。

偏偏这时二林过来，触动冬姣的心思，她说：“德仁老大你说，同样是鸡婆，我家这黑鸡婆捞食得紧，一天一个蛋；可这黄鸡婆一点野食都不打，总不生蛋。”德仁没领会冬姣的含意，说：“捞食的鸡自然会生蛋。”冬姣接过话头：“这人也一样，你看我家兰钗一餐吃几大碗，有菜没菜吃得饱，一连生了三个娃，扎都扎不脱。”德仁这才听出味来，要冬姣说鸡就说鸡，不要带音。冬姣黑起那张苦瓜脸，对二林长长地叹了口气。

二林不满地看了冬姣一眼，过来给建斌父子各递了一支带把烟，说了一阵闲话，佯装要走，突又转身“噢”了一声，似乎突然想起，拍拍建斌厚实的肩膀说：“老弟，给你说个媳妇怎样？”

“你给我说媳妇？”建斌反问，样子很惊讶，热情并不高，“我屋都没一间。”

“唉——”二林拖长声音，“不要屋，她家还帮你在金塘墟上起屋，地都买好了。具体情况要月英才清楚，是她娘家村里的。月英，你过来。”

德仁被突如其来的喜讯惊傻了。冬姣听说月英会来，撇下几只鸡婆先走了。

站在屋后西北角上的月英用筷子“当当当”敲了一阵瓷盘，一大群鸡听到瓷盘响声从四面八方跑向月英。月英从瓷盘里抓一把谷撒一路；鸡们跟在她身后一路跑一路啄；月英在建斌脚下又撒了一气，鸡围在建斌脚下乱啄。

“建斌老弟挖土做什么？我家这些鸡整天吵死，眼珠子都啄得下，往后两家还难吵场伙，你要土，山那边我们有一大片。”月英笑嘻嘻地出个谜语给建斌猜。

建斌回说栽果树或者办个机砖厂。二林反问，办机砖厂？启动资金要好多万！建斌抓一把泥在手，一捏便粉了，再用力一捏，粉泥又黏合了，说，天生的砖坯泥，我想办个机砖厂。资金不足可以贷款。

二林不说这些了，要月英说美丽的情况。

月英把美丽的年龄、长相、为什么二十六岁还没结婚等情况简单介绍了一下。接着讲美丽娘四十六岁了，去年嫁给一个六十五岁准备回大陆定居的台湾老兵；据说老兵有两百多万，给了美丽娘九万，又准备在墟上起屋招郎；有六七个联系的美丽没同意。然后，着重说：“前天，我去娘家，美丽主动谈起这事。她说你常去葫芦嘴拖货，认识你，还问我你二十八岁了怎么还没结婚，看样子是有意思；只要你点头同意，我明天就去葫芦嘴跑一趟。”

建斌想都没想立即打岔叫月英别说，这钱用起来不光彩。

“不偷，不抢，怎不光彩？”二林说，“他妈的也是怪事，这个老寡婆比黄花闺女还值钱。德仁叔，你当爸的拿个主意，建斌老弟可能是不好意思。”

德仁早耐不住了，听二林一提，简直是嚷起来：“真有这样的好事，你做准了，真在圩上起了房子，这瓦厂地送给你！谁改口，屁股讲话。”

二林却一本正经地说：“德仁叔，你这样说，月英真不好意思做媒了，还以为是想你这块地。以前我是想取方便，本来，地换房还补你的钱你没亏，嚷出去上面还会追责任。我是见建斌弟年纪这么大了再不说媳妇很麻烦，如今一胎上环，两胎结扎，到时只准养一个，年纪一大，黄花闺女讨不到，嫁过人的又结了扎，养不出娃，接不上后，讨来真的卵用。”

一番话，入情入理，好像他讨了老婆生了娃最有资格说这番话。建斌还是叫月英别去。德仁却催：“月英你明天就去，他不要我要。”

月英和二林听了哈哈大笑，德仁方知说走了嘴。笑声惊动了啄食的群鸡，一只只竖起头愣愣地听。那只大红公鸡突然闷头跑向黄母鸡，母鸡佯逃一阵蹲下，将尾巴高高翘起；公鸡骑上去立马又下来，高兴得拍打翅膀引颈长鸣：“成——功——了！”

五、笑星闹别扭

巧英从月英屋里出来回到家里，见婆婆带着六岁多的飞飞在扶着凳子学走路。飞飞在奶奶的教唆下叫了声“哇——哇”。巧英放下瓷碗，张开两手深情呼唤：“乖——飞飞！乖乖！来！”

然而，亲爱的飞飞不能开步走，上身摇摇晃晃随时会倒的样子，嘴里涎水滔滔。巧英走过去把儿子搂在怀里，伤心地抽泣起来。她清早没吃从墟上赶到家里；吃了碗稀饭就做糍粑、糊鸟口，忙了一上午；在月英家只尝了两粒糍粑，肚子本很饿了，但她心事重重，什么都不想吃。

建斌来了。他是来开机房帮巧英碾米的。建斌叫巧英先上楼去把谷撮好，等下他去挑。巧英正要上楼，三林和兰钗带着三个孩子从晒场上过。运气从三林背上挣扎着下来，又伸手向巧英要糍粑。巧英抱着运气走到屋里用筷子在准备带回墟上的那碗糍粑里戳了两串，要运气喊“婶婶”。运气喊一声，巧英给了一串；再喊一声又给一串，然后捧着运气的脸蛋亲了又亲。别人给运气东西他不吃，偏偏喜欢巧英的东西。三林说，我家运气长大准是个色鬼，人才卵毛大就喜欢巧英长得漂亮。巧英说那就给我当干儿子吧！兰钗要运气叫干妈，运气扑在巧英怀里真的喊干妈。逗得几个人哈哈大笑。笑过一阵，兰钗告诉巧英说今天她娘过五十岁，原准备只她带运气去，但娘托人带信来要三林一定去一趟。

三林问建斌什么时候再去县城搞建筑。建斌说不去了，丁老板不搞建筑了，已经改行。其他的老板那里平时没联系，不想去。再说，快三十岁的人了还没个窝，想建几间房子。三林问建斌建在哪里？建斌说只能建在瓦厂地上，矮就矮点有什么办法。三林说我那老二诡计多端。建斌说不提了，提起岩鹰鸡脑壳痛——建好了房子就不走了，在家种田。三林说农民越来越难当了，农药化肥都往上涨，就粮食不涨，各种摊派又多。建斌说，在外面的日子也难混，城里比农村还复杂。他顺便说了丁建平的事。好在九斤认识李主任，要不他死定了。但三林不以为然，说自己也想去城里打工。建斌问三林煤矿效益怎样？三林摇头说，不行了，企业办马主任太贪，被他搞倒了。

两人叹息了一阵，三林问巧英去不去墟上，如果去，正好同一段路。巧英说还有事，大约要四点才走得成。兰钗挤眉弄眼拍了三林一掌说，巧英不睡一晚怎舍得走！巧英你说呢？巧英明知兰钗话中有话，又不便发气，就唆使运气说："兰钗猪婆放狗屁！"运气眨着两眼看兰钗，不肯说。巧英假装要抢运气的糍粑："你不说，糍粑给我。说！兰钗猪婆放狗屁。"

运气果然说："兰钗猪婆放狗屁。"

兰钗骂道，好你个运气，有了干妈不要亲妈了。运气从巧英身上挣下来扑向兰钗，朝巧英说："是干妈放狗屁。"

运气的滑稽把几个人都逗笑了。

兰钗他们一走，建斌和巧英陷入尴尬。建斌失神地望着远去的三林一家，巧英则满脸通红地看着脚下，拉了拉建斌的袖口说："上楼帮我撮谷！"说着先上了楼。巧英一块一块打开仓门板，缓缓地提来一担箩筐，心事重重地摆弄着，该撮谷了却没撮谷。

建斌上来了，问："还没撮谷？"

巧英睁大圆溜溜的双眼笑了笑："我不是叫你撮吗？——刚才月英和二林对你说了些什么？"

建斌说："她两口子要给我介绍对象。"

巧英问介绍谁。建斌说是葫芦嘴的唐美丽，你认识不？巧英说不认识，但劝建斌是该说门亲了。

建斌却苦笑笑说："没心思说亲！房只半间，爸爸有病，姐嫁不出，谁肯嫁我。"

"二十八岁了。还等谁？"

"没合适的！"

“听说你谈过几个，都不合适？”

建斌摇头！

“要什么样子才合适？”

建斌还是摇头：“一句话说不清。”

巧英停了停，叫建斌别急！唐美丽的情况她打听打听再说。终身大事，乱来不得。她已犯了错误，现在好痛苦。

建斌从口袋里掏出几支通明透亮的天麻给巧英，巧英两只手连建斌的手捧在一起，长久不放。

建斌缓缓抽出手，巧英默默地把撮箕递给建斌叫建斌撮谷。自己慢吞吞地摆箩筐。建斌把撮箕放进谷仓，巧英却过来了，挨着建斌的身子把手伸进仓库慢慢地往撮箕里扒谷，扒了很久才扒满一撮箕。建斌把谷倒进箩筐再撮谷时，两人的手在谷仓里又挨在一起。

巧英声音颤抖地说：“听兰钗的口气，可能有人讲我俩的闲话。”

建斌睁大眼睛问：“讲什么闲话？”

巧英低下了头：“讲我们有那种事！其实我们没那种事！”

建斌笑着说：“是没！”

巧英却无所谓的样子：“让他们说去吧！我不怕！”

谷仓在厅屋楼上，仓库旁边跨过门槛就是卧室，巧英分明看了看卧室里的床。建斌也听出了巧英的言外之意，似乎受到鼓舞，突然抓住了巧英的手。巧英满脸通红。建斌不好意思又放了，“嘭嘭嘭”三五两下撮满一担谷贼似的挑起就走。等巧英下来，建斌已将一箩谷轻轻托起往谷斗里控，根本不让巧英插手。

巧英站在一旁想那想过不知多少遍的心思。

是的，自己是多么想得到建斌的温存和抚爱，但她又时时告诫自己，不能！一个女人应该庄重，对一个男人爱得越深，越要庄重。如果打算今后嫁给他，愈加要庄重，过早地献身是轻浮，会给婚后的家庭投下阴影；建斌是庄重的，自己更应庄重。正因此，自建斌替她看家守屋后，国林不来，她一个人从不在家过夜。今天，今天也幸亏没……

碾米机轰响一阵，米碾出了，巧英拿起铁勺舀米，建斌扯开蛇皮袋口，配合默契但一言不发。

这些做完后，建斌问："就走吗？"

巧英说："还没，四点！"

"开拖拉机送你。"

"不必，只四十多斤。"

"那就算了，我还要和二林谈牛工的事。"

"瓦厂地的事别乱松口！"

"知道！"

简单而生硬的一问一答，空气显得异常憋闷，两人心里都明白为什么这样憋闷。

葫芦塘乡俗，人到五十算大寿，如果大摆筵席，女方的娘家或出嫁的女儿必须挑担子。或谷、或糍粑、或馒头；有时还不只一担，两担，有时好几担；担子上面还须摆布料、鞋子、钞票之类；现在还有买彩电、冰箱给岳父母贺生日的。那当然要看女儿、女婿的经济实力和舍不舍得。来了担子，主家燃放鞭炮迎住，村里乡邻便都会来凑份子祝贺；如果不准备摆席做酒，是不能挑担子去的；如若挑担子去反而会搞得主家措手不及，而乡邻则来也不是，不来也不是。

兰钗娘家言明不摆酒席，兰钗也就没准备担子，但五十岁不是小生日，总得有所表示，一路上，两口子讨论怎么表示法。

"还不是封个红包，封多少？"三林连答带问。

"至少要封一百才像话，"兰钗说，"明年五十一岁做酒明年再说。"

"一百？"三林打个吞吐，"上次我妈五十一岁不是只封五十块。"

"你妈是你妈，我妈是我妈，你妈过生日我还封了五十块，月英两口子话都没一句。我妈过生日怎就像卖小菜？封个包还讨价还价。"

三林见兰钗来了气，突然又笑着说："对，我妈贱，一岁只值九毛多。你妈值价，今年一岁能卖两块，明年还要涨价。"

兰钗听了，哭笑不得，追过去，在他背脊上使劲捶："难怪村里人说你站起有个古怪相，坐下有个古怪体，肚里有个古怪计。”

“算了，算了，封一百，封一百。给你妈的钱只是过过套，转个背又给了运气他们。”

兰钗“扑哧”一声笑了，骂道：“烂肚鬼。”

不料，他们在葫芦坪吃了餐饭回家时，一路上真的吵架了。

兰钗说：“不要信二林那张嘴，树上的鸟都哄得下。”

“房子不拈阄了是你答应的，想阵想阵又反悔，嘴巴屁股样。”三林抱着运气走在前面。

“我看问题没我爸我妈我哥他们准，我讲话又不是金口银牙。”

“别个的东西我不想，吃本分守本分。”

“我娘家又没叫你去偷去抢！”

“我们兄弟间的事要你娘家操什么心？”

“你不是也说二林诡计多端吗？”

“老二是名堂多，但分房是我们的家事。你娘家插什么手？”

吵着吵着，天下起了雨。

三林放下两岁的运气，背起七岁的来弟就跑。兰钗一手牵一个边追边骂：“你个没好死的，儿子不抱抱女儿，小的不背背大的。”

这时恰好巧英用蛇皮袋挑着米碰见，大声骂：“三林你发癫了！”

三林回过头说：“一百块的不抱我还抱五十块的吗？”

巧英没摸着头脑，问兰钗是怎么回事。

兰钗说：“他是爆肚，嫌我娘家讲了二林分房换地取巧，叫我们不要上当。”

巧英听了哭笑不得，吵来吵去，还是为建斌那块瓦厂地。

六、婚姻苦果

巧英躲过雨才挑着米走，身上虽没淋湿，但脚上裤上尽是泥巴。她回到厂里，见国林在帮着秋兰做饭，没惊动他们，径直上楼换衣裤去了。

秋兰来后，“巧巧家具店”的牌子换成了“巧兰家具厂”。一个美女做广告换成两个美女做广告，生意更加看好。

说是办家具厂，门面、厨房和工棚的格局与规模依然还是与沙发店一个样。但是“店”换成“厂”一字之改，品位不一样，气势和派头就出来了。

巧英两口子睡在门面楼上，一些比较值钱的材料如海绵、胶合板之类也都放在楼上。原来是秋兰每晚把铺打在沙发上睡，次日起床后又卷起来。厚友老倌睡工棚里，兼带守材料和工具。秋兰说那里太冷就坚持和老人换了。但秋兰只在工棚里睡了一晚，厚友老倌又不肯了，说一个姑娘家睡那里太委屈也不安全，便又换过来了。本来，楼上可以像下面样用布隔开住人，但无论是秋兰还是厚友睡在隔开的楼上都不雅观。国林便在工棚里用板子围了一个角，这个角的外面加了层油毛毡，厚友睡在里面，暖和多了。

巧英换了衣裤下楼，国林叫她来帮忙做饭。巧英说我坐这里边洗边和你们谈天。说着往桶里倒了些洗衣粉，舀了两瓢水搅匀后将衣裤浸在里面，然后坐在厨房通往工棚的后门口慢慢搓洗。秋兰问起爸和弟的情况。巧英只说了建斌在瓦厂地挖土扬言栽果树和办砖厂，但果树肯定不会栽，办砖厂也比较难，主要是试探二林家的动静。又说三林一家到兰钗娘家，兰钗爸妈又坚持分房要拈阄，也想得到那块瓦厂地。巧英还讲了一遍路上碰见的情形。

国林和秋兰听了笑得前仰后合。

巧英也笑了一阵，然后问：“你俩猜，三林说一百块五十块是什么意思？”

国林没答，只说三林古怪。巧英要他答是什么意思？国林说我答不出。巧英说国林脑壳不开窍，秋兰那么聪明，你猜！

秋兰说："你不是说兰钗娘过五十岁生日，我听说上次三林娘生日封了五十块，估计兰钗娘封了一百块，为封包的事吵架！"

国林却认为三林不是这种小气人。

秋兰说三林不是对多封五十块钱有意见，是借题发挥，怪娘家干涉他们兄弟的事，说养儿不如养女。

巧英笑起来，连说对对对！三林真的古怪。秋兰真的聪明。

里面几个木匠听了也大笑不已。

国林说三林从小就古怪，有次学校大扫除，我俩约好逃跑，他叫我先走。他走时被班主任发现，班主任喊：三林，你去哪？三林回说：国林逃跑，我抓他回来！追上我后，比我跑得还快。

秋兰说："还有次，天没亮就带我们去敲学校大门，把全校老师都吵醒了。"

巧英说你们讲这些事，我都不知道。

国林说你是读高小才来的，这是他读三年级的事。巧英叹了口气说："小时候真好玩，谁知长大后会有这么多烦恼。"国林说："人太聪明烦恼就多，我们蠢子不烦。"

巧英嗔怪国林有烦恼窝在肚里。国林笑了笑没再说话。

快吃饭时，巧英告诉秋兰，说忠茂差不多了。

秋兰说他早该死了。国林说忠茂那时好威风，这几年也是阴屁一个！上任的官，下任的狗，没了乌纱帽，狗都不如。秋兰说也不能这样看，好干部就有好名声，不在位了也受尊重。忠茂和别的干部不一样，恶事做多了，名声不好。

巧英却说忠茂本事还是有点，带病告状还露了一手。国林说搞这些路子是要服他，事情刚刚开头，他就想到了结果。秋兰说，他一辈子就是研究怎样整人！和李佳才是师兄弟。

巧英走开了，让他俩谈论。

晚饭后，巧英因辛苦坐在床上看了一会儿电视就睡了。厚友从不上楼看电视，要看去房东家看。巧英不在，秋兰也不上楼看电视。这晚，巧英一睡，秋兰和国林坐在一起看不自在也走了。秋兰一走，国林就上了床，一上床就动手动脚。巧英没心思，既不配合，也没拒绝，任国林发泄一通后，抱住他嘤嘤地哭。性事过后的国林，精神依然饱满，他问巧英是不是受了谁的欺负，巧英说不是。国林又问是不是对他有什么怀疑，巧英也说不是。止住哭泣，巧英把今天村里孩子们追着她抢糍粑的情形和回到家里抱住飞飞哭了一阵的事告诉国林。

国林听了也连连叹息。

巧英又说了村里建校集资的情况。国林忽地坐起说怎要这多？

巧英又哭起来："要是飞飞能上学，我出五千五万都心甘情愿。可是……可是……呵嗬嗬嗬嗬！这样下去，我俩都是在世上白白跑了一趟。钱再多有什么用啊？"

国林这才知道，巧英是为他们近亲结婚的后果忧心如焚。他右手搂着巧英，左手替她擦眼泪："你取了环，我们再怀一胎，行，就更好；不行，只好分手。趁年纪还轻！"

巧英说："我已养了个怪物，流过一胎。万一怀起又流了，成了习惯性流产，离了谁还要我？不流，生下来，又没变全，我俩怎么见人？也许生下时还可以，一长一长，长成个没用的东西，我俩……"巧英说着说着又哭，"你爸你妈，我爸我妈都是做好事的，别人还说我们两家都吃了孽钱。那时，那时，我们真不该。"

"已经是这样了，有什么办法？"国林很无奈。

"我问你，你不要嫌我问错，"巧英半撑着身子坐起来，"秋兰对你怎样？"

国林也半撑着身子坐起："说什么呀？疑神疑鬼。"

"不，我是说真的，秋兰这里不肯，那里不肯，是苦苦恋着你？别看秋兰懒作声，心计挺实，我要她来做饭，是成全你们。"

"那你呢？"

"我是女的，好办些。"巧英并没说自己对建斌有意思。她认为，不说比说好。

接着两人就假设分手，对现有财产的分割进行商量。国林说："固定资产归我；十万存款你拿七万，另三万给我作周转资金。"巧英表示不要这么多，夫妻一场，不让她空手走开，日后相互有个照应就行了。国林说，我是这样的人吗？

最后，谈到他们错误婚姻酿出的苦果飞飞如何处置时，两人都不说话，只抱在一起哭。

月英从葫芦嘴回来了，两口子躺在床上也睡不着，他们在商量唐美丽和建斌的事。

月英说美丽约建斌二月二十九也就是下墟在交通旅社见面。二林叫了声好！月英却说，娘叫我别搭这个白，美丽肚里有了毛毛。二林问谁的。月英说多半是台湾老兵的。二林嘻嘻笑道，这老家伙把娘女俩都搞了，六十多的人了还这么厉害，怀得起毛毛。月英说："八十公公做得种，这有什么奇怪！要是你也这么厉害就好。"二林觉得没面子转换话题问美丽的肚子多大了。月英说刚有反应还看不出。二林松了一口气，说："看不出没关系，两人一拢场还不就干起来，催他们马上结婚，那时还分你的我的！但瓦厂地必须在结婚前落实。"月英说："美丽在葫芦塘墟场已经买了地准备建屋，既然这样，建斌应该会放手。"二林高兴起来："应该没问题，这是德仁自己说的。妈妈的，想了八九年，瓦厂地这风水宝地终于快到手了。"

月英问二林："你真信那王老头子的话？"二林说："不只他这么说，几个风水先生都这么说，谁在上面建屋，谁家人财两旺。"月英讥诮道："你下面这个东西翘不起，还人财两旺呢？"二林说："没用也怪现在这屋场，也是风水先生说的。"月英说："屋场就这么灵！还能管裤裆里这杆铳硬不硬！"月英有点鄙了。

二林不敢鄙，他底气不足，还是顺着原先的思路往下说历来当大官的都信风水信坟山，我们葫芦湾肖员外兴也风水败也风水就是个例子。

月英说葫芦湾的故事不只说明风水重要，更说明人的天理良心比风水还重要，我认为员外兴在风水，败是因为坏了良心，用剪刀剪下葫芦饿死狮子的说法是编的。

二林不同意月英的看法，他又举了个例子，说他们的曾祖父是大财主，大老婆不生讨小老婆，可小老婆又不生，四十岁上，讨了第三个老婆，还是不生；于是请地仙看风水，地仙说得给他爸迁坟；坟一迁，三个老婆争着生。你说，风水坟山重不重要？

月英反问二林：“你看见了，说不定是三个老婆都争着打野食偷汉子比谁生得多。”

二林责怪月英往歪处想，接着又讲道：“十八年前，我爸因有六个崽要择地建屋偷偷请过地仙看葫芦湾的风水。那风水先生说，我们村以正厅屋为界，东头当旺，西头主败；西头的空坪不少，但当煞风，不能起屋。那时，西头正当红，人多势众。现在你看看，应不应了。那地仙还特别交代我爸说瓦厂地是块好屋场地。”

月英又反驳，你妈吹起牛皮有权有势，“盖半省”，为何不早下手呢？现在才削尖脑壳打主意。二林说原先是队上的瓦厂，是我们家的摇钱树；后来开标，没想到建斌标这么高的价；正因这样，我抢先围地起了这三间屋。他的瓦厂地没用了，建斌不答应也得答应。迟早是我们的。

月英表扬二林：“这个主意还不错。”二林受到表扬高兴不已，把话题重又回到美丽娘女身上，他问：“台湾老兵真的把她娘俩都睡了？”欲火中烧的月英有点野了：“老牛贪嫩草，他主要是搞美丽这个嫩货。”二林说他娘的老家伙还来得起？月英更野了，听说一夜还能来两回。边说边褪掉自己的裤子，撩二林大腿间那个东西。二林顿感兴奋，勇气十足地骑了上去，很顺畅地进入了月英的身体。月英“噫——”了一声，觉得与以往不同，表扬他今晚有进步。

二林受到鼓舞，努力动作，自己也觉得大有进步。

经历了漫长无性痛苦的月英不知二林为何陡然间终于像个男人了，她抱住二林努力配合。二林说想不到转来转去瓦厂地终究快到我手上了。月英又表扬，这瓦厂地真是神了，刚刚说要到我们手上，你突然就行了。二林受到表扬，愈加勇猛。

不知是鬼使神差还是神经出错，月英突然问：“唉！建斌那个瓦厂是谁放火烧掉的？”二林打了个愣怔，全身上下稀软稀软。正在兴头上的月英觉得里面的东西突然消失，忙问：“怎么了怎么了？”

二林无力地滚下来。

月英吓了一跳，以为二林突然犯病，又问：“你怎么啦？是不是有什么病？”

二林一脸的尴尬与无奈：“没病，很突然！”

七、建斌相亲

农历二月二十九，葫芦塘赶场。

二十八岁的建斌由月英带着去葫芦塘墟场的交通饭店相亲。到了墟上，建斌找个借口甩脱月英决定先到家具厂告诉国林他们，实则是让巧英知道，探探她的态度。巧英见建斌真的来相亲了，脸色有点泛青。

秋兰没逃过发梅的摆布，没嫁给国林，建斌总觉得对不起厚友一家。原本有意于自己的巧英嫁给了国林，生出个残疾，建斌又觉得自己害了巧英也害了厚友一家。同时也感觉到他们的婚姻不会长久。姐今年三十岁了，这几年里，姐先后谈的六个对象，先是小白脸乡干，第二个是供销社的，再就是货车司机，第四个是结过婚又离了婚没有孩子的小学教师；陈光雄之前还谈过一个老单身下井工人——一个比一个差火。除乡干嫌他们家穷外，其他的全是秋兰不中意。大姑娘、小媳妇邀她南下广东她不去；好几个地方请她去做饭她也不去，而这次来国林厂里一提就来了。他知道姐不但痴心向着国林，她也估计国林和巧英迟早会分手。但建斌转念一想，秋兰嫁给国林，也许能行；巧英嫁给自己却不一定能成。论家，自己窝都没一个，爹又有病；论脾气，巧英贤惠而又泼辣，精明而且大方；自己脾气太犟，性格太直，常常惹事。再说，即使秋兰嫁给国林，巧英不嫌自己穷，不嫌爹有病，不嫌自己脾气丑，社会上的人也会说自己讨不到媳妇了，便用自己的黄花姐姐去换国林用过的“二水货”，这名声也不好听。当然，如果巧英真和国林分了手，他是不会来相亲的，可是巧英没给自己任何暗示；自己毕竟二十八岁了，再拖下去，心里慌张；况且，女方这么有钱，虽说这钱的来路不怎么光彩，比偷比抢的用起来心里踏实；还在墟场上建房，瓦厂地上就不必建房了，住墟场上与住乡下是两重天。管他去，基于上述原因，他决定还是先见见面再说。建斌要国林陪自己去当参谋。

巧英叫国林别去，到时候人家分不清是相哪个，说美丽的情况她了解到一些，自告奋勇当参谋。国林自然叫巧英去参谋。

建斌和巧英到时，美丽已点好了菜。老板娘端来瓜子、花生、糖、饼干、橘子、苹果六个盘子，取“六六大顺”的意思。月英端起一杯茶，给两人作了介绍。建斌瞟一眼唐美丽球样的奶子桶似的腰，忍不住笑了笑。美丽看建斌看得很认真，建斌新理了发，更显方头大脸；额头鼻梁棱角分明；白衬衣里面套一件枣红桃子领羊毛衫，外罩黑西服，下身是条灰白裤子，更显高大精神。

巧英仔细打量了唐美丽一阵说：“美丽，你是葫芦嘴的，我是山崖下的，只隔两三里怎没见过面？”唐美丽说那时她天天在山上做事，没去过哪里！巧英问：“你妈嫁给了一个台湾老兵，是吗？”美丽没听懂巧英话带讥诮，反得意地回说是是是。接着她滔滔不绝句句不离钱——说我的台湾新爸有两百多万块钱；这次回来只带了二十万块钱，给了我妈十万块钱；回台湾前交代我妈要在这墟上起幢漂亮房子，钱不够写信去他就寄钱来；我有了对象写信去也会来钱；把他两百多万块钱都搞过来了就回家住。美丽还说这笔财该应是我娘的，好多黄花闺女要嫁给我的台湾爸爸他不要，偏偏看中我妈。

建斌听着听着有些不耐烦，对美丽说：“我向来不走运，想烧砖瓦，瓦厂被烧；养鱼，让水冲走；做好事救人，反遭冤枉赔钱；爸爸开一次刀住两回院；姐姐三十岁了还没嫁；一家三口人两根光棍房只半间；你嫁给我没得好日子过。”

月英使眼色叫他不要往下说。建斌却叫月英别使眼色有话必须先说清楚，免得美丽后悔。巧英直打冷笑。美丽却说：“这都不要紧，你讨上我就会交好运；月英姐也告诉了你，我在葫芦塘墟场买了地，我们马上结婚马上起房；你那块什么瓦厂地给她家起屋。”

建斌好笑不过，心想你他妈的全熟透了，嫁老公比我讨老婆还急，替二林家讲条件也不遮掩，这么直来直去。

菜上来了，八菜一汤，全是荤的。月英颂奖美丽真舍得。美丽说这不算，我和我妈送爸去台湾，在县里玩了四天，在广州玩了六天，三个人每餐至少吃两百块，住宾馆是三百多块一晚。巧英听了用手捂着嘴巴也笑着说："听说了听说了，你们吃得好，睡得香，玩出了很多新花样。"

一直沉默不语的美丽娘要美丽少说几句，她听月英说建斌喜欢喝白酒，叫老板娘选最好的拿一瓶来。老板娘拿来一瓶剑南春，一上桌就开了。巧英接过来给各人筛了酒，催媒婆月英发话。月英举起酒杯说了两句祝贺的话。接着，巧英端着酒杯站起："建斌哥，美丽姑娘，祝你俩好事成双。"她先与建斌的杯子碰了碰，再与美丽碰，与美丽碰杯时，故意碰过了头，酒杯直达美丽胸口，酒洒在美丽的胸襟上。巧英立即用餐巾纸给她擦，手指却在美丽的奶子上按，连说："对不起对不起，这酒太好，还没喝就醉了。"巧英又给美丽娘和月英各敬了一杯。

建斌只喝了一杯酒就添了饭。她们四个饭没吃完，建斌茶都喝过了。等都喝过茶，老板结账，美丽付了一百二十八块。巧英趁机用膝盖碰了碰建斌，然后招呼美丽娘俩去厂里坐，先走了。

美丽娘说巧英真是个角色。月英也说巧英为人处世抓钱都是把好手。过了会儿建斌起身要去方便。月英要他快去快回，正事还没谈呢！

建斌没去方便，而是随候在水果摊前的巧英沿公路墟场往南走来到老墟场横街的仔猪行。仔猪行已没人交易，这里比较清静。

"怎么样？如意不？"巧英直截了当问。建斌反问巧英如意不，我听你的。巧英非得要建斌先说她才拿主意。建斌说，如不如意你听我讲话就知道，她开口闭口有钱，好像我是头仔猪，她要出钱买过去养起来。巧英说有钱是好事，别人想都想不到。建斌说她腰粗奶大，屁股箩筐样，看起不舒服。巧英说身大力不亏，钱也确实有，你年纪这么大了，不要错过机会。建斌摇了摇头说："二林给我做介绍是想把我嫁出去，还是为了那块瓦厂地。"

巧英说别的不要讲，你到底要不要？美丽是全同意了。你自己算算账，现在什么东西都涨价，讨个老婆要万多块，如今美丽不要你一分钱，还给你起房买家具，到时，你别后悔！

建斌坚决地说："不要，看见她就恶心，嘴巴叽里呱啦，开口闭口讲钱，这日子怎么过？"

巧英长吁了口气："你真的不要，我就告诉你真实情况，美丽已不是黄花闺女。"建斌"啊"了一声问巧英怎么晓得。巧英说，你刚才没见我碰杯时故意淌了些酒在她胸口上；给她抹时，顺势按了她的奶子，软绵绵的，说不定已怀孕。听说她娘俩送老头去台湾时，老兵晚上陪美丽娘，白天却猫在美丽房里；之前还以为是笑话，现在看来是真的。建斌笑起来："妈的，差点上了大当。这么说，绑在我背上，用票子把我堆起来也不要了，否则，我连狗都不如。"

过了会儿，巧英擦着眼泪说："我还告诉你件事，我和国林不合《婚姻法》。商量好了，准备离婚，和气离，马上离。"

建斌望着巧英一时怔住，什么也没说。

八、瓦解仇恨

亲没相成，建斌并没受什么损失。但二林、月英、德仁以及村里好多好多人对此大惑不解，聚在一起大发议论！冬旺讥笑建斌是个蠢宝，"财神菩萨"送到眼前都不要，管她腰粗还是奶大，拉灭了电灯还不一个样。国花则以行家的眼光支着，要是我，管他三七二十一，先捞住她的钱再说！建斌说我没你两口子手段高明，冬旺，明日叫月英带你去。兰钗看不惯冬旺和国花这对现世宝，叫冬旺用驼背去拱美丽，从下往上拱，把她的钱都拱出来。村里一班后生和妇女都加入议论嘲笑，越说越鄙。冬旺、国花脸皮那么厚都没招架得住。

德仁更像上了大当丢了宝贝似的，骂不绝口，你个死崽也不撒泡尿照照，你要讨天姿国色，要讨上得画的人，可你没那福分；讨老婆能做事能生娃就行；何况人家给你房子给你钱……唉，算了算了，二十八岁的人还不晓得要老婆，世上就见过你。

厚友从墟上回家，听见德仁在嚷，赶紧过来问德仁嚷什么？德仁回说骂我家的蠢宝，我从没骂过他，今天气不过了。

厚友说姻缘不分亲，这么多人在这里，也要顾点面子，进屋！

德仁随厚友进了屋。厚友依例看看房子，看看老伴，看看孙子。他嘴里衔根纸烟望着飞飞发呆，眼眶里淌满了泪。当年，归根结底是自己做了件蠢事。那时，要是自己不怄气，给发梅多讲几句好话，多解释也许能沟通，秋兰和国林的婚事一成，巧英嫁给建斌，那是几多圆全的事！现在，国林、巧英再有钱在人面前也抬不起头，直不起腰；秋兰至今没嫁，建斌至今没讨，也是窝心；巧英是自己的亲外甥女，离吧，怎好说出口？不离，一家人心里总是空落落的！离了，国林重新讨该有多难？巧英又该如何打发？给钱，给多少？自己虽然老眼昏花，但也看得出，国林和巧英离是肯定的，秋兰和国林，巧英和建斌也都有那层意思，如真能这样圆全，那也是他们的缘分，是天意。只是亏了建斌和秋兰。

厚友这样想，但对德仁不能这样说，自己是木匠师傅，讲的是行话。他说："我们这个村子不知哪个地方犯了煞，你家建斌没讨，着急；我家国林讨了更是个负担，想生不敢生，不生又不心甘，国林要生，巧英不肯；二林结婚七八年了，月英的肚皮不见动静；说来说去，你家建斌没讨也许是件好事。他不要唐美丽肯定有原因，建斌是个有主见的。"两人的话原本很多，心情轻松时有很多稀奇古怪的事成为他们的话题，但此时，两人的心情都很压抑。德仁听了厚友的这番话，没搭白，只一个劲地抽烟。厚友见他不作声就改换话题，问德仁牛工落实了没有，十来亩田没牛工不行。德仁摇了摇头。厚友说："考虑来考虑去还是用三林的牛合适，他家那头水牯正当年，只负担他三兄弟十把亩田是个浪费，加上你十把亩也绰绰有余；他三兄弟，二林甩手饭吃惯了，三林在矿上，上一个班可请两个工，满林不会犁耙功夫；如果建斌把他三兄弟的犁耙功夫全包下来，换他的牛工，我估计他会肯。如今种田也还种得，虽说农药化肥涨价，终究有赚头！唉，有些事我也看得淡了，他家正走麦城，也怪可怜的；人啦！几十年打转，总是斗、斗、斗，也不是滋味。"其实厚友给德仁出主意同意用忠茂家的牛也是为自家的责任田发包着想。万一建斌找不到牛工，包不下，自己重新找人也很麻烦。早几年，大家争着包田种，后来渐渐不包了；这两年，珍贵的田突然变得不值钱了。建斌答应租种他家的田，是觉得自己反正在家里，一头牛是看，两头牛也是看。不过厚友清楚，这多少带有帮忙的成分，如果没有牛肯定种不了，马马虎虎种下来种不出产量，自己也过意不去。

德仁想起那天国林提出牛工的事，厚友还恼火不过，如今却来劝自己了。其实德仁也清楚葫芦湾的人不那么希罕田了，当初牛崽提出他的三儿子辉辉不要田，很多人还觉得奇怪。不到两年，厚友家不愿种田了，泽文要进城带孙子，雄健两口子准备外出打工，可能也不会种田了。如果建斌在城里做事，自己的田都种不下来，还怎么会包厚友的田呢？但他不说出来，说出来了，怕厚友有想法。于是，他也顺着厚友的话说：“我和二林家为那块地结仇也好多年了。忠茂抢先起屋，是取胆谋肝，事情闹到这个地步，搞得两家都不落心，也该互相调剂；葫芦湾有屋场地，可你围一块我围一块，我想为难你，你又想为难他，谁也起不成屋，花冤枉钱建在田里。我们这里开丘田有多难，毁丘田说毁就毁了。”厚友又叹了口气：“我们都老了，后生家日子还长，人在世上只有吃有穿不算过得好，互相之间不讲长短才算好。”德仁连声附和说对对对！两个老人的话题不一样，但都有与忠茂、二林他们解仇的意思。

厚友在葫芦湾里已不需争地了。自己一个招郎崽能在湾里占一块这么大的地盘他很知足。他现在忧虑的是国林和巧英，当然也牵涉建斌和秋兰，而对那块瓦厂地已不大感兴趣，现在有钱的人都往墟上甚至县里建房了。他敷衍几句就催德仁赶紧去与三林商量牛工的事，免得别人抢在前面。关系好了，那块地的事也好商量。

厚友对忠茂当年卑鄙行为的耿耿于怀，已随忠茂家的连遭不幸而渐渐淡漠。早几天，厚友看见满林回来了，也没对他怎样。

九、忠茂西去　满林抢劫

夕阳西下时分，厚友先在村里漫不经心到处转了转，然后来到瓦厂地隔壁的小菜园里。他站在自己的菜园里，却看着建斌的瓦厂地发愣：瓦厂地的土已挖了将近一半，却没整理。看着看着，蹲在自己的菜地里随意拔草，拔一根，揉成团；又拔一根，也揉成团，很无聊的样子。这时，冬姣从村里匆匆地过来叫走了二林两口子，又听见冬姣问二林说看见满林没有。二林说没看见，冬姣恨恨连声，说这短命鬼怕是送终不到了。厚友便知忠茂死期已到。

忠茂躺在床上，光着上身，肚子肿得像十月怀胎的妇人；通身上下大汗淋漓，气喘吁吁。他觉得自己是个长途跋涉的脚夫，已到达不了终点，昔日的威风荡然无存，但思维还清晰，脑子里闪过的全是仇人。他努力睁开厚重的眼皮，眼瞅楼枕在和二林、三林兄弟谈话。他说："我当支书二十多年，得——罪不少人，有些是为党的工作，有些是为私利。"二林说："爸，当基层干部得罪人很正常，要搞好工作，一人难满百人意。"忠茂摇摇头说："工作的事不后悔，为私利的事也不后悔；但有些事是迫不得已，比如泽文的爸，是公社造反派逼的。这与当时道县出现地主杀贫农，贫农反过来大肆捕杀地主有关。但有些事是坏了良心，比如同根的爷爷，还有，搞掉建斌的老师是不准他往外跳……"忠茂本想忏悔放火烧瓦厂的事，但他觉得这件事不能让三林知情，话到嘴边又咽回去了。二林也怕爸临终前糊涂忏悔放火烧瓦厂的事，他更怕三林知情，忙岔开话题说："爸，人生在世就那么长，你毕竟威风几十年，很不错了。"

忠茂说："往日威风的话不说了。我最得意的是下台后得了病还告倒了李佳才；我知道自己给党抹过黑，算不上好党员。但再怎么也比李佳才好。”

二林和三林都顺着忠茂的意思夸他威风不倒，一般的人哪个敢告公社书记，就是有这个胆也没这个方式方法。建斌虽然告倒过黄洪武，但他对付不了李佳才。

一提到建斌，忠茂又叹了口气，说你们当葫芦湾龙头的希望不大了。葫芦湾龙头会落在建斌身上。

三林劝道：“爸，你别把权力看得太重，我苦做苦吃，本本分分过日子还少很多烦恼。建斌当不当头是他的事。”

忠茂担心建斌当了头会给自己家脸色看。二林认为建斌不在党，当不了头。忠茂说建斌有能力得人心，得人心比什么都强。三林却认为建斌气量好，如果记仇他就当不了头，他当了头记仇我也不怕。

说到这里，忠茂拉着三林的手说：“三林，你两口子为这个家争了气，爸心里高兴。你结婚爸没尽责任，心里一直愧疚，爸这辈子……”

三林赶紧止住忠茂，说：“爸，千万别这么说，还是我对你老人家不起，常和你抬扛，我很知足，说点别的。爸！”

忠茂喘息着说：“好，说点别的？”他停了很久，“有件事我一直担忧。”

二林问是不是担忧瓦厂地我们搞不到手？全部搞到没把握，但一头还是搞得到。忠茂说不是这，谋事在人，成事在天。

三林说有什么担忧的你尽管说，我们想办法。

“我死后登山，村里人会为难你们兄弟，你们要多讲几句好话！”忠茂艰难地说，“我告李佳才，虽然是为自家的事，但也是想和村里人靠拢，但都不买账。”说着说着，竟然哭起来。

二林三林劝爸别哭。二林说他也想到了这一层，只是放在心里。忠茂又点名道姓头一要防备建斌。三林又说建斌不是那种人。忠茂两眼射出垂死的光芒，摇摇头说：“你看——看不准。”

三林想起刚说过喜欢和爸抬扛，现在又抬扛，有点后悔，决定再不能和爸置气，应承道：“好，爸，我们听你的话，防备他就是。”

三林说着把二林拉到一边，说现在最大的问题是没得棺材。冬姣责怪他俩，爸病了这么久，都不维实这件事，他得这个病又待不住，何得了！三林说因为上个月见爸已好转，就疏忽了这件事。

三林、二林、冬姣正为棺材的事忙得团团转时，厚友两口子则为国林巧英的事着急。

厚友摇头叹息责怪自己当初让发梅一闹就怕了。说我活鬼都敢碰怎就怕了她呢？更责怪自己不该兄妹开亲，如今留下这么多的麻烦。凤花见厚友一再后悔兄妹开亲，才开口说出潜藏在心里好多年的话，但仍然是试探着问厚友，你说，国林仍旧把秋兰娶过来，巧英——嫁给——建——斌做得到啵？凤花这样想有凤花的道理，她说："秋兰这里不肯那里不肯，国林一喊就去了，老倌子嗳，他们在一起你连没观清场合？"厚友说："他们肚里的事我怎么看得透！国林巧英的意思还是想赚钱。她们也确实发了财，那时肖俊龙算什么财主，一辈子抠屎样才起了一栋房，国林的钱起这种房怕三栋、四栋也用不完，可是，钱再多，没孩子有什么用呢？"

凤花骂厚友，怎讲这没得头脑的丧气话，国林才平三十岁，巧英也不是粘皮刺，《婚姻法》不合，分呗！厚友叹了一声，亲戚里道，怎好开口啊？凤花说，你不好开口，我说，两人都要生娃接后，什么事比这还大？

老两口有一句，没一句，想起一句说一句，直到半夜也没睡着。

"噼里啪啦！噼里啪啦！"忠茂屋里传出一阵鞭炮声。

"孽障死了！"凤花如释重负地咒了一句。

带戏剧性的是，此时，猫在村后公路上的满林和一个外地后生听见村里传来鞭炮声，外地后生问满林："你村里放鞭炮是什么事？"满林顺口回说："晓得是哪家在杀猪。"那后生说："杀猪怎么没听见猪叫？"

冬姣早几天就对满林说："古樟上的猫头鹰这次是叫你爸了，你别乱走。"但满林把这话置之度外，他一门心思在等从葫芦山方向来的拖拉机。鞭炮响时，已是深夜十二点，而葫芦山方向没一点动静。那后生怪满林的消息不可靠。满林很有把握地说，消息绝对可靠。我们乡煤矿让管企业的马副书记贪光了，倒闭了；我三哥早就去了私人煤矿上班，冬旺已偷走两部电动机；今天傍黑时我亲眼见他两口子背着个袋子上去了。

于是，两人耐心等。等到凌晨两点，拖拉机终于驶过来了，驶近拐弯处减速，满林突然打开矿灯射住冬旺、国花和手拖司机。司机被迫停车。

满林压低嗓子问："车上是什么？"

国花不紧不慢地说："给一个朋友借的抽水机和电动机。"

满林不由分说把冬旺拖下来摔倒在地。冬旺自那年被满林打后，见了满林就怕，现在更是瑟瑟发抖。国花却叫司机开车，满林索性把司机也拖了下来。国花用扳手来砸满林没砸住，反被满林抱住按倒在地骑在身上："你调皮，我当冬旺的面干你一回。"说着"咚咚"两拳，打得国花眼冒金星。

满林站起来指着三人说："告诉你们，乡政府早知道你们偷走了两台电动机，特安排我俩在这里抓你们。"国花知道拗不过，但还犟嘴："你别打乡政府的招牌，黑吃黑，给你们一半。"满林又甩了国花一耳光，凶道："你还说黑吃黑，走，到乡政府去！"

这时的主动权全在满林手上，他可进可退。国花不敢去乡政府，去了，亏吃得更大，国花不敢顶嘴了。满林要她把上两次的赃款拿出来，不拿就送派出所。国花乖乖拿出六百元，满林一把夺过，命令司机开车，把冬旺和国花抛在黑暗中。

十、忠茂的丧事

天已大亮，葫芦湾的村口、田边、井旁、菜地里到处有人在交头接耳，三个一群五个一伙都神秘地笑着。这天，他们起得格外早，脸上也格外舒展。

二林带着三林、满林身穿孝衣到各家跪拜，分别给人递烟说些请求帮忙的话。但村里人都像事先约好似的，接烟时只莫名地笑笑，并不说话；到冬旺家给诗汉、冬旺下跪时，冬旺明言不去。最后来到禾场上，二林说："现在只剩厚友和建斌两家了，厚友和爸是死对头，爸临死交代要防备建斌，我们去还是不去？"

三林毫不犹豫说不去是说不通的。满林却说不去也可。三林指着满林骂："你太不懂事，这件事怎能不去？就是天大的仇也得去。昨晚，你到哪里？"满林撒谎说在一个朋友家喝酒。三林骂满林撒谎，率先进了厚友家，恰好建斌也在。

三林先给厚友跪下，二林和满林也相继给厚友跪下，厚友长出一口气扶起三人。

三兄弟又纷纷给建斌下跪。三林说："建斌兄弟，这事你要帮忙，我爸有些事对你不起。"说到这里，三林哽咽起来："我爸已走了，再怎么也就这一次了，你福大量大，要谅解他。"

三林他们一跪一泣，纵有天大的冤仇也烟消云散了，建斌说："家家有老父老母，要我帮什么忙，尽管说。"人哪，真是说不清，仇恨往往会被同情瓦解。

二林说现在最大的问题是没棺材。三林却说最大的问题是村里人不肯拢场。

建斌想了想，要他们先请动泽文，村里的红白喜事都是他管。三林说已拜过他了，他叫我们喊拢其他的人，其实是他不肯拢场，其他的人都看他的眼色。建斌要他们再去拜一次。

三林带着二林、满林去了。建斌和厚友在禾场上见葫芦湾各家各户凡能抬丧的男人都扛着链刮往田里走，爱看死人凑热闹的婆婆媳妇们在禾场上聚了一大堆，比开会还齐，却没一个往忠茂家走的。建斌和厚友同时悟出忠茂的丧事确实有麻烦。触景生情，厚友叹道："人在世上几十年，要积德啊！死了没人抬，这叫人心所向，建斌，别让他们一跪心就软了。"

厚友这么说，建斌可以理解，但他认为这事不能这样发展下去，否则会搞坏风气。厚友说忠茂是特殊情况，不这样不解恨。建斌没说忠茂的成绩和好处，只说忠茂家终也有一派势力，现在为难他家，以后他家合起来为难别家，效果是一样的，风气不就坏了。

这时，二林三兄弟又折回来告诉建斌说泽文还是不肯拢场。建斌叫三林他们回家，由他去找泽文打商量。建斌又告诉二林，说葫芦嘴有棺材卖，泽文叔那里说好后，要三林陪他马上开拖拉机去葫芦嘴买棺材，忠茂叔走了，五林还不知道吧？三林说还不知道。建斌说那就顺便接五林一家过来。兄弟三人见建斌不计前嫌，如此仗义，好不感动。

建斌在不征求厚友意见的情况下作出这个决定完全出乎厚友的意料。但是建斌清楚，征求意见反而坏事。

建斌是在田垌里找到泽文的，春忙季节还没到，村里男人去田垌里没紧要事，就是刨刨田坎摆样子。其实是相互串通，声讨忠茂，相约为难他的丧事。建斌一出现，呼地围拢过来。七嘴八舌怂恿建斌整冬姣的弯把，开口闭口她家卵子可以架桥，撒泡尿淹死这个淹死那个，都淹死了，她找谁抬忠茂上山。

建斌给大家撒了一轮烟说："大家的话并不是没道理，和他家关系最紧张的是我。忠茂已经死了，再计较他也不知道，但活着的人知道。"泽文说："想，我也是这么想，只是忠茂作恶太多，昨晚鞭炮一响，一村人都在喊，

‘孽障死了，孽障死了。’”

建斌对泽文说：“叔，你是掌管全村红白喜事的长辈，这事靠你拿主张。忠茂不在了，我们说句良心话，他还是做过不少有益的事，比如保护康书记，指挥修水库；又比如帮助丁建平比武；上次挺身而出告倒李佳才。忠茂是做过不少对不起乡亲们的事，但有些是身不由己。现在弯把要整，但应适可而止；忠茂这病待不住，一发臭，没人拢边就麻烦了；做事是一件，话把子子孙孙传，到时候，外面的人不是笑话忠茂家，而是笑话我们不懂事。我已答应他们兄弟先去葫芦嘴买口棺材来。”

建斌的话在理，没人破得下，通的不通的都没话好说。泽文从心底里佩服建斌，二十八岁比自己五十多的人想得还周到。

因为建斌出面，泽文才行使掌管忠茂丧事的权力。先是由泽文带着二林三兄弟重新向村里人行跪拜礼；然后，葫芦湾的正厅屋里才有帮忙摆桌摆凳的走动；三林家里才有了架案板的厨子和洗碗洗筷的堂倌；二林才表面悲哀内心欢喜地给出出进进的人敬烟；直到开中餐时正厅屋里才有好几桌人吃饭。

泽文向吃饭的人喊道：“大家边吃边听，忠茂老哥奔六十岁的人了，命也算好，子孙满堂；按民俗，老父老母忘故须在祖神堂停三五七天才登山，因忠茂哥得错了病，又是大热天，不宜隔夜；主家有话，棺材一到就入殓，今天下午登山。大家吃了饭，按安排各自行事。”

下午五点，夕阳西下，忠茂登山。冬姣娘家没后人，没去报丧；月英和兰钗娘家出于礼节各来了一个弟弟。忠茂的棺材只用墨汁涂黑了；上面没丧罩，前面没花圈，后面没器乐；只有四个儿子，三个儿媳和来弟姐弟三个为他送行；送葬队伍没得半点气势，当丧夫们将忠茂的灵柩抬放到大林四林坟包旁时，泽文有些歉意地说：“忠茂老大，你不值哇，伤亡鬼、少年鬼样、血死血葬。”

难得的是支书刘应松接到二林的报丧立即找拢并带领村党支部和村委两班人在棺材落坑前匆匆赶到坟场，以村支两委的名义为忠茂举行了一个主家没任何准备，简单得不能再简单的追悼会。不过，尽管简单，刘应松的发言肯定了忠茂在任期间的工作成绩是主要的；有些错误是受“左”倾政策影响，难免的；为此蒙受委屈的不仅是忠茂一个人，而是中国无以数计的基层干部。刘应松的话是解释性和规劝性的，但同时流露出对忠茂晚年孤独的同情和对葫芦湾人的些许不满。就这样，忠茂在人生的最后旅途上不至于冷冷清清，终于还是沐浴到党的阳光和温暖，也有人给他作了公正的评价。

第十章

一、混混遭遇无赖

五林一家依乡俗在忠茂丧事结束的当天回了家。次日中午，二林提两瓶酒、两条烟、一方油锅肉带着三林、满林到建斌家道谢，并主动提出他家的牛给建斌用，三兄弟十二亩的犁耙功夫全包给建斌管，人工换牛工互不算账，到时，二林多给建斌几包平价尿素。因是诚心，也就没签什么协议，但又补充说大水牛很劣，使它时千万小心。

建斌不仅不再为牛工的事发愁，两个结怨多年的家庭由此冰消雪化，双方欢欢喜喜，二林尤为高兴。

二林带三林满林前脚去建斌家。冬旺和国花后脚进了二林家。月英问他俩有什么事。国花奸笑着说国家大事。她见二林不在家，叫冬旺放耐心等，然后大模大样拿碗拿筷喝酒吃饭。

二林从建斌家回来一进门见他俩一副惹不起的无赖相，好不恼火！冬旺心里明白，整个葫芦湾没谁把他俩当人看，二林更不把他俩放在眼里。但今天不一样，国花先发制人："肖会计不错呀！传说你爸想让你吃国家粮没吃上，你家的混混满林可有机会了。"

二林看都不看他俩，凶巴巴地问什么意思。还有一句"在葫芦湾你俩算什么东西！"没说出来。

国花冷笑一声："什么意思？满林拦路抢劫，你说该怎么办？"

二林凶道："说话得有证据！"

国花不紧不慢拿出一张纸递给二林说："你看看这个。"

这是一封"满林于3月5日凌晨一点合伙暴力抢劫两台抽水机和六百块钱"的举报信，落款具名蔡冬旺和尹国花。二林不以为然，你俩偷东西还有理？国花更不以为然，是呀！我们偷了，我们认罚。满林可不一样啊！你当干部，懂法律，我们听你怎么说，我们才决定怎么做！

二林立即蒙了，果真如此，满林没命了。但二林还想吓唬他们："我警告你们，说话要负责，要有物证人证！"

国花大笑起来："肖会计，实名举报算不算人证？你也不看看国花和冬旺是什么角色。我们走南闯北见过好多大蛇屙屎呢！冬旺，你说。"

冬旺多年的屈辱终于找到了突破口，他挺了挺半边驼，以从未有过的胆量和愤怒告诉二林："满林的抽水机卖给了谁，我们都查清了，他还冒充乡政府抢劫。这些，我们的司机可以出庭做证。"

二林彻底蒙了。

国花进而威胁："肖会计，本来昨天要来与你洽谈，但你大事在身，我们不便打扰；就是现在也不想多说，省公安厅是这样规定的：'凡暴力抢劫或团伙抢劫，一律处以死刑。'手持器械属暴力，两人以上属团伙，满林两条都够。我知道你不把我俩放在眼里，冬旺见了满林脚肚打战。今天，日头从西边出了。你们家想平安，就把非法所得退给我们，另加三千元保密费。要不，只好报案。我们知道，报案对我们没好处，但我们不想好，我们的日子本来不好过。冬旺，我们走。"

冬旺补了一句："二林，两天之内，听你的信。"

二林怔住，冬旺、国花那趾高气扬的样子使他怔住了。

二、鄙招与暗示

月英见二林气成这样，埋怨满林也太不像话，闯的祸也太大了，干脆别管他。二林说：“不管不行，我六兄弟已走了两个，爸刚去世，若满林再有个三长两短，这个家真的糟透了。”月英说那就叫他赶快跑。二林说跑是死路一条，现在到哪里都得用身份证，不等跑出县就抓住了。月英说他自己作死，有什么办法！二林说我估计，冬旺两口子也大不了诈点钱，把钱退给他再出点钱封住他们的口，他们再举报也罪加一等。摆平他俩后，不准满林乱跑。”月英说他是头牛就好，牵住他的鼻子。你家的水牛那么烈，还有三林管得住，满林比水牛还烈。水牛外号“土匪”，满林这家伙真的是土匪。

二林拍了一下自己的脑壳说，对！你的话一下子提醒了我。要找个人管住满林。对！要他跟建斌学犁耙功夫，他怕建斌，让建斌管住他规规矩矩在家种田。月英也说好，她端来一碗中药递给二林，说这药很有效，治好了不少人。接着问建斌来犁田管不管饭？二林说管不管饭没说，但建斌这回帮了这么大的忙应该管饭，一来是感谢他，二来趁机把关系搞融洽。月英庆幸美丽的事没说成，说当时我就不赞成，那天，美丽和巧英坐一起，一比，美丽成了丑八怪。我对你说，上次国花给巧英取环，巧英躲到这里来，她说不敢巴肚了，后悔和国林结婚，看样子巧英至今恋着建斌。二林说好在没让国花取环，上次她给杉木冲那个取环，搞起大出血，差点出了人命。月英说：“这一对现世宝真有这么坏，关也关了，罚也罚过，破罐破摔了，只是苦了诗汉，有一餐没一餐。哎！不是说俊秀在当‘鸡’，很有钱吗？”二林说：“还钱个屁！听说让人贩子给卖了。”

月英绕过话头又提起建斌，说建斌真的正直，处理事情既有魄力也有智慧。你们当初把屋挡在前面也太逞强，搞来搞去害了自己。二林说这叫人算不如天算，看来还得依建斌的说法，一个建一头。月英说，他二十八岁了，也该起屋讨亲成家了。二林“噢”一声，停了一阵，吞吞吐吐地说：“我们与他如今有了来往，事情好办多了。哪天给我犁田时，你找他单独谈谈。”月英一听拉长了脸说，你这是什么意思？单独谈谈，谈什么？二林也正色道，我们把房子、猪栏、茅坑全部拆掉，与瓦厂地合在一起，一人建一头，不单独谈还要找很多人讨论吗？这种事，人多了谈不好，说不定还会谈坏。单独谈谈好谈坏没人知道，我也不怪你。我们要早点起新屋，早点生孩子。

月英又责怪二林不要只信风水，依我看你家要多积德，要不然，这药别人吃了见效，你吃了怎不见效呢？二林笑着讨好月英，你说得对说得好、药要吃、德要积、风水也要信；瓦厂地的事，明日我写一式两份协议放在抽屉里，你找个机会和他谈，什么时候谈好，什么时候叫他签字。只要纸吃了墨，事情就好办了。月英似懂非懂地点了点头，甚至听出了二林的弦外之音。

同是这天，国林把一只蒸好的鸽子兑天麻给巧英吃。巧英只瞟了一眼叫他放在那里，她觉得建斌给她的几支天麻兑鸽子，只吃两次就见了效；但国林给她买来了两斤天麻兑了十把只鸽子吃，却不怎么见效，也是怪事。

外面传来秋兰的喊声，说来了顾客。国林和巧英先后出来，秋兰介绍说这是老板这是老板娘。顾客问做不做木沙发，他不喜欢皮沙发。巧英问他喜欢哪种样式的沙发，你给画张图纸就行。顾客接过巧英的纸笔边画边说，脚是弯的，扶手也是弯的，靠背也是弯的，坐在上面很舒服；冬天垫上垫子暖和，热天拿去垫子凉快。

这方面，国林一点就通，他知道现在自己这种海绵沙发已淘汰了，代之而起的是木沙发，他问：“先生贵姓？在哪发展？我姓刘。”

顾客回说：“免贵姓冯，也做过木匠，在南方混饭吃。刘老板，你要去外面多走走。现在家具更新很快，这次我回家是给儿子完婚，做家具不仅搞不赢，同时土师傅做不出那种式样。想买，看了几家都没合适的。”

巧英见冯先生很有见地，也就很感兴趣，探问冯先生要什么样式的家具。冯先生说高衣柜、上海桌、写字台都已过时；现在兴行组合柜、圆形餐桌、席梦思床，农村家庭摆设在向城市渐渐靠拢。这几样，你们半月之内能办到的话，我放两千元定金，但要保证有货。

国林想起县城北大桥有一家冠名“皇朝家具”的店里见过他说的这些货。答应明天去调货，要冯先生后天来一趟，如意便讲价付款；不如意，我可以卖给别人，你也来得及另作安排，双方都不会耽误，没必要交定金。冯先生赞赏国林会做生意，还说，其实，你们不必自己打制，也达不到那种水平，外面的家具行业天地很大，既时尚新潮又美观漂亮，要什么有什么，又便于控制成本和利润。从外面调货好得很。国林和巧英包括秋兰互相看了一眼，连连点头。

冯先生执意留下两千元定金才走。

国林送冯先生去了。屋里只剩下秋兰和巧英，巧英对秋兰说：“秋兰姐，假设要你开个家具店，敢吗？”秋兰愣怔了一下说，我——我没本钱。巧英说本钱可以借，我是问你敢不敢？秋兰笑了笑说如果有本钱，我会像刚才冯老板说的，不自己打制，往外地调家具。

巧英高兴地说秋兰姐你真是点一通十，做生意的关键是会看行情，比别人先走一步，这方面，国林还可以。他先是搞老式碾米机；别人有了，他搞分离式的；碾米的多了，他搞沙发；沙发不行了，他搞家具。就是老板不说，我们也确实准备从外地调家具，自己不再打制。

秋兰说国林哥真的很会做生意。巧英话中有话叫秋兰跟国林学。巧英见秋兰一脸惊讶，又补了一句：“我们都要跟他学。”

三、处心积虑

建斌第一次使大水牛是犁湾门口三林家的三亩大丘，那场面壮观而惊险。

外号“土匪头”的大水牛自从一角挑翻乡政府的吉普车和守在窑洞门口保护女主人而声名远播，成了一头威力无比和通达人性的神牛。三林两口子对“土匪头”有了一种格外的感情，照料得更加细心。而村里人对“土匪头”更害怕。因为担心建斌驾不住“土匪头”出意外，二林两口子、三林全家、满林和冬姣都来了；巧英、国林、厚友和秋兰关了厂门也来了；凡在村里的男人都来了。湾里的妇女和老人带着孩子站在很远的地方看。在场的人都手执棍棒扁担做好了应急准备。德仁握着那把大链刮站在大水牛旁边，只要它使坏，就一链刮挖下去。三林赤脚挽裤随时下田降伏水牛接替建斌，甚至做好建斌万一让牛抵伤，直接送往医院的准备。

建斌穿一件红棉毛衫，下摆扎进裤头，用皮带捆住，看上去特别干练、强健。他把大水牛牵到田里，拍了拍它的腰胯。大水牛扭头看了建斌一眼，发现换了主人，甩了甩尾巴。接着，建斌把粗大结实的泥鼓槌套在弯弓犁上，再给它驾上牛轭系好颈绊绳，大水牛又甩了甩尾巴。建斌想，很老实嘛，还骂人家土匪头！可当他轻扬三林常用的那根竹丫牛鞭，吆喝一声“走——”大水牛突然扭过头来，嘴向后一摆，扭转屁股两支尖利的角直抵建斌。围观的人发出惊恐的喊声，巧英、月英和秋兰同时尖叫起来。不料建斌早有准备，左手迅速抓住牵牛绳向上用力一蹾，牛鼻负痛，脑袋昂起来；再顺手操起田埂上一块石头拍在大水牛脑门上；大喊一声“走——”抓牵牛绳、撴牛鼻、石头拍脑门、喊“走——”所有动作几乎在三秒之内同时完成。水牛立即进入角色老老实实向前走。建斌再吆喝一声，虚晃石头，水牛撒开四蹄，溅起一路水花。这头被葫芦湾人视为猛兽，外号“土匪头”的牛，让建斌驯服得规规矩矩而且格外卖力。岸上看的人大声叫好，巧英和月英更是神采飞扬。泽文笑着说，别人使牛用竹鞭，建斌使牛用石头，人怕蛮牛也怕蛮。

建斌使牛使得飞快，特别过瘾；看的人也特别过瘾！

二林逼满林退了赃，再给国花两千块钱堵住口，抢劫一事暂时平息。命悬一线的满林老老实实听二林调遣，跟建斌规规矩矩学犁耙功夫。二林不得不佩服国花人才难得，只这一招把满林这头孽牛制得服服帖帖。

给冬姣和满林娘崽犁田这天，本来该冬姣管饭，但月英主动提出不要婆婆管饭，由她料理。

上午十点的样子，月英提着篮子来到田边送“腰伙”。葫芦湾请人做事要在早饭和午饭之间再准备点糍粑或酒糟，葫芦湾人称“腰伙”。月英见满林在当年四林遭雷击的小树下躺着，她用脚尖轻踢满林，叫他去替手，学农夫要勤快点。满林知道二哥二嫂出主意出钱帮了自己，心存感激也很听话，马上下田接过建斌的犁，也是手抓石头虚晃着。这大水牛也确实怪，只要是手抓石头使，它就规规矩矩。

月英给建斌送来的“腰伙”是一碗酒糟。建斌站在树下接过月英的酒糟一口气倒进肚里。月英又筛一杯茶递过去，叫建斌坐，让满林犁！建斌盘腿坐下慢慢喝茶。月英也挨建斌坐下。

后山传来一阵又一阵鞭炮声。

月英对建斌说：“清明节快到了，二林爸是新亡人，本来早几天就该上坟，但人空轿不空，几兄弟合神不起。”建斌也说早该上了。月英又要给建斌添茶，本来，建斌端着茶杯月英往里添就行了，但她偏偏用手捧着建斌的手端着才往里筛。建斌赶紧把碗交给月英。

月英妩媚地瞟一眼建斌，娇嗔道：“我又不会吃你。”建斌不好意思地笑了笑。

月英说：“建斌，你从没向我笑过，今天终于笑了，那就听我向你作检讨。我明知道你这么标致的后生看不上美丽，是二林偏偏要我做媒，可不要怪我。”

建斌说事情已经过去，不说了。月英说，我知道，你肯定有相好的。建斌叫月英别乱说！月英笑起来，你这么标致这么强壮的后生想死好多黄花妹子呢！在城里肯定让她们骚过！

建斌越听越不是味，没等月英再往深说便不声不响下了田，他从满林手中接过犁，但明显心性不专，任牛走着。月英有些失望但也心满意足地看着。月英内心清楚，自从她站在窗口偷看建斌挖土那天起就对建斌动了心思，自己的魂就掉了；得到二林的暗示后，她便开始谋划进攻。她主动管饭，来田间送“腰伙”，目的是能多看建斌多陪建斌多接触多聊天。刚才说的这些蠢子都懂的骚情话，都在心里演习过好多遍了。今天，总算把这个球打出去把信号发出去了，我说得这么清楚，让你去慢慢领会慢慢回味吧！

月英的骚情被在隔壁田里撒牛栏淤的兰钗发现了。但她没惊动他们，她甚至希望他们搞拢。她虽然和月英为争粪打过架，但兰钗是个有口无心的人，加上月英连牛栏淤也不要了，每年的牛栏淤都是她挑到自己田里，不仅节省化肥钱，产量也格外高，因此就不再记仇；还有，月英有了建斌就不会打三林的主意了；再说都是女人，兰钗也同情月英。

兰钗故意把话题转到国花身上。她最看不起也看不惯国花，听说她还去二林家诈盘子就更恨国花。

一埂之隔的田里，冬旺用一把生锈的链刮有气无力地挖着。他家的黄牛已经卖了，国花坐在岸上打干呕。兰钗手抓一坨牛屎向国花甩过去，“叶”一声砸在水里，溅起一片水花。国花不由得偏了偏身子看着兰钗。兰钗又甩去一坨牛屎，讥笑道：“又有了？”国花身子又偏了一下没回话，继续打干呕。兰钗说你怀的是农忙肚，每年春插、双抢巴肚，农忙一过没事了，巴了几年，还没出身（葫芦湾方言：肚子往上凸）。国花不满地瞪着兰钗。兰钗说你瞪什么？胸脯水泥板样，是男是女都分不清，好在下面有个圈。

国花招架不住，走了。

田垌里的人哈哈大笑，说有没有圈要冬旺才清楚。

四、久旱甘霖

又过了几天，已是清明节后的第三天。这天，晴空丽日，作阳春的农民正忙着整理秧厢，播撒谷种，出家肥，送家肥，犁田耙地。

冬姣老娘把蒸了好几次的腊肉、糍粑，端出要二林带三林和满林去给爸祭坟。三林倒是答应了，但二林说今天要去粮站开会。冬姣老娘说数你会多，乡里、粮站、供销社、学校。二林说这些会我天天开都要得，吃了还要拿。三林要去上班，天黑才能回。满林则干脆说不得去，还说他不管事，让我过这样的日子，我不挖他的坟朝天就算好了。冬姣老娘来了气，骂道："不孝之子，你爸是新亡人，按规矩清明节前半月就要给他祭坟；现在清明节后了，二林忙开会！你还讲不要天理的话。都昏了脑壳，再不祭，你爹就成没人管的野鬼了；还说五林打脱手棍，五林早就肉也砍来了，纸香炮冲都还放在我那里。好，你们不去算了！"说着眼泪滴答独自走了。

二林没管冬姣走不走，交代月英和建斌谈谈瓦厂地的事，赶粮站的早餐去了。

早饭，月英给建斌和满林做了四菜一汤，喝"白露酒"。"白露酒"又叫"封缸酒"，是葫芦湾待贵客的传统家酿美酒，既醇且香。它的制作很讲究：选择白露节这天将糯米蒸熟拌一种用"糊酒草"做的酒药入缸；待糯米糊酒来足了，兑入自制的米烧酒，将酒缸封严实，掘土将酒缸埋入地下；数月或更久之后抬出启封，香气四溢；喝起来甜得粘嘴，醉了还不晓得。大集体时，不准农民蒸酒，说蒸酒是浪费。有一回，忠茂没收社员两缸"白露酒"放在大队部屋角上。这天，恰好来了电影队，晚饭前，两个放映员在大队部休息，不约而同闻到一种异样的酒香。两人找到酒缸，却不敢开封，便异想天开从晒坪上找来两根长长的“弩箭茅”，抽出茅芯，做成吸管，插入酒缸吸吮。肖忠茂去喊两人吃晚饭时，发现两人倒在酒缸边呼呼大睡。这晚电影没放成，次日中午，两人还是半醉半醒。

当然，现在葫芦湾的人过年喝这种酒已极为普遍，但喝到这时还有的却不多见。这是二林留下款待乡干部的，月英特地舀了一壶款待建斌。

满林只喝了一小杯便独自添了饭。建斌虽有酒量，也不便多喝，只喝了两杯约四两也要装饭。月英不允，夺过他的杯筛满，把满林叫到一边指指屋后说：“你哥要我今天和建斌谈妥瓦厂地的事，你牵牛去犁门口垌石堰上的三角丘，让他在家出猪栏淤。”满林没说什么，懒心懒意牵着牛走了。

满林走后，屋里只剩下建斌和月英，月英陡然放肆起来。她连建斌的手和酒杯抓在一起又要筛酒。建斌不肯接。月英说是嫌姐做的酒不好，炒的菜不香。建斌只好木讷地接下一口气喝了。月英再次把壶伸过来：“陪姐喝一杯！”说着，先给自己的酒杯筛满。建斌推辞不过只好又接下。两只杯子比了比，各自干了。建斌起身添饭，月英抓住他的手说，慢，那天相亲，偷偷摸摸就走了，驳姐的面子，得罚两杯。建斌见她接二连三称起“姐”来——论辈分，建斌叫月英“嫂嫂”，但建斌从没叫过嫂，今天怎么称姐了？建斌觉得别扭，不好意思，认罚一杯。

这几天，建斌把月英打给自己的球和信号细细把玩了，知道是那层意思；今天，月英的表现这么风骚，他嘴上不说心里已经清楚月英会要他干什么事。月英再筛时，建斌摆手表示不要，两只酒眼却直勾勾地盯着月英丰满的胸脯。一个执意要筛，一个假装不要，两人将酒壶挡在空中。月英的酒壶突然上提，建斌身体前倾，挡壶的右手掌收束不住，不偏不倚恰好拍在月英高耸的乳房上。建斌一脸通红，顿觉体内岩浆奔涌，但他觉得二林不在家，你一个人和别个的老婆待在一起，让人传起来不好听。他还想到给巧英撮谷那次，巧英也作了暗示，但比月英含蓄，自己考虑到和国林是朋友，与厚友家有两代的交情，不能做这种不伦不类的事，自我警示赶紧刹住了车。

今天，月英他妈的这么明显这么放肆这么风骚，建斌全身火烧火燎，有些抵挡不住了。但他又想起前不久巧英擦着眼泪说：“我还告诉你件事，我和国林不合《婚姻法》。商量好了，准备离婚，和气离，马上离。”这不明明在试探自己对她离婚后的态度吗？甚至是告诉自己做好娶她的准备吗？如果自己和月英干出这种事，巧英知道了怎么办？即使巧英不知道，自己心里会安宁吗？建斌警告自己，必须赶紧刹车。他离开酒桌，退到门口，朝左右四方看了看，没发现人，心里稍微放松了。他叫月英拿把四齿锄来，该开工了。

月英放下酒壶，说声好，也离开了酒桌。

“快点！”建斌晕乎乎地站在门口催促。

“快啦！催魂。”月英没去拿锄，而是在卧室里娇声娇气地责怪。

只听见里面一阵响动过后，传来月英的叫嚷：“呵火，快来快来！拿块湿脸帕来，我眼里进了一坨灰。”

建斌真的拐进灶屋里掠下一块湿脸帕来到卧室。只见月英坐在床沿，她已脱去外衣外裤，上穿一件隐花紧身宽领短袖汗衫，绷得两只鼓胀的乳房高高耸起，领下乃至胸前露出白嫩的一大片；下身穿一条红棉毛纱裤，圆实的屁股更加突出。建斌愣怔住，进不是，退也不是，问月英是哪样搞的。

“开衣柜拿衣服换时，眼里进了一坨灰。”月英捂住左眼，微眯右眼偷睨建斌，伸手要洗脸巾。建斌怕踩响地雷似的，伸长手递过去。月英接过来擦了阵，说：“擦不出，你替我翻开眼皮吹吹。”

建斌打了个酒嗝，脑袋有点涨，惶恐不安地说不会。月英色媚媚地招手：“过来，姐教你。”说着站起来，牵着建斌来到床边，然后左手扳着建斌的后脑壳，右手的食指和拇指捏住建斌的右眼皮轻轻一带一按眼皮就翻开了。月英是反眼皮的能手，村里谁眼里掉进灰尘，叫她反一下，吹一口气就出来了。

“就这样，知道吗？”月英色眼迷蒙，娇声娇气。

28 岁的建斌有生以来还是第一次与一个和自己年龄相仿的女人单独面对面靠得这么近，他又打了个酒嗝，恍惚间用右手的拇指和食指不去捏月英进灰尘的右眼，却笨拙地捏住她的左眼皮。月英呢？也没纠正，只叫他用嘴巴吹。当建斌尖着嘴对准月英的眼去吹时，感觉月英两手已搂紧自己的后腰，两只弹性十足的乳房像两个皮球抵住了自己的胸脯。建斌全身“轰”地膨胀起来，裤裆里那个东西本能地陡然竖起，呼吸也急促起来，他已记不住吹；月英也没叫他吹；两只手抱紧建斌，下身迎了上去，这个多年来性压抑的少妇已被欲火烧得迫不及待。

“不，不行！”建斌眼前又浮现了巧英的面孔，又想刹车，想掰开月英两只手，谁知反把月英两手抓得紧紧的；两脚往虚掩的门边退，退，退到门口；月英推着建斌把门关紧，腾出一只手上了保险。月英在门后一把将内衣撩上去，将两只白嫩的奶子亮给建斌。月英没戴乳罩，她还没解过怀，乳头还异常坚挺。建斌还是头一次见识这片神秘的领地，异常惹眼特别新鲜，新鲜得头脑里只有两只白乳。紧接着，月英牵引着建斌来到床边：“傻瓜蛋，姐给你样好东西。”

建斌的手是什么时候托住了月英奶子的并不清楚，酒力发作，说话已经昏昏乎乎：“来真的，和你……”

“当然来真的，傻瓜蛋！”

尽管巧英的面孔再次浮现在建斌眼前，但月英已把自己下身脱光，再解建斌的皮带，建斌身不由己，光着下身拙笨地扑在月英身上。月英将建斌的胸部推了推，柔声说：“坐起，傻瓜蛋，像你开车那样！”

月英很快把建斌引进一个飘飘欲仙的领域，此时，建斌不仅不刹车，而且加大油门一脚踩到底，踩得月英哼哼唧唧如久旱逢甘霖。

一个回合后，月英抱紧建斌不肯放，柔声说，还要。建斌在月英体内持续运动而且强劲如初，月英再次如酒醉般哼哼呻吟。觉得二林这几年给自己的加起来还不如建斌连发的两炮丰沛。

正当月英满怀高兴表扬建斌时，传来“扑”的一声响，有人将一块窗玻璃砸得粉碎。建斌被吓得酒醒了大半，脸色煞白，浑身瘫软。月英也受惊坐起，但她还沉醉在性事的愉悦中，缓缓地穿好衣裤后，叫建斌别怕：“二林不说谁说也没用；我又不是要嫁给你，要是给我生个儿子，二林会好好谢你。”

听月英这么说，建斌才惊魂稍定，但他同时为自己起的是一头配种公猪的作用而五味杂陈百感交集；还有，自己该怎样面对巧英。

这时，随着“咚！咚”响了两声，有两样东西砸进房里。建斌又被吓了一跳，忙往屋角躲。砸在地上的是断成两截的泥鼓槌，月英捡起对躲在屋角的建斌低声说是这个东西。建斌才知道是满林，担心地说：“是满林，他不会撒野吧！”

月英笑了笑：“他敢？我送他吃国家粮。”

建斌知道，吃国家粮就是判刑劳改的意思，问：“你抓住了他什么把柄？”月英神秘地笑而不答。建斌再追问时，月英毫无保留地说了满林犯抢劫案的详细经过。

五、高兴过度

用泥鼓槌砸玻璃的正是满林。

说来也怪，满林慢悠悠地把水牛牵到门口石堰上的三角丘里，套上牛轭配好弯弓犁，虚晃石头吆牛走，牛却摇头晃脑弓起背脊耸牛轭。满林也懂这是颈绊绳系松了，于是弯住牛重新系；谁知这次偏又系紧了，牛闷着头不肯走。满林本来没耐心，再不重系，骂一声“发灾的，松又松了，紧又紧了，还欺负我”。趋身上前，用石头往牛屁股猛砸一下，水牛往前一纵，犁嘴插入板田深处，犁鼓槌“扑”一声断成两截。他只好把大水牛系在堰口苦楝树上，提着两截泥鼓槌回家要建斌比画着重削一个。他先是去猪栏里，没人；转身回到屋里时，恰好东首卧室里传出月英沉迷的呻吟声。满林是个内行，听出这是男欢女乐至巅峰时刻女人觉得特别享受的那种声音。他踮起脚，透过平板玻璃果然看到这晦气事。他自言自语说了声倒霉转过身要走，但突又回来砸了窗玻璃把泥鼓槌丢进房里，然后盲无目的地往后山跑。满林见妈坐在坟头哭诉：“五林已经来看过你，二林、三林、满林今天不得空，明天来祭你。”接着又低声告祖宗，求老倌要保佑月英快生娃，没男的女的也行。满林气不过，抓起坟旁的粪箕粪耙扔出好远。冬姣老娘止住干哭声，目光愣愣地盯住满林：“你——发癫。”

“你——死过阵！成天游魂！屋里装你不下！”满林想诉说真情，但怕妈经受不住，只是吼道：“死人还能管活人！”

冬姣老娘不知出了什么事，嘟哝着过去捡起粪箕粪耙走了。

下午四点，二林回到家里，见两间猪栏清理得干干净净，猪栏淤码得整整齐齐，连声说好，叫月英炒了盘特意从场上剁来的麂子肉，一个劲给建斌劝菜劝酒："辛苦你了！辛苦你了！"喝了好一会他才问满林怎还没放牛？月英说，他哪像个做事的！一到田里就把犁鼓槌搞断了，今天没犁，说着还踢了一脚柴窝边的半截泥鼓槌。

二林看了一眼被砸坏的窗玻璃，没说什么继续劝酒劝菜。不过，建斌只喝了一杯酒，添碗饭吃完就走了。二林却意外地比往日喝得多点。

这晚，二林身上出现了奇迹。

睡觉前，二林问月英："瓦厂地的事谈了没有？谈得怎样？"月英说："建斌真行，完全同意我们的方案，在协议上签了字。"说着，拉开抽屉拿出协议交给二林。二林一看，竖起大拇指连夸月英不错，干得漂亮。其实月英说建斌真行是沉醉在自己与建斌性事的愉悦中，指的是建斌那方面很行。一提建斌，月英又想了。她把二林假设成建斌，也脱得只剩一件宽领口衫衣穿条三角裤衩坐在床沿；也说眼里进了灰，要二林给吹吹；二林瞪着酒眼将婆娘从头到脚看了个遍。想起以往，两人都是拉灭了灯，摸黑进行。今晚，二林头一次看到月英高耸的双乳，雪白如玉的肌肤和圆润的大腿。风姿绰约的月英竟掀开内衣露出双乳向二林晃着。不知是长期服药起了作用还是月英这个生动标本的刺激，二林顿觉浑身燥热，雄性勃发，竟毫不费力直达目的地。月英既惊且喜，但觉察出与建斌还是有很大差异。性事过后，月英和二林是多么兴奋，同时想："这瓦厂地真是神了，刚刚签字就见了效果，要是到了手简直不得了。"二林还以为是做梦，问："我真的行了？"月英却肯定："你真的行了？"两人在灯光下又继续抚摸，摸着摸着又来了一次。

天亮后，二林被月英撩拨得再次雄起，而且越发来劲。"这瓦厂地真是神了。"二林兴奋不已，又说了句。

"这瓦厂地真是神了！"月英更觉满意。两人直睡到人声喧嚷、鸡鸣狗叫想起该喂猪了才起床。

月英穿上衣裤起了床。二林靠在床架上坐了一阵，说头有点晕，还想睡一会。

月英表扬二林不错！辛苦了，要他好好睡。

八年来，月英第一次哼着《刘海砍樵》的花鼓调涮锅、添水、生火、放米、捞出饭舀出粥又蒸好饭。二林约莫又睡了一个小时，月英要去土里寻菜了才喊二林起床添火。

二林起床后，觉得头还是晕，解过小便走向灶门；不经意踩着柴窝边的半截泥鼓槌，泥鼓槌滚动，身子失控，“咚”一声，一屁股跌坐在地上，只听背龙骨“咔嚓”响了一声。

第十一章

一、智处奸情

公路墟场街道上“巧兰家具厂”搬迁到原供销社门市部。招牌换成“巧兰家具店”。

个体经销户的崛起把供销部门挤垮了，除生产资料是供销部门统卡外，南杂副食门市部和日常用品五金门市部因经营惨淡而关闭。国林租下了这个篮球场那么大的门市部经营家具。父亲厚友和请来的木匠全部回了家，家具店里全是外面调来的货，式样好品种全，一件件鲜艳夺目，生意红红火火。

这天，又来了两个顾客，巧英叫秋兰接待自己挎个篮筐买菜去了。其实是借故走开，让秋兰讲生意。

巧英刚出门，满林冷丁追了过来。巧英看见满林像误吞苍蝇想呕，头也不回往前走。满林却贴上去喊：“巧英嫂，告诉你最新消息。”巧英没理，她走她的。满林紧追不放，说是有关建斌的最新消息。因与建斌有关，巧英本能地放慢脚步。满林神秘兮兮地说：“建斌跟月英搞名堂。”

巧英听了一惊，但马上镇定下来，骂满林无聊！然后，扭头往回走。满林追上去又说：“亲眼看见的，我还用泥鼓槌把月英家的窗玻璃砸了，两截泥鼓槌也丢在她屋里。”

巧英明知这是真的了，依然骂满林瞎编。满林赌咒发誓说狗娘养的瞎编，遂把先天发现的过程绘声绘色讲了一遍，说要不是今早二哥踩在泥鼓槌上摔伤，我不想说这丑事。

巧英肚中油煎火燎般疼痛，表面却笑道：“你嫂子生得贱，二林愿当王八关我什么事！”说完急匆匆走了。满林被噎住，站在那里发蒙。

巧英的脚步渐渐慢了，买菜没心思讲价，付款也手忙脚乱，随便买了几样，浑身无力回到店里。秋兰正和两个顾客谈生意。顾客甲说组合柜、床、长短沙发、茶几四样二千八百元行不？秋兰说长短沙发都要，二千八百块做不来。顾客乙说我们问过其他两家，一千八百块都愿卖；秋兰笑着说这位大哥，我不讲同行的货怎样，但相信你俩是识货的。顾客甲听了很高兴，说这位老板娘真会说话，总不能你讲三千二百就三千二百吧？秋兰说我们不是漫天要价，而是货真价实。我们的家具从外面调来的，在葫芦塘墟上没第二家。顾客甲要秋兰再说句。

秋兰说买卖都求吉利，二千八百八十八块，两人发发发，怎样？

生意很快成交，一家伙卖出两套。秋兰又问是今天要还是改天要？是我代你叫车还是自己有车？顾客甲说都是今天要，自己有车，马上付款提货。秋兰说钱交老板。顾客说交你老板娘不行？

这时恰好巧英来了，秋兰要他们交钱给巧英，她是老板娘。巧英却叫秋兰收款，她还得去买菜。

巧英没去买菜，租摩托不到十分钟就赶到了葫芦湾。她看见建斌在门口垌犁石堰上的三角丘，本想先找建斌，但一想，找建斌怎么好说呢？这事肯定是月英主动，于是直奔二林家。

二林躺在床上，月英在给他擦药；巧英不像往日先喊应月英才进门，这次却是不吭声沉着脸进的屋。月英见巧英突然闯进来，略为有点慌张，立即停手给巧英搬凳倒水，满脸不自然的笑容。

巧英见月英如此慌张又有点可怜她，自己也是女人，女人守空房的滋味不好受。自己隔天不来就心里痒，月英守了八年空房哪！多难熬。想到这里，脸上放松了点，开了句玩笑：“哟，大白天，两口子躲在房里不出来。”月英说：“二林摔伤了腰！在擦药。”

二林说：“这药是七年前买广东师傅的，确实有效。今天开墟，你有空回家？”

巧英这才趁机切入正题：“听说建斌有样东西掉在你家里，我想拿回去。”

二林说没有啊！巧英说你不知道月英清楚。月英一时没醒悟过来也说没有，还说他怎么会有什么东西掉在我屋里呢？巧英却很认真地说肯定有，我刚从建斌那里来，他说你用过。月英还是莫名，问：“什么东西？你说嘛，我帮你找。”巧英则怪怪地笑着说这东西不好讲，却问二林是怎么摔伤的？月英告诉巧英是怎样怎样摔伤的。巧英随机应变大笑起来，我找的就是两截泥鼓槌，你还说不知道？月英这才如释重负：“哦，你早说不是很好，神神秘秘的，吓我一跳；泥鼓槌在柴窝里，你拿去就是。”

月英把巧英带到灶门口，指着两截泥鼓槌说在这里。巧英见了，心里火气直喷，但巧英就是巧英，她不肯明说，却又必须让对方完全懂，感到羞辱。她说：“月英姐，你说建斌平时记性也还可以，今天要找泥鼓槌比照削个新的却到处找不到，还好在你帮他收好了，你看呢，是我拿去给他，还是你送过去？”

月英开始发现巧英话里藏锋了。

巧英还没放过，又说：“月英姐，可能你不好去送，还是我交给他，要他好生管好自己的工具。这次麻烦了你，下次再麻烦你，我也不得肯。”说着，巧英从柴窝里拾起两截泥鼓槌，比了比又说：“月英姐，你看两截长短大小一个样，我拿一截去就够了，这一截你留着，有时想不过了，应应急也好。”

“咚！”巧英把一截泥鼓槌丢在月英脚下，走了。月英感到那声“咚！”是直接敲打在自己心脏上，捂住脸坐在凳子上半天没起来。

巧英拿着那截泥鼓槌也没去找建斌，而是回到自己家里，从机房的窗口丢进去，然后告诉婆婆要她转告建斌说有半截泥鼓槌丢在机房里。凤花问什么事，巧英没说。凤花叫她吃了中饭再去，回说不要。巧英得马上赶回去，不能让秋兰、国林知道她到过葫芦湾。更不能让他们知道建斌和月英的事。

二、天良丧尽

蔡诗汉自喝农药救活后，形体渐渐枯瘦，一个温饱都无法保证的家庭何谈营养？经两千多个日日夜夜折磨，原本标致身体高大的蔡诗汉像秧塘边驱赶雀鸟的草扎茅鬼，随时都可能倒下。衣服穿在身上好比挂在插在地头的棍子上，空空荡荡。他已丧失劳动能力，对吃国家粮早已绝望。俊秀在市里做“鸡”时，开始还有点消息，四年前再没音讯。她没出嫁，户口还在葫芦湾，责任田仍由冬旺耕种。冬旺本力不足也不甘务农，更重要的是对家庭前景深感失望。家里的牛早卖了，也租不起牛，他的责任田是先用链刮挖只用铁耙子梳耧梳耧就插秧，草比禾深几近荒芜。葫芦湾田垌里由一片金黄变成一派深绿。人家的晚稻中耕施肥了，冬旺还用一把铁耙拴一只背篓，背篓里装些老得已经拔节的秧去莳田，国花远远地跟在后面。

冬旺懒洋洋地梳一阵莳几只秧，完了又梳一阵。国花才莳了几行禾便坐在田埂上呕。冬旺很恼火，骂国花说你愿莳就莳，不愿莳滚。国花也很恼火，说嫁给你这种男人真是背时倒运。冬旺说我倒运才讨你这种女人，每到农忙就巴肚，巴了几年肚，手指大的人都没养出一个，我做，我做，我做起都没力。国花却说，你这样的家庭，我懒得养，你自己的嘴巴都在烧香，还能养活孩子？冬旺又说，你这个败家婆，你没来时，我家几样红火。你一来就……冬旺说着，把背篓里的秧全部倒在田里，用铁耙一顿乱抓乱挠。国花过来，索性用脚往泥巴里踩。冬旺见她往泥巴里踩秧来了火，一铁耙将国花钩倒在水田里。国花爬起来，骂骂咧咧走了。这是国花、冬旺一起做事经常演奏的三部曲。葫芦湾人见多见惯了，没谁劝、没谁扯甚至没人觉得好笑。

国花回到家里，换了一身干净衣裤出来时，看见建斌在禾场上卖肥料，她上去问："组长，还有没有？"建斌说你没计划好在我多买了两包，但要现款，大家都是现款。国花说今天没钱明天给。建斌说去年你赊了三包现在还没给钱。国花说你当组长我还举了手呢？建斌说你举手选我我很感谢，但你赊的肥料不往田里撒，贱价转手换现钱花，胃口填不满。国花说这次是往田里撒。建斌说这话你说过几次了，没兑现，我不再相信。

忠茂的丧事结束不久，泽文向村委会提出不再当组长，一是年纪大了，二是城里的儿子媳妇上班忙，二老准备进城接送读小学的大孙子。村委会到葫芦湾组织选举，建斌被全票选为葫芦湾村民小组组长。小组村民需要的化肥农药都是由他按计划垫资买好运过来再转售给大家。唯有国花拿了肥料不给钱。

国花没赊到肥料边走边说，好，你记住，万事不求人！建斌没再搭理她。

吃午饭时，国花把没赊到肥料的气往诗汉身上撒，明知诗汉没处借钱却逼他借钱。诗汉耷拉着脑袋说没处借。国花又逼他去贷款。冬旺说贷款该我去。但国花非得要诗汉去，他吃得走得，什么事都不做，在神台上供着算了；那年，要他去乡里反映情况，在街上溜了半天坐拖拉机回来；今天贷不到款就不准吃饭。

诗汉已饿了两餐，熬不住了，说你打死我也要吃。不料刚装好饭，被国花劈手夺去。诗汉又装，国花又夺过倒在地上，还唤来两只狗，说我宁愿喂狗也不给老叫花子吃。

兰钗听到国花唤狗的声音，怕自己的老母狗被冬旺两口子偷走换钱，悄悄跟着隐身屋角偷偷看。心想：你两口子若真的敢偷狗，老娘就冲进去死打你俩一顿，你两个不像人的东西，竟敢欺负到我们兄弟头上来。但她看见国花把诗汉的碗砸在地上，还把诗汉推出门外，狗吃完了地上的饭菜就出来了。狗出来了，兰钗没茬找也就离开了。

诗汉先是在门槛上坐了会儿，然后站起有气无力地走到二林家提出贷款。二林一是不敢得罪国花，二是有些同情诗汉。好意劝说信用社有规定，老贷款没还的一律不贷，你家的老贷款一直没还，不是我不肯给你贷，是信用社不贷。诗汉就要二林开张证明给他去找乡政府，要乡干部送他去养老院。二林虽然觉得诗汉不符合进养老院的条件，但觉得他日子的确难过，就写了张证明。

冬旺怕爸出事，想劝他回家在村里到处找没找到。建斌见冬旺一脸哭相，很是同情，说你得走正道，这样下去不是回事。冬旺很伤感也很无奈，说牢也坐了，款也罚了，穷光蛋了。我走正道也没谁相信了，说完又找他爸去了。

三、诗汉之死

湘南老农种田每季要踩两次田，叫中耕。中耕一是追肥，二是除草，目的是促使禾苗换根吸收养分。不少人一行一行很仔细地踩，生怕漏过一蔸禾留下一根草。像泽文一类老农还围着禾蔸打靠脚，把禾踩得七歪八斜。建斌却只撒肥料不踩田，扯草也只扯田埂下几根长的。人家几个人一上午也只搞个亩把田，建斌一人半上午就搞了三亩。泽文过来问建斌：“你真的不踩？”建斌说：“不踩，我在肥料里掺了除草剂。”泽文又问：“除草剂未必就只死草不死禾？”建斌说：“也不是只死草不死禾，禾高草矮，撒除草剂水要稍灌深点，把刚长出的嫩草闷死在水里。”大家都来了兴趣问建斌是才用还是用过了。建斌说上次供销社推介除草剂，没人敢用，我买一瓶做试验，效果很好，才十二块一瓶，可用三亩。泽文说，难怪你一个人抵几个人。

冬旺在二林那里打听到爸去了乡政府，就放心来做事了。听说除草剂这么好，也准备用。建斌指着冬旺的田说你的禾早几天莳下的那边已开始长了，这一边还没莳下去。草和禾一样高，没用。冬旺一听，没了兴趣。

大家认为建斌是科学种田，不然一个人种十多亩哪忙得来！建斌说葫芦湾太闭塞了，葫芦湾的人思想不开放，只盯着几亩田。很多地方的农民把田转包给别人，自已办猪场、办鸡场、办工厂。县城周围那些预制板厂、河沙卵石场，机砖厂都是私人办的，年收入上百万。现在种田的效益不高，只种本分的几亩田把自已困死在家里，划不来。要么多种，多种就得靠科学管理，以后莳田割禾都是用机械化操作，好比我爸脱坯，那时一口坯一口坯地脱，一天才脱出几百个坯。现在机砖厂，一台机器一天出几万个坯，凭科学赚钱。大家感到惊讶，问，一天出几万个坯，机砖厂是什么样子？建斌把自己拉砖时看到过的机砖厂详细地描述了一番。末了，建斌透露想在葫芦湾后山上办个机砖厂，到时，村里的劳动力可在机砖厂上班。大家听了感到新鲜稀奇，都想上班，脸上呈现出拿工资数票子的兴奋，只有冬旺心不在焉。建斌想起没答应赊肥料给国花，话也讲得太生硬，心里有点那个，就告诉冬旺下午去运肥料，到时赊一包两包都可以。冬旺却没表态要或不要随大家走了。

田埂上只剩下建斌和泽文，泽文问建斌办机砖厂可是真的。建斌说有这想法。泽文说那场合太大，要很多钱。建斌说钱好办，政府有扶持贷款。泽文说办厂的事，可能有款也行不通，葫芦湾的后龙山，一挖就坏了风水。

建斌悟出二林已在泽文那里活动过了，因为泽文家考出两个大学生，最关心葫芦湾的风水。上次乡干部用篙子捅厅屋的瓦，他第一个冲上去。你挖后龙山，他能不阻挠吗？建斌说："我还想你帮忙呢！"泽文说："一命二运三风水，四积阴功五读书。风水事关家家户户世世代代的平安吉庆兴旺发达，我怎么帮得了？到时，村里死只鸡都怪你破坏了风水，解释得清吗？"建斌知道，不单是泽文相信风水和八字，世界上，可能没有什么东西比风水和八字更蛊惑人作弄人吓唬人的了。现在，二林和泽文用这条理由反对他办机砖厂，很是无奈。

农忙是商家的淡季，葫芦塘墟场上的铺面门口到处是扑克摊和麻将桌。国林和巧英没玩麻将扑克，在店子里商量离婚的事。巧英对国林说了些颂奖秋兰的话。国林却直奔主题，问巧英和建斌谈过结婚的事没有？巧英说没有，建斌虽说没说上媳妇，但愿不愿娶她还不一定；这方面，男的比女的看得重。国林说他和秋兰结婚后会在墟上建房，劝巧英和建斌结婚，而且没必要在瓦厂地上建房，他家的房子卖给他俩。但巧英明确表示即便和建斌结婚也不会住葫芦湾，她不想种田，也不允许建斌在家里种田。农村的房和地越来越不值钱，瓦厂地算什么！她想去县城发展。国林睁大眼问为什么。巧英说原因是多方面的，有些你知道，有些你不知道，我常去县城进货得到的信息比你多。听巧英这么一说，国林有些担忧，问巧英去县城搞什么。巧英说开装修材料店。国林觉得巧英眼光看得远，做什么事都比别人先走一步，也很赞成，给她六万做本钱。巧英表示不要这么多，如果建斌娶她，给三万，建斌几万应该拿得出；建斌不娶她，生意做小点，给四万；只是飞飞，还得由舅妈带着，她会常抽空来看看。你我夫妻一场，只要飞飞在，就得好好待他。说到这里，两人都鼻子发酸，抽泣起来。

过了阵，国林坚持钱给六万，定在双抢结束之前办理离婚手续，不能再拖。

国林和巧英正在商量离婚前后的有关事情时，蔡诗汉正深一脚、浅一脚往葫芦塘墟上走。他连路拦车没拦住，走走歇歇到墟口的树下再也走不动了。他已三餐没吃，实在走不动了。

大概是下午三点的样子，诗汉在树下休息了一阵，又有了点力气，决定去乡政府先向乡干部讨碗饭吃，然后要乡干部送他去养老院，不然，日子过不下去了。他努力站起，但头晕眼花，背倚树干才没倒地。恰好建斌开着拖拉机过来发现诗汉脸色相当难看，踩住刹车，喊："诗汉，怎么回事？"诗汉睁开眼皮只看了一下。建斌走过去又问，诗汉才像猫叫似的说："饿——的。"建斌扶诗汉上了车，说到墟上买碗粉给他吃；怕他站不稳又提来几支稻草让他坐在车厢里。诗汉像猫叫似的说："你大富大贵，修了阴功有好报。"

建斌知诗汉是势利小人，虽不喜欢他但很可怜他。叫他坐稳，就开车走了。谁料到交通餐馆门口停下叫他下车吃粉时，发现他躺在车厢里脸色煞白。车旁围着的那些人叫建斌赶快送医院。

四、天不藏奸

闻讯赶来的国花扑在蔡诗汉身上号啕大哭："爸呀，我的好爸呀！你今早出门还好生生的，怎就让人害死了啊？"

建斌没想到一片好心却惹下大祸，但他没责怪国花，诗汉毕竟是死在自己车上。国花见建斌没否认她的话，愈是得寸进尺，两眼一鼓，双手抓住建斌放泼，要建斌填命，不填命就赔几万块钱。建斌抓起国花丢在地上，说我问心无愧不怕你放泼。国花从地上爬起来又扑向冬旺骂道："你个没用的东西，父亲死在别人手上，你肯了，我不得肯；人命不是狗命，我要告公安局。"

蔡诗汉死在建斌车上的消息很快传遍了葫芦塘墟场。国林、巧英、秋兰很快赶来，他们问建斌是怎么回事。建斌一五一十说了，说不慌张但也慌张。巧英叫他马上报案，千万不能走，一走就说不清了。建斌这才想到报案。

人命关天，接到报案，乡派出所林所长，乡党委刘广方书记分别带着干警和干部来了医院。李佳才被抓起后，葫芦塘乡党委书记由刘广方接任。看来，有关他五年后经商的骨相可能不太靠谱了。建斌见来的是刘广方书记和林所长，心里更是安定了，他把情况向书记和所长一五一十作了汇报，林所长和刘书记认为，蔡诗汉上车前后的情况都没旁证；虽然交通旅社的老板证明建斌是先喊了煮粉再去喊蔡诗汉下车时才发现他不行了。这不能证明建斌没有责任，说饿死只是推测，但不能说服人，至少国花两口子不会服气。接着还问了些情况，才让建斌在笔录上签字。

建斌被带到另一间屋，才叫国花和冬旺过来。

国花哭哭啼啼很悲伤的样子。

刘书记叫国花别哭，回答林所长问话。国花真的不哭了。

所长：你俩是老人的儿子、儿媳，是吗？

国花：对，我叫尹国花，他叫蔡冬旺，都是遵纪守法的老实农民。

所长：老人是什么时候从屋里出来的？

国花：上午十一点的样子。

所长：他告诉你们是去哪里吗？

国花：他说想来墟上玩。

所长：早晨吃过饭吗？

国花：吃了，吃了两碗。

所长：吃什么菜？

国花：酸菜，我们都是吃酸菜。

所长：离家前和你们吵过架吗？

国花：以往吵过，今天没有。

所长：你们爸有没有什么旧病？比如心脏病什么的。

国花：没有，我爸肯定是让建斌搞死的，他俩有仇。

所长：他俩有什么仇？

国花：我爸抢过建斌的民办教师位置。你，你们得为我做主啊！

书记：这个放心，政府会查明真相。

所长问冬旺还有什么补充的，冬旺摇了摇头。所长把笔录让他俩看了，国花签了名。冬旺说今天上午他不在家，不清楚，没签。

林所长把建斌、冬旺和国花带到了派出所，然后一方面联系尸检，一方面派人去葫芦湾调查取证。

诗汉死在建斌拖拉机上的消息一传到葫芦湾，全村像一锅烧开了的水——沸沸腾腾。

泽文说："建斌和诗汉怕是前世的冤家对头，在学校喝农药，建斌用拖拉机送医院救活他；那年，国花逼他去乡政府赖死，不是坐建斌的拖拉机回来，给他吃了几个包子，说不定哪天就会死在路上；事不过三，这下有理说不清了。”

兰钗说这有什么说不清的，我亲眼看见国花抢了诗汉两次碗，诗汉就是饿死的。有人问她怎么晓得的？兰钗就把听见国花唤狗，她跟去看到的情况说了一遍。

村里的妇人听了纷纷骂国花脸上没肉用刀剐，那么阴毒。

正议论时，一辆吉普车开进葫芦湾。刘广方和林所长一下来，葫芦湾的人听说是来调查诗汉死因的，“呼”就围拢了。见来的是刘广方书记，免不了一番亲热。一个个说，刘书记，建斌、冬旺和国花是什么人你还不清楚吗？

刘广方说，这次是人命关天，大家有什么说什么！

第一个站出来的是二林，他说上午国花逼诗汉来贷款，因他家的老贷款没还，没贷给他。诗汉说国花不准他吃饭，这日子没法过了；要他开了张证明请求乡政府让他进敬老院。

泽文说冬旺和国花是有存案的。牢也坐过，款也罚过，破罐子破摔；田里的草比禾高，公粮欠了几年没交，还逼过诗汉去乡里赖死；你们去他家里他田里看看就知道。

冬旺家没锁门，一个破家没必要锁门，所有的东西黑不溜秋，灶台上就像茅坑板一样；楼板都撬掉当柴火烧了，一眼可以看到屋顶；床铺和逃难的差不多。

刘书记说他妈的，这个冬旺越搞越穷。

林所长发现一只新破碗，倒饭处还有被狗舔过的痕迹。

兰钗站出来详细地诉说今早看到的情况，说可以和尹国花当面质证。连冬姣也说建斌是个好人，他不记仇，主持公道，你们千万不要冤枉他。

刘广方和林所长把村里人反映的情况作了笔录，各自签字后回了派出所。

刘广方和林所长一走，二林马上找来满林训道：“冬旺两口子肯定会抓起来，一审，他们偷买煤矿设备的事肯定会暴露，你的案子肯定会犯；你不能待在家里了，赶快去广东避风。”

满林慌了，问什么时候走？二林叫他马上走，迟了恐怕走不成；这次抓起来，我没法保了；到了外面，得守规矩。

满林跪在地上哭道：“二哥，我知道了。”

尸检报告出来了，死者全身上下无任何创伤，排除事故伤亡，也无服毒致死嫌疑；胃囊只有少量残留食物，生前至少三十个小时以上未进食。因此，得出结论：死者体质差，系又气又饿引起低血糖而死。另外，从衣服口袋里搜到一张建议乡里把蔡诗汉送到养老院去的证明。这些，都与葫芦湾村民的证词相符。

林所长对刘广方说：“建斌对此事不仅不负任何责任，而且证明他是个很有正义感和同情心的人，上次在县城车站与流氓打架也说明这一点。建斌是不是基层干部？如果不是，这种人应该培养入党，培养当干部。”

刘广方笑着说建斌是组长，他和二林一家原是死对头，连他们都替他说话。难得啊！

正在这时，接到举报电话，说冬旺和国花多次偷卖乡煤矿的电动机、抽水机废旧钢铁等物资。电话是巧英打来的，巧英是听建斌说的，建斌是听月英说的。乡政府一直在查这件事，但没线索。现在，巧英实名举报，要求政府找二林的妻子唐月英核实。然而没等找唐月英，一审，冬旺、国花就承认了，还供出满林。

一个死人带出两个案件。诗汉由乡政府出点钱草草埋葬；国花和冬旺犯有前科，贼性不改，国花一贯虐待老人，两人被拘留；去抓满林时，已经跑了。

刘广方如释重负地对林所长说：“这叫善恶有报，天不藏奸。”

五、佳偶天成

月英的胃口越来越差，贪睡嗜酸，常常当着冬姣的面打干呕。时过不久，肚皮有了变化。二林和冬姣同时惊喜这块多年失收的旱地终于有了希望。而月英搞不清播种希望的到底是建斌还是二林。两人都是同一天进入自己的身体，而且之后两人都再没来过。二林养伤，来不起；自己多次向建斌骚情，建斌没接信号，种子自然是那天播的，但不可否认的是自己有了。兰钗不是骂我寡蛋吗？冬姣老不死的不是扯鸡骂狗说我生不出蛋吗？要我打野食吗？老娘打了野食，老娘有了，不管是谁的，终归有蛋了。不仅有蛋了，瓦厂地上建房的事也说好了。老娘脸上的黑斑不见了，脸放光彩了。以前老娘在别人面前躲躲闪闪，如今要挺直腰板大摇大摆了。老娘的肚皮在往上凸，不该神气吗！

建斌洒完农药上岸和村里人在河边树下抽烟，闲聊。泽文要把他家的五亩多田也包给建斌，大儿子雄晖女儿湘菊要接二老进城，雄健两口子准备外出打工，都不准他种田了。

建斌说可以，算了算，国林家、牛崽家、泽文家、还有……有六家不种田了；过了年，他买架小铁牛来，再包十几亩，当个种粮大户。他说现在有种小铁牛，可以一个人挑着走，不像以前的要两个人使劲抬。

大家说种田也越来越科学了，一个人可以种那么多田。有人问建斌的机砖厂还办不办，我们等着上班呢！但很快有人回说在其他地方办还差不多，葫芦湾的后龙山不会准建斌挖。建斌知道村里有更多的人反对自己办机砖厂了。

这时，德仁站在禾场上喊建斌回家，秋兰有事找他。

秋兰告诉建斌，巧英和国林已办了离婚手续，她准备和国林结婚，回来征求他们的意见。

德仁说："你们同意就行了。"

秋兰又问建斌有什么意见。

建斌没回答秋兰的话，却反问："巧英怎么办？"秋兰说国林给了巧英六万块钱，她准备去县城开装修材料店，叫你去打帮手，要我问你去不去？建斌问巧英在哪，直接问我不是很好吗？还要你转告。秋兰说巧英看飞飞去了。

这时，巧英来了。秋兰拖走了德仁。

屋里只剩下建斌和巧英，一时相对无言。好一阵，巧英才打破尴尬问："我离了，你有什么想法？"建斌说："你的意思我懂，但我这个样子，这个条件，你要考虑好，免得有种从米箩里跳进糠箩里的感觉。"巧英要建斌给句实话，是不是嫌弃她是二手货。建斌急了，我凭什么嫌弃你？我直到现在没成家是真的讨不到老婆吗？

还需要解释什么呢？巧英什么也不说了。

可是两个人就结婚后干什么意见不一致。巧英要去县里办装修材料店，然后像牛崽一样在城里买房子。建斌却说："都往城里挤干什么呢？我们在葫芦湾起幢房子，搞加工业，搞养殖业也能过日子。"

巧英明言不愿种田不想搞养殖业，要想致富还是经商快。建斌说，在农村照样可办厂经商。巧英反驳，你不是想办机砖厂吗？刚提起话头，就有人拿风水说事。葫芦湾的人鼠目寸光，嫉妒心强，见不得别人发财！建斌说葫芦湾有门路的出去了；找不到路的外出打工；都不愿种田。我不办机砖厂，当个种粮大户总行吧，踩着自己的土地心里踏实些。

巧英见建斌不肯顺着自己的思路走，以为他还和月英有牵连，火了："你和二林准备换地建房，一人一头，我绝对不同意。为这块屁钱不值的瓦厂地，他两口子最不要脸的手段都使出了。"建斌听出了巧英的弦外之音，同时也发现巧英误解了自己，有口难辩，不好意思地咕哝说："可我已和二林签了协议。"巧英问："几时签的，给我看看。"

建斌打开书柜抽屉的锁，从皮夹里拿出那份协议递给巧英，巧英一看正是最不要脸那天签的，更加有气，但她忍住气想了想问建斌：“你说句话，同不同意娶我？同意，马上叫二林开证明，明天去乡里领结婚证，这个协议由我处理；不同意，我再不问你们的事。”

建斌悟出巧英“我再不问你们的事”的事的内容和分量，也急了，说我是不是先要写个保证交给你。

有了这句话，巧英心满意足了。但建斌又说当种粮大户的事村里人都知道了，到时会笑话他。巧英说你自己的责任田都不要了，还笑话什么？泽文家的田不接了，国林家的田收割晚稻后退给他。走吧，上二林家。

月英知道自己有了以后，心情特别好，她催促二林约建斌早点建房。二林说，秋后吧，到那时我的腰伤全好了，劳动力也好请。建斌在忙婚事，还没对他说。月英又说，我早就料到建斌和巧英会结婚，早就料到我们两家会成隔壁邻居，我们和建斌、巧英成了邻居，很多事都方便了。月英沉醉在自己和建斌能天天见面的兴奋中。二林似乎听出了月英的言外之意，想起巧英搞黄洪武和上次来拿泥鼓槌两件事，不无担心地说，巧英太厉害了。

没想到这句话恰好被不期至而的巧英听见了，她先喊了声月英姐，再问二林的伤好了没？然后笑着说，二林哥，你说我厉害，我自己怎么没这个感觉。二林忙改口奉承，说你厉害是佩服你有本事呢！巧英笑道，画眉嘴画眉嘴，改口改得又快又好。边说边从袋子里拿出两瓶酒，笑吟吟地递给二林，送两瓶蛇酒巴结巴结会计，治跌打损伤好得很。然后说了来意。

月英两眼犹疑地看着巧英。那次被巧英损了一顿，但没闹开。她知道，当时没闹开，现在就不会闹了，但自己还是有点心慌。为掩饰心慌，讨好说：“巧英妹子，会叫我们吃喜酒吧？”

巧英拉着建斌站在一起，你们看看，我俩站一起还像回事吗？二林连说像，像，你俩速度又快，质量又高。巧英说速度不快！要是快，儿子都上学了；质量上，建斌吃了点亏。二林哥，劳驾你开张证明吧。二林铺纸提笔就写。

月英问巧英什么时候办结婚酒。巧英说她和建斌马上去县里开店，到时，随便喊几桌就是。月英叫巧英别忘了通知她。巧英则说你两口子肯定要打扰的。

说话间，证明开好了，递给建斌并恭贺建斌进城结婚好事成双一步登天。建斌接过证明，木讷地说哪里哪里，我原想在葫芦湾办个机砖厂或当种粮大户，巧英说要进城开店，拗她不过。巧英说结了婚，建斌得听我安排，我不同意办砖厂，也不种田。进城是进城，但现在还不算城里人，等生意做开了，在城里买了房子才算城里人。月英却不由“哦”了声，你们还准备在城里买房子？

巧英听出了月英那声“哦”的复杂含义，回说：“看情况吧！换地建房的事，建斌和我说了，协议也给我看了；要是我们买了房子，瓦厂地就全部转让给你家，不知你要不要？价钱可以商量。”

二林见巧英这么说又有点扳翘，表示只要一头就够了。巧英看穿二林是想占便宜，说：“如果你要，就在协议下面加一款；你不要，我们好答应别人，村里有好几个盯着呢。”二林问哪几家，巧英浅笑笑，说人家交代过，保密！

二林迟疑地笑了笑才叫月英把协议拿出来说：“加一款什么？巧英，你说我写。”

巧英说当然你写，你是葫芦湾的才子。我的意思是如果建斌和我在城里买房，愿将瓦厂地、瓦窑全部转让给二林，转让价格另行商定，公证生效。

二林写到公证生效时，停住了笔，说这事还要公证？巧英说防我们改口，最好公证，受法律保护，对你有好处；你不愿公证也行。二林便写上了“公证生效”四个字。

接着，巧英在两张协议上签了名，又叫月英也签个名字，说世界上嘴巴最多的是女人，我怕你反悔。月英说你不反悔我更不反悔，很高兴地签了名。二林问巧英什么时候去公证？巧英说等我们忙过这阵再说吧！二林说了声好，听你的信。

月英要留他俩吃中饭，巧英说还有事要办，走了。

建斌带着巧英在瓦厂地转了一圈，又站在瓦窑顶上，把葫芦湾周围看了个遍，然后在瓦窑顶上靠在一起坐下来。巧英对建斌说："我和国林一起生活了七年，简直是场梦，我真的不想住这里；我们年纪不小了，从现在起，你什么也别想，只想生娃当爸爸的大事。"

建斌傻呆呆地点了点头。

巧英又说："马上要离开这里进城了，我说不清是留恋还是厌恶？这些年来，围绕瓦厂地发生那么多是是非非，我觉得我们太愚昧了，老是守着这块地争来争去。瓦厂地这么宽，值几个钱？还抵不上城里黄金地段的一平方米。"说到这里，她拿出那张协议对建斌说，二林两口子手上拿着的是张废纸了。

建斌这才反应过来，巧英叫二林写上"公证生效"的意思——要通过公证才有效，不去公证永远无效。他不由倒抽了口冷气："巧英，你也太厉害了，我都怕你哪天把我卖了。"巧英在建斌厚实的胸脯上捶了一拳，笑嘻嘻地说道："我是专门对付打歪灾主意的人。"

建斌带巧英又到村里各家走了走，告诉他们说自己将与巧英结婚。老人们听了特别高兴和惊奇，说缘分缘分这是缘分。之后，又专门找同根、雄健他们聊了阵，他们在家里没事做，无聊得很，准备外出打工，过几天就走。

六、心系两子

建斌和巧英的装修材料店开在客车站门口，经营板材、五金、融塑管……

前年冬，在人大的干预下，质量监督站站长亲自为丁建平的楼盘验收，质量果然过得硬。房子很快全部卖掉了，借建斌的钱还了。半年后，城北有两栋验收合格的楼房住户告到了县政府——他们装修时发现严重的质量问题，是老邬收了建筑老板的红包。建筑老板和已作处分的老邬都被抓起来了。

丁建平没再搞房地产。休息了一段时间，与唐九斤组建了“诚信亮程装修公司”。诚信亮程装修公司很快成了县城装修行业的龙头，从室内水电安装到地板、墙面、家装设计，大大小小的工程都拿得下。因为他最困难的时候建斌不顾一切出手相助，现在他两口子开了个装饰材料店，不买他的还买谁的？不仅他需要的装修材料从建斌店里进货，还介绍其他装修队也来这里买，生意十分红火。只四年时间，建斌留足周转资金后还买了一套三居室的房子和一辆小型工具车。他们的儿子锋锋不到一岁就能走路，如今已三岁半了，店内店外到处跑，负责照看锋锋的德仁见了“呵呵呵”从肚里往外笑。

这天，锋锋把玩具汽车丢在店外，跑到店内从玩具箱内翻出一把玩具手枪朝德仁喊“叭！叭！”朝巧英也喊“叭！叭！”，德仁高大的身躯笨拙地应声倒下了；巧英在开票没倒，锋锋不肯，大喊：“妈妈倒下！妈妈倒下！”巧英只好做了个倒下的样子方才罢休。

做完这宗生意，巧英要锋锋从店外捡回汽车。锋锋不肯。巧英举起手吓他，“有了枪就不要汽车，看妈不打你的屁股。”锋锋马上冲到店外捡回汽车交给巧英。巧英甜甜地亲了锋锋一口，拍着他那圆实的屁股蛋：乖，锋锋乖，叫妈妈！

锋锋响亮地叫道：妈妈！

巧英的脸上绽开了笑容但旋即凝住了。她眼前呈现出葫芦湾的飞飞扶着大凳走路站都站不稳的样子，要他叫妈妈，却只能含混地喊“哇哇”的情景，泪珠扑簌簌直往下掉。她既为往事心碎，也为自己的选择庆幸。

恰好建斌送货回来，巧英把想带锋锋去趟葫芦湾看看飞飞和外甥崽雄雄的意思对建斌说了；还说雄雄快四岁了，比我们的锋锋大三个月。

建斌说，我也想去村里看看，到各家走走。前不久在街上碰到泽文叔，他说今年春天雨季太长了，葫芦湾西边的横厅屋倒了，正厅屋也大眼小空，他的意思他家、我和牛崽赞助一笔钱把公厅屋修理一下。巧英说明天去村里看看再说吧！接着，建斌又高兴地告诉巧英说刚才在街上遇到牛崽，乡长叫他转告我这两天抽个时间到乡政府一趟。巧英问去乡政府干吗？建斌说大概是要我回葫芦湾参加竞选村长。巧英一脸严肃地审问建斌，你想回去当村长，是吗？去村里看看！到各家走走！去拉选票，是吗？建斌说我没这么想，回去看看又是你提出的。巧英认真地说，早几天，副县长刘广方特地到店子里来找你，说因为乡村换届选举的事，早几天他到葫芦塘，在研究葫芦湾村长的人选时他推荐了你。我当场就回绝了他，说县里的店子离不开，你不会回去当村长。我瞒着没说，你倒好，自己屁股颠颠往乡政府跑。告诉你，回去看看可以，当村长的梦别做！

七、临终醒悟

建斌和巧英带着锋锋本想开自己的工具车回葫芦湾，但碰巧工具车进厂大修，只好坐牛崽的客车。到了葫芦塘，巧英怕建斌去乡政府或者遇上乡干部，她不让建斌下车叫牛崽把他们直接送到葫芦湾。

牛崽走出葫芦湾在县城买房定居后，除了每年春节回村看看住在青砖瓦屋里的父母，平时一般不来。建斌要他下车去村里看看。牛崽说破村一个，倒的倒漏的漏有什么看的，说着，掉转车头就走了。建斌看出，牛崽对葫芦湾没什么感情。

厚友和凤花带着雄雄在玩。见建斌和巧英带着锋锋进来，高兴地迎住。雄雄也高喊："舅舅，舅妈！"巧英拿出一把玩具枪和一辆玩具火车给雄雄，叫锋锋和哥哥一起玩去。

雄雄和锋锋到一边玩去了，四个大人才坐下聊天。厚友问建斌到国林他们那里没。巧英说没下车，随牛崽的车直接来了，听说他们买了块地皮要建个酒家。厚友说还带宾馆，早知这样，我这房子不该建。巧英问厚友这栋房子怎么处理，卖？凤花说想买的是有，出价不起。巧英问出多少。厚友竖起五个指头难看地笑着。建斌说才五万？凤花苦笑笑说五千。厚友更是苦笑，他起房子都花了两万多。那时一块钱一斤的猪肉，现在涨到了五块。其实，我根本不会卖，一卖，我就回不来了。建斌摇着头说，形势发展，谁知道。一块几百平方米的瓦厂地才一千多块就买下了，城里黄金地段一平方米标到上万。

提起瓦厂地，厚友无限伤感，说现在瓦厂地草都长得能藏老虎了，想起那时，真的好笑。建斌也说真的好笑。

巧英和建斌又特地到里面看了飞飞。飞飞坐在轮椅上，还是不会讲话，只是口里的涎水掉得不像以前厉害了。巧英抱着飞飞流了好一阵泪，才自我解脱说想去村里转转。厚友却说有什么转的，村西尾上那个横厅屋落地倒了。接着叹了一声，突然话锋一转，乡干部说要你回来当村长，是不是真的？建斌看了看巧英，说没这回事。厚友说，湾里的人都知道了。巧英笑着说是有这回事，副县长刘广方都亲自到店里找。但那是不可能的事，建斌回来当村长，县里的店子怎么办？巧英话是这么说，内心还是有些高兴，当村长毕竟是件光彩的事。厚友长吁了一口气，也是的！你们去村里走走吧！

建斌和巧英出来首先来了公厅屋里，运气他们读书去了，还没放午学；兰钗她们在田垌里；见到的都是不能下地干活的老人和还没到入学年龄的幼儿，没碰上一个年轻人。

建斌和巧英的突然出现，让老人们特别高兴和惊奇。他们相邀着陪建斌和巧英坐在正厅屋大门口聊天，都提了建斌回来当村长的事。建斌说那是乡里的想法，自己在县里开店子，走不开。老人们却希望建斌回来当村长，争先恐后数落葫芦湾好多田都荒了，以往是每亩三百斤发租给别人种；后来减到两百斤、一百斤、不要谷；再后来是每亩倒贴一百斤尿素求人耕种，免得政府罚款找麻烦；但种田没效益，各种摊派又多，年轻人都外出打工，有好几家索性把孩子也带到外面去了，荒芜的田越发多了。如今村里死了人，要到葫芦背、葫芦坝几个村喊人抬丧。要是你回来当村长，当种粮大户，也不会荒这么多田；搞个机砖厂，村里人气也旺些。

建斌只“唔——”“啊——”地应和着，口上不说内心震惊。

接着，老人们又带着建斌和巧英到其他几个厅屋里面转了转。西边尾上的横厅屋果然落地倒了，椽皮瓦料没谁收拾，一片狼藉。其他四进厅屋也到处漏雨，椽皮断了、瓦掉了，大眼小空，潮湿的泥地散发出没有人气的霉味。建斌没想到昔日人口拥挤的葫芦湾会如此破败不堪冷清寂寞。碰巧的是泽文昨天回来给自己房子检漏，他对建斌说：“听说你会回来当村长，这两天，我一直在想，几个横厅屋倒不倒暂且别管它，但正厅屋是肖姓的祖神堂，得想办法修好。这事你来牵头，村里按人口摊派点；我家雄晖在单位上，你和牛崽发了财做出了人多出点。”

巧英说泽文悲的说得有道理，建斌当不当村长牵头修公厅都是应该的。大概要多少钱，先造个预算。泽文说算了一下，三万足够了，按人头点数每人摊派一百还有一万伍千的缺口。巧英说这好办，一万伍千，我们三家加国林四家捡账。这时有人提出国林姓刘，不知他愿不愿。泽文说，他家在葫芦湾开子发孙三代了，厚友升天后也该让他进厅屋，这钱出也值得。巧英表态这事包在她身上。老人们一齐向巧英竖大拇指说建斌娶了个穆桂英，倒是有些人不住在湾里了，可能一会出。

泽文说那不行，我家雄晖是公家人，在城里有房子；过两年，雄健也准备在城里买房。要他们回葫芦湾住可能是笑话了。但他们终归是从这个祖神堂开发的子孙，百老归一那天还要进来躺个三五七天。如果谁不愿出钱修公厅屋，就不准他进祖坟山。

建斌说，厅屋一定要修，回城后，我找拢牛崽雄晖他们商量一下，钱不是问题。老人听建斌这么说都很高兴，都要建斌回来当村长，我们都投你的票，还会发动亲戚朋友投你的票。建斌却避开村长的话题，说很想看到同根、雄健他们，问什么时候回来。泽文说得过年前，雄健两口子来了也是在县里住几天就走。如果在城里买房定居，就很难回来看一眼了。说到这里，他用巴掌擦了擦两只眼睛。

末了，老人随建斌走到他那间黑屋子前，他没开门，只在窗口瞧了瞧。国林那栋房子才五千，自己一间黑屋屁钱不值了。他对老人们说，以前，我和忠茂叔家为争瓦厂地差点打开脑壳，而今，现成的村落如此荒凉；责任田到户那阵，为刨田埂刹田埂吵架叫人评理，现在田荒了没人心疼，想起来真的好伤感。人生在世几十年，抬头不见低头见，钱财土地都是身外之物，太认真了实在没意思。唉！人哪，也许要到一定时候才能明白这些道理。老人们都附和地笑笑，招呼建斌巧英去家里吃中饭，巧英说舅妈准备了，下次吧！建斌告诉老人们说他的店子办在县汽车站门口，去了县城去那找他。老人们一个个笑咧着嘴，都说一定一定！

厚友带着雄雄和锋锋过来叫建斌两口子吃中饭。老人们逗了雄雄和锋锋一阵，颂奖厚友德仁做了好事有福分。巧英要厚友带雄雄先回，她和建斌带锋锋去二林家看看再吃中饭，吃完中饭去墟上姐姐家坐坐。厚友嘱他们快去快回。

二林家客厅里，冬姣带着孙子龙龙在玩。龙龙已经四岁半了。长得虎头虎脑，从矮凳上爬到高凳上，再从高凳上爬到桌子上，然后站在桌上撩开裤裆往下撒尿。那样子很可爱，但冬姣脸上没有笑容，还轻轻地摇着头——龙龙越长越像建斌，简直是用模子铸出的。她想起建斌的同时也想起了瓦厂地，冬姣问房里的二林说瓦厂地的事还没说好？二林说，去过几次，巧英先说等她买了房子再说；去年买了房子又推说要怎么怎么！

冬姣咂了咂干瘪的老嘴说："我看八成是不肯了，她说要公证，就是取巧。巧英，巧英，真的太巧了。"

月英说："不肯算了，我们现在不是也很好。诗汉住村西不顺往村东搬，不照样绝了；牛崽住村西不照样发了；别太信屋场，我记得那个王干鬼，说我怀上了也保胎不住，还不是放了句狗屁。"

二林则满不在乎的样子说："瓦厂地给我起屋我都懒起了，我最多花六千块钱就能买下国林那栋房子，又快又好。"

月英却说厚友家不缺钱，真要卖也舍不得。建斌要回来当村长，他可能会提出一个建一头，我看这样倒是很好。

"我是说为这块地，气也怄了架也打了，想了十多年都没想到手，心里憋气。现在建斌回来当村长，肯定要建房，这下真的会落实了。"冬姣就梯下楼说。停了停转而又问，"满林有信吗？"二林说有信就会告诉你。

冬姣说有信你要告诉我，这几天我的眼皮总是跳。她说完勾着脑壳往外走，不料被门槛绊了一下，从廊基上跌倒在塲下。

这时，恰好建斌两口子带着锋锋到了门口，看见冬姣摔在塲下，忙喊二林和月英。

二林和月英应声出来，建斌帮着把冬姣抬放在床上，冬姣想说什么却没说出。月英赶紧喊来三林，时逢放午学，兰钗带着三个孩子也赶来了。

月英想起自己待婆婆一直不大好，喊："妈，你要什么吃，我去买。"

冬姣的右手掌努力地摇了摇。

兰钗使动三个孩子喊阿婆，叫大声！

来弟、再弟、运气姐弟三人使劲喊："阿——婆！阿——婆！"

月英和二林唆使龙龙也叫。龙龙毕竟还小，似乎也懂自己势单力薄。仓促而低低地叫了一声"阿婆"，很快被运气他们洪亮的声音淹没了。

冬姣这时却笑了，嘴里发出清晰的两个字："积——德！"随后勾上大拇指，竖着叉开的四指轻摇。

二林说："妈，你的意思我懂，我们四兄弟会和气。"

冬姣仍轻摇四个指头。

二林又说："妈，你是说你有四个孙，是吗？"

冬姣的四个指头还在轻摇。

月英和兰钗有点慌张，莫名地看着二林三林，问："妈伸出四个指头总是摇，什么意思？"

三林搔搔头皮，想起爸过五十岁时，门上贴了两副对联，大林说是四块碑。这些年，大林、四林、爸加上现在的妈，这不正是应了大林的话吗？于是他对冬姣说："妈，你的意思我懂！"

二林他们问是什么意思，但没等三林回答，冬姣脑袋一歪落了气。

二林、三林、月英、兰钗点纸烧香给冬姣穿衣穿裤很是忙乱了一阵。因是猝死，也没准备寿衣，只好找出几套平日里比较新的衣裤将就。

三林见建斌两口子作为旁人有点手足无措，说："建斌，我妈吵烦你家三口，今天就别走了。"建斌从尴尬中解脱出来说："回是肯定回县城，和牛崽哥说好了，下午三点他在墟上等。我们今天来村里看看，碰巧遇上婶母升天。婶母也是前世修了，没病没痛，说走就走，哪天登山，给我们个信，一定来。"

二林三林说一定会去信，也不便再留。倒是运气过来牵着巧英的手亲热地喊"干妈"。巧英爽快地应了一声，从身上拿出一百块钱塞在运气手上。龙龙要锋锋的手枪，锋锋很慷慨地给了龙龙。巧英两眼在龙龙、锋锋和建斌之间瞄来扫去。建斌知趣，退到门外。巧英不声不响嘟嘴黑面牵着锋锋擦着建斌身子走过去。

建斌追上巧英，两人牵着锋锋站在瓦厂地边上看了看，瓦厂地上的蒿草长得比建斌还高，几只蚂蝈蹦来跳去，一条花蛇在草丛中慢慢游走。建斌叹息道："风水宝地风水宝地，争来争去成了草地。"

巧英说："这次来村里，尽碰上些晦气的事。老人叫苦；田地荒芜；厅屋倒的倒破的破；冬姣婶母这么傲气的人说走就走了。"

建斌又叹了口气，说："县城的地上万块一平方，还争着投标；这里现成的厅屋破成这样，住在里面的还指望我们出钱修。农村，越来越萧条！农民，越来越苦了！"

巧英说待冬姣的丧事结束，给二林三林说一声，那瓦厂地给他俩一人建一头算了，运气不是还叫我干妈吗？建斌说行，四年前，我曾想当个种粮大户，想在葫芦湾办机砖厂，要真的那样，也许不至于这样荒凉。巧英说："不单葫芦湾是这样，我爸说葫芦嘴那条垄行里以前有一千一百多口人，现在平日里全都找拢也不到三百人了，过年那几天人稍微多点，也就五六百人的样子。年轻人都在城里买了房，我弟弟在番禺一家家具厂当模型工师傅，八千块钱一个月，在广州买了房。"建斌说："是也是，但我对葫芦湾还是有份感情！"巧英问："你真的想回来当村长？"

建斌长长地吁了口气，说不管怎样，自己当了逃兵。

巧英看出建斌的心情很沉重，她真担心她的建斌会舍弃县城又回到葫芦湾来。

初稿于 1998 年 8 月

二稿于 2001 年 12 月

再改于 2009 年 8 月

再改于 2011 年 10 月

定稿于 2018 年 8 月

后　记

1996年夏，我把4万余字的中篇小说《瓦厂地》寄给《郴州文学》，不意引起市文联陈第雄和肖伯崇两位文学前辈专程来永兴与我商讨修改意见。

1998年秋，我持6万余字的《瓦厂地》参加郴州市重点作家中、长篇小说改稿会。编辑黄斌老师指出：作品有生活的质感，故事情节生动，细节独特，属真正的乡土文学，但铺展挖掘不够，结尾过于匆忙，这其实是一个长篇的构架。我遵嘱结合自己的人生经历，调动自己的生活积累又改了两年。

2001年冬，我将长篇小说《瓦厂地》郑重托付在省文学界任要职的乡谊梁瑞郴先生指正。梁先生挤时间认真审阅后，为之作序并推荐给国内一家很有名气的出版社。谁知半年后，那家出版社来信告知《瓦厂地》一稿丢失，表示歉意并愿承担相应责任。当时，我很痛心，也难免有点恼火，但不想搞得三方面尤其是诚心帮我的梁先生不愉快，也就没说什么。

那时，我没电脑，也不懂存盘备份，寄给出版社唯一的打印稿丢了，这才想起买台电脑。在创作长篇小说《淘金人》的同时重新收拾整理《瓦厂地》。在整理中，我力避梁先生指出的缺点，不急不慌慢慢打磨后，感觉比原稿好些。

2004年，《瓦厂地》参加“全国QQ作家杯征文”，经一轮又一轮筛选进入终评程序。作家出版社通知我“将全文打印成册，附授权书快递给出版社，拟出版”。但最后未出版。

2009年，我将再次修改的《瓦厂地》发给作家出版社。副主编潘宪立阅后回复“拟纳入出版计划，已交安然老师审稿”。安然老师是我长篇小说

《淘金人》的责任编辑，她认为从文学的角度看《瓦厂地》是一部接地气的作品，语言朴实生动，生活气息浓厚，人物形象鲜明；是那个特殊年代中国南方农村面貌的缩影，极具代表性。但她最后婉言拒绝以版税的形式出版，理由是现在农村题材的作品难以走市场，出版社不敢担风险。潘副主编说送一个书号要我自办发行。我认为这样出版没多大意思，谢绝了。

2011 年 6 月，省会一位文学朋友将《瓦厂地》推荐给湖南人民出版社。黎红霞老师对《瓦厂地》提出非常详细的修改意见，社里安排三审三校做成了样书，后来虽然没出版，但他们的敬业精神令我感动至今。

2012 年年底投给某杂志社。主编打电话给我，说他看了第一章，感觉不错，已安排编辑细阅。两个月后，主编来电未过终审。

出版和发表虽累遭挫折，但我并不气馁，心里反觉踏实。

近年来，感谢陈善君老师反复审阅《瓦厂地》，多次与我交换意见，促使我对拙著又作了提质性修改。

如此，从梁瑞郴先生 2002 年春作序至今又过了 17 年。这期间，我虽然已出版三部长篇，其中《非常商道》系常规出版上架上网发行，在社会产生一些影响，但我最喜欢的还是这部磨出来的《瓦厂地》。

总之，书出来了就好。敬请读者诸君在审读拙著时，如发现其中的情节尤其是细节与其他作品雷同，不论以何种方式公示于众或告之于我，我都表示万分感谢。

廖天锡

己亥年孟秋